人类起源
三部曲

A. G. Riddle

THE ATLANTIS GENE

亚特兰蒂斯

基因战争

[美] A.G.里德尔 / 著　邢立达　何锐 / 译

四川文艺出版社

图书在版编目（CIP）数据

亚特兰蒂斯：基因战争 /（美）里德尔著；邢立达，何锐译．— 成都：四川文艺出版社，2015.6（2021.10 重印）

ISBN 978-7-5411-4041-9

Ⅰ．①亚…　Ⅱ．①里…　②邢…　③何…　Ⅲ．①科学幻想小说—美国—现代 Ⅳ．① I712.45

中国版本图书馆 CIP 数据核字 (2015) 第 070998 号

图进字：21–2015–91

YATELANDISI:JIYIN ZHANZHENG

亚特兰蒂斯：基因战争

（美）里德尔 著　邢立达 何锐 译

出 品 人　张庆宁
策划出品　磨铁图书
责任编辑　周　轶
特约监制　何　寅
产品经理　沈夜莺
特约编辑　胡瑞婷
装帧设计　唐　旭　棱角视觉

出版发行　四川文艺出版社（成都市槐树街 2 号）
网　　址　www.scwys.com
电　　话　010-82068999（发行部）　028-86259303（编辑部）
传　　真　028-86259306

印　　刷　三河市冀华印务有限公司
成品尺寸　166mm × 235mm　　开　　本　16 开
印　　张　30.75　　字　　数　440 千
版　　次　2015 年 10 月第一版　　印　　次　2021 年 10 月第二十一次印刷
书　　号　ISBN 978-7-5411-4041-9
定　　价　49.80 元

献 给 安 娜

THE ATLANTIS GENE

目录

序章

科考船“冰瀑号”

大西洋

南极大陆海岸外 88 海里

卡尔·塞利格靠在船边的栏杆上，稳住了身子，通过双筒望远镜窥视着那巨大的冰山。又一块冰掉了下去，下面那长长的黑色物体露出了更多。看起来那好像是……一艘潜艇，但这不可能啊。

“嘿，史蒂夫，来看看这个。”

史蒂夫·库伯，卡尔的朋友，是一名研究生，他绑好浮标后，从船的另一侧走到卡尔这边。他接过望远镜，迅速扫视，然后停住：“哦，这是什么？一艘潜艇？”

“可能吧。”

“它下面是什么？”

卡尔一把抢过望远镜：“它下面……”他把视野转向潜水艇下方的区域，那儿还有别的东西。潜艇，如果它的确是潜艇的话，是搁在另一个金属物体上的。下面这个物体是灰色的，比潜艇大得多。但和潜艇不同，这个灰色的物体并不反光，它的表面看起来像是波动的光影，就是在晒热的高速公路或是浩瀚沙漠远方的地平线上隐约闪烁的那种。不过它并不热，或者至少没有热到能让周围的冰融化。在这个东西的顶上，卡尔看到些写在潜水艇上的文字：U-977，还有德文写的“战争海军”。一艘纳粹潜艇，搁在某种结构体上。

卡尔把望远镜丢在一旁：“把内奥米叫起来，准备把船靠过去。我们得过去瞧瞧。”

史蒂夫冲下甲板，随即卡尔听到他把睡在舱房里的内奥米叫醒的声音。

这艘小船上只有两间舱房，内奥米睡其中的一间。卡尔的赞助商坚持让他带上内奥米。卡尔在会面时只能微微点头，只希望她不会碍手碍脚。结果如他所愿，五周以前在他们从南非开普敦入海的时候，内奥米往船上带了两套换洗衣服，三本言情小说，还有多得足够醉死一支俄国军队的伏特加。从此以后他们就几乎没再看到她。对她来说出这趟远门肯定是非常无聊，卡尔想。而对他来说，这可是决定他一生的机会。

卡尔抓起望远镜，再次审视那块大约一个月前便从南极大陆上崩解出来的巨大冰块。冰山大约 90% 的部分都在水面下，但水面上的面积仍达到了 47 平方英里[①]——一个半曼哈顿的面积。

卡尔的博士论文课题关注的是，新出现的冰山在融化时会如何影响海洋环流。在过去的四周里，他和史蒂夫在冰山周围放置了一批高科技浮标，来测量海水温度和盐水与淡水的比例，同时用声呐定期监视冰山的形态变化，以了解冰山在离开南极大陆后是如何分崩离析的。南极大陆储存着全世界 90% 的冰，如果这些冰在未来一两百年内融化，那将会使世界发生剧变。卡尔希望他的研究能有助于增进人类对这一过程的确切了解。

得知自己获得资助后，卡尔立刻给史蒂夫打了电话：“你一定要跟我一起去——不，请相信我。”史蒂夫勉强同意了。而且，更让卡尔高兴的是，他们日复一日白天研读资料、夜里讨论取得了初步成果，他的老朋友在这次科考中渐渐焕发了活力。在这次远航之前，史蒂夫的学术生涯从一个研究课题飘到另外一个，如同他们现在追踪着的冰山一样毫无热度。卡尔和其他的朋友们都有些怀疑史蒂夫会不会干脆放弃攻读博士学位。

之前的研究资料已经足够引人入胜，而现在他们又发现了别的东西，非同凡响的东西，会上头条新闻的。可他们到时候该说什么？“南极洲发现纳粹潜艇”？这似乎还不够惊人啊。

卡尔知道纳粹也曾对南极洲着迷过：他们曾在 1938 年和 1939 年向此地派

---

① 1 平方英里 ≈2.59 平方公里。

出探险队，甚至还宣布这片大陆的一部分是德国的一个新省份——新施瓦本州。好几艘纳粹潜艇在“二战”中消失了，但没有被击沉的记录。阴谋论者们认为，一艘纳粹潜艇在第三帝国覆灭前夕驶离了德国，船上载着纳粹的最高领导们，载着满船的宝藏，宝藏里有掠夺来的无价珍宝，还有纳粹的绝密技术。

卡尔的脑海里浮现出一个新念头：赏金。如果在这艘潜艇上真有纳粹的宝藏，那可会值很大一笔钱。以后他就再也无须为研究经费发愁了。

如何把船停靠到冰山边上成了他们要面对的头一个难关。海上波涛汹涌，他们来来回回三趟之后才终于把船停好。停船的地方离潜艇和它下头的奇怪结构体只有一两英里[①]。

卡尔和史蒂夫把自己裹得严严实实，又把登山装备收拾利索。卡尔给内奥米做了一番基础指导，其内容可以概括成一句话：“什么都别碰！”然后他和史蒂夫降到船边冰面上，动身启程了。

接下来的45分钟里，两个男人在荒芜的冰山上艰难跋涉，谁也顾不上说话。越往里走，冰面就越发崎岖。他们的步伐渐渐慢了下来，史蒂夫更是如此。

“我们得走快点，史蒂夫。”

史蒂夫努力想要跟上：“抱歉，在船上待了一个月，我的状态不是太好。”

卡尔朝太阳瞥了一眼。太阳一下山，气温就会骤降，他们很可能会被冻死。现在白昼很长：太阳在凌晨2点半升起，到晚上10点才落山。可他们现在也只剩一两个小时了。卡尔把自己的步子加快了一点。

他听到身后的史蒂夫拖动着雪地靴，尽力想要跟上来。冰下有奇怪的声音在回响：起初是一阵低沉的嗡嗡声，然后是一阵快速的敲击声，仿佛有一千只啄木鸟在敲击着冰层。卡尔驻足倾听，然后转身面对史蒂夫。两个人的目光都落在了史蒂夫脚下的冰层上，那里出现了许多细小的裂纹，密如蛛网。史蒂夫惊恐地看了看下面，然后竭力冲向卡尔和完整的冰层。

---

① 1英里≈1.61公里。

对卡尔而言，接下来的情形简直是一段超现实的、可用慢镜头播放的画面。他感觉到自己跑向他的友人，抛出了他腰间的绳索。史蒂夫刚抓住绳索，就有一声裂响横空，他身下的冰层崩塌了，形成一个巨大的裂口。

绳子瞬间绷得笔直，把卡尔拽得站不住脚，一下子扑倒在冰面上。他会跟着史蒂夫落下冰峡的！卡尔挣扎着要站起来，但绳子的拉力太强了。他松开双手，绳子从手中往前滑过，他前冲的势头有所减弱。卡尔抓住机会，把脚戳向自己前方。他靴底下的雪钉咬进了冰层，飞出的冰屑溅到了他脸上，他终于停了下来。他重新抓紧绳子，绳索勒在了冰层边缘，发出一阵怪异的响声，仿佛低音提琴的奏鸣。

“史蒂夫！坚持住！我这就把你拉上来！”

“别！”史蒂夫喊道。

“什么？你疯了吗？”

“这下头有什么东西，慢慢把我放下去。”

卡尔思忖了一下：“什么东西？”

“看起来像是一条隧道或者一个山洞，里面是灰色的金属，看不清楚。”

“好，抓稳了！我会把绳子放些下去。”卡尔把绳子多放出了十英尺①，没听到史蒂夫的回应，就又放了十英尺。

“停下！”史蒂夫叫道。

卡尔感到绳子拽动了一下。是史蒂夫在荡动身子吗？然后绳子松弛开来。

“我进去啦。”史蒂夫说。

“那是什么？”

“还不确定。”史蒂夫的声音现在有些模糊。

卡尔爬到冰层边缘往下望去。

史蒂夫从山洞入口探出头来：“我想这像是某个大教堂，非常大，墙上写着什么——一些符号——我以前没见过类似的。我得去看个清楚。”

---

① 1 英尺 ≈30.5 厘米。

"史蒂夫，别——"

史蒂夫的身影消失了。片刻之后，似乎又有一次轻微的震动。卡尔凑近冰面聆听。他没听到什么，但是感觉到了。冰层现在跳动得更激烈了。他站起身来，从断层边上退后几步。他身后的冰层裂开了，然后到处都是裂缝——而且还在飞快扩展着！他朝着正在变宽的裂缝全力冲刺过去，飞身而起——他几乎就跳到了对面，但最终仍差那么一点点。他的手指抓到了冰层边缘，在那儿晃荡了片刻，但犹如一辈子那么漫长。冰层每秒的震动都变得越发激烈。卡尔眼睁睁看着周围的冰块纷纷崩落，最后吊着他的那一片也脱落了。他朝着深渊坠落下去。

在船上，内奥米望着落到冰山那头的夕阳，她拿起卫星电话，拨通了那个男人给她的号码。

"你说过，如果我们发现了任何有意思的东西就给你打电话的。"

"什么也不用说，别挂电话，我们两分钟内就能测定你的位置。我们会去找你的。"

她把电话放在柜台上，走到炉边，继续搅动罐子里煮着的豆子。

卫星电话另外一头的男人抬起头，瞧向屏幕上闪现出的GPS坐标。他把这个位置复制下来，在卫星监控数据库里搜索在场的卫星，有了一个结果。

他打开控制平台，把镜头转向冰山的中央，那里有一个暗点。他放大了好几次，最终图像清晰起来的时候，他把手里端着的咖啡丢到了地上。他跳起来冲出了办公室，沿着走廊跑到了董事办公室，直接闯了进去。办公室里一位头发花白的男人正站在那儿说话。他高举双手，打断了那人。

"我们找到它了！"

上部

燃烧的雅加达

JAKARTA BURNING

CHAPTER 1

自闭症研究中心（ARC）

印度尼西亚　雅加达

事发当天

凯特[①]·华纳医生醒来的时候感到一阵恐慌：有什么人在房间里。她努力想睁开眼睛，可怎么也睁不开。她感觉昏昏沉沉的，简直像是被谁下了迷药。空气里有一股霉味——地下室的味道。她略微转动一下身体，就浑身作痛。身下的床铺——也许是沙发——好硬，肯定不是她在雅加达市中心公寓第19层的住房里的那张床。我在哪儿？

她听到房间里另一个人发出的轻轻的脚步声，好像是网球鞋踩在地毯上发出的。"凯特？"一个男人小声说，大概在试探她是不是醒着。

凯特设法把眼睛张开了一条缝。上面有几缕微弱的阳光从百叶窗的缝隙间漏下来。百叶窗是金属的，横遮着一扇扇狭长的窗户。角落里，一个频闪灯一两秒钟就闪一下，光线瞬间照亮了整个房间，仿佛是一部相机在不停地开着闪光灯拍摄照片。

她深深吸了一口气，迅速坐起身来，这才第一次看到那个男人。他往后缩了一下，什么东西"哐当"一下掉了下去，一些棕色的液体泼在了地上。

那是本·安德森，她的实验室助手。"老天啊，凯特。抱歉，我还以为……如果你起来了，你会想喝点咖啡的。"他弯下腰收拾起摔碎了的咖啡杯残骸，凑近些看了她一眼之后，本说："我无意冒犯，但凯特，你看起来状况糟透了。"他又盯着她看了一会儿，"请告诉我发生什么事了。"凯特揉了揉她的眼睛，觉得脑子清醒了一点，也想起了她身在何处。过去五天里她在实验

① 凯瑟琳的昵称。

室里夜以继日地工作，几乎完全没休息过。在这之前她的研究赞助人给她打来了电话：马上就要结果，什么结果都行，否则就取消赞助，这次不接受任何借口。她没把这件事情告诉她自闭症研究团队里的任何人。没理由让他们一起烦心。要么她得到某些结果，那么他们的研究继续；要么她没得出结果，那么大家就解散回家。

“咖啡？听起来很不错，本。谢谢。”

男人走出面包车，拉下他的黑色面罩：“在里面只能用刀子，开枪会引人注意的。”

他的助手，一个女人，点点头，也拉下了面罩。

男人戴着手套的手朝着门口伸过去，但随即又停住了：“你确定警报关了？”

“是啊。呃，我切断了外面的线路，但里面有可能还在响。”

“什么？”他摇了摇头，“天哪！可能现在它们就正在响呢。我们快点吧。”他猛地推开门，冲了进去。

门上的一个标志牌上写着：

自闭症研究中心

工作人员入口

本带回来一杯新冲的咖啡，凯特对他道了声谢。他扑通一下，坐到了她桌子对面的椅子里：“你这样工作会把你自己累死的。我知道你之前四个晚上都在这里过夜。还有那些保密措施：禁止任何人进入实验室，藏起了你的笔记，缄口不谈 ARC-247。我不是唯一在担心的人。”

凯特啜了一口咖啡。在雅加达搞临床项目相当困难，但在这爪哇岛上的工作也有些亮点，其中之一就是这里的咖啡。

她不能告诉本她在实验室里做什么，至少现在还不能。也许会毫无结果，到时候，他们几乎可以肯定是全部要失业的。把他也卷进来只会让他成为潜在犯罪的帮凶。

凯特朝房间角落里闪烁着的装置点点头："那个频闪灯是干吗的？"

本回头看着那玩意儿："不清楚。我想，也许是个报警器。"

"火警？"

"不是。我来的时候巡视了一圈，到处都没着火。我正想再彻底检查一遍，就发现你的门开着。"本把手伸进一个纸板箱，她的办公室里堆着一打这东西，他匆匆翻看了几个嵌在框子里的证书，"你为什么不把这些挂起来？"

"我没想到这点。"把证书挂起来不是凯特的风格，即便是，她要挂给谁看？凯特是组里唯一的研究员和医师，其他所有的研究团队成员都知道她的履历。他们不接待访客，会看到她办公室的人除了他们以外，只有照顾项目中的自闭症患儿们的 24 名工作人员。他们也许会觉得斯坦福和约翰 · 霍普金斯是人名，或许是死了很久的亲戚，而那些证书是他们的出生证明。

"要是我从约翰 · 霍普金斯大学[①]拿到了医学博士学位的话，我早就把它挂得高高的啦。"本小心翼翼地把证书放回了箱子里，继续在箱子里翻找。

凯特喝光了最后一滴咖啡："嗯？"她递出杯子，"我可以把它卖给你啊，再来一杯咖啡就行。"

"这是不是说现在我可以给你发令下单了啊？"

"别乐昏了头啊。"凯特对着离开房间的本说。她站起身来，扭动着百叶窗的硬塑料控制杆。新的视野里，是一圈围着他们的房子像锁链似的篱笆，远处是雅加达那拥挤的街道。此刻正值早上上班的通勤高峰。公共汽车和轿车蠕动着前行，摩托车在它们之间狭小的空间中钻来钻去。自行车和行人挤满了人行道上的每一寸土地。她以前还以为旧金山的交通状况就够糟了呢。

除了交通状况还有别的，雅加达至今仍让她感到如此陌生。这里不是家园，大概永远也不会是。四年前，凯特想搬家，搬到世界任何地方都好，只要是

---

① 世界顶级私立大学，美国第一家研究型大学。

旧金山之外的地方。马丁·格雷，她的养父，对她说："雅加达……对于继续你的研究是个合适的地方，还有……那里也适合你重新开始生活。"他还说了些时间会治愈所有创伤之类的话。可现在她缺的就是时间。

她转身回到桌旁，开始清理本拿出来的照片。她看到一张有些褪色的照片时停了下来，上面是一间宽阔的舞蹈室，铺着橡木地板。这怎么会跟她的工作用品混在一起？这是唯一的她童年时代在西柏林家里的照片，那儿就在蒂尔加腾街[①]边上。凯特几乎想不起那栋三层楼的大房子的样子了。在她的记忆里，那儿感觉更像是一栋外国使馆，或者是来自另一个时代的宏伟遗迹，一座城堡。一座空荡荡的城堡。凯特的母亲死于难产，而她的父亲，尽管爱她，却很少在家。凯特努力想在心目中勾画出他的模样，但却做不到。记忆里只有一些碎片，关于一次散步的，那是12月的一个寒冷的日子，他带她出去。她还记得，自己的手在他的手里显得多么小，那时候她感到多么安全。他们沿着蒂尔加腾街一路走去，一直走到柏林墙。那儿的场面让人心酸：许多家庭都在那里摆放着花圈和照片，希冀着、祈祷着这堵墙会倒掉，他们亲爱的人会回来。此外，别的记忆都是他离去和归来的瞬间，回来的时候常带着些来自远方的小饰品。房子里的工作人员尽力填补她的空虚。他们都很关心她，但大概还是冷淡了点。管家的名字叫什么来着？还有那个和她以及其他工作人员一起住在顶层的家庭教师呢？她教会了凯特德语。凯特至今仍然能说德语，但她想不起那个女人的名字了。

她六岁之前的生命里只有一个清晰的记忆，在那个夜里，马丁走进她的舞蹈室，关上音乐，告诉她，她的父亲没回来——再也不会回来了——而她以后要跟马丁一起生活。

她真希望她能抹掉那段记忆，连同之后13年的一切一并忘记。她跟马丁一起搬到了美国，但他总是从一次探险奔赴另一次，居住的城市换了一个又一个，她也从一所寄宿学校被送到另一所。而任何一处都不曾让她有家的感觉。

---

① 柏林老街之一，许多使馆、艺术馆、博物馆等坐落于此。

让她感到最像真正的家的地方，就是实验室。除了睡觉之外，她所有的时间几乎都在这里度过。离开旧金山之后，她将自己的全身心完全投入到工作里。这最初是一种自我防卫机制，一种求生机制，如今则已成了日常的生活方式。研究队伍成了她的家人，研究的对象就是她的孩子们。

可现在这些都要离她而去了。

她必须集中精神，所以她需要更多的咖啡。她把照片堆从桌上推落到下面的箱子里。本去哪儿了？

凯特走出去，沿着过道一路走向员工厨房，没人。她检查了一下咖啡罐，没咖啡了。这里的频闪灯也在闪烁。

有什么地方不对头。“本？”凯特叫道。

别的研究人员几个小时内还都不会过来。他们在遵守时间表这点上做得够呛，但他们的工作做得不错。比起时间，凯特更在意工作成果。

她摸索着进入了研究所侧翼，这里是一个大规模的洁净实验室，周围环绕着一系列储藏室和办公室。凯特和她的团队在实验室里操作逆转录病毒，希望基因疗法能治愈自闭症。她透过玻璃往里窥视，本不在实验室里。

早上这个时候，这栋房子有些让人毛骨悚然。空旷，寂静，并非全黑，可也不亮。阳光从两边房间的窗户洒进走道里，光束的边缘清晰，就像某些科幻片里搜索物件的光束，在搜索着生命信号。

凯特在洞穴般的研究所侧翼徘徊，脚步声的回音显得很响。在雅加达明亮的阳光中，她往每个房间都瞥上一眼，全是空的。还没找过的只有居住区了——研究项目中大约一百名患有自闭症的儿童的住房、厨房和辅助设施。

凯特听到远处传来另一个脚步声，比她的更快些——是跑步声。她加快了脚步，迎向对方。她刚转过前面的拐角，本就冒了出来，抓住她的胳膊：“凯特！跟我来，快！”

CHAPTER 2

印度尼西亚

雅加达　芒加莱火车站

大卫·威尔退回到火车站售票处的阴影中。他审视着那个正在报摊上买《纽约时报》的男人。那个男人把钱付给了摊主，然后走过垃圾桶，并没有扔掉报纸，他不是线人。

一列通勤火车在报摊后面慢慢开进站来。车厢里，连车厢壁上都挤满了印尼工人，他们是从周围的城市赶来首都上白班的。每扇车门里都有乘客走出来，大部分是中年男性。青少年们聚在火车顶上，有的坐着，有的蹲着，有的伸展四肢；有些在读报，有些在玩智能手机，还有些在交谈。拥挤不堪的通勤火车是雅加达的一个“地标”：一个挣扎着进行现代化的城市，就要被不断增长的人口膨胀得四分五裂了。这个城市正努力适应着都会区内的2800万人口，公共交通的发展则是这种适应过程中最明显的特征。

通勤族们正在飞速地远离列车，人群在车站里涌动，就好像美国黑色星期五的抢购人群，好生混乱。工人们推推搡搡，大声叫喊着冲出火车站的大门，与此同时，另一批人则在奋力挤进车站。这样的景象每天都在这里上演，也在这个城市的其他火车站上演。这真是个再好不过的接头地点。

大卫的眼睛一直盯着那个报摊。他的听筒咔咔几下之后传出了声音：“税务员，看着商店。注意，现在是零时二十分了。”

线人迟到了，队员们有些焦躁。呼之欲出的问题是：我们要撤退吗？

大卫把他的手机抬到脸旁：“收到，看着商店。交易员，经纪人，报告。”

大卫的位置利于观察，从这儿他能看到另外两个特工。一个坐在熙熙攘攘的人群中的一张长凳上，另一个男人正在休息室附近捣鼓一盏照明灯。他们俩都回报说没看到他们那位匿名告密者的踪影，那人声称拥有关于一次策划中的、据称叫作“多巴计划”的恐怖袭击的细节情报。

这两个特工是雅加达站里最好的两个：大卫几乎无法从人群中找出他们俩来。他扫视着车站其他地方，略微感觉到有什么地方好像不对。

耳机又咔咔地响起来了。这回是霍华德·基冈，时钟塔的理事，大卫为这家反恐组织工作。“税务员，这里是估价员。看起来卖家不喜欢今天的市场。”

大卫是雅加达站的站长，而基冈是他的上司兼顾问。这个老人显然不打算对他指手画脚——中止行动——但消息的意思是清楚的。从伦敦大老远过来的基冈想要暂停了。考虑到现在时钟塔正在进行的其他项目，再继续下去风险很大。

“我同意，”大卫说，“我们关门停业吧。”

两个特工若无其事地撤离了他们所在的位置，消失在大群匆匆来去的印度尼西亚人中。

大卫朝那个报摊投去一眼。一个高个子男人，穿着一件红色的风衣，正在付钱买什么东西。一张报纸，是《纽约时报》。

“等等，交易员、经纪人。来了个看货的买家。”大卫说。

那个男人退后几步，拿起报纸，站在那儿用几秒钟看了一下首页。他目不斜视，叠起报纸，把它塞进了垃圾桶里，快步朝着满载乘客、正在离站的火车走去。

“线人，我去接头。”大卫跳出阴影进入人群，大脑飞速转动。为什么这个男人会迟到？还有他的外表——看起来……不太对。显眼的红色风衣，姿势（士兵的，或者是特工的姿势），还有他走路的样子。

那个男人冲上了火车，然后开始在熙熙攘攘的人群中蜿蜒前行，从一个个站着的男人和坐着的女人身边走过。他几乎比车上所有人都要高，所以大卫仍然能看到他的头部。大卫挤上火车，然后停了下来。为什么线人要跑？他看到什么了吗？被吓到了？然后，事情发生了。那个男人转过身来，回头时他的目光扫过了大卫。他的眼神说明了一切。

大卫身子一旋，把站在门口的四个男人全扫到了外头的站台上。他用力把他们从车子旁推开，可与此同时，更多焦急的通勤族们拥进了他制造出的空隙当中。正在大卫准备大喊一声的时候，爆炸就撕裂了整辆列车，玻璃和金属的碎片撒向车站。冲击波把大卫甩到了站台的水泥地上。他被夹在人们的躯体中间，有些人已经死了，另外一些还在痛苦呻吟，到处都是尖叫声。烟雾中，灰烬和残骸碎片像雪片一样飘落下来。大卫的手脚都动弹不得，他的头往后吊着，快要失去意识了。

一瞬间他好像回到了纽约，正在逃离那幢坍塌的建筑物，然后被它压到了下面，困在那里，等待着。许多只手，看不到后面的手臂，他们抓住了他，把他拖了出来。“我们找到你啦，老兄！”他们说。阳光撞到他的脸上，标着“FDNY”[①]和“NYPD”[②]的拖车上警笛声大作。

但这次在响的不是救护车，是火车站外的一辆黑色邮政快递车。来的人也不是纽约消防队员，是那两个特工——交易员和经纪人。他们把大卫抬进车里，疾速离去，与此同时，雅加达警方和消防队正涌进街道。

① 纽约消防队的缩写。

② 纽约警察局的缩写。

CHAPTER 3

印度尼西亚

雅加达　自闭症研究中心

四号游戏室一片喧嚣。场景貌似寻常：玩具撒得到处都是，十几个孩子分散在房间各处，各人独自玩耍。叫阿迪的八岁男孩坐在角落，一边轻松地玩着拼图游戏，一边前后摇晃身子。他放好了最后一块拼图，抬头看着本，脸上现出骄傲的笑容。

凯特简直无法置信。

这个男孩刚刚拼好的拼图是她的团队用来辨识特才（那些患有自闭症同时具备某些特殊认知能力的人）的。这个拼图需要 140 到 180 的智商。连凯特也完成不了这个拼图，之前整个研究项目里只有一个孩子——萨其雅——能完成它。

凯特看着那孩子飞快地拼好拼图，又把它拆散，然后再次拼起来。阿迪站起身来，在苏利耶身边的长凳上坐下。苏利耶是研究项目里一个七岁的男孩。这个更小些的孩子移动到拼图旁，也同样轻轻松松地拼好了它。

本转向凯特："你能相信吗？你认为他们是靠死记硬背来完成它的吗？靠着观察萨其雅是怎么做的？"

"不，哦，也许是。我很怀疑。"凯特说。她脑子转得飞快，她需要时间来细想一下。她必须确定一下。

"这就是你正在研究的东西，是不是？"本说。

"是啊。"凯特心不在焉地说。这不可能啊，不该这么快就见效。昨天，这些孩子还显示出自闭症的典型症状——如果说有典型症状的话。研究者和医生们正日益认识到自闭症其实是一系列的机能失调，包括诸多不同的症状。自闭症的核心是语言交流和社交互动机能障碍。大多数患儿会逃避眼神接触和社交活动，其他一些患儿则对自己的名字没有反应。在某些案例里，孩子们甚至不能忍受和他人进行任何形式的接触。昨天不管是阿迪还是苏利耶都无法完成这个拼图，也不能有目光接触，更不用说排队了。

她得告诉马丁，他会保证他们的资助不会断绝的。

“你现在想要干什么？”本说，声音里带着兴奋。

“把他们带到二号观察室，我得去打个电话。”无法置信，精疲力竭，欢欣鼓舞，它们在凯特的脑海里打起了大战，“还有，啊，我们该安排一次诊断。ADI-R①。不，用 ADOS2②，这个更省时间。还有，记得拍下来。”凯特笑着捏了捏本的肩膀。她想要说点含义隽永的话，纪念这一时刻的话，她想象中天才的、即将成名的科学家在取得突破那一刻会说的话，可她什么话都想不出来，只能露出一个疲惫的笑容。本点点头，随后牵住了孩子们的手。凯特打开大门，他们四个走出去，进入了过道。过道里有两个人等在那里。不对，那不是普通人——是两个歹徒，从头到脚穿着一套黑色的军用装备：一顶头盔，盖在布制面罩上；一副护目镜，跟滑雪用的相仿；保护身体的护甲；黑色的橡胶手套。

凯特和本停住脚步，难以置信地面面相觑，把孩子们往他们身后拢了拢。凯特清了清嗓子，开口说道：“这儿是研究机构，我们没有现金，不过你们可以拿走一些设备，你们想拿什么就拿吧，我们不会……”

“闭嘴。”那男人的声音沙哑，听起来像是个抽烟、酗酒了一辈子的家伙。他转向他的同伴，那人身材较小，穿着黑衣——显然是个女人——说：“抓住他们。”

那个女人朝着孩子们迈出一步。凯特不假思索地移动身体，挡住了她的去路：“别，什么都可以拿去，或者让我代替……”

那个男人掏出手枪，指向她：“闪开，华纳医生。我不想伤害你，但有必要的话，我会的。”

---

① 自闭症诊断访谈量表修订版。

② 自闭症诊断观察量表第二版。

他知道我的名字。

凯特的余光瞟到本朝着她和那个拿着枪的歹徒中间挪动了一下。

阿迪想要逃跑，但那个女人抓住了他的衬衣。

本挪到凯特身边，然后移到了她前面。接着这两名科学家一起冲向那个拿枪的男子，将他扑倒在地，枪响了。凯特看到本从那个黑衣男子身上滚落，到处都是血。

她想要站起来，可男子抓住了她。他太强壮了，他把她朝地上砸去，她听到“咔嚓”一声，好响……

CHAPTER 4

印度尼西亚

雅加达　时钟塔安全屋

列车爆炸半小时后，大卫坐在安全屋里的一张廉价折叠桌上，忍受着医疗技师粗暴的治疗，努力地想要把这次袭击理出个头绪。

“哦。”技师戳到脸上的酒精棉签让大卫抽了一下，往后一缩，“谢谢你，真的，但我们回头再处理这些吧。我没事的，轻伤而已。”

霍华德·基冈从电脑屏幕墙前站起身，穿过房间，走向大卫，“这是个陷阱，大卫。”

“为什么？这不合逻辑……”

“合的，你得看看这个，我在爆炸之前刚刚收到的。”基冈递给他一张纸。

<<< 仅供浏览 >>>

<<< 时钟塔 >>>

<<< 中央通报 >>>

时钟塔遭到袭击。

开普敦和马德普拉塔站被摧毁。

卡拉奇、德里、达卡和拉合尔站遭破坏。

建议激活防火墙。

务必注意。

<<< 报文完毕 >>>

基冈把这页纸塞回到上衣口袋里：“他在我们的安全问题上说了谎话。”

大卫揉了揉太阳穴，简直是噩梦般的场景。炸弹爆炸让他的脑袋仍在抽痛，但他必须继续思考，“他没有说谎……”

“至少是说轻了，或者，更有可能是有意无意地误导，把我们的注意力从这次对时钟塔的大规模袭击上引开，让我们对此无能为力。”

“对时钟塔的袭击并不意味着这次恐怖威胁是虚假的，可能是一个前奏。”

“也许。但现在我们确知的只有一件事，时钟塔被逼到墙角了。你现在的首要任务是保护你的分站。你们是南亚最大的行动组，你们的总部现在可能正在遭受攻击。”基冈捡起他的背包，“我要回到伦敦去，去那边努力控制局面。祝你好运，大卫。”

他们握手告别，大卫望着基冈走出了安全屋。

街头，一个小孩跑向大卫，高举着一大沓报纸，摇晃着报纸大声喊道：“你听说了吗？雅加达正遭到袭击。”

大卫推开了他，但孩子把一捆卷起来的报纸塞到他手里，然后蹿进了边上的街角。

大卫起初想要把报纸扔开，但它太重了，里面卷着什么东西，他打开报纸，然后一个大约一英尺长的黑色圆管掉了出来——一个土制铁管炸弹。

CHAPTER 5

印度尼西亚

雅加达　自闭症研究中心

雅加达西区警察局局长埃迪·库斯纳迪擦了擦额头上的汗珠，走进案发现场——城里最西边的某个科研实验室。一个邻居报告说听到了一声枪响。这是个高级社区，这儿的居民在政界有影响力，所以他必须来查个清楚。这地方显然是某种医疗机构，但有些房间看起来简直像个日托所。

局长手下最优秀的便衣警员之一——帕库，招手把他引到后面一间房里。在那儿他看到了一个失去意识的女性倒在地上，离她不远处还有一个死去的男人，倒在他自己的血泊中，周围站着几个警察。

“情人口角？”

“我们不这么认为。”帕库说。

局长能听到在后头有一些小孩在哭。一个印尼本地女人进入了房间，她一看到地上的人，立刻尖叫起来。

“让这位女士离开这里！”局长说。两个警官把她赶出了房间。房间里的警察现在除了局长就只剩下帕库了，局长问道：“他们是谁？”

“这个女人是凯瑟琳·华纳医生。”

“医生？这儿是家诊所吗？”

“不，是一家研究机构。华纳是这里的头儿，你刚看到的那个本地女人是照顾孩子们的保姆。华纳他们在研究一些有缺陷的孩子。”

“听起来没多少油水的样子。那个男人呢？”局长问。

“实验室的技术员之一。那个保姆说当时另一个技术员答应替她照看孩子们，所以她回家去了。保姆还说有两个孩子失踪了。”

“离家出走？”

“她觉得不是，她说这幢房子有安保设备。”帕库说。

“房子里装了安保摄像机？”

“不是，在孩子们的房间里装了些观察摄像头。我们正在检查足迹。”

局长弯下腰，仔细观察地上的女人。她有点瘦，但并不太瘦，他喜欢这样的。他摸了摸脉搏，然后把她的头部朝两侧转动，观察她头上有没有外伤。他注意到她的手腕上有些青肿，但看起来除此之外她并没有受伤。“真是一团乱麻，查查看她有钱没有。如果有的话，把她带到局子里去。如果没有的话，经过医院的时候把她丢进去。”

CHAPTER 6

尼泊尔

斯米克特郊区　伊麻里集团　研究综合体

项目主管慢步走进常慎医生的办公室，把一份文件扔在他桌上："我们有了一种新疗法。"

常医生拿起文件，开始一页页快速翻阅。

主管在屋里来回踱步："看起来很有希望，我们正在快速跟进。我希望四小时内把那台机器和用新疗法处置过的试验对象都准备好。"

常医生放下文件，抬起头来看着他。

这位常医生张口欲言，但主管摇手制止："我不听，奇迹随时都可能发生——今天，明天，甚至可能现在已经发生了，我们都知道这点。我们没时间谨小慎微了。"

常医生又要说什么，主管就再次打断了他："也别告诉我你需要更多时间，你已经花了很多时间了。我们需要结果，现在告诉我，照这个做需要些什么。"

常医生跌回他的座椅里，终于开始说道："最近的试验对本地的电网压力很大，我们所用的电量远超表面上现在的装机容量。我们认为我们已经解决了这个问题，但本国的电力部门肯定在怀疑我们到底在干什么了。更大的麻烦是我们手头的灵长类动物不足……"

"我们不用灵长类动物做试验。我希望准备好一批人，50个，用于试验。"

常医生坐直了身子，说话的语气也强硬了一些："就算把道德问题放在一边——我劝你最好不要这样——我们还需要一大堆数据才能开始人体试验，我们需要……"

"你已经有了，医生。文件里都有，而且我们正在取得更多数据，这还不是全部，我们还有两个研究对象，他们身上的亚特兰蒂斯基因处于持续激活状态。”

常医生的眼睛瞪得溜圆：“你是说……两个……怎么……”

对面的男人冲着文件飞快地点了点，仿佛眼镜蛇对着目标猛然一扑。“看文件，医生，都写在里面了。他们会到这里来的，很快就到。你最好提前准备好，你需要做的只是照搬里面的基因疗法。”

常医生翻动着文件，一边阅读一边喃喃自语。他抬起头来：“那两个试验对象是小孩子？”

“是的。这有什么问题吗？”

“哦，不。嗯，也许有，也许没有。”

“也许没有可不是个好答案。需要找我就给我打电话，医生，四个小时。不用我告诉你这关系到什么吧。”

但常医生已经听不到他在说什么了。他已经沉迷于凯瑟琳·华纳的笔记中了。

CHAPTER 7

印度尼西亚

雅加达　时钟塔分站总部

透过防爆盾上狭小的观察窗，大卫窥视着那根黑色的管子。通过手动工具旋开管子上的管帽，整个过程漫长得似乎永无止境。但他必须看看里头到底是什么。因为重量——这根管子作为一颗炸弹的话太轻了。如果里面是钉子、铅丸或者小钢珠的话，都会比这重得多。

终于，管帽掉了下来，大卫把管子往一边倾斜，一个纸卷滑了出来。纸张很厚，富有光泽，是一张照片。

大卫把它摊开，是一张卫星照片，上面是一座漂浮在蔚蓝大海上的冰山。在冰山中央，有一个长形的黑色物体——一艘潜艇，从冰里突出来。在背后，写着一段话：

多巴计划是真实的。

4+12+47=4/5; 琼斯

7+22+47=3/8; 安德森

10+4+47=5/4; 埃姆斯

大卫让照片滑进一个厚厚的马尼拉纸文件夹里，朝着监控室走去。监控室里，屏幕墙前的两个技术人员里有一个转过身来："还没发现他的行踪。"

"机场有消息来吗？"大卫问。

那人在键盘上捣鼓了几下，抬起头来："有，他几分钟前刚在苏加诺-哈达机场着陆。你想让他留在那里吗？"

“不，我想要他到这里来。你们只要确保楼上监控的人不会看到他，其他的我来处理。”

CHAPTER 8

BBC[①] 世界报道－在线播报

阿根廷马德普拉塔和南非开普敦疑遭恐怖袭击

*** 突发新闻更新：巴基斯坦卡拉奇和印度尼西亚雅加达也发生了爆炸。我们将随时更新报道，披露新的细节。***

南非开普敦

今天，自动步枪的枪声和手榴弹的爆炸声粉碎了开普敦清晨的宁静。一伙大约 20 人的武装分子冲进了一栋公寓楼，杀死了 14 个人。

警方对此次袭击尚未发布任何官方信息。

事件的目击者称之为一次特种作战式的攻击。BBC 的现场记者获得了这位目击者的陈述："是啊！我看到了，看起来就像是辆坦克，或者是别的类似的什么玩意儿，你知道的，就是类似于军用装甲运输车，从人行道上冲过来，然后一伙人就从里头冲了出来，看起来就像是忍者，或者是机器人士兵，或是类似的玩意儿，移动的时候就跟机械似的，然后好像整个大楼都爆炸了，玻璃掉得到处都是，我跑出来了。我想说，这街区治安不好，可是哥们儿，我从没看过这样的事情。刚开始，我还以为——你知道的——一次毒品突击搜查。不管到底是什么，这事情可做得真不地道。"

另一位目击者匿名接受了采访，坚称这伙人的运输车辆和制服上都没有任何官方标志。

---

① 英国国家广播公司。

一位路透社记者在警方驱逐他之前，曾短时间进入了事件现场，他做了如下描述："我觉得那看起来像是个安全屋，可能是 CIA[①] 或者 MI6[②] 的。那儿的人肯定资金相当充裕才用得起那些技术设备：一间满是计算机屏幕的战情室，还有一个巨大的服务器机房。到处都是尸体，大约一半穿着平民服装，剩下的穿着一身黑色护甲，跟目击者说的那些袭击者一样。"

现在仍不清楚到底是这些袭击者出现了伤亡，不得不丢下一部分人，还是这些尸体原本就是本地的防御者。

BBC 邀请 CIA 和 MI6 对此报道发表评论。二者都拒绝了。

今天早些时候，阿根廷马德普拉塔也发生了类似事件。当地时间大约凌晨两点，一个低收入社区里发生了大规模爆炸，导致 12 人遇难。两个事件之间是否有关联目前尚未可知。旁观者称爆炸之后一队全副武装的人员袭击了现场，没人能辨识这些人的身份。

和开普敦的袭击一样，尚无人声称对马德普拉塔的袭击事件负责。

"我们对事件中的各方一无所知，这让人十分焦虑。"美利坚大学[③]教授理查德 · 布克梅耶说，"从初期报道来看，假如袭击的受害者或者行凶者中的某一方是某个恐怖网络的一部分的话——那这个组织行动之精密，目前已知的任何恐怖实体都不能望其项背。要么是出现了新角色，要么是某个已有的组织发生了巨大的进步。无论是哪种情况，我们都必须对全球恐怖地图的认知进行重新审视。"

我们将随时更新报道，补充更多细节。

---

① 美国中央情报局。

② 英国军情六处。

③ 又称美国大学。位于美国华盛顿的一所私立大学。

CHAPTER 9

印度尼西亚

雅加达　时钟塔分站总部

大卫正在研究一幅雅加达地图，上面标有时钟塔在这个城市周边的安全屋。这时监控技术员走了进来："他来了。"

大卫叠起地图："很好。"

乔什·科恩朝着那栋外表平淡无奇的公寓楼建筑走去，时钟塔雅加达分站总部就坐落其中。它周围的建筑大多是废弃了的——烂尾楼和破败的库房混在一起。

这栋楼的外面写着"时钟塔保安股份公司"。对外界而言，时钟塔保安公司只是如今日益增多的私人保安公司之一而已。明面上，时钟塔保安公司向企业高层和到访雅加达的外国要人提供人身保护和安保服务，同时也在当地执法部门"不够合作"的时候提供私家侦探服务。这是个完美的伪装。

乔什进入大楼，走过一条长长的门廊，打开一扇沉重的钢门，走近银光闪闪的电梯门。电梯门旁的一块墙板往后滑动，他把自己的手放到了露出的反光面板上，开口说："乔什·科恩。验证我的声纹。"

第二块墙板打开了，这一块和他的面部差不多高。一束红光上下扫动，他保持头部不动，睁大眼睛。

电梯"叮"的一声打开了，开始把乔什带向大楼的中部楼层。电梯上升的过程中悄然无声，但乔什知道在楼里另外的地方，有监控技术员正在检视他的全身扫描图像，确认他身上没有窃听器、炸弹或者别的什么有问题的东西。如果他身上有这些东西，电梯里会被某种无色无味的气体充满，而他将会在一间拘留室里醒来，那将会成为他看到的最后一个房间。要是他通过了检查，电梯就会把他带到四楼——过去三年里他的家，时钟塔的雅加达总部。

时钟塔是全球对无国界恐怖活动做出的秘密反应：一个无国界的反恐组织。没有繁文缛节，没有官僚政治，只有好人杀坏蛋。实际上没那么简单，但时钟塔是全世界有史以来，最接近于此的机构了。

时钟塔是独立的，非政治化的，反教条主义的，还有，最重要的是，极端高效的。因此世界各国的情报机构都支持时钟塔，尽管对它几乎一无所知：没人知道它何时建立，由何人领导，经费从何而来，或者中央机构在何处。三年前，乔什加入时钟塔时，他曾以为他作为时钟塔的内部人员能知晓这些问题的答案，但他错了。他的职位迅速上升，成了雅加达站情报分析室的主任，但他对时钟塔的了解仍然和他从 CIA 恐怖主义分析室被雇用的那天一样少。他们希望的似乎正是如此。

在时钟塔里，分部互相独立，彼此间信息被严格区隔开来。大家都把情报提供给中央，都从中央获取情报，但任何一个分部都看不到全局景象，对大规模行动的内情也一无所知。因此，乔什六天前接到一份邀请的时候才会如此震惊：这是个所有时钟塔分部的情报分析主任都要出席的会议。他直接和雅加达站的站长大卫·威尔对质，问对方那是不是个玩笑。他说那不是玩笑，所有的站长都接到了这次会议的通知。

这次邀请给乔什带来的震惊，很快就败给了会议本身所带来的。第一件让他惊奇的事情，是会议的参与者数量：238。乔什曾以为，相对而言，时钟塔并不大，大概会在全世界的热点地区有 50 个左右的分部，但相反，全球到处都有代表来参加会议。假如每个分部的规模都跟雅加达站差不多——大约 50 名成员——那么各个分部加起来有超过 1 万名工作人员，这还不包括中央机构，仅仅要汇总和分析情报，中央那里至少就得要 1000 人，更不用说还需要人在各分部之间做协调工作。

这个组织的规模让人震惊：这都跟 CIA 差不多了，乔什在 CIA 工作的时候那儿一共也只有大概 2 万名雇员。而且这 2 万人中很大一部分都在弗吉尼亚州的兰利[①]做情报分析，不在一线。时钟塔则精干得多——它完全没有CIA的官僚体制，没有臃肿的组织。

时钟塔的特种作战能力大概会让地球上的任何一个政府相形见绌。每个时钟塔分部都有三种人员。三分之一的人是办案干事，和CIA的国家秘密行动处类似，他们在暗地里工作，对付实际存在的恐怖组织、卡特尔[②]以及其他一些邪恶团体，或者是让这些人能发展壮大的环境：当地政府、银行和警察部门。他们的目标是获得HUMINT(人工情报)——第一手的情报。

每个分部里另外三分之一的人员是情报分析员。分析员们的时间绝大部分都被用在两件事情上：当黑客和揣测。他们黑进所有人的所有设备：电话通信、电子邮件、短信。他们把这些信号情报，或者简写成SIGINT，和HUMINT以及其他的本地情报合并，然后发给中央。乔什作为主任的职责就是保证雅加达站的情报收集能力达到最大化，并对情报加以判别。判别听起来比揣测好，但他的工作大部分时候还是会堕落成靠揣测给站长提供建议。站长和中央派来的顾问，还有受权在本地行动的特工，他们属于分部的秘密行动组——这些是那剩下的三分之一员工。

雅加达的秘密行动组在时钟塔战斗组排行榜上挤进了前几名。这一状况在某种意义上让乔什成为会议中的明星。因为乔什所在的分部是亚太地区事实上的领头羊，每个人都希望了解他们成功的秘诀究竟在哪里。

但并不是所有人都是乔什的粉丝——他很高兴看到好多个他的老朋友也出席了会议。他在CIA共事过或者是联络过的其他政府的官员。这简直难以置信：他一直以来都在跟他认识了多年的人们通信。时钟塔有严格的制度，每个新人都会得到一个新名字，你过去的资料被销毁，你在分部之外的地方不得揭示自己的身份。外线电话要通过计算机进行变声伪装，私人交往被严格禁止。

① CIA总部所在地。

② 非法的垄断组织统称为卡特尔。

一次面对面的会议——所有分部的全部分析主任都参加——把这种保密的帷幕撕得粉碎。这违反了时钟塔的所有操作规范。乔什知道肯定有什么原因——某种非常令人信服的、非常紧急的原因——才值得冒这种风险，但他之前也没猜到会议上中央向他们揭示的机密会是那样。现在他都还有些难以置信。他得把那个告诉大卫·威尔，马上。

乔什朝电梯前面走了几步，站到离门更近的地方，准备一开门就直奔站长办公室。

现在是上午 9 点，雅加达站应该正全速运转。分析员们的老窝里会热闹得犹如纽约证券交易所大楼，分析员们挤在监视器墙前指指点点，议论纷纷。在楼那边，通往战地行动准备室的大门应该敞开着，里面多半满是准备就绪的特工。来得迟的人会站在他们的衣柜前，飞快地穿上他们的护甲，往他们身上的每个口袋里都塞进备用弹夹。起得早的那些通常是坐在周围的木凳上，聊着体育运动和武器装备，直到早上的简报会召开。偶尔他们也会打破这种战友情谊，搞些更衣室恶作剧。

这里是他的家。乔什得承认，他还是想家了，虽然他在会议上的所得完全超乎预期。知道自己是一个更庞大组织的情报分析主任之一，有很多别的人和他过着一样的生活，面对着同样的问题和恐惧，这让他感到很是安慰。在雅加达，他是分析室的头儿，有一个团队为他工作，他只对站长负责，但他没有真正的同伴，没有真正的交流对象。情报工作是一个孤独的职业，对那些负责人来说尤其如此。它已经在他的一些老朋友身上刻下了印记。有些人老得比实际年龄快多了，另外一些人则变得坚毅而冷漠。看到他们以后，乔什有些疑惑是否自己最后也会变成那样。凡事都有代价，但他相信他们正在从事的工作是有意义的。毕竟，世界上没有完美的职业。

他的思绪从会议里飘了回来。他这才意识到电梯门早该开了。当他转头四顾的时候，电梯的灯光模糊起来，就像是慢放的动作视频。他感到身体好重，他几乎不能呼吸了。他伸手朝电梯里的扶手抓去，但他的手指收拢不了，手松脱了，钢制的地板扑面而来。

CHAPTER 10

印度尼西亚

雅加达　雅加达西区警察局拘留中心

C 审讯室

凯特的头疼得要死，她身上也疼，而警察一点忙都不帮。她在一辆警车后座上醒来，司机拒绝告诉她任何事情。她到了警察局以后，情况变得越发糟糕了。

“你们为什么不听我说呢？为什么你们不出去找那两个男孩？”凯特·华纳站着，俯身在金属桌面上，盯着那个自以为是的小个子审讯员，他已经浪费了她 20 分钟的时间了。

“我们正在努力寻找他们。这就是我们为什么要问你这些问题，华纳小姐。”

“我已经告诉你了，我什么都不知道。”

“也许如此，也许并非如此。”小个子男人一边说一边把脑袋来回摆动。

“也许个鬼啊，我会自己去找他们的。”她朝着铁门走去。

“那门锁着呢，华纳小姐。”

“那就打开它。”

“不可能。嫌疑人被讯问的时候门必须锁着。”

“嫌疑人？我要找个律师，现在就要。”

“你现在在雅加达，华纳小姐。没有律师，也不许给美国大使馆打电话。”那男人低下头，从靴子上抠掉些污垢，继续说道，“我们这儿有很多外国人，很多访客，很多来这儿的人，都不尊重我们的国家、我们的人民。以前，我们害怕美国领事馆，我们会给他们叫律师，他们总能逃脱。我们学乖了。印度尼西亚人不像你以为的那么愚蠢，华纳小姐。你就是为此在这里进行你的事业的吧，是不是？你以为我们蠢得没法弄明白你们在搞什么鬼？”

“我没搞什么鬼，我是在尝试治疗自闭症。”

“为什么不在你自己的国家里做这事呢，华纳小姐？”

凯特绝不要告诉这家伙她为何离开美国，一百万年也不要。相反，她说：“美国是全世界做临床试验最花钱的地方。”

“啊哈，是费用问题，是吧？在印度尼西亚这里，你可以买得起用来做试验的婴儿？”

“我没买过婴儿！”

“但你的试验机构拥有这些婴儿，不是吗？”他把文件转向华纳，指着上面。

凯特顺着他的指头看过去。

“华纳小姐，你的试验机构是这两个孩子的——这全部103个孩子的——法定监护人。是不是？”

“法定监护权并不是所有权。”

“你的用词不同而已，荷兰东印度公司从前也是这么玩的。你知道它吗？我肯定你知道。他们用的是‘殖民’这个词，但他们拥有印度尼西亚超过200年。一家公司拥有我的国家和里面的人民，他们对待我们就像是对待他们的财物，予取予求啊。1947年，我们终于得到了独立。但那段记忆对我的人民还并不遥远。陪审团也会同样看这个问题的。是你带走了这些孩子，不是吗？你自己也说了，你没为他们花钱，我也没看到有父母的记录，他们没有表示同意收养。他们到底知不知道你占有了他们的孩子？”

凯特狠狠地盯着他。

“所以我这么认为，现在我们有所进展了，诚实是最好的方法。最后一个问题，华纳小姐。我发现你的研究是由伊麻里雅加达公司研究部资助的。这很可能仅仅是巧合——但很不幸的是——65年前荷兰人被驱逐出去的时候，伊麻里控股公司买下了很多他们的资产。所以支持你的事业的钱来自……”

那个男人把那几页纸塞进文件夹，站了起来，仿佛他是个印度尼西亚版的佩里·梅森[1]，正做他的结案陈词："你也能明白陪审团会怎么看待这个问题了吧，华纳小姐。你的人离开了，但换了个名字又回来了，继续剥削我们。20世纪你们要的是甘蔗和咖啡豆，现在你们要的是新药，你们需要新的天竺鼠[2]来做试验。你们带走我们的孩子，进行你们在你们自己的国家里不能进行的试验，因为你们不会在你们自己的孩子身上这样做，然后出了问题的时候——可能是有个孩子病了，或者是你们觉得当局会发现了——你们就除掉这些孩子。但哪儿出问题了。可能你们医师中有个人不愿杀害这些孩子，他知道这是错的，他反击了，在打斗中他被杀了。你知道警察要来了，所以你就编了这个绑架的故事？是的。你可以承认这些：那样会更好。印度尼西亚是个宽大为怀的地方。"

"不是这样的。"

"这是最符合逻辑的情节，华纳小姐。你没给我们别的可能，你要见你的律师，你坚持要我们释放你。想想看，这看起来像是怎么回事吧。"

凯特盯着他。

那男人站起来，走向门口："好吧，华纳小姐。我必须警告你，下面要发生些不那么令人愉快的事情。合作是最好的，但是当然啦，你们这些聪明的美国人总是知道什么是最好的。"

---

① 美国著名侦探小说家加德纳的代表作《梅森探案集》中的主人公。

② 即俗称的小白鼠。生物和医药学常用的试验动物。

CHAPTER 11

尼泊尔　斯米克特郊区

伊麻里集团　研究综合体

“醒醒，吉伐尔，他们在叫你的号码了。”

吉伐尔努力睁开他的双眼，但光线太刺眼了。他的室友俯在他身上，在他耳边小声说着什么，但他听不清。远处有扬声器隆隆作响：“204394，立刻前来报到。204394，立刻前来报到。204394，204394。报到。”

吉伐尔从小床上一跃而起。他们叫了他多久了？他的眼睛往左瞧瞧，往右望望，搜索着他和伐苏同住的3米乘3米的小间。他的裤子和衬衫在哪儿？不要啊……如果他迟到了，忘了穿好制服，他们肯定会把他踢出去的。他们在哪儿？他的室友坐在他的铺位上，举着他的白色裤子和衬衫。吉伐尔抓过衣裤扯到身上，差点把裤子撕坏。

伐苏低头盯着地板：“抱歉，吉伐尔，我也睡过了，没听到。”

吉伐尔想说点什么，但没时间了。他跑出房间，跑进门廊。几个小间空着，大多数小间里面只住一人。在通往另一侧的门口，一个勤杂工说：“胳膊。”

吉伐尔伸出他的胳膊：“204394。”

“安静。”那个男人说。他把一个带有小屏幕的手持装置在吉伐尔的胳膊上晃动。它“哔哔”响了几声，男人转过头喊道：“人来啦！”他给吉伐尔打开门，“往前走。”

吉伐尔加入到大约50名其他的“住客”当中。3个勤杂工把他们护送到一个摆着几个长排椅子的大房间里。椅子之间由高高的隔墙隔开，仿佛隔成了一个个工作间。椅子看起来有些像沙滩躺椅。在每把椅子旁边，都有一根银色的高杆，上面挂着3个袋子。袋子里面装着些清澈透明的液体，每个下面都吊着一根管子。在椅子另一边，矗立着一台机器，上面的读数装置比汽车仪表盘上的还多。机器底下有一捆电线垂落，系在椅子右边的扶手上。

吉伐尔从没见过这些玩意儿，迄今为止这种事情也没发生过。从6个月前他到这处设施里开始，日程几乎从无变化：早餐、午餐、晚餐都有精确的时间点，食谱也总是老样子。每餐之后，从他右臂上他们植入的那个阀门似的装置那里抽血；有时候在下午要去锻炼，胸口挂着监控的电极。剩下的时间里，他们都被关在那个小间里，3米乘3米，里头有两张床和一个卫生间。隔个两到三天，他们会用一台会发出低沉的嗡嗡声的大型机器给他拍张照。他们总是告诉他躺着别动。

每周他们要洗一次澡，在一间很大的集体浴室里男女混浴。目前为止那是最麻烦的部分——在浴室里你得设法控制住自己的欲望。他刚来的那个月，有一对被抓到在胡搞。之后再也没人看到过他们。

上个月，吉伐尔试着想要在沐浴时段留在他的小间里，但他们抓到了他。监察咆哮着冲进他的房间：“你下次再不守规矩，我们就会把你踢出去！”吉伐尔吓得要死。他们定期发给他钱，相当多。因此他别无选择。

去年，他家里失去了农田。没人能靠一小块农田缴清那些税，要是大些的田地，也许可以。地价跟坐了火箭似的，全印度到处都人口膨胀，所以他的家里和许多别的农民家里做了同样的事：让他们的长子去城里工作，双亲和小些的孩子们守在家里。

他的大哥在一家制造电子产品的工厂里找到了工作。吉伐尔和他的父母在他上班后一个月去看过他。那儿的条件比这里恶劣得多，工作已经让他付出了代价——离开他家农田的那个强壮的、活力四射的21岁男人，看起来一下子就老了20岁。他脸色变得苍白，头发越来越稀，走路都有点驼了。他总在咳嗽，他说厂里有病菌，宿舍里的每个人都得病了，但吉伐尔不相信。他哥哥把他攒下的那点钱交给他父母，然后说：“想想看，五到十年以后，我就有足够的钱给我们再买一块田啦。我会回到家里，我们可以重新开始。”他们都装作十分兴奋的样子。父母说他们为他感到十分骄傲。

在他们回家的路上，吉伐尔的父亲告诉他们，明天他要出去，找个好点的工作。以他的本领，肯定能在哪儿当上管理层，他会赚很多钱的。吉伐尔和他母亲只是点头。

那天夜里，吉伐尔听到他的母亲在哭喊，片刻之后，他父亲也叫喊起来。以前他们从没吵过架。

第二天夜里，吉伐尔溜出了他的房间，给他们写了张留言，然后动身前往最近的大城市。城里满是在找工作的人。

吉伐尔求职的前七家都拒绝了他。第八个地方有些与众不同，他们什么问题都不问。他们往他嘴里伸进根棉签，让他在一间很大的接待室里等了一个小时，大部分人之后被要求离开。又等了一个小时以后，他们叫了他的号码——204394——并告诉他，他们可以雇用他到一家医疗研究机构工作，然后他们告诉他薪酬。然后他就迫不及待地签下了协议，急得甚至伤到了手。

他简直不能相信自己的好运。他以为条件会很差，但他错得不能再错了——实际上这里的条件简直是在度假。可现在他全搞砸了，他们肯定是要把他踢出去了。他们叫过他的号码了，而他没按时报到。

也许他攒下的钱已经够买一块新田了，也许他还能找到另一家研究机构。他曾听说过那些大企业会彼此通气那些差劲工人的黑名单。那些人到哪儿都找不到工作，简直是自取灭亡。

“你们还在等什么！”那个男人叫道，“找个座位。”

吉伐尔和另外五十来个白衣赤脚的“工人”争抢着椅子。人们用手肘互相推搡，好几个人都跌倒了。看起来每个人都能找到一把椅子，唯有吉伐尔例外。每次他走近一把椅子，就有人在最后一刻先坐进去。如果他找不到椅子会怎么样？也许这是个测验，也许他该……

“各位，放松，放松。当心设备。”那男人说，“只要找把最近的椅子就好。”

吉伐尔长舒了一口气，朝下一排走去，也坐满了。在最后一排里，他找到了一个座位。

又进来一群勤杂工，他们穿着长长的白色大褂，带着平板电脑。一个看起来蛮年轻的女人走到他面前，把那些袋子连到他胳膊上的阀门上，然后把那些圆形的探头贴到他身上。她在屏幕上点了几下,就走到他旁边的椅子去了。

也许只是一次新的测试，他想。

他突然觉得昏昏欲睡。他把头往后靠去……

吉伐尔醒来的时候还在同一张椅子上，那几个袋子都被拿走了，但探头还连着。他觉得头昏脑涨，浑身无力，好像感冒了。他努力想要抬起头来，头太沉了。一个白大褂走了过来，用一个手电筒在他眼前晃了晃，然后拿下那些探头，让他起来，跟其他人一起站到门口去。

他站起来的时候，两腿一软，差点摔倒。他抓住椅子的扶手，稳住身子，然后踉踉跄跄地走向人群。他们看起来半梦半醒似的，一共大概有 25 个人，是进来人数的差不多一半。剩下的人呢？他又一次睡过头了？这是惩罚吗？他们会告诉他原因吗？一两分钟后，另一个男人加入进来，他的模样看上去比吉伐尔和其他人更糟糕。

勤杂工们带着他们穿过另一条长长的走道，进入一个他以前从没见过的奇怪的房间。这个房间空无一物，墙壁十分光滑，他感觉这里像是个保险库之类的地方。

几分钟过去了，他竭力克制住想坐到地板上的念头，还没人告诉他可以坐下。他站在那儿，耷拉着沉重的头颅。

门打开了，两个孩子被送了进来。他们不会超过七岁，顶多八岁。保安们让他们留下和这群人一起，“砰”的一声关上门走了。

那两个孩子没被麻醉，至少吉伐尔以为没有，他们看起来是清醒的。他们迅速地走进人群中，从一个人面前跑到另一个人面前，试图找出一张熟悉的面孔。吉伐尔觉得他们快要哭出来了。

他听到房间的另外一头有机械的响动声，像是个绞盘。几秒钟之后，他意识到有什么东西正在被放下来。他的脑袋好重啊，他费劲地抬起头来，几乎看不清那个东西。那东西看上去像是个巨大的、铁质的国际象棋小兵，不过顶上是平的。也许有些像一口钟，但它边上是光滑的、笔直的。那东西足有4米高，一定很沉，因为放下它所用的四根缆绳都非常粗大，周长大概有25厘米。离地面还有大概6米时，它停了下来，有两根缆绳沿着墙上一条吉伐尔之前没注意到的轨道继续往下。它们移到跟那个巨大的机器几乎同高的地方停了下来，然后看着像是收紧了些，从两边把那设备固定好。吉伐尔紧张地仰望着，从机器顶上又有一根缆绳蹿了出来。这根比边上的几根更粗壮。和其他几根不同的是，这根不是金属的，甚至都不是实心的。看上去里面是一捆电线或者是计算机数据线，类似于某些电子产品里的排线。

那两个孩子在人群中停住不动了。所有的大人都在努力望着上头。

吉伐尔的眼睛适应些了，现在他能分辨出在那台机器的边上刻着一个标志。看起来有些像是纳粹的符号，那个……他想不起叫什么了。他觉得好困。

那台机器暗沉沉的，不过吉伐尔觉得他能听到一阵微弱的悸动声，仿佛有人在有节奏地敲打着一扇坚固的门板——嘭，嘭，嘭。也许是像那台拍照的机器的声音。这是一台特别的摄像机吗？在拍集体照？那嘭嘭声每秒钟都在变强，然后那颗巨大的卒子顶上发出了光——显然它顶上开了些小窗。那橙黄色的光线随着嘭嘭声的节拍闪动，视觉效果简直像个灯塔。

吉伐尔被那台机器的声光脉动深深迷住了，都没注意到周围的人们倒下。某种事情正在发生，随后他身上也发生了同样的事情，他的腿变得沉重起来。他听到些好像弯曲金属的声音——机器在被两边的绳索拖动：它在费力地往上升去。

地板对他的引力似乎每秒钟都在增强。吉伐尔环顾四面，却看不见那两个孩子。吉伐尔感到有人抓住了他的肩膀。他转过身去，看到有个人趴在他身上。那人的脸上满是深深的皱纹，血从他鼻子里往外奔涌。吉伐尔意识到这男人手上的皮肤正在剥落下来，沾到吉伐尔的衣服上。不，不只是皮肤。这男人的血也开始在吉伐尔的衬衫上渗开来。这人朝他倒了下来，他们俩都跌到了地上。吉伐尔听到机器的嘭嘭声里混进了持续不断的嗡嗡声，光线也不再闪动，同时他感到从他鼻子里有血流到他的脸上。然后声音和光线戛然而止。

在控制室里，常医生和他的团队站在那儿，看着试验对象们倒下，变成一堆皱巴巴的尸体，血肉模糊。

常医生跌坐回椅子里。“好了，结束了，关掉它。”他摘下眼镜，扔到桌子上，捏着自己的鼻梁，精疲力竭，“我得去跟主管报告这个结果。那人会不高兴的。”

常医生站起来，向门口走去：“开始打扫吧，用不着验尸解剖。”解剖的结果肯定跟之前 25 次试验一样。

两个清洁工在“一二一”地来回晃荡尸体，然后松开，把尸体抛进摇晃着的塑料桶里。桶里大概能装十具尸体，或者更多点，或者更少点。今天他们多半要往焚化炉跑三趟了，如果他们能把尸体堆高些，也许是两趟。

至少这些尸体还是完整的。他们以前做过更麻烦得多的清洁工作：那些碎成一块块的尸体简直好像永远也收拾不完。

穿着防化服工作很困难，但也没有更好的办法。

他们抬起又一具尸体，往前面荡去，这时——

尸堆里有什么东西在动。

两个孩子正在尸体下面挣扎，奋力爬出来。他们浑身都是血。

一个人开始清开尸体，另一个转向摄像头，挥动手臂：“嘿！我们发现了两个活着的！”

CHAPTER 12

印度尼西亚　雅加达

时钟塔分站总部

禁闭室

“乔什，能听到我说话吗？”

乔什 · 科恩努力睁开他的双眼，但光线太亮了。他的脑袋在抽痛。

“来，再给我一个。”

乔什勉强能看到自己旁边坐着个模糊的身影，下面是一张硬床板。他在哪儿？这儿看起来像是站里的一间拘留室。那个男人把一个小球拿到乔什鼻子下面，“啪”的一下捏碎了它。乔什闻到了有生以来最可怕的味道——一股刺鼻的氨气味势不可当，飞快地穿过他的呼吸道，充满了他的肺部，呛得他整个人往后一倒，脑袋撞到了墙上。持续的抽痛变成了尖锐的刺痛。他闭上眼睛，揉揉脑袋。

“好了，好了，放松点。”是站长大卫 · 威尔。

“发生什么事了？”乔什问。

现在他的眼睛能睁开了。他发现大卫穿着全套护甲，还有两个外勤特工站在房间门口。

乔什坐起身来：“肯定是有人放了个窃听器……”

“放松点，不关窃听器的事。你能站起来吗？”大卫问。

“我觉得能。”乔什挣扎着站起来。电梯里将他放倒的气体让他现在仍然头昏脑涨。

“很好，跟我来。”

乔什跟着大卫和那两个特工走出了禁闭室，走上一条通往服务器机房的长廊。在服务器机房的门口，大卫转身对那两个特工说：“在这儿等，有任何人进来就通知我。”

在服务器机房里，大卫的脚步加快了，乔什几乎是要用跑的才能跟上。站长身高超过 6 英尺，肌肉发达，虽然还比不上那些橄榄球中后卫球员，但也壮实得足以让任何想在酒吧里滋事的醉鬼先掂量一下。

他们在拥挤的服务器之间绕来绕去，躲过一个个高耸的金属箱子，箱子上红色、绿色、黄色的灯光闪烁。房间里很凉快，机器响个不停的嗡嗡声让人有轻微的迷失感。三个人组成的 IT 组[①] 总是在做服务器维护工作——加加减减，更换硬件。这地方简直乱得像个猪窝。乔什被一根电源线绊到了，但他还没摔倒，大卫就转过身来抓住他，随即一把把他身子推直。

“你还好吧？”

乔什点点头：“嗯，这地方太乱了。”

大卫什么也没说，但接下来的路上他走得慢了点。他们在服务器机房背后的一个立式金属储物柜前停下。大卫把柜子推开，露出一扇银色的门及一块面板。扫描掌纹的红色光线从他的手掌上闪过，另一块面板打开来，进行面部和视网膜扫描。全部扫完以后，墙壁分开，露出一扇黑色的金属大门，看起来像是战舰上的舱门。

大卫又做了一次掌纹扫描，打开大门，带着乔什走进里面。里头的房间大约有半个高中健身房大小，这里仿佛一个四周都是水泥墙的洞穴，他们走到中心部位的脚步声在周围制造出响亮的回声。那儿放着一个不大的玻璃盒子，大约 12 英尺见方，吊在几根金属拧成的粗大缆绳下。玻璃盒散发着柔和的光线，乔什看不到里面，但他已经知道那是什么了。

乔什曾怀疑过楼里有这么个房间，但他从没亲眼看到过。这是个静室。整个雅加达站总部某种意义上都可以视为静室——在这里任何监听装置都会被屏蔽。在站里本没必要再采取更多的预防措施了——除非你不希望大楼里别的任何人听到你的声音。

① 信息技术组。

应该会有某些谈话需要这样的地方。他怀疑站长跟其他的站长在这里通过电话和进行视频交谈，也许甚至还在这里跟中央机构进行联络。

当他们靠近这个小房间的时候，一小段悬空的玻璃楼梯伸了出来，等他们爬上去进入房间以后又迅速收了起来。在他们身后，一扇玻璃门关上了。在房间的另一头，墙上是一大排计算机显示屏，除此之外，这个房间空旷得让乔什感到意外：一张简易折叠桌，四把椅子；两部电话和一个话筒，还有一个老式的钢制档案柜。家具都是便宜货，跟这个场所有些不相称，倒像是你会在建筑工地上的活动板房里看到的那些货色。

“随便坐。”大卫说。他走到档案柜前，抽出几个文件夹。

“我有事要报告，这非常重要……”

“我想你最好先听我说。”大卫走到桌边，和乔什一样坐下，把文件放在他们俩中间。

“恕我直言，我必须报告的东西可能会改变你对全局的大观念，随后可能要来一次大规模的重新评估，重新评估雅加达站正在进行的每个行动，甚至要重新评估我们分析所有……”

大卫抬起一只手：“我已经知道你要告诉我的东西了。”

“你知道？”

“我知道。你要告诉我，我们这些年来正在追踪的恐怖威胁，包括正在发达国家进行的那些我们尚未明了的行动，绝大部分——并非像我们曾怀疑的，来自大约12个独立的恐怖分子和原教旨主义者的团伙。”

乔什沉默了，大卫继续说道：“你要告诉我，时钟塔现在相信，这些团伙其实都只是一个全球性的超级组织的不同面孔，这个组织的规模超乎任何人的想象，即便是最大胆的猜测。”

“他们已经告诉你了？”

“是的，但不是最近。我还没加入时钟塔之前就开始把各条线索拼凑到一起了。我当上站长的时候，他们就向我正式通报了这些。”

乔什转过头不看大卫。严格来说这算不上背叛，但意识到这么大的一件事一直都瞒着他——情报分析部门的头儿——真是让他很受伤。同时，他开始怀疑是否他早该把真相拼凑出来，怀疑大卫是否对他一直没能自己找出真相而深感失望。

大卫看起来发现了乔什的失望之情。“不管你信不信，我其实想把这事告诉你已经有段时间了，但这属于‘需者方知’[①]事项。另外还有些别的事情你应该知道。参加这次分析主任大会的240名左右出席者当中，142人再也没能回家。”

“什么？我听不懂。他们……”

“他们没有通过考验。”

“考验……”

“这次大会是一场考验。从你抵达的那一刻，直到你离开，你都处在声音和视频监控中。就像是我们在这儿审讯嫌犯一样，大会的组织者在测量说话者的声调、瞳孔的大小、眼球的转动，还有其他十几个特征。简而言之，全程观测着分析主任们在会议中的反应。”

“来确定我们是否能保守情报？”

“是的，但更重要的是找出那些预先就知道了会上公布的事情的人。说明白些，就是那些已经知道幕后存在一个超级恐怖集团的那些分析主任。这次会议是全时钟塔范围内的一次挖鼹鼠行动。”

这一刻,乔什觉得周围的玻璃房间似乎都消失了。他能听到大卫还在说话，但他已经沉入了自己的思绪中，那些声音仿佛只是些背景。这次会议是为一个圈套所做的完美掩护。所有的时钟塔雇员，包括分析员，都曾受过标准的反侦察课程训练，骗过一个测谎器就是个标准科目。把一个谎话说得跟真的似的，相对来说还比较容易，但要伪装出听到一个意外的消息，并且一直保持这种反应，全身各处都表现出可信的参数指标——这根本不可能。这是对每一个分析主任进行考验啊，言下之意……

① 术语，指只有工作必须得知者才能得知。

“乔什，你能听到我说话吗？”

乔什抬起头来：“不，我很抱歉，要接受的东西太多……时钟塔被渗透了。”

“是的，而且我现在希望你能集中精神。形势发展很快，我需要你的帮助。对分析主任进行考验是时钟塔防火墙措施的第一步。就在现在，全世界范围内，那些从会上回来了的分析主任都在和他们的站长在跟这里一样的静室里会面，努力找出拯救他们所在的分站的办法。”

“你认为雅加达站也被渗透了？”

“如果不这样那才要吓我一跳。更甚于此，对分析主任进行清洗是一系列进程的开端。那个计划，防火墙计划，是要把分析主任里面的鼹鼠筛掉，然后剩下的分析主任们和站长们合作，确认出所有可能造成麻烦的人。”

“听起来行得通。”

“本该如此，但我们低估了我们遭破坏的程度。现在我得告诉你一点关于时钟塔的组织结构的事。你知道一共有多少分支机构：200 到 250 个，随时间有所变化。你得知道，我们会前就已经确认有些主任分析员是鼹鼠了——大约 60 个。他们压根儿就没能出现在会议上。”

“那会上那些是——”

“演员。大部分是以前做过分析员的外勤人员，或者别的什么能装得像模像样的人。我们不得不这样。有些分析主任已经知道时钟塔分支结构的大概数量了，另外，这些演员在行动中还有额外的贡献：他们能协助进行这场为期三天的测谎。问些尖锐的问题，诱导回答，得到反应。”

“难以置信……我们怎么会被渗透得这么深？”

“这正是我们必须解答的问题之一。还有更多的问题，并非所有地方组织都像雅加达站这样。大部分比监听站大不了多少，他们那儿只有少量办事员，把他们收集到的人工情报和信号情报送到中央处理。一个被渗透的监听站是有害的——这意味着不管这个全球性的敌人是些什么人，他们可以利用这些站来收集情报，甚至还有可能利用它们把假数据发给我们。”

“我们可能实际上是睁眼瞎。”乔什说。

“正是如此。我们最希望看到的情况是这个敌人只是在借鉴我们的情报收集系统，在准备一次大规模袭击。现在我们知道那还不及真实情况的一半，还有几个大分站也被渗透了。这些站跟雅加达站一样，有情报收集系统，还有相当可观的秘密行动能力。我们是20个大分站之一。这些分站是最后的防线，把那些敌人正在策划的阴谋，不管什么阴谋，阻挡在这个世界之外的一条单薄的红线。”

“有几个大站被渗透了？”

“我们不知道。但有3个大分站已经陷落了——卡拉奇、开普敦和马德普拉塔都有报道，那些分站本身的特种部队横扫了他们的总部，杀死了大部分的分析员和站长。好几个小时没有从他们那边得到信息了。阿根廷上空的卫星检测证实了马德普拉塔站总部已被破坏。开普敦的叛乱者还得到了外部力量的协助。我们谈话的当间，首尔、德里、达卡拉和拉合尔正在交火。这些分站也许能顶住，但我们最好是当它们已经失陷来考虑。现在我们自己的特种作战部队也可能正准备接管雅加达站，也许此刻房间外面正在发生这种事情，虽然我怀疑会这样。”

“为什么？”

“我相信他们会等你回来。考虑到你所知道的太多，当他们发动攻击时，你会在目标列表的最前头。早上的简报会将会是发动攻击的理想时刻：他们可能在等着那一刻。”

乔什觉得他的嘴里有些干。“这就是为什么你把我从电梯里劫了出来。”他想了一下，“那现在要做什么？你希望我在简报会之前辨识出员工里面的危险分子？我们发动一次先发制人的攻击？”

“不，”大卫摇头说道，“最初的计划的确如此，但现在不是了。我们得假定雅加达站将会陷落。如果我们和其他那几个大分站被渗透的程度一样严重，那就只是个时间问题。我们得总揽全局，试着找出我们的对手的最终目标。我们必须假设，一个或者更多个分支会幸存下来，他们将会利用我们找到的东西。如果无人幸免，或许某个国家机构可以做到这点。但有一个问题你还没有问我，一个非常重要的问题。”

乔什想了一下：“为什么是现在？为什么从分析主任开始？为什么你们不先清理外勤特工队伍？”

“很好。”大卫飞快地摊开一个文件夹，“12 天以前，一个匿名情报员和我接触，说了两件事。第一，一次恐怖袭击即将发生——其规模我们之前闻所未闻。第二，时钟塔被渗透了。”大卫翻过几页，“他给了我们一个名单，上面有 60 个他说是被渗透了的分析员。我们暗中观察了他们几天，确认他们在使用死信箱[①]，进行未经批准的联络。这就对上了。情报员说可能还有更多人。接下来的事情你都知道了：其他站长和我组织了这个分析主任大会。我们隔离和审讯了那些被渗透的分析主任，用演员替代他们出席会议。无论情报员是什么人，他要么是不清楚外勤特工那边的情况，要么是出于他那边的什么原因对我们隐瞒了。情报员拒绝会面，我也再没从他那边得到其他信息。我们推进会议进程，还有之后的清洗。情报员一直保持静默。然后，昨天深夜，他再次和我接触了。他说他希望把答应过的另一半情报交给我，里面是一次代号‘多巴计划’的大规模袭击的细节。我们预定今天早上在芒加莱车站见面，但他没出现，出现的是一个带着炸弹的不明身份的人。但我认为他是想去的。在袭击之后不久，一个小孩给了我一沓报纸，里面是这个信息。”大卫把一张纸从桌子上推过来。

多巴计划是真实的。

4+12+47=4/5; 琼斯

7+22+47=3/8; 安德森

10+4+47=5/4; 埃姆斯

① 间谍活动常用手法之一。往约定的地方丢下情报，由接收人取回，这个地方就被称为死信箱。

“某种密文。”乔什说。

“是啊，令人惊喜。其他的情报都是直来直去的，但现在这个才合理。”

“我搞不懂。”

“不管这密文里究竟说的是什么，但都应该是真实的信息——这就是我们整个安排的目的。信息员希望清洗分析员，这样他就能把加密的消息在恰好的时间点送过来——让他能确信解开它的人不会是个双面间谍——比如说你就不会是。他希望我们的注意力集中在对分析员的清理上，延迟交火，直到他能送出整个信息。如果我们之前就知道我们被渗透得多彻底，我们就会先隔离外勤特工，让时钟塔进入完全封闭状态。那样我们现在也不会在这里谈话。”

“嗯。但为什么要费这个劲加密？为什么不像之前那次联络一样，送出明码信息？”

“问得好。他一定也处于监视下。在联络中明文告诉我们他想说的话必然会引起某些后果：可能会导致他的死亡，或者会加速这次恐怖袭击。所以在监视他的人，不管是谁，现在应该认为我们还不明白这条消息在说什么。这可能就是他们还没有攻陷更多分支机构的原因——他们仍然认为他们能控制住时钟塔。”

“有道理。”

“是啊。但是还有个问题让我困扰：为什么找我？”

乔什想了一下：“是啊，为什么不是时钟塔的领导，其他任何一个时钟塔分站站长，或者是直接向全世界的情报机构发出警告？他们拥有更多的远程打击力量，足以制止袭击。也许是向他们做出提示会让袭击提前发生——跟明码发送信息一样。或者……你所处的位置特别适合制止袭击？”乔什抬起头，“或者你知道某些信息。”

“很好。我先前提过，我在加入时钟塔之前就开始调查这个超级恐怖集团了。”大卫站起身来，朝着档案柜走去，又拿出两个文件夹，“我要给你看点东西，我花了十多年在这上头了，之前从没给任何人看过——连时钟塔的人都没。”

CHAPTER 13

印度尼西亚　雅加达

雅加达西区警察局拘留中心

C 审讯室

凯特往后翘着椅子，考虑着自己要做何选择。她大概只能告诉调查员这个试验项目开始时的情况。即便他不相信，她也得让这些被记录在案，他们控告她的时候有用。“停一下。”她说。

那男人在门口停了下来。

凯特让椅子腿落地，把她的胳膊放在桌子上：“我的试验项目收养这些孩子是有很正当的理由的。有些东西你必须明白，当我到雅加达来的时候，我本打算用美国在此的办事方式来进行试验。这是我所犯的第一个错误。我们失败了——然后我们改变了我们的做事方法。”

那个小个子男人从门口转了回来，坐下，听着凯特描述她是怎么花了几个星期准备雇用病人的。

凯特的团队原本通过一个合同研究组织（CRO）来运行他们的试验项目，就跟他们在美国做的一样。在美国，制药公司专注于开发新的药物或者疗法，当他们发现某些有潜力的项目时，他们通常就把试验项目的管理工作外包给 CRO 们。CRO 们会去找到对试验项目感兴趣的诊所。诊所或者是站点之后会让病人们登记参加试验，使用新疗法、新药物，然后定期检测他们是否出现健康问题——是否有不良反应。CRO 对项目中的每个站点保持密切监视，向赞助商研究机构报告结果，后者再向 FDA[①] 或者是世界其他国家的管理部门提

① 美国食品药品管理局。

交报告。最终的目标是试验出具有想要的治疗效果，又没有任何负面作用或者不良反应的结果。这是条漫漫长路，实验室里的新药只有不到 1% 最后能出现在药店里的货架上。

只有一个问题：雅加达，说大点，整个印度尼西亚，都没有自闭症诊所，只有寥寥可数的几处专家门诊关心发育紊乱。这些诊所对临床研究缺乏经验——这对病人来说是很危险的状况。印度尼西亚的医药产业非常弱小，这主要是因为市场太小了①，所以很少有医生接触过药物研发过程。

那家 CRO 最后采用了新方法：直接去跟患儿的父母签约，自己运营一家诊所实施治疗。凯特和试验项目的首席研究员——约翰·赫尔姆斯医生一起跟 CRO 进行了长时间的会谈，想找出别的选择，但没有成功。凯特力劝赫尔姆斯医生推行这个方案，最终他同意了。

他们列了一张名单，罗列了雅加达周围 100 英里范围内有自闭症患儿的家庭。凯特在城里一家最好的宾馆订了一间礼堂，邀请名单上的家庭出席。

接连几天她都在写项目宣传册，重写，再修订。最后，本冲进她的办公室，告诉她如果她再拖延下去，他只好退出项目了。凯特让步了，项目宣传册被送到道德委员会，然后送到印刷厂，而他们开始为活动做准备。

那天终于到来的时候，她站在门口，准备欢迎每个到来的家庭。她希望她的手能停止出汗。每隔一两分钟，她就得在裤子上擦擦汗水。第一印象最重要。自信，信任他人，专业。

她等待着。他们的宣传册够多吗？他们手头有 1000 本，尽管他们发出的邀请函只有 600 份，可父母双方可能都要来出席。别的家庭可能也会来——在印度尼西亚，没有对患病家庭进行可靠的登记，也没有可靠的数据库。他们该怎么应对？她让本去准备在必要的时候使用宾馆的复印机：在她讲话的时候他可以准备好宣传品的复印件。

预定开始时间过了 15 分钟了，有两个母亲首先到来。凯特再次擦干她的手，

---

① 印度尼西亚大多数种类的药物依靠进口。

大力握手。她说话的嗓门有点太大了:“你们能来真是太好了——谢谢光临——不，就是这儿——随便坐，我们随时可能开始……”

预定开始时间之后 30 分钟过去了。

预定开始时间过了 1 个小时。

她把来了的 6 位母亲聚在一起，聊了一会儿。“我不知道怎么了——你们是哪天接到邀请的？——不，我们还请了其他人——我想肯定是邮政系统出了问题……”

最后，凯特把这 6 个出席者带到了宾馆里的一间小会议室里，好让大家都不那么尴尬。她做了一个简短的介绍，然后每个母亲都找借口溜走了，说是她们要去接孩子啊，回去工作啊，等等。

宾馆楼下的酒吧里，赫尔姆斯医生已经喝成了只醉猫。凯特过去坐在他身边，随即这个头发花白的男人就侧过身子靠近她说:“我早告诉你这行不通了吧。我们在这个城市里永远都雇不到人的，凯特。为什么——嘿嗬，酒保，哈，这儿，给我再来一杯，呣，一样的，好人啊——我说到哪儿了？啊，是的，我们得打点行装了，快点。牛津大学给了我一份录用函。上帝啊，我好想念牛津啊，这儿可真他妈的太潮湿了，每时每刻都感觉像在洗桑拿。可我得承认，我在这儿做出了生平最好的成绩。说起来……”他又靠近了些，“我不想说出那个词，说出来也许就不灵了。可……诺贝尔奖。我听说啊，我被提名了——今年会是我的幸运年，凯特。我等不及要忘掉这次惨败了。我什么时候才能学乖点呢？我觉得只要遇到有正当理由的事情，我就变成了软心肠。”

凯特真想指出软心肠的他可是提出了一份苛刻的协议——他的薪水是她的三倍，任何出版物或者专利上他的名字都在第一位，尽管整个研究事实上都建立在她博士后研究工作的基础上——但她收住了自己的舌头，喝完了杯中的莎当妮酒[①]。

那天晚上她给马丁打了个电话:“我做不……”

---

① 法国葡萄品种，多用于酿造白葡萄酒。

"打住，别再说下去了，凯特。只要你下定决心，你什么都做得到的，你一直都可以的。在印度尼西亚有两亿人，这个小小的世界里有大约70亿人。大约有0.5%的人都患有程度不同的自闭症——这就是3500万人——跟得克萨斯州的人口一样多。你才给600个家庭发去了信件。别放弃，我不允许。我明早会给伊麻里研究院里管赞助的头儿打个电话，他们会继续资助你的——不管那个老浑蛋约翰·赫尔姆斯在不在研究项目里。"

这个电话让凯特想起了那个她从旧金山给他打电话的晚上。那时候他向她承诺，雅加达对于她重新出发，继续她的研究会是个很合适的地方。也许他终究是对的。

第二天早上，她走进实验室，告诉本去定制更多的项目宣传册，还要去找些翻译来。他们要到农村去，他们要广撒网——也不会再坐等那些家庭上门来。她炒掉了CRO，她无视了赫尔姆斯医生的抗议。

两周以后，他们往3辆卡车上装上了4个研究员、8个翻译，还有一箱一箱的项目宣传册，上面印着5种文字：印尼马来文①、爪哇文、巽他文、马都拉文，还有巴达维文②。选择哪几种文字让凯特煞费苦心：在印度尼西亚有超过700种不同的语言在被使用，但最终她还是选择了在雅加达和爪哇岛最常用的5种。尽管有些滑稽，但她可不想让她的自闭症疗法项目因为交流问题而失败。

结果和在雅加达市中心宾馆里的那次一样，她的准备完全徒劳无功。一进入第一个村子，凯特和她的团队就大吃一惊：那儿没有自闭症患儿。村民们对宣传册毫无兴趣。翻译们告诉她，这儿没人看到过哪个孩子有这些问题。

这完全不合逻辑。在每个村子里面至少也该有两个到三个可以请去参加试验的对象，还可能更多。

在下一个村子里的时候，凯特注意到有个年纪比较大的男翻译，当其他

---

① 印尼语是马来语的方言，为多数印尼人使用的语言。1972年印尼政府修改了荷兰人制订的印尼文拼写方案，使之和英国人制订的马来文拼写方案接近，故有此称呼。

② 均为印度尼西亚的少数民族语言。

的翻译和团队成员去挨家挨户探访的时候，他靠在车厢边上。

“嘿，你为什么不去工作？”凯特问。

那个男人耸耸肩：“因为做不做都一样。”

“该死的，才不一样呢。你最好现在就——”

那个男人抬起手来：“我无意冒犯您，女士。我只想说，你们问的问题不对，问的人也不对。”

凯特打量着他：“是吗？如果是你会去问谁？你会问什么？”

男人从车旁一跃而起，对凯特打了个手势，示意她跟上。他一路朝村子深处走去，跳过了那些看着比较好的屋子。在村子边上，他第一次敲响了一户人家的大门。一个矮个子妇女出来回应的时候，他用急促的语调飞快地说话，时不时朝着凯特指指。这场景让她十分尴尬。她有些难为情地把白大褂的翻领拉上来。她不嫌麻烦地穿好全套行头，完完全全把做出一副可信的、冷静的外表当作天经地义的事情。她早该想到她在村民们看来是什么样子了：他们穿着的衣服大多是他们用从血汗工厂里拿回家的边角料自己做的，要不就是已经破烂不堪的旧衣服。

凯特发现那个女人离开了，便走上前去想向那个翻译发问，但他举起一只手阻止了她。那个妇女回到门口，推着三个小孩，站到他们俩面前。孩子们盯着自己的脚尖，沉默地站着，犹如雕像。翻译从一个孩子走向另一个，上下打量着他们。凯特移动了一下重心，开始揣测他下面要怎么办。这些孩子是健康的，没有任何哪怕最轻微的自闭症症状。翻译在最后一个孩子面前弯下腰，又喊起话来。那个母亲飞快地说着什么，但他对她大喊大叫，然后她陷入了沉默。那个孩子紧张地说了三个词。翻译又说了些什么，然后那个孩子重复了一遍。凯特怀疑，那是不是谁的名字，或者是地名？

翻译站起身来，又开始指着那个女人叫喊。她猛力摇头，反复地说着一句话。被翻译纠缠了几分钟之后，她低下了头，语调也变低了，她朝另一间窝棚指了一下。那个翻译的语气头一次变得温和了些，看样子他的话让那个女人轻松了些。她把那些孩子赶回了屋里，飞快地关上门，差点把最后一个孩子夹成两半。

在第二间窝棚发生的事情和在第一家很像：这位翻译大声喊叫，指指戳戳，凯特尴尬地站在一旁。那个村民紧张地把她的四个孩子带了出来，然后等在一旁，眼神焦虑。这次翻译向一个孩子提出他的问题的时候，那个孩子说了五个词，凯特觉得应该是几个名字。那个母亲表示反对，但翻译无视她，继续给那个孩子施压。他回答以后，这个高大的男子蹿了起来，把孩子们和他们的母亲推到一边，冲进门去。凯特手足无措，但当母亲和孩子们跟进家里去的时候，她也跟了过去。

窝棚里有三个房间，拥挤不堪，简直是牲口棚。她差点在里面绊倒。在窝棚深处，她找到了翻译，他正在和那个女人争论着，语气比先前更加激烈。在他们脚边是个小孩子，骨瘦如柴，被拴在一根撑着天花板的木头横梁上。他的嘴被塞着，可凯特能听到他嘴里发出些有节奏的细微声音。他前后摇晃着身体，把脑袋一下下往横梁上撞。

凯特抓住翻译的胳膊："这是怎么回事，告诉我这是怎么回事？"

男人来回看着凯特和这个母亲，看起来像是进退两难：一边是他老板，一边是头困兽，体积和怒火还不断在增长。凯特攥着他的胳膊，猛地把他拉到自己身边，翻译这才开口解释："她说这不是她的错。他是个不听话的孩子，不吃她准备的食物，不做她吩咐的事情，不跟其他孩子一起玩，她说甚至叫他的名字他都不理。"

这些全是自闭症的典型症状：一个重度病例。凯特低头看着这个孩子。

男人又补充了几句："她坚持说这不是她的错，她说她留下他的时间已经比别人更长了，但是她无法——"

"别人？"

翻译和那女人用正常的语调交流了几句，然后转向凯特："村子外头，那儿有个地方，他们把不尊重父母的孩子们带到那儿，那些总不听话的孩子，无法成为家庭一分子的孩子。"

"带我去那里。"

翻译从那女人那儿套出了更多的信息，然后朝着门口走去，离开这里。那女人在他们身后叫喊。这男人转向凯特："她想知道我们是否会带走他。"

"告诉她，是的，还有把他解开，还有，我们会回来的。"

翻译把凯特带到了村子南面的一片无人居住的树林里。他们找了一个小时仍然一无所获，但他们继续搜寻。偶尔凯特会听到树叶和树木沙沙作响，好像有人在奔跑嬉戏。太阳快下山了，她不知道那时候这片森林会变成什么样。印度尼西亚是典型的热带气候，气温几乎是恒定的，日复一日，季复一季。爪哇岛上的丛林是危险的蛮荒之地，是各种蛇、大猫和昆虫的家园。这里没有留给小孩子的生存空间。

她听到远处有叫声，翻译对她喊道："凯特医生，快过来！"

她冲过浓密的树篱，在繁茂得过分的树林里奋力开出一条路来，还摔倒了一次。她找到了翻译，他抓着一个小孩，比之前窝棚里的那个更瘦。尽管他的皮肤是深棕色的，但她还是可以看到他脸上的污垢和尘土。他挣扎着想逃出翻译的掌握，号叫得好像一只被抓住的报丧女妖[①]。

"还有其他人吗？"凯特问。她看到大约50码[②]外有个坡顶屋，一个简陋的藏身之所。里面会躺着个孩子吗？她朝那边走过去。

"别过去，华纳医生。"翻译紧了紧抓住孩子的手，"那儿没别人——没有别的要带回去的人了。请来帮下我。"

她抓住那孩子的另一只胳膊，他们把他押回车队。他们召集研究团队，然后把那个之前被拴在横梁上的孩子带了回来。他们得知这孩子叫阿迪，那个森林里的孩子没有名字。他们知道他们永远也找不到会站出来，承认他们对这个孩子做下这一切的人，他的父母或者别的什么人，都不会。凯特给他起名苏利耶[③]。

---

① 爱尔兰神话中通过惨烈的号叫声预告或者是引发人类死亡的妖精。

② 1码≈0.9米。

③ 印度神话中的太阳神。据说他生下来的时候丑陋无比，被众兄长嫌弃，他们将他改造成正常的凡人后放逐到了人间。显然，凯特医生对这则神话相当熟悉……

当研究团队齐聚在车里的时候，凯特朝她手下这位翻译逼问道：“我现在希望你能告诉我之前你在那儿做了什么——确切地说，是你说了什么。”

“我觉得你不会想知道的，医生。”

“我觉得我是绝对想要知道的，现在说吧。”

这个男人叹了口气：“我告诉他们，你们是关心儿童福利的慈善组织。”

“什么？”

男人直起腰来：“无论如何，他们就是这么看待你们的，所以没差别啦。他们不懂临床试验是怎么回事，他们从没听过这类事情。看看你周围：这些人的生活方式还是跟一千年之前一样。我告诉他们，你得看看他们的孩子们，你会帮助那些需要帮助的人。他们还是不信任我们，有些人认为他们会沾上麻烦，但多数人只是担心事情会传出去。在这儿，有个有问题的孩子是件危险的事情，人们不会让别人看到他们。如果事情传出去了，其他的孩子会很难找到配偶——他们会说，‘也许你给他生下的孩子，会跟孩子父亲的兄弟一样有问题’。他们会说，‘他的血统有问题’。但当我让孩子们说出他们的兄弟姐妹的名字的时候，他们告诉了我真相。孩子们还没学会在这些问题上撒谎。”

凯特思量着这个男人的叙述，这确实有用。她转向团队：“好的，我们以后就这么做。”

赫尔姆斯医生朝凯特和这位翻译走来：“我不会这么做的。对父母说谎，来让一个孩子参加临床试验，这违反了基本的医学伦理，这简直是道德败坏。”他停了一下，好加强效果，“无论他们的生活环境是什么样的，所在社区的社会规范如何。”他瞪了凯特一眼，然后又瞪着其他人。

凯特打断了他的肆意演出 ：“随你便。你可以在这里等，其他任何人也一样，只要同意把这些孩子丢下等死就行。”

赫尔姆斯医生回身面对她要再次开火，但本截住了他 ：“嗯，我加入。我讨厌在车里等着，也讨厌让人去死，不管为什么。”他转身收拾装备，当中停了一下，请别的队员帮忙。

剩下的三个助手有些勉强地开始帮助他，这时候凯特才意识到他们之前在骑墙。她在心里默默记下要谢谢本，可这天的工作很快就忙起来了，最后她忘了这事。

在下一个村落里，队员们扔掉了试验宣传册，但村民们开始收集那些册子，于是队员们转为把册子分发出去——村民们把它们拿回家糊墙保温。这个善行有助于他们证实自己是援助工作者的说法。对凯特来说，看到这些她花了那么多时间搞出来的册子能派上好用场也挺不错的。

赫尔姆斯医生继续抗议，但其他的工作人员都把他忽略掉了。随着车里渐渐装满了孩子，他的抗议也渐渐变得温和。这天还没过完，每个人都看出他在后悔自己先前的行为了。

回到雅加达以后，他在其他工作人员离开之后进入了凯特的办公室，走近她说道:“听着,凯特,我有些话要跟你说。经过……嗯……一些考虑之后……还有,坦率地说,看到这些工作对……呃……孩子们,产生的某些影响之后……我必须得说，我确信我们完全没有违反医学伦理的规范，也没有触犯我个人的良心，所以我，嗯，很乐意领导这项试验。”他挪动身子想要坐下。

凯特埋头处理她的文件，头也不抬 :“别坐，约翰，我也有些话要跟你说。之前在外面工作的时候，你把你的安全、你的个人名誉，都置于那些孩子的生命之上，这是不可接受的。你我都知道我不能解雇你，可我完全没办法跟你在这样一个赌上孩子们性命的试验中共事。如果他们中的哪一个身上出了问题，如果你让他们遇到危险，我会受不了的。我知会了试验的赞助方，伊麻里研究院，说我想离开，然后发生的事情可真有趣。”她从纸堆里抬起头看着对方，“他们告诉我，如果没有我他们不会赞助这项试验。所以要么你辞职，要么我辞职，那么你就会失去赞助资金，而我只要给项目换个名字，继续进行就好。噢，顺便说一句，明天早上搬运工就会来收拾你的办公室了——所以不管你做何决定，你都得去重新租间房。”

她走出了办公室，回去过夜。第二天，赫尔姆斯永远地离开了雅加达，凯特成为项目中唯一的研究员。凯特请马丁打了几个电话，动用了些人情，然后项目组就成了所有参加试验的孩子的法定监护人。

凯特讲完了她的故事，然后审讯者站起来，对她说："你指望我会相信这些？我们不是野蛮人，华纳小姐。去跟雅加达的陪审团讲这个故事吧，祝你好运。"不等凯特做出任何反应，他就离开了房间。

在审讯室外面，那个小个子朝着圆滚滚的警察局局长走去。局长用自己汗水淋漓的胳膊搂住他问道："进行得怎么样了，帕库？"

"老大，我觉得她现在可以随你摆布了。"

CHAPTER 14

印度尼西亚　雅加达

时钟塔分站总部

安全通信室

乔什从玻璃房子里朝外看去，看着远处的水泥墙，努力消化着大卫告诉他的东西。时钟塔被渗透了，好几个大分站已经开始为自己的生存而战。雅加达站不久也将会遭到攻击，除此以外，还有一次全球级别的恐怖袭击迫在眉睫。

而大卫需要乔什解开一段密文来阻止它。

还真是毫无压力啊！

大卫从档案柜边上回到桌边坐下："我一直在研究我十年前，'9 · 11'袭击之后不久形成的一个理论。"

"你认为这次袭击和'9 · 11'袭击互相关联？"乔什问道。

"我是这么认为的。"

"你认为这也是基地组织策划的行动？"

"未必。我相信基地组织仅仅是实施了'9 · 11'袭击。我相信另一个组织，一个叫伊麻里国际集团的全球性组织，是这次袭击真正的策划者、出资人和受益方。我认为这是为了给伊麻里在阿富汗和伊拉克进行大范围的考古发掘提供掩护，那其实是一场设计精妙的劫掠——一次抢劫。"

乔什盯着桌面，大卫失去理智了吗？这种"9 · 11"阴谋论之类的货色只配出现在网络论坛上，而不是严肃的反恐工作中。

大卫看起来发现了乔什的抵触情绪："听着，我知道这听起来像是天方夜谭，但请听我说完。在'9 · 11'之后，我在一家医院里待了差不多一年才康复，这段时间够我想清很多事了。很多关于这次袭击的事情让我觉得不合逻辑。为什么首先袭击纽约？为什么不同时撞击白宫、国会大厦、中央情报局和国家安全局？这样子的 4 次飞机撞击，就能让整个美国，特别是让我们的国防力量陷入瘫痪。这会令我们完全陷入混乱。为什么只用 4 架飞机？他们肯定可以训练更多飞行员的。那天早上，他们可以劫持 30 架飞机的，只要他们从特区的杜勒斯机场、国家机场劫持，从巴尔的摩劫持，也许还可以从里士满劫持，亚特兰大也非常近：那儿的哈茨菲尔德 - 杰克逊机场是世界上最繁忙的机场。天晓得哪。他们那天，大有可能在乘客们开始反击之前就把 100 架飞机撞到地上。而且他们应该早就知道，飞机撞击是一个只能用一次的战术，所以他们本该让影响最大化。”

乔什点点头，仍颇为怀疑 ：“这是个有意思的问题。”

“还有其他问题。为什么在你明知道总统不在城里，而在佛罗里达的一家小学里的那天发动袭击？显然，袭击的目标并不在于剥夺我们的战斗能力——当然，五角大楼被撞击了，很多勇敢的美国人死掉了，但总的来说其效果仅仅是，真的，仅仅只是激怒了五角大楼和军方——全国人民也为之愤怒。在‘9 · 11’之后，美国出现的那种求战欲是历史上从未出现过的。袭击还有另一个效果：股票市场暴跌，一次历史性的暴跌。纽约是世界金融中心，你去撞击那儿从逻辑上看只会是为了一件事：让股票市场崩溃。这次袭击很好地办到了两件事：保证爆发一场战争，一场大战 ；同时，让股票市场暴跌。”

“我从没以这个角度看待过这件事。”乔什说。

“当你在医院里待了快一年时间，每天白天重学走路，夜里追问为什么的时候，看事情的角度就会很不一样。我在医院的病床上没法对恐怖分子多做研究，所以我着重从金融角度研究。我开始观察谁是这次金融动荡里的大赢家，谁在做空美国股票，哪些公司在市场上做空，谁拥有看跌期权，谁发了大财。然后我开始观察谁从战争中获利了，主要是那些私人保安承包商和油气公司。名单缩短了。然后另一件事情引起了我的注意：这次袭击几乎确保了在阿富汗会发生一场战争。也许那儿有什么东西是这个团伙想要的，他们需要一个掩护，让他们可以进入那里，搜寻什么东西。要不也许那东西在伊拉克，也许两边都有。我知道我必须走出去，到前线去，找到真正的答案。”

大卫喘了口气，继续说道：“到了 2004 年，我又能站起来了。那年我向 CIA 提出申请，但是被拒绝了。我又锻炼了一年之后，2005 年再次被拒绝了，然后继续锻炼。我考虑过要不要去加入美国陆军，但我觉得，我必须参加谍报行动才能找到真正的答案。”

乔什低下头。听到这些话，他现在对大卫有了一些全新的了解。他以前一直把站长当作一个不可思议的超级战士，总是想当然地觉得大卫一直就是这样的。站长曾筋断骨折地躺在病床上一年，曾被拒绝成为外勤特工——两次——简直有点让他震惊。

“什么？”大卫说。

“没什么……我只是……想当然地以为你一直是职业特工。以为你‘9·11’的时候就在情报机关里做事。”

大卫的嘴角露出一个顽皮的笑容：“错啦，错得太离谱啦。我那时候其实是个研究生，在哥伦比亚大学，你信吗？也许这就是 CIA 老拒绝我的原因——他们不希望一个会想太多的人进入外勤单位。不过看来毕竟事不过三——2006 年他们录用了我。也许是他们有太多的特工流失到了私人保安承包商那边。不管原因如何，我很高兴能去阿富汗。我找到了我想要的答案。我那张缩短了的名单上，有三家公司，全是另一家公司的子公司，那家公司就是：伊麻里国际集团。其安保分公司——伊麻里保安负责协调他们的行动，但‘9·11’带来的资金则流入了他们在前台的几家公司。我还发现了一些别的事情，一次新袭击的计划，代号‘多巴计划’。”大卫指着文件，“这文件里就是我对这次袭击所知的全部。很少。”

乔什打开文件：“这就是你进入时钟塔的原因吧：为了调查伊麻里和‘多巴计划’？”

“一部分。时钟塔对于我是个理想的平台。我那时候知道了，伊麻里是‘9·11’的幕后黑手，他们从袭击中大发横财，他们正积极地在阿富汗东部和巴基斯坦的群山中寻找什么。但我还没能拼凑出全部的图景，他们就找上了我。

在巴基斯坦北部，他们差点杀掉了我。在官方的名单上，我在行动中死去了，这是个完美的退出机会。我需要一个新的身份、新的地方，来继续我的工作。我在进入阿富汗战场之前从没听说过时钟塔，但我逃到了这儿。这是个理想的地方，我们进入时钟塔都是出于我们各自的原因。它是那时候我得以生存的关键，也是我最终了解关于伊麻里和‘多巴真相’所需的工具。我从没告诉任何人我真正的动机，顾问基冈除外。他把我带进时钟塔，四年前又帮助我建起了雅加达站。在伊麻里的问题上，我一直没取得多少实质性的进展，直到一周前，那个情报员找上了我。”

“这就是为什么那个情报员选择了你。”

“看起来是的。他知道我做过的调查，他知道我应该拥有这份文件。其中或许有着解开这份密文的钥匙。我所知的是伊麻里国际集团以某种方式涉足了‘9 · 11’，可能也涉足了之前或之后其他一些恐怖分子的阴谋，还有，他们正在策划某个更大的，大得多的事件：‘多巴计划’。这就是为什么我选择了雅加达——离多巴火山最近的大城市。我认为这个名字是对袭击开始地点的提示。”

“一个合乎逻辑的猜想。我们对‘多巴计划’有些什么了解？”乔什说。

“不多，除了少许背景资料外，还有一份备忘录提到了它。是一份关于城市化、交通基础设施，还有限制总人口的可能的报告。无论‘多巴’指的是什么，我相信这就是它的目标：大量减少世界总人口。”

“这某种程度上限制了可供选择的方案。一次能减少全球人口的恐怖袭击可能是生物武器袭击：或者是让环境发生剧烈变化，或者是煽起一次新的世界大战。我们不必讨论自杀炸弹——必然是规模更大的方式。”

大卫点点头：“大得多，而且多半是我们始料未及的东西。雅加达是个理想的发动袭击的地点——人口密度很高，而且这儿有无数的外国人。一次袭击开始以后，就会让雅加达有钱的外国人赶往机场，从那儿飞往世界上几乎所有国家。”

大卫用手朝乔什身后那一大排计算机屏幕一比画：“你身后的这些计算机连接着中央机构的我们自己的服务器，还有余下那些分支机构的。里面有我们所知的一切情报——关于现在世界上正在发生的事情的，关于那些形形色色的恐怖团伙和组织的，我们现在知道它们都是伊麻里国际集团的幌子。不多。先看这些，快点，然后迅速转头研究本地最新情报。如果在雅加达正在发生什么，我们有责任第一个去调查它。如果雅加达站陷落的话，我们得把我们所知道的信息传递出去。跳出既有的条条框框思考，无论现在正在发生的事情是什么，它很可能不符合任何固有的模式。找些我们通常不会起疑的事情——就像沙特公民在德国学习飞行，然后前往美国；就像是俄克拉何马有人买了成吨的肥料，可他不是农民。[①]”

“其他文件夹里是什么？”乔什问。

大卫把一个文件夹从桌上推过来：“这个文件夹里包括我在加入时钟塔之前收集到的所有关于伊麻里的信息。”

“计算机里没有？”

“没有。我也从没把它交给时钟塔，你会明白为什么的。另外一个信封里有一封信，我写给你的。如果我死了，你就打开。里面有些给你的指令。”

乔什想要说些什么，但大卫打断了他：“还有最后一件事。”

大卫站起来，从房间角落里拿出一个小箱子，他把箱子放在桌面上：“这个房间和外面的密室能给你提供点保护，还有，我希望，能提供给你足够解读信息、找出真相的时间。他们最后才会来时钟塔总部找你。无论如何，我很怀疑我们还有多少时间。不管你找到了什么，发到我手机上。右边顶上这个监视器显示的画面来自一个摄像头。它在门上头，冲着服务器房里面摄像，这样如果有人想要进来，你就会知道。正如你所知，出于安全原因，在总部大楼里没有摄像装置，所以你得不到太多预警。”他打开箱子，拿出一把手枪。他把弹夹装到枪把上，把枪放在乔什面前的桌上：“你知道怎么用吧？”

乔什看看那把枪，往后靠到椅子背上：“嗯，是的。好吧，我 12 年前加入中央情报局的时候受过基础训练，但从来没用过。所以……不，其实我不会。”

---

① 前者指执行“9 · 11”袭击的恐怖分子，后者指俄克拉何马州政府大楼爆炸案案犯。

他本来还想说，“其实如果特种作战部队进入了这个房间，我真的能有半点机会吗？”但他没说出口，他知道大卫给他看这把枪是让他感觉安全点。免于对死亡的恐惧会让他头脑更清醒，有助于进行工作，但乔什觉得，站长这么做的动机只有一半是这个。

“如果你需要用它的话，就把这个滑套往后拉。这样一颗子弹就上膛了。打空了以后，你点一下这儿，弹夹就会掉出来。你再放一个进去，然后按下这个按钮，滑套就会复位，把新弹夹里的第一颗子弹上膛。但如果门被弄开了，你射击之前还有别的事情要先完成。”

“消除计算机里的资料？”

“正是。还有把这个文件夹和这封信一起烧掉。”大卫朝一个金属的小垃圾桶一指，接着从那个装枪的箱子里拿出一个小型丁烷喷火器给他。

“这箱子里还有什么？”乔什觉得他知道，但他还是得问问。

雅加达站长踌躇了几秒钟，然后把手伸进箱子里，拿出一颗小小的胶囊。

“我要吞下它吗？”

“不用。到时候，你只要咬下去。氰化物起效非常快，大概三到四秒吧。”大卫把胶囊递给乔什，“收好。我希望你不会用到它，要闯入这房间是很难的。”

大卫把枪放回箱子里，把箱子放回到屋角。“一旦你有所发现，就马上告诉我。”他转过身，朝房门走去。

乔什站起身问道：“你要去做什么？”

“给我们争取点时间。”

CHAPTER 15

印度尼西亚　雅加达

雅加达西区警察局拘留中心

C 审讯室

审讯室的大门打开了，凯特抬起头，看到门口出现一个满身汗臭的胖子。他的一只手拿着一个文件夹，另一只手伸向她："华纳医生，我是警察局局长埃迪·库斯纳迪。我希——"

"我在这儿好几个小时了。你的手下们一直在询问那些对破案毫无意义的我的研究细节，还威胁要把我投入监狱。我想知道，你们为找到那些被绑架的孩子采取了什么措施。"

"医生，你不明白现在的状况。我们是个很小的部门。"

"那就联络国家警察总局。或者是——"

"国家警察总局有他们自己要做的事，医生，而其中不包括去寻找几个弱智小孩。"

"不要说他们弱智。"

"他们不是弱智？"他掀开文件夹，"我们的记录显示，你的研究所正在试用一种新药，用于治疗弱智的——"

"他们不是弱智，他们大脑的运作机制和其他人不一样而已。就像是我的新陈代谢机制运作和你的不一样。"

大腹便便的局长低头看看自己的肚子，仿佛想要把自己的"新陈代谢机制"找出来查看一下，再跟凯特的比较一下。

"你们要么开始去搜寻那些孩子，要么放了我，我好去找。"

"我们不能释放你。"库斯纳迪说。

"为什么不能？"

“我们还没有排除你的犯罪嫌疑。”

“这太荒唐了——”

“我知道，医生，我知道，相信我。可你要我怎么办呢？我不能告诉我的审讯员谁是或谁不是嫌疑犯。那样违反规定。尽管如此，我还是说服了他们，把你关在这间禁闭室里。他们坚持要我把你移到普通禁闭区域。那边男女混杂，而且，我恐怕，监控也不完善。”他停顿了一下，然后再次打开文件，“但我觉得我还能把这事再拖一段时间。同时呢，我也有自己的问题。我们的记录显示你在雅加达这里买下了一栋公寓大楼。付的现金，相当于 70 万美元。”他抬起头看看她，见她没说什么，就继续说道，“我们的银行联络人说，你有个活期账户，上面长期平均持有——等值成美元的话——30 万。这个账户定期从开曼群岛的一家银行接收转账。”

“我的银行存款余额跟本案毫无关系。”

“我相信的确如此。但你该想得到这信息在那些审讯员眼里是怎么回事。如果可以的话，我想问问，你是怎么赚到这么多钱的？”

“我继承了一笔遗产。”

局长扬起眉毛，一副恍然大悟的样子：“啊，从你的祖父祖母那边？”

“不，从我父亲那边。听着，我们在浪费时间。”

“他是干什么的？”

“谁？”

“你父亲。”

“银行家，我想，或者是个投资人。我不清楚，我那时候还很小。”

“我懂了。”局长点点头，“我相信我们能互相帮助，医生。我能说服我的调查员，你和绑架无关，同时给我们这个部门一些现在急需的资源，用来找到那些弱——那些，呃……无助的孩子。”

凯特盯着他，现在这些话听起来通情达理：“我听着呢。”

“我相信你，华纳医生。但正如我所说的，我的审讯员们，他们只看证据，而且他们了解一个陪审团会做何裁定。还有，我俩之间悄悄说一句，华纳医生，我想，也许他们有那么一点点讨厌外国人，也许尤其讨厌美国人。我想唯一真正能保证你的安全，并让我们都满意的出路，是找到那些孩子。这会洗刷你的罪名。”

“那你还在等什么？”

“华纳医生，就像我说过的，我们是个很小的部门。要找到这些孩子……我会需要更多的资源，动用我们部门以外的人力。但，我很遗憾地说，一次这样的搜查行动会开销很大，可能要两百万。啊，美元。但如果我动用些人情的话，我想我们只花150万就能办成这事。但时间很紧啊，我亲爱的医生。孩子们现在可能在任何地方，我只能希望他们还活着。”

“150万美元。”

局长点点头。

“你会拿到的，但你得先放了我。”

“我再乐意不过了，医生，相信我。但一个审讯室里的嫌疑犯做出的承诺……”他高举起双手。

“好吧，给我部手机，还有你的——你的银行账户的详细信息。然后给我找辆车。”

“马上就好，医生。”他笑了，站起来，离开了。

他把凯特单独留在了审讯室里。她又坐到了桌边，屈起一条腿缩在椅子里，一只手捋着自己的金发。反光的墙面上映出的那个女人看起来一点也不像四年前搬到雅加达的那个满怀希望的科学家。

局长关上了审讯室的门。150万！他可以退休了，他全家都可以退休了。150万……他也许还能拿到更多，也许200万，或者250万？300万？她应该还有更多的钱，多得多。她瞬间就同意了拿出150万。也许他可以回头，说他必须再多雇些人，那要花400万。他可以分到250万：他原本想要的没这么多。他站在审讯室前，犹豫着何去何从。

他不会马上回去，他还可以进一步削弱她的抵抗力。让她在满是醉汉的囚室里待个把小时，关着摄像头。他得小心谨慎——他可不希望她过后跑到美国大使馆去告状——但如果他够小心谨慎的话，今天他可是真能赚到一大笔钱啦。

CHAPTER 16

印度尼西亚　雅加达

时钟塔分站总部

安全通信室

乔什瞟了一眼位于显示屏上的那些红点。在大卫离开后的一个小时里，这 24 个红点——代表着雅加达站的全部外勤特工——已经从总部大楼移动到了城市里的各个地方。现在地图上显示出他们分成了 4 组，每组 6 个点。

乔什认得出其中 3 组所在的地点：是雅加达站的安全屋。这些屋子里的 18 个成员肯定是在大卫的可疑人员名单上的。那些安全屋里的红点在慢慢移动，碰到关着他们的墙壁时就转回头，就像是一个被告在禁闭室里踱步，等待着得知自己的命运。

这个策略貌似不错：大卫把可能的敌方武装人员分开来，如果他们真的发动攻击，他也能提前看到他们过来。等他们发动攻击的时候，看着图上的这些红点让乔什有种提心吊胆的感觉，这让威胁变得真切起来。事情正在发生，雅加达站爆发战斗只是个时间问题。在某个时候，那些红点会挣脱安全屋的束缚，逼近大卫那一伙的 6 个战士，然后回到总部来收拾乔什。

大卫仅仅是在为他们争取时间。争取时间让乔什去筛查最近的本地情报和研究那段密文——以找到其中的秘密。而他现在不能肯定他是不是已经找到了。

他又看了一遍卫星视频，他找到的只有这个。如果他搞错了怎么办？

他用手捋着自己的头发。这事情显然是跳出了现有的条条框框的。但如果这事并无太多意义的话……

情报工作常常最终依赖直觉。那辆卡车，那个行动，让乔什感觉不对头。

他拨通了大卫的电话，然后说："我想我发现了些东西。"

“继续。”大卫说。

“一桩绑架案——有人从一家医疗诊所绑走了两个孩子。几个小时前雅加达警察局收到了报告。时钟塔把它标记为一个低优先级的本地案件。但那辆卡车是一辆商用车，登记在一家位于香港的皮包公司名下，而这家公司已知是伊麻里的一个前台企业。而且坦白地说，这看起来不像是本地人干的：这是一次专业的绑架行动。通常我们会把它归入标准的绑架——要求赎金案件，但伊麻里可不会屈尊做这种案子。我还在深挖，但我敢99%肯定，这是伊麻里的一次行动，而且其优先级比表面上看起来高得多——大白天抓走孩子们，而且用的车他们明知道我们会追踪。这意味着他们急不可待。”

“那这到底意味着什么？”

“我还不能确定。奇怪的地方是，看起来另一家伊麻里的公司——伊麻里研究院——在资助这家诊所。买下房子的钱和每个月的开销都是由一个雅加达本地的投资公司支付的：伊麻里雅加达公司。在你的档案里有好几份这家公司的背景资料。这家公司的历史能追溯到几乎两百年以前。殖民地时期它是荷兰东印度公司的一个子公司。它可能是东南亚这边伊麻里主要的运作中心。”

“听起来不对劲啊。为什么伊麻里的一家机构要从另一家里抓人？也许是一次内斗？对这家诊所里面的人员我们有什么了解？”

“不多，里面的人没多少。有几个实验室技术人员，其中之一在案件中被杀了。一队轮班照顾孩子们的工作人员。大部分是本地人，彼此非亲非故。还有领导他们的科学家。”他抽出一份凯特·华纳医生的档案，“她就在这次侵入事件的现场，可能被打昏了。一个小时之内都无人离开。现在本地的警察把她关在一家雅加达的分局里。”

“他们为那些孩子启动了跨区行动吗？”

“没有。”

“发布全面警戒通告？”

“没。但我有个想法。我们在雅加达西区警察局有个情报员。他15分钟前提交了一份报告，说警察局局长正在勒索一位美国的女性公民。我猜那就是华纳医生。”

“嗯哼。这家诊所是做什么的？”

“实际上，这是家研究机构，做基因方面的研究。他们在研究自闭症患儿的新疗法，从根本上说，可以用在任何有发育障碍的人身上。”

“完全不像在宣扬国际恐怖主义。”

“同意。”

“那目前的初步结论是？我们在寻找的是什么？”

“老实说，我还摸不着头绪。我还没太深入其中的细节，但有个问题显得很突出：这项研究尚未申请任何专利。”

“这问题为什么重要？你觉得他们其实没在做研究？”

“不，我能肯定他们在做，他们进口的设备和他们的人员构成可以证明这点。但这研究不是为了钱。如果他们想要把研究的东西商业化，他们就该首先申请专利，这是临床试验的标准流程。你在实验室里发现了一种化合物，然后申请专利，然后试验它的效果。专利可以防止竞争对手从临床试验中窃取样品，然后抢先申请专利，把你阻挡在市场之外。只有你不希望让世人知道你在做什么，你才会在不申请专利的情况下去做试验。而雅加达很适合做这种事。在美国用病人进行临床试验的话，法律上就要求向 FDA 提出申请，披露试验疗程。”

“所以他们在开发某种生物武器？”

“有可能。但今天以前，这家诊所从没出过事。他们没有登记任何死亡事故，所以如果他们在孩子们身上试验武器的话，那会是史上最低效的生物武器。就我所能看到的资料，这个研究是守法的，并且动机良好。实际上，如果他们真的实现了他们的研究目标，那将会是医学上的一次巨大突破。”

“这也能让它成为一个极好的掩护。但还有一个问题：为什么要偷它自己的东西？如果是伊麻里赞助、运营了这家诊所，为什么他们还要派他们自己的人去偷走那些孩子？也许是研究者在他们所做的东西——那种武器面前畏缩了？”

“可能。”

“雅加达警察局的情报员有权力释放那位医生吗？”

“没有，显然他的职位低了那么一点。”

“我们有局长的档案吗？”

“稍等。”乔什在时钟塔的数据库里搜索了一下，局长的档案出现之后，他靠回到了椅子里，“耶，我们有一份。哦。”

“发到我的移动指挥中心来。你看完了他的所有情报了吗？”

“是的。这是唯一真正值得注意的事，不过还有点别的事。”乔什琢磨了一下要不要提到那件事，但就像绑架视频一样，那事给他的感觉也不对劲，“没有其他分支机构遭到攻击的报道，中央机构也没有再给出任何建议。在新闻里也什么都没有——从卡拉奇、开普敦和马德普拉塔的战斗之后就没有了。所有的分站都很平静，若无其事地发布着例行报告。”

“你的推测是？”大卫问。

“两种可能：要么他们在等待着什么，可能是我们的下一步行动，要么……”

“其他的分站已经不战而落了。”

“是的。我们可能是最后一个大站了。”乔什说。

“我希望你继续去解读那段密文——越快越好。”

CHAPTER 17

尼泊尔　斯米克特郊区

伊麻里集团　研究综合体

视频会议处于连接中的时候，常慎医生努力让自己放松些。

那个男人出现了。常医生咽下一大口口水，然后说："项目主管指示我联系您，格雷医生。我们按照提供给我们的研究计划和方案——亦步亦趋地在做——我不知道什么地方——"

"我相信你是这样做的，常医生。但结果太让人吃惊了：为什么是孩子活了下来，而成人没有？"

"我们还不确定。我们正在对孩子们进行检测。他们的确表现出发生了亚特兰蒂斯基因激活。"

"会不会是这个疗法对成年人不起作用？"

"是的，很有可能。这种疗法是利用逆转录病毒向对象的基因序列中插入一段基因。这不会引起显著的遗传变化，但在表观遗传的水平上的确会有级联效应，开启或者关闭宿主身上本来就有的一系列其他的基因。没有生理学上的效应——没有我们能观察到的——但大脑当中发生了巨大变化。这些基因本质上是给目标的大脑神经进行了重新布线。神经可塑性，大脑神经重新连接或者说适应的能力，随着年龄增长而降低——这就是为什么我们年纪越大就越难学习新东西。我们正在探讨一个假设，这种疗法对成年人不起作用，是因为基因的活性化作用无法引起脑部变化——本质上，基因疗法使用的病毒是要给脑部神经重新布线，但线路板已经固化了。孩提时代后不久就固化了。"

"会不会是因为那些成年受试对象，身上没有引起脑部变化所需的前体基因？"

“不，所有的成年受试对象都具备那一系列基因。正如你所知，我们已经了解这些基因有段时间了，我们在印度和尼泊尔的招聘机构对每个受试对象都进行了检测。”

“会不会是这种疗法仅对患有自闭症的大脑有效？”

常医生没考虑过这种可能性。格雷医生是个对古生物学感兴趣的演化生物学家，他是常医生老板的老板，高高在上，位居伊麻里长长的食物链的顶端。常医生本以为这次通话不会围绕着科学进行。他还以为这位高高在上的大老板会对他的失败来一番口舌挞伐呢。

他集中精神考虑着格雷的假说：“是的，很可能是这样。自闭症本质上就是脑神经的连接有问题，特别是那些控制交流和社会认知的。还有其他一些区域也会受到影响。有些患病的个体的智力高度发达，具有特殊技能；还有一些人完全处于另一个极端：他们甚至不能独立生活。自闭症实际上是个包罗万象的大类，包括各种不同的脑神经连接方式。我们必须去研究一下这个问题，这要花点时间。我们可能还需要更多的试验对象。”

“时间我们没多少了，但是我们也许能弄到更多的孩子，尽管这两个是我们所知仅有的激活了亚特兰蒂斯基因的，我去查查看。你还有什么没告诉我的吗？别的理论？这种时候没有哪个想法是有害的，常医生。”

常医生的确还有个想法，他还没对队伍里的其他人说过：“我个人怀疑，这些成人和那些孩子身上被施加的疗法是不是真的一样。”

“在对华纳医生的研究进行的重现当中出了问题？”

“不是。如我所述，我们对她的方案亦步亦趋——我对此毫不怀疑。我是在怀疑，是否华纳医生——在这些孩子身上用过某些别的东西，某些在她的正式笔记或者是试验方案中没有的东西。”

格雷看起来在考虑常医生的想法：“这很有意思。”

“能跟华纳医生谈谈吗？”

“我不确定……等我回头告诉你。其他的团队成员也表达过这种担心吗？”

“没有，据我所知没有。”

“目前，我希望你把你对华纳医生的怀疑保留在自己心里，有进展的话直接向我报告。我们需要对此严格保密。我会告诉项目主管,你和我在一起工作。他会支持你的行动——不问任何问题。”

“我懂了。”常医生说，但其实他没懂。这次通话带来了更多问题，他现在只对一件事深信不疑：他们使用的疗法是错误的。

CHAPTER 18

印度尼西亚　雅加达

雅加达西区警察局拘留中心

库斯纳迪局长正准备打开审讯室大门的时候，一个男人挡在了他面前。是个美国人，或者是欧洲人，肯定是个军人之类的人物。他有军人的体格——还有军人的眼神。

“你是谁？”库斯纳迪问那个男人。

“这不重要。我是来带走凯瑟琳·华纳医生的。”

“啊，有趣的家伙。告诉我你是谁，不然我就把你丢进牢房去。”

男人递给他一个马尼拉纸的信封，然后说：“看一下，里面的东西你应该都见过。”

警察局局长打开信封，看到了最上头的几张照片。他简直不能相信自己的眼睛，怎么会？他们怎么会有？

“如果你不马上释放她，你就不会是最后一个看到这些的人。”

“我要底片。”

“你觉得我们像是在跟你讨价还价吗？把她放出来，要不我的组织就会放出那个信封里的东西。”

库斯纳迪的眼睛望着地面，然后往两边瞅来瞅去，仿佛是只被逼到墙角的动物，正在抉择往哪边逃窜。

“顺便，以防万一，你想把我扔到牢房里去，所以，如果我的人在三分钟之内接不到我的电话，他们就会无条件地放出这些档案。你现在就给我个结果，你还想不想当警察局局长？”

库斯纳迪必须想想。他环顾整个部门，谁能干出这事？

“时间到。”那男人转身欲走。

“等等。”警察局局长打开审讯室的大门，挥手示意那个女人出来，“这个男人会护送你离开。”

女人在门口停了一下，看了库斯纳迪一眼，然后上下打量着那个军人。

“没事了，现在开始由这个人接手你的事。”

那个男人用一只胳膊搂住她的背，然后说：“跟我来，华纳医生。我们离开这里。”

库斯纳迪望着他们走出了警察局。

凯特在警察局外停下脚步，转向那个救出她的男人。他穿着黑色的护甲——和那个抓走她的孩子们的男人诡异地相似。他的同伴们也一样——现在她看到他们了——他们有五个人，身后是一辆黑色的大卡车，好像是放大版的联邦快递送货车，还有一辆黑色的 SUV，窗户玻璃都是深色的。

“你是谁？我希望知道——”

“稍等片刻。”他说。

他朝着曾指责凯特购买了那些孩子的那个矮子审讯员走去。这个军人把一个文件夹交给那小个子，然后说：“我听说你处于晋升序列中。”

小个子男人耸耸肩：“我只是做了让我做的事。”他不好意思地说。

“你的案件承办人说你是个好情报员。如果你够聪明，知道要怎么利用这个东西，可能你会是个更好的警察局局长。”

审讯员点点头：“你说什么就是什么，老大。”

军人走回凯特这边，朝着那辆黑色的大快递卡车比画了一下：“我想要你去那辆车上。”

“我哪儿也不去，除非你先告诉我你是谁，发生了什么事。”

“我会解释的，但现在我们得先把你带到个安全的地方。”

“不，你——”

“现在有条提示：好人会请你去车里；坏人会把一个黑袋子罩到你头上，把你丢进车里。我在请你去。看，你可以留在这里，也可以跟我一起走，看你了。”

他朝着卡车走去，打开了车子后部的滑门。

“等一下，我就来。”

CHAPTER 19

印度尼西亚　雅加达

时钟塔分站总部

站里的人鱼贯而入主会议室的时候，文森特·塔利亚，雅加达时钟塔的外勤主任，正在给自己的臂部肌肉按摩。诊所的那两个蠢货和那两个野孩子，打得他的胳膊和腿到现在还疼。那之后的事情越发难办，但他可以让事情回到正轨上的，他只要说服几个雅加达站里的人一起参加攻击就行——剩下的人的名字早就列在伊麻里的工资单上了。

塔利亚举起双手，示意大家安静。时钟塔总部里的大部分人都在这儿了：所有的分析员，所有的案件承办人，所有的外勤特工——除了大卫·威尔和跟着他的6个特工。乔什·科恩，情报分析部门的主任，也不见踪影，但他们很快就能找到他的。会议室墙上的大屏幕显示着三个拥挤的房间，塞满了被关在城里各处的安全屋里的外勤特工。

"好了，听着，所有人，你们都能通过视频连接听到我吗？"

一堆脑袋都在点头，接着是一连串的"是"和"我们听到你了"。

"这话怎么说都难以启齿，所以我就直接说好了：时钟塔被渗透了。"

房间里安静得一根针掉在地上都能听见。

"并且我们正在遭受攻击。我今天早些时候收到报告，几个分站，包括开普敦、马德普拉塔，还有卡拉奇，都已被彻底破坏。就在我们说话的同时，其他几个站点正在为自己的生存而战。"

人们开始交头接耳，有些在叫喊着提问。

"大家请静一静。还有更糟糕的，恐怕，与我们作战的敌人是我们自己人。下面是目前我们已知的：几天前，大卫·威尔和另外几位站长一起，组织了一次所有分析主任都参加的大会，显然这完全违反了规定。我们认为，他们告诉分析主任们，出现了一些新的威胁。我们现在得知，那些分析员中超过半数再也没能从会议地点回去。我们相信，那整个就是一次大清洗的幌子，以便在这次袭击之前削弱我们的情报分析能力。那些回去了的分析员现在正积极地进行反时钟塔的活动。”

塔利亚俯瞰着房间里疑虑的面容：“听着，我知道这难以置信，和你们一样，我也不想相信。事实上，我一直不相信，直到今天早上，大卫把我们的外勤特工分散到城里各处。想想看——他把我们四散开来，这样我们就无法抵御攻击了。他正在准备攻陷雅加达站。这只是个时间问题。”

“为什么？”有人在问。“他不会做出这种事的。”另一个人补充道。

“我也自问过同样的问题，我也说过同样的话。”塔利亚说，“是他雇用了我，我和他一起工作，我了解他。但还有很多关于大卫·威尔的事情，我们并不知道。我们都因为各自的原因来到时钟塔。就我们获得的情报来看，大卫曾在‘9·11’袭击中身负重伤。今天之前我还不知道这事。从那时开始，他就保持着某种‘9·11’阴谋论，某些荒诞的想法，认为是军事承包商们为了自己的收益发起了这次袭击。甚至，也许他自己也是一个谎言的受害者，别人可能在利用他。无论如何，他发疯了，背叛了。他还把别的许多人卷入了这个阴谋中。我们认为乔什·科恩已经从分析员大会上回来了，在和站长一起做事。”

所有人都沉默了，看起来正在消化这些新信息。屏幕上的视频里，一个安全屋中的士兵开口说道：“要采取什么行动？把他抓过来？”

“这大概是不可能的，他会战斗到底的。要优先考虑的是附加破坏的最小化。还有，有人愿意帮助我们，伊麻里保安公司答应借给我们一些人手。他们了解目前的局势，他们和我们同样希望遏制住事情发展的苗头。似乎伊麻里就是大卫怨恨的对象。我们得知大卫抓走了一个在伊麻里出资赞助的项目中工作的科学家。她可能是个同谋者，也可能仅仅是他计划中的一个受害者，我们还不能确定。计划是，救出那个女人，一位叫凯瑟琳·华纳的医生，还有，让站长不再作恶。”

CHAPTER 20

印度尼西亚　雅加达

时钟塔分站总部

安全通信室

乔什紧张地等待着，想知道他对大卫给他的加密信息的分析是否正确，这是乔什最好的一个想法了，实际上也就这一个想法。

他努力不盯着玻璃房的长壁上的主计算机显示屏看。最近30分钟里，屏幕上一直显示着同样的字样：

搜索中……

他的目光掠过那边上的两个显示屏：一个显示着外面门口传来的视频，另一个显示的是本市地图，上面有24个红点，代表着时钟塔雅加达站的外勤特工们。他不知道哪个显示让他更紧张，这两个显示屏也许就有如巨大的倒数指示牌，嘀嗒嘀嗒地倒数着离他的死亡和某些可怕的、未知的灾难还有多久……另一个显示屏还是仅仅显示着，搜索中……

搜索需要这么长时间吗？如果他是在浪费时间怎么办？

还有些别的事情让他紧张。他瞥了一眼大卫留在桌上的野战箱。他站起来，抓过箱子，但他拿起来的时候，箱子的底掉了。枪和氰化物胶囊滚到了桌子上，当啷啷的响声打破了寂静。这声音仿佛会回响几个小时。最终，乔什抓住了枪和两粒药，他的手在发抖。

墙上传来一阵哔哔声，把他从这一刻的状况中惊醒过来。大些的屏幕上显示出：

五条结果。

五条结果！

乔什坐到左边，开始操作无线鼠标和键盘。三条结果来自《纽约时报》，一条来自伦敦的《每日邮报》，还有一条来自《波士顿环球报》。

也许他是对的。他一看到那些名字和日期，第一个想法就是：这些是讣告。讣告和分类广告是经典的间谍技巧：第二次世界大战之后，特工们就经常用这种方式在全世界的间谍网络中传递信息。这是个过时把戏了，但是如果这个信息是1947年发出的，在当年这的确是个可行的方法。如果这是真的，那么这个恐怖活动网络得超过65岁了。他把这些推断丢到脑后。

他又看了看大卫给他的加密信息：

多巴计划是真实的。

4+12+47=4/5; 琼斯

7+22+47=3/8; 安德森

10+4+47=5/4; 埃姆斯

然后他转向搜索结果。恐怖分子更有可能使用的报纸会是——一张在世界各地的城市里都看得到的报纸。《纽约时报》是最可能的候选者。即便在1947年，在巴黎、伦敦、上海、巴塞罗那或者波士顿，你都可以走到报摊上，拿到一份当天的《纽约时报》，其中包括付费讣告。

如果这些讣告是加密的信息，那么他们必定在某些方面显得与众不同。乔什立刻就看出来了：有几份时报上的讣闻，每份的标题都包含着“时钟”和“塔”两个词。他靠回他的椅子里。时钟塔能有这么古老吗？在1947年《国家安全法案》通过之后，CIA才正式建立起来，尽管它的前身战略情报局（OSS）是在第二次世界大战期间（1942年）建立的。

为什么这些恐怖分子会提到时钟塔？莫非他们那时候就在和时钟塔作战——在1947年——66年前？

他必须集中精神在这些讣告上，一定有办法解开它们的。理想中的加密系统应该使用一套可变的密码：解密一条信息不需要额外的一条密匙。每条信息都包含着自身的密匙——某种简单的东西。

他打开了第一份讣告，日期是1947年12月4日。

亚当·琼斯，先锋时钟匠人，终年77岁，死于制造其经典的钟塔的途中

亚当·琼斯统领直布罗陀钟表制造业，周六死于英国人的洪都拉斯。他的尸体发现者是他的仆人。遗骨将会被葬在邻近他已故的妻子——其地系他们共同选定。请先来函或者告知家人，如欲到访。①

信息就在其中的某个地方。关键何在？乔什打开另外几份讣告，略读了一下，希望找到某种线索。每份讣告都含有一个地名，都在全文的前面部分。乔什迅速地考虑了几个可能，重新排列了几个单词，然后坐回去，沉思。讣告写得很生硬，某些词的次序很不恰当。或者说是很勉强，就好像他们必须这样用词，词序，间隔。他明白了。名字就是密钥——名字的长度。第二层密码就是这样的。

4+12+47=4/5; 琼斯

1947年12月4日的讣告，是亚当·琼斯的。4/5。名是4个字母；姓是5个。如果从讣告中取出第4个单词，然后第5个，然后重复，会形成一个句子。

他重新审视这份讣告：

亚当·琼斯，先锋时钟匠人，终年77岁，死于制造其经典的钟塔的途中

亚当·琼斯领袖直布罗陀钟表制造业，周六死于英国人的洪都拉斯。他的尸体发现者是他的仆人。遗骨将会被葬在邻近他已故的妻子——其地系他们共同选定。请先来函或者告知家人，如欲到访。

① 这段话必须翻译得古怪，详见下文。

连起来，这条信息是在说：

直布罗陀，英国人发现遗骨，邻近其地。请告知。

乔什琢磨了一下这条信息。他没想到会是这样的结果，而且他完全不明白这句话的意思。他在网络上搜索，找到了几条结果。看起来，英国人20世纪40年代在直布罗陀附近找到了一些骨头，具体点说，是在一个叫作戈勒姆的洞穴里，这是一个天然的海边洞穴。但那些不是人类的遗骨，而是尼安德特人[①]的遗骨——它们大大改变了世人对尼安德特人的认知。我们这些史前的表亲其实比原始穴居人文明得多。他们建造居所，在石头灶台上架起大火堆，烹饪蔬菜，有自己的语言，创作洞穴艺术，埋葬死去的同伴时用花陪葬，还制造先进的石器和陶罐。直布罗陀的遗骨还改写了尼安德特人的生存时限。在直布罗陀的发现之前，尼安德特人被认为灭绝于约四万年前。而直布罗陀的尼安德特人生活在大约两万三千年以前——比此前认为的要晚得多。直布罗陀似乎是尼安德特人最后的堡垒。

一个远古的尼安德特人堡垒跟一次全球恐怖袭击之间能有什么关系？也许其他的信息能有点帮助。乔什打开第二份讣告，同样解开了它。

南极洲，U艇未找到，若批准进一步搜索请告知。

有趣。乔什又搜索了一下。1947年的南极洲相当热闹。1946年12月12日，美国海军派出了一支庞大的舰队，包括13艘舰艇，接近五千人员，前往南极洲。这次代号“高空降落行动”的任务目标，是建立南极洲科考基地“小美洲四号”。长期以来，都有一种阴谋论推测，诉说着美国人去南极其实是为

① 史前人类分支之一，和现代人类所属的智人是两个不同的亚种，因最初发现于德国的尼安德特河谷而得名。

了搜寻纳粹的秘密基地和技术。这条信息的意思是他们没找到？

消息是写在一张厚照片的光面上的，乔什把它翻过来，仔细观察着照片。一座巨大的冰山漂浮在一片蓝色大海上，在冰山中央，有一艘黑色的潜艇戳在冰里。潜艇上的标志太小，看不清，但肯定是纳粹潜艇。从潜艇的大概尺寸来估计，冰山方圆大约有十英里。大到这地步，该是来自南极。这意味着他们最近找到了那艘潜艇吗？是不是这一发现启动了某些进程？

乔什回到最后一条信息上，希望它能提供线索。解开以后，里面写的是：

罗斯威尔，探空气球和直布罗陀技术相称，我们必须会面。

合在一起，这三条信息是：

直布罗陀，英国人发现了遗骨，邻近其地。请告知。

南极洲，U 艇未找到，若批准进一步搜索请告知。

罗斯威尔，探空气球和直布罗陀技术相称，我们必须会面。

这是什么意思？直布罗陀的一处遗迹，南极洲的一艘 U 型潜艇，还有最后那条——罗斯威尔的一个探空气球和直布罗陀的技术相称？

还有个更大的疑问：为什么？为什么要揭示这些信息？它们已经有 65 年的历史了。这些跟现在发生的事情能有什么联系——跟时钟塔和一次迫在眉睫的恐怖袭击能有什么联系？

乔什来回踱步，他必须好好想想。如果我是只潜伏在一个恐怖组织内部的鼹鼠，想要求援的话，我会怎么做？想要求援……这个情报员就会留下一条联系他的途径。另外一套密码？不，也许他同时就公开了方法——怎么联系他的方法。讣告。但那太没效率，报纸上的讣告至少要一天后才会登出来，就算是在线版也一样。在线？现代的话该用什么？你会把消息贴在哪儿？

乔什迅速地转动念头。报纸的讣告栏很好使：只有几张报纸需要查看。收集起过去的全部讣告会多要些时间，但他有个关键的优势：他知道到哪儿去找。

网上信息可能在任何地方，必须有别的线索。

这三条消息有什么共同点？一个地址。不同点是什么？在南极洲没有人，没有分类广告，没有……没有什么？罗斯威尔和直布罗陀之间的不同是什么？两个地方都有报纸。在一个地方你能做，在另一处你做不了的是什么？贴出某些东西……情报员在把他引向某个张贴系统，其如今的地位相当于《纽约时报》在 1947 年。

克雷格分类广告网[①]，只能是这个。乔什查了一下。没有直布罗陀的本地广告专版，但，没错——有新墨西哥州卡尔斯巴德市罗斯威尔的本地广告专版。乔什打开版面，开始浏览帖子。帖子数以千计，分成十几个类别：出售，房地产，社区，工作，简历。每天都有几百个新的帖子。

他要怎样才能找出情报员的帖子呢——假如在这里面的话？他可以使用网络收集技术，抓取站点上的目录——一台时钟塔的服务器会"爬"过整个站点，就像谷歌或者必应编制网站目录的时候一样，抽取目录并提供检索服务。然后他就可以运行解密程序，看看有没有哪个帖子能读出东西来。只要花上一两个小时。

他没有一两个小时了。

他需要一个出发点。讣告是合乎逻辑的选择，但克雷格分类里没有讣告。最接近的类别是什么？也许是……交友？他扫过分类栏：

纯柏拉图

女找女

女找男

男找女

男找男

浪漫情缘

① 欧美刊登各种本地分类广告的网站，相当于同城网、赶集网之类。

随缘偶遇

擦肩而过

狂呼乱嚷

该从何处开始？他是在做无用功吗？他没时间可以浪费。也许还有几分钟，还能看一批帖子。

“擦肩而过”是个有趣的版块。大致来说，就是如果你看到了某个你有兴趣的人，但没有机会“建立联系”——邀对方约会——你就在这儿发帖。在一些年轻男性中很流行这个，他们在当面的时候没有勇气邀漂亮女孩出去约会。乔什自己都曾在上面发过几次帖。如果对方看到了帖子并回复了，那么就是那样啦，毫无压力。如果没有……那就是命该如此。

他打开这个版块，读了几条。

标题：便利店里的绿衣女孩

内容：我的老天啊，你美得惊人！你太完美了，我完全说不出话来。真想跟你谈话，给我发电子邮件吧。

标题：汉普顿宾馆

内容：我们在桌边一起点了水喝，又一起进了电梯。不知道你是否还愿意跟我一起额外做点小小的运动。告诉我我该在哪层下。我看到你的结婚戒指了，我们可以守口如瓶的。

他又看了几条。如果使用之前那种模式——信息藏在帖子里，用姓名长度当作解码密钥——的话，帖子肯定会比一般的长。克雷格分类网是匿名的。那么名字会换成电子邮件地址。

下一页上的第一条是：

标题：在那家“塔唱片”[①]老店里看到你谈论新出的单曲《时钟歌剧》

有戏……时钟和塔都出现在标题栏里。乔什点开帖子，快速浏览了一下。比其他的长。电子邮件地址是 andy@gmail.com。乔什匆匆抄下帖子里的单词，第四个，接着是之后的第五个，然后重复。解码帖子得到的是：

情况有变。时钟塔将会陷落。如果还活着就回复。谁都别信任。

乔什一时浑身僵硬。如果还活着就回复。他必须去回复，大卫必须去回复。

乔什拿起电话座机，拨打大卫的号码，但连不上。他先前还打过的。不是房间或者电话的问题，会是什么——

他发现了，外面门口传来的视频画面，它一直没变化。他仔细看了看，服务器上的灯静止不动——但那是不可能发生的，它们总是在不规律地闪烁，访问硬盘的时候，网卡收发数据包的时候都会闪。这不是视频画面，是一张照片——想要闯进房间的人放在那里的。

① 美国著名连锁唱片店。

CHAPTER 21

印度尼西亚　雅加达

时钟塔分站总部

主战情室

战情室里一片忙碌。操作技术员们敲击着键盘，情报分析员们带着报告进进出出，而文森特·塔利亚则来回踱步，看着那面监控墙："我们能确定威尔正收到一张错误的定位图吗？"

"是的，先生。"一位技术员说。

"告诉安全屋里的人，出来吧。"

塔利亚看着安全屋传来的视频画面，看着那些士兵齐齐走向门口，然后拉开大门。

爆炸的响声让偌大的战情室里的所有人的脑袋都转向了那些监视屏，现在上面显示的只有模糊的黑白画面，一动不动。

一个技术员用力敲打着键盘："转到外部视频。先生，我们发现了一次大规模爆炸，在——"

"我知道！安全屋里的人，留在原地。"塔利亚叫道。

扬声器里没有回音。之前显示着那些在安全屋里来回转悠的红点的定位图现在完全是黑色的。剩下的红点只有大卫的团队和留在总部里的一小批人。

技术员转过身来："他在安全屋上做了手脚，让它们爆炸了。"

塔利亚揉捏着自己的鼻梁："多谢了啊，'显而易见国队长'[①]。我们进入静音室了吗？他们找到乔什没有？"

"没有，他们才要开始。"

① 模仿"美国队长"的嘲讽称呼。

塔利亚走出战情室，来到自己的私人办公室，拿起电话。他拨通了他在伊麻里保安的接头人："我们有麻烦了，他把我这边的人给清除了。"

他听了会儿电话。

"不不，听着，我说服了他们，但是他——都无所谓了，他们都死了。这才是要点所在。"

又停了一下。

"不对，嗯，如果我在你的位置上，我会尽力确保在第一次攻击中杀死他，不管你手头有多少人。在战场上他难以对付的程度，简直不可思议。"

他开始放下电话，但在最后一刻又猛地把它提回到耳边。

"什么？不，我们还在找。我们想他还在这儿。有新消息我会马上告诉你。什么？好的，我会过去的，但我能带过去的只有两人，而且要是那指挥车往南开，我们会来不及登场的。"

CHAPTER 22

印度尼西亚　雅加达

时钟塔移动指挥中心

凯特跟着那个军人走进了这辆黑色的大卡车。从里面看起来，它和送货车看起来就一点都不像了，虽然外面很像。它里面一部分是储物间，放着些她认不得的武器和装备；一部分是办公室，里面装着一堆屏幕和电脑；还有一部分是卡车车厢，每边都有一排陷下去的座位。

那儿有三个大屏幕。一个上头是一些红点，在一张地图上移动，她觉得那是雅加达。另一个显示着从卡车的前后左右传来的视频。在右上方的图像里，可以看到那辆黑色的 SUV，正带着卡车穿过雅加达拥挤的街道。最后一个屏幕上空空如也，只有一个词：连接中……

“我是大卫·威尔。”

“我想知道你们要把我带到哪儿去。”凯特问道。

“一间安全屋。”大卫正摆弄着一台不知什么型号的平板电脑。看起来它控制着墙上的一个显示屏。他时不时朝上望一眼，好像期待着出现什么画面。没有看到期待的东西出现以后，他就又敲几下按键。

“那么，你是在为美国政府工作吗？”凯特问，想试着引起他的注意。

“确切地说不是。”他低头看去，继续在平板电脑上忙着。

“但你是个美国人吧？”

“算是吧。”

“你能不能别心不在焉地跟我说话？”

“我正想要和一位同事进行磋商。”那人现在有些着急的样子。他的目光游移不定，似乎正在思考问题。

“遇到麻烦了？”

“嗯，也许。”他把平板电脑放到一边，“我得问你几个问题，关于这次绑架案的。”

“你们在寻找孩子们吗？”

“我们正在试着搞清楚到底发生了什么。”

“这个‘我们’是谁？”

“一些你没听说过的人。”

凯特用一只手捋了捋头发：“听着，我今天一天都过得糟透了。我其实不怎么在乎你们是谁，你们从哪儿来。今天有人从我的诊所抓走了两个孩子，可到目前为止，谁也不想去找他们。包括你。”

“我从没说过我不会帮你。”

“你也从没说过会帮。”

“这倒是。”大卫说，“但是现在，我有我自己的麻烦，大麻烦。这些麻烦可能导致许许多多无辜的人被杀害。还有一些人已经被杀了，我相信你的研究在某些方面与此有关。听着，如果你回答我几个问题，我发誓，我会尽我所能地帮助你。”

“好吧，这挺公平的。”凯特在椅子里往前挪了挪。

“你对伊麻里雅加达公司有多少了解？”

“实际上一无所知。他们资助了我的一些研究。我的养父，马丁·格雷，是伊麻里研究院的领导。他们对科技研究进行了广泛投资。”

“你在为他们研制生物武器吗？”

这问题让凯特感觉简直好像被一巴掌抽在脸上。她在椅子里往后一缩：“什么？上帝啊，不！你疯了吗？我是在试图治疗自闭症。”

“为什么那两个孩子会被抓走？”

“我完全不明白。”

“我不信。这两个孩子有什么不同？诊所里有过百的小孩子，如果那些绑匪是人贩子，他们就会把孩子们全部抓走。他们抓走这两个小孩是有目的的。而且他们这样做是冒着很可能被曝光的风险。所以，我得再问你一次：为什么是这两个孩子？”

凯特盯着地上，思考着。然后她问出了脑海里冒出的第一个问题：“是伊麻里研究院抓走了我的孩子们？”

这问题看起来打了个正着 ：“呃，不是，是伊麻里保安。他们是另一个部门，但这一伙一样是坏人。”

“这不可能。”

“自己看。”他递给她一个文件夹，她迅速地浏览了一遍，看到了一堆卫星照片，上面是诊所门口停着的车，那两个穿着黑衣的歹徒把孩子们拽进车里，然后是那辆车的登记信息，指向伊麻里国际集团在香港的保安分公司。

凯特琢磨着这男人的证据。为什么伊麻里集团要抓走那些孩子？他们大可以跟她提要求。还有些别的事情也在让她烦心。“你为什么认为我是在制造生物武器？”

“基于证据，只有这一个解释合乎逻辑。”

“什么证据？”

“你听说过‘多巴计划’吗？”

“没有。”

他递给她另一份文件：“我们对此所知的都在这儿了。不多，但是至少能说明伊麻里国际集团正在致力于一个计划，其目的在于急剧削减世界人口。”

她浏览了一下文件：“跟‘多巴大灾难’很像啊。”

“什么？我不知道那是什么。”

她合上文件：“不奇怪。这一理论并不广为人知，但在进化生物学界这是个很流行的理论。”

“什么很流行的理论？”

“大跃进。”凯特看出了大卫的迷惑不解，不等他开口就继续说下去，“大跃进可能是进化遗传学上最热门的争议之一。那真是个谜团。我们知道，大约五万到六万年前，人类智力上出现了某种‘大爆炸’。我们变得聪明了许多，而且变化速度很快，我们还不知道到底是怎么回事。我们相信这和脑部神经连接的某种变化有关。第一次，人类开始使用复杂的语言，创造艺术品，制造更先进的工具，解决难题……”

大卫盯着墙，努力消化这些信息：“我不明白。”

凯特往后捋了一下头发：“好吧，让我从头说起。人类这一物种大约有20万年的历史，但我们成为所谓行为上现代的人——真的非常非常聪明，统治了整个地球的人（Homo sapiens sapiens）——大概只有5万年。在约5万年前，我们知道至少有三个种别的人属（Homo）生物：尼安德特人（Homo neanderthalensis），弗洛勒斯人（Homo floresiensis）[①]——”

“弗什么人——”

“知道他们的人不多。不久前我们才发现了他们。他们是些矮小的人种，长得像霍比特人[②]。我们还是干脆说霍比特人好了，这样更方便。在约5万年前，生存着我们、尼安德特人、霍比特人，还有丹尼索瓦人（Denisova hominin）[③]。实际上，当时多半还有两种其他的人属生物，不过那些不重要，重要的是，当时有五六个人属亚种。然后，人属进化树上，我们这一支爆炸性增长，而其他的灭绝了。此后，我们在5万年的时间里，从几千人发展到了70亿人，同时其他几个人属亚种都灭绝了。我们征服了地球，而他们死在了洞穴里。这是整个历史上最大的谜团，科学家们一直在研究它。宗教也一样。问题的核心是，我们是如何幸存下来的。是什么让我们取得了如此巨大的进化学优势？我们把这次变革称为大跃进，而多巴大灾难理论试图解释这次大跃进何以发生——我们何以变得如此聪明，而我们的远亲们，其他的人属生物——尼安德特人，霍比特人，等等——他们大体上都仍然是穴居人。该理论认为大约7万年前，多巴火山，就是印度尼西亚的这个多巴火山，发生了一次超级火山喷发。喷发出的火山灰遮住了地球上很大一部分地区的阳光，导致一次持续多年的火山冬天。这一急剧的气候变化让人类的总数急剧减少，可能减到了

---

① 印度尼西亚弗洛勒斯岛地区的史前古人属生物，已灭绝。

② 奇幻名著《魔戒》中虚构的人类亚种，身高大约1米。弗洛勒斯人常被昵称为霍比特人。

③ 人属亚种，2008年在西伯利亚阿尔泰山上的丹尼索瓦洞穴发现其化石。

大约一万人，甚至更少。”

“等一下，人类只剩下了一万？”

“我们认为如此。嗯，估算不怎么精确，但我们确信当时人口的确有一次大幅度减少，而且只有我们这一亚种才这样。我们认为尼安德特人和同时生活着的其他的人属生物的日子要好过得多。对霍比特人来说多巴火山在下风头，尼安德特人聚居于欧洲。非洲、中东和南亚受到多巴火山喷发的影响最巨，而当时我们主要就居住在那些地方。那时候尼安德特人还比我们更强壮，大脑也更大，这可能使得他们具备额外的生存优势，不过这个问题我们还在研究中。我们能确信的是：人类遭到了多巴超级火山喷发的沉重打击。我们到了灭绝的边缘。其结果被人口遗传学家称为‘人口瓶颈’。有些研究者相信，这种瓶颈现象导致一小批人类开始进化，通过突变生存下来。这些突变可能引发了人类智力的爆炸性指数增长。遗传学上有些这方面的证据。我们都知道这颗行星上的每个人类都是大约5万年前生活在非洲的一个男人的后裔——我们遗传学家称他为Y染色体亚当。实际上，非洲地区以外的每个人都来自一小批人类，他们的人数很少，大约只有100个，在大约5万年前离开了非洲。说到底，我们都是一个小部落的后裔，他们在多巴火山大喷发之后走出非洲，最后统治了这颗行星。这个部落明显比历史上其他的任何人属生物都要聪明许多。这些是发生了的事实，但我们还不知道这些是怎么发生的。事实上，我们还不知道我们这一亚种是怎么在多巴火山喷发以后幸存下来的，也不知道他们是怎么变得比当时生活着的其他人属亚种要聪明这么多。必然是脑部神经连接发生了某种变化，可没人知道这一大跃进到底是怎么发生的。可能是来自食谱上的某个变动，或者是某种自然突变，也可能是逐渐发生的。‘多巴大灾难’理论和它造成的‘人口瓶颈’都只是一种可能性，但这一理论得到了一部分人的赞同。”

他低下头，看起来在思考这些话。

“我很惊讶，在你们的研究里居然没有包括这些。”见他一言不发，她补充道，“那么——你们认为‘多巴’代表着什么？我是说，这里我也可能是错——”

“不，你是对的。我相信。但这里指的只是‘多巴大灾难’过去造成的结果——它对人类造成的影响。这就是他们的目标：造成再一次的人口瓶颈，推动第二次大跃进。他们希望人类进入进化的下一阶段。这告诉了我动机，之前我们一直不知道的动机。我们原以为多巴指的是行动开始的地点。东南亚，尤其是印度尼西亚，很合乎逻辑。这是我在雅加达建立组织的原因之一：这儿离多巴火山只有60英里。”

“没错。看,历史知识也可以很好用的,书籍也是,也许甚至跟枪一样好用。”

“郑重声明，我读过很多书的。而且我喜欢历史，可是你刚才说的那是7万年前的事情，那不是历史，那是史前了。顺便，枪也有它们的用处——这世界可不像它表面上那么文明。”

她举起双手，坐回到位子上：“嘿，我只是想帮你的忙。说到这个，你说过你会帮我找到那些孩子的。”

“而你说过你会回答我的问题。”

“我已经回答过了。”

“还没呢。你知道为什么那两个孩子会被抓走，或者你至少是有点想法。告诉我。”

凯特琢磨了一下，能相信他吗?

“我需要些保证。”她等着回应，但那人只盯着另一个屏幕不动，那上头显示着一堆红点，“嘿，你在听我说话吗？”他如梦初醒，四下张望着：“出什么问题了？”

“那些点没在移动。”

“它们应该移动？”

“是啊。我们绝对是在移动。”他朝安全带一指，“自己系好。”

他说这话的语气把她吓到了。这让她想起了一个刚刚意识到他的孩子处于危险中的父亲。他的注意力此刻高度集中，他飞快地行动着，眼皮都不眨一下。他把车里会活动的物品都固定好，然后抓起一个无线电话筒。

“移动一号，时钟塔指挥官。转向，新目的地为时钟塔总部，你收到了吗？”

“收到，时钟塔指挥官，移动一号转向。”

凯特感到车子在转弯。

那人把话筒放到自己身旁。

她在屏幕上看到一道闪光，一秒钟之后她就听到和感觉到了——爆炸。

屏幕上显示出他们前面的那辆大型 SUV 爆炸了，从地上飞了起来，从空中落下时已经变成了一堆火焰和燃烧着的金属。

有几声枪响，然后他们的卡车偏离了道路——好像没人在驾驶它了。

又一发火箭弹击中了卡车旁的街面，差点就打中了车子。爆炸的冲击波几乎把车子震得翻过去，似乎还把车内空间里几乎全部的空气都挤了出去。凯特感到一阵阵耳鸣。安全带深深勒进她的肚子，一阵阵生疼。仿佛发生了感官剥夺，每件东西看起来都在以很慢的速度移动。她感到车子摔回了地面上，又反弹起来。

她在警铃声中环顾四周。那个军人躺在车厢地板上，一动不动。

CHAPTER 23

印度尼西亚　雅加达

时钟塔分站总部

安全通信室

乔什必须好好想想。无论是谁把通往静音室的大门传来的实时图像换掉了，这些人毫无疑问就在外面，想要进来。这间巨大的混凝土墓室里的玻璃房现在看起来如此脆弱。它挂在这里，只等着人来炸开，仿佛是个玻璃皮纳塔①，他就是里面的奖品。

门上似乎有什么东西？一个橙色的斑点？乔什走到玻璃房边上，仔细观察。那儿的确有一个小斑点，像通上电的电热丝似的变得越来越亮。那些金属看起来在液化了……没错，门上的金属正在往下流动。就在这一瞬间，门的右上角又有些火星飞了出来。火星从门上缓缓滑落，一路留下一条狭长的黑色沟槽。

他们正在闯进来——用一把焊炬。当然了，炸开大门——用爆炸物——会毁掉整个服务器机房。这也是一个额外的安全措施，意在给里面的人更多时间。

乔什走回到桌边。首先该做什么？情报员，克雷格分类广告网上的帖子。他必须去回帖。那个电子邮件地址，andy@gmail.com，显然是假的：Gmail开通以后顶多两秒钟这地址就会被注册掉。情报源知道乔什会知道这点，知道他会明白这地址的意义何在：只是个其长度正好是解开那封帖子里的密文的密钥的假名。密文……他必须也去发个帖子，用同样的加密方式。

① 美国西班牙语社群儿童聚会时，会玩蒙上眼拿棍子戳开内装糖果或者玩具的彩色小礼包的游戏，这种小礼包西班牙语称为皮纳塔。

他转头瞧了瞧。切割焊炬现在沿着门右边往下割到中间了。火星燃烧着滚落地面，仿佛一根导火索，正一路燃向炸弹。

去他妈的，他没时间了。他按下发帖按钮，写了个帖子。

标题：给“塔唱片”店里的那个男人

正文：我多希望我们之前就联系上了啊，可是没时间了。我恐怕我以后也不会再有时间了。我的朋友把你发来的信息转给了我，我还是没全明白，我很抱歉说得这么直接。我真的没时间玩复合信息的把戏了。我打不通我朋友的电话，但也许你能在这个版上跟他联系上。若有任何能帮到他的信息，请回复。谢谢，祝你好运。

乔什点击了发送。为什么他联系不上大卫？他还能上网。这肯定是另外一条连接线路，一条时钟塔特工们也不知道的线路。这样才可以进行秘密电话通话和视频会议。门口的摄像机好说：他们可以切断排线，转接到另外一个视频源上，或者单纯地把一张大厅的照片贴在镜头上，然后随它拍去。

乔什从眼角的余光里看到，那些显示屏上的红点迅速地变动了一下：那些安全屋里的点正往门口聚集。他们准备采取行动了。

然后他们就消失了，死了。

乔什的目光转回到门上。焊炬的移动速度在加快。他刷了一下克雷格分类网的页面，期盼能看到那位线人的回应。

CHAPTER 24

印度尼西亚　雅加达

时钟塔移动指挥中心

大卫抬起头来，看到那个女人——华纳医生——站在他边上。

“你受伤了吗？”她问道。

他推开她，站起身来。监视器放映着外头的景象：载着他手下三名外勤特工的雪佛兰萨博班[①]躺在空无一人的街道上，周围散落着燃烧的碎块。他看不到之前驾驶卡车的两个人。一定是第二次爆炸夺去了他们的生命，或者是一个狙击手。

大卫晃晃脑袋，让自己清醒点，然后朝着武器柜匍匐前进。他拿出两个发烟罐，扯掉它们上头的保险栓，然后走到车尾的滑门边上。

他慢慢地打开一扇门，迅速地丢下一个发烟罐，然后让另一个往远一点的地方滚过去。他听到烟雾的嘶嘶声，烟气从筒子里冒出来，旋转着向街道四周扩散。一小股灰白色的烟气飘进了车里。他仔细地把门关好。

他本以为开门的同时至少会有一通乱射的。敌人们一定是希望那姑娘活着。

大卫回到武器柜旁，开始武装自己。他把一支全自动突击步枪甩到肩上，给这把大枪塞满子弹，然后把自己的手枪塞进裤子口袋里。他戴上一个黑色的硬质头盔，又重新系好自己的护甲。

“嘿，你在干什么？发生什么事了？”

“待在这儿，关好门，保证安全以后我会回来的。”大卫边说边起步朝门口走去。

---

① 雪佛兰公司 1934 年制造的世界第一款越野车。

“什么？！你要出去？”

“是的——”

“你疯了吗？”

“听着，我们在这里头就犹如固定的靶子；他们抓到我们就只是个时间问题。我必须去外头作战，寻找掩蔽，找到逃生的路。我会回来的。”

“那——那——你……我能拿把枪或者别的什么吗？”

他转头看着她，她一副被吓坏了的样子。但他必须给她打个高分：她是个有胆量的。

“不，你不能拿枪。”

“为什么不行？”

“因为你拿枪的话，唯一能伤到的人大概只有你自己。现在，我出去以后关好这扇门。”他从头盔里拉下护目镜，盖好眼睛，以一连串流畅的战术动作打开门，跃入外头的烟雾中。

大卫全力向前奔跑了才三秒钟，弹雨就朝着他倾泻而来。步枪的枪声把他急需得知的信息告诉了他：那些狙击手在他左侧的楼顶上。

他蹿进一条和街道交叉的小巷，把枪口瞄向楼顶，开火。他击中了距离最近的一个狙击手。看到对方掉了下来，大卫便转向另外两个狙击手来了两轮连发射击。两个家伙都缩回了这栋老式楼房顶上的大砖房里。

一发子弹从他头顶上呼啸而过，又一发子弹钻进了他身边楼房的混凝土墙面里，一些砖头和混凝土的碎屑溅到他的头盔和护甲上。他转身面对开枪者：地面上正朝他冲过来的四个人。是伊麻里保安的人，不是他的部下。

他朝敌人连开三枪，他们散开了，有两个人倒在地上。

松开扳机的同一瞬间，大卫听到有东西在嗖嗖作响。

他向巷子另外一头一个鱼跃。一枚榴弹爆炸了，爆炸的地点离他一秒钟前所站的地方只有 10 英尺。

他该先把那些狙击手杀掉的，或者至少离开他们的射程。

碎石落在他身周，空气中到处都是烟尘。

大卫用力把空气吸进自己的肺里。

街道一片寂静。他翻过身来。

有脚步声，正朝着他靠近。

他站起身来，跑进小巷，把步枪丢在身后。他得去找个有利于防守的地形。子弹在小巷的两边墙壁上弹跳。他转过身，拔出手枪，开了几枪，逼迫那两个追过来的家伙停下脚步，逃进小巷边上人家的门洞里。

在他的前方，小巷的尽头通往一条尘土飞扬的老街。街道沿着一条小河蜿蜒，雅加达有37条河流，这是其中之一。这儿有个水上集市，里头尽是摆小摊的陶器商人，还有形形色色的各路小贩。他们正仓皇逃窜，指指点点，大喊大叫，一边收拾着当天收到的现金，一边急忙逃离。

大卫从小巷里刚一出来，就陷入了新的火力包围中。一发子弹击中了他胸部正当中，让他猛地仰倒在地上，一时喘不过气来。

从他头部方向，更多的子弹射过来，钻进地里；巷子里的家伙们正在迅速靠近。

大卫朝着小巷的墙边滚去，躲开弹雨。他用力呼吸。

这是个陷阱：巷子里的那些家伙是故意把他赶到这边来的。

他拿出两颗手榴弹，拉开保险，等了整整一秒钟，然后把一颗朝后扔进巷子里，另一颗扔进拐角，朝着那些伏击者。

然后他向着小河全力冲刺，一边跑一边朝着伏击者开枪。

在他身后他隐约听到巷子里一声爆炸，接着开阔地埋伏的那些人那边发生了一次声音更大的爆炸。

就在他到达河岸的前一刻，他又听到了一声爆炸，这次要近得多，可能是在他身后8英尺的地方。他被冲击波抛离了地面，冲到了河面上。

在装甲卡车里面，凯特坐了下来，然后又站了起来。外面听起来简直好像爆发了第三次世界大战：爆炸声和自动步枪的开火声响成一片，时不时有碎片撞在车子外边。

她走到装着防弹衣和枪支的柜子旁，那儿还有许多军械。也许她该穿上哪件护甲？她拿出一件黑色外甲。它很重，比她以为的要重得多。她低头看看自己身上皱巴巴的衣服，昨晚她在办公室睡觉的时候就穿着这身。今天真是荒诞的一天。

有人在门上敲了几下，然后说："华纳医生？"

她把那件胸甲掉到了地上。

这不是他的声音，不是那个把她从局子里救出来的人的。不是大卫。

她需要一把枪。

"华纳医生，我们进来啦。"

门打开了。

三个男人走了进来，穿着黑色护甲，跟那个抓走孩子们的家伙很像。他们向她走过来。

"我们很高兴你安然无恙，华纳医生。我们是来这里救你的。"

"你们是谁？那个之前在这儿的男人在哪儿？"她往后退了一步。

交火声平息了。然后远处传来两次——不，三次爆炸的声音。

他们一寸寸逼近。她又往后退了一步，她能够到那把枪，她能开得了枪吗？

"没事了，华纳医生，过来吧，离开这里。我们是来把你带去见马丁的，他派我们来的。"

"什么？我想跟他说话。在跟他交谈之前，我哪儿也不去。"

"可以，但——"

"不，我希望你们现在就出去。"她说。

一个穿着黑衣的家伙推开另外两个走上前来说："我告诉过你的吧。拉尔斯，你欠我 50 个美刀啦。"凯特认出了这个声音，就是这个嗓子低沉、声音嘶哑的男人抓走了她的孩子们。就是他。凯特僵住了，浑身都是恐惧感。

那家伙够到了她。他抓住凯特的胳膊，很用力，然后推转她的身子，手往下拽住她的手腕。他又抓住她的另一只手腕，把它们并拢，一只手抓住，另一只手用绳子在两个手腕之间打了个交叉结。

她试图挣脱，但那根细细的塑料绳勒进了她的肉里，让她的手臂感到一阵阵刺痛。

那家伙抓住她长长的金发，把她拽了回来，用一个黑色袋子猛地罩到她头上。凯特的视野完全陷入了黑暗。

CHAPTER 25

印度尼西亚　雅加达

时钟塔分站总部

安全通信室

乔什看着屏幕上其他的红点渐渐熄灭。安全屋里的那些人，他们走到门前，然后消失了——死了。一两分钟之后，他看到大卫的车队停在街上——然后他们也死了，只有大卫例外。他看着大卫的红点快速游走。最后是一次冲刺。

然后它也一样消失了。

乔什吐出一口气，跌进椅子里。他透过玻璃墙盯着外头的大门。焊炬现在在烧门的另外一边了，烧开的地方形成一个倒写的字母J。很快就会变成一个完整的U，然后是O，然后他们就会进来，他的时间就到头了。他还有两分钟，或者三分钟。

那封信。乔什转过身，在文件堆里翻了一阵，找出了它：大卫的信，要求“我死后打开”的。一两个小时前，乔什还以为他永远也无须打开它。今天太多的幻象破灭了：时钟塔不可能被渗透，时钟塔不可能被攻陷，大卫不会被杀，好人总是会胜利的。

他扯开信封。

亲爱的乔什，

别伤心。我们一开始的时候就落后太多了。我只能认定，雅加达站已经陷落，或者正要陷落。

记住我们的目标：我们一定要阻止伊麻里的最终目标。把你找到的任何东西都传给时钟塔的领导。他的名字是霍华德·基冈。你可以信任他。

在1号时钟服务器上有个程序——ClockConnect.exe。它会打开一条和中央联系的专用通道，你可以通过那里安全地传输数据。

最后还有一件事。这些年来我也攒了一笔小钱，大部分是从被我们赶出局的坏人们那儿弄到的。1号时钟服务器上还有一个程序——distribute.bat。它会把我账户里的这些钱捐出去。

我希望他们不会找到这个房间，希望你读到这封信的时候安全无虞。

和你共事让我感到骄傲。

大卫

乔什放下了信。

他飞快地敲击着键盘，首先把他的数据上传到时钟塔中心，然后进行银行转账。“一笔小钱”这说法真是太谦虚了。乔什看到执行了五笔转账，每笔500万美元，第一笔给红十字会，第二笔给联合国儿童基金会，然后是其他的三个赈灾组织。很正常。但最后一笔不一般，500万美元的存款，转到一个JP摩根银行的账户上，是个美国账户——在纽约的一家分行开立的。乔什把账户主人的名字复制下来搜索了一下。一个男人，62岁，还有他的妻子，59岁。大卫的父母吗？还有篇新闻报道——在长岛本地报纸上的一小块地方。这对夫妇在“9 · 11”袭击中失去了他们的独生女。她在“9 · 11”袭击的时候是康托 · 菲茨杰拉德公司[①]的一名投资分析员，不久前才从耶鲁毕业，并和一位哥伦比亚大学的研究生安德鲁 · 里德订了婚。

乔什听到些响动——或者不如说，他听不到了。焊炬停了，圈圈划完了，很快他们就会开始撞门，等着金属裂开。

他把桌上的纸张收好，冲到垃圾桶旁，把它们付之一炬。然后他回到桌边，启动了清除计算机信息的程序，它会花大约五分钟。也许他们不会发现它，或者，也许他能为它争取点时间。他朝放枪的盒子望去。

① 著名的全球金融服务公司，“9 · 11”事件中该公司位于世贸北塔101到105层办公室中的658名雇员全部遇难。

似乎有些什么在屏幕上那张定位地图上出现。乔什觉得他好像看到了——一个红点，闪动了一下，但现在又没了。他朝屏幕又盯了一眼。

门口“砰砰砰”的响声几乎吓得乔什从座位上跳起来。那些人正在砸门，就像敲打战鼓似的，努力想要让那块厚厚的金属掉下来。乔什的心脏无法抑制地狂跳起来，撞击仿佛和他胸口抽痛的节奏重合在一起。

计算机屏幕上显示着清除的进展状况：完成 12%。

那个点又亮起来了，这次没有再灭：是大卫 · 威尔。它在河里缓缓漂流，生命信号微弱，但他还活着。他身上的传感器装在护甲里，肯定是被打坏了。

乔什必须把他找到的东西和跟情报员联系的方式发给大卫。有哪些方法可供选择？通常他们会建立一个在线的死信箱：一个公众网站，他们在上面交换加密的情报。时钟塔的惯例是利用易贝网上的拍卖交易——在待售的商品照片里内嵌文件或者信息,时钟塔有个计算程序能把它们解读出来。肉眼看来，那些照片很普通，但整个画面上有许多微小的像素改动，叠加起来就形成了一个时钟塔能解读的复合文件。

但他和大卫没建立这种系统。他打不通电话。发邮件等于死亡判决：时钟塔会监视所有邮件地址，只要大卫一收邮件，时钟塔就会追踪到他使用的电脑 IP。IP 会告诉他们物理地址，或者是差不多的东西。附近的监控视频结果会补充缺少的部分,然后他们分分钟就能抓到他。一个 IP……乔什想到个主意。行得通吗?

清除……37% 完成

他必须快点干活儿，在计算机无法使用之前。

乔什打开通往一个私人服务器的 VPN[①]，他通常用那个服务器当作在线操作的中转和暂存区——先把报告在线转成加密编码，然后利用退信机制通过网络发到中央去。这只是个额外的安全措施，避免雅加达分站向中央发去的文件被拦截。这个服务器在网格之外，没人知道它。而且它的好几条安全协

① 虚拟专用网络。

议是他写的，完美的选择。

但这个服务器没有网址——它也不需要——只有一个 IP：50.31.14.76。网址，比如 www.google.com 和 www.apple.com，实际上都会被转换成 IP。当你向你的网络浏览器里输入一个地址栏的时候，一批名为域名服务器（DNS）的服务器会找出这个地址在它们数据库里面相配的 IP，然后让你访问正确的地方。如果你改成在浏览器的地址栏里输入这个 IP，你实际上最终也会访问同一个地方，而且没有经过中间路径：输入 74.125.139.100 会打开 Google.com,17.149.160.49 则打开 Apple.com，如此等等。

乔什把数据上传到了服务器，计算机的运转开始变慢了，几个报错信息弹了出来。

清除……48% 完成

鼓声停了，他们又用起了焊炬。在门的中间出现了一个圆形的突起，里面的金属表面绷得紧紧的。

乔什必须把这个 IP 发给大卫。他不能打电话或者发短信，所有的情报员和案件承办人也都被时钟塔监视着，另外，他也完全不知道大卫会在哪里停留。他需要某个大卫一定会看的地方，某种把 IP 地址里面的这串数字发出去的办法，某些只有乔什知道的……

大卫的银行账号，这个行得通。

乔什也有一个私人银行账号，他觉得基本上干他们这行的每人都有。

金属弯曲变形的噪声充斥着那个洞穴般的房间，仿佛有头垂死的鲸鱼在叫喊着。他们快来了。

乔什打开一个网络浏览器，登进他自己的银行账户。他飞快地输入了大卫的银行交换号和账户号码。然后他往大卫的账户里存了好几笔钱：

9.11

50.00

31.00

14.00

76.00

9.11

转账汇款要一天才会到账，在到账以后，大卫只要检查账户，就会看到这串数字。他会明白这是一个 IP 地址吗？外勤特工并不怎么精通技术。这是一次豪赌。

门破了。进来了几个人，几个全副武装的士兵。

清除……65% 完成

这还不够，有的东西会被他们发现的。

箱子，胶囊。三到四秒钟。时间还不够。

乔什一个箭步朝桌上的箱子冲过去，结果把它碰到了地上。它摔到了玻璃地板上，乔什也跟着扑了下去。他颤抖的双手伸进箱子，抓住了枪。程序是怎么样来着？拉，射，按这里？上帝啊。他们已经到了玻璃房间的入口处了，三个人。

他举起枪，他的胳膊在晃。他用另一只手稳住这条胳膊，扣下扳机。子弹射穿了计算机。他必须打中硬盘，他又开了一枪。枪声在这间小屋里听起来震耳欲聋。

然后四面八方都响起了枪声。到处都是碎成了无数小块玻璃。乔什撞到了玻璃墙上，玻璃掉在他周围，掉在他身上，戳进他的身体里。他低头往下看，看到了自己胸口上的子弹孔。他感到血从他的嘴里流出来，流过他的下巴，汇入他胸前越来越大的血泊中。他扭过头，看到计算机上的最后一个指示灯也熄灭了。

CHAPTER 26

印度尼西亚　雅加达

柏尚格拉汗河

渔民们划着船沿河而下，驶向爪哇海。过去几天的渔获都不错，于是他们又带上了更多的渔网——事实上，是带上了他们所有的渔网。重负让船下沉，吃水比平时更深。如果一切顺利，他们会在日落时返回，船尾拖着渔网，网里装满了鱼，足够他们的小家庭吃饱，也足够拿到市场上出售。

哈尔托看着他的儿子伊科在船头划桨，心中满是骄傲。很快，哈尔托就会退休，由伊科继续捕鱼。然后，总有一天，伊科会带着他自己的孩子出来，就像现在这样，就像哈尔托的父亲当年教他捕鱼的时候。

他希望会是这样。过了一会儿，哈尔托开始有些担心，也许以后的事情不会这样发展。年复一年，这里的渔船越来越多——鱼却越来越少。他们每天打鱼的时间延长了，可他们网里的鱼更少了。哈尔托把这个念头从脑海里抛开。好运来来去去，就像大海潮起潮落——万事都是如此。我一定不可以为我控制不了的事烦心。

他的儿子停住了桨，船开始打横。

哈尔托朝他叫起来："伊科，你得划桨啊，如果我们不持续划桨，船就会打转的。注意啊。"

"爸爸，水里有什么东西？"

哈尔托看了看。有个……黑色的东西，漂在那儿。是个人。"划快点，伊科。"

他们在那人边上停下，哈尔托伸出手抓住他，想把他拖进装满渔网的小船里。他太沉了。这人穿着层壳子，可这层壳子倒是浮在水上，一定是某种特殊材料。哈尔托把这男人翻过来，一个头盔，还有护目镜——它们罩住了他的鼻子，让他免于溺死。

“是个潜水员吗，爸爸？”

“不，他是个……警察，我想。”哈尔托再次试图把那人拉到船上，船都差点翻了，“过来，伊科，帮帮我。”

儿子和父亲一起使劲，把这个浸满了水的家伙拖到了船里。可他刚从船舷上翻下来，渔船就开始进水了。

“我们在下沉，爸爸！”伊科看样子很紧张。

水从船边涌进来。扔掉什么？这个男人？这条河流进大海——他肯定会死在那儿。他们也不可能拖着他，拖不远的。进水的速度现在更快了。

哈尔托看着那些渔网，船上除了人只有那些有分量了。但它们是应当由伊科继承的财产——他家里仅有的财产，他们仅有的谋生工具，靠它们家里的桌上才有食物。

“把那些渔网丢掉，伊科。”

少年毫不犹豫地服从了父亲的命令，把渔网一个个丢了出去，把他天生就有权继承的财产送给了缓缓流淌的河水。

大部分渔网都丢出去以后，进水停止了，哈尔托坐倒在船里，双目无神地盯着那个男人。

“怎么了，爸爸？”

他父亲一言不发。伊科挪动身子，靠近父亲和他们救起的那个男人：“他死了吗？是不是……”

“我们得把他带回家里。帮我划桨，儿子，他可能是遇到麻烦了。”

他们掉转船头，沿河逆流而上，向着哈尔托的妻子和女儿的方向。她们现在应该在准备收拾和存储他们带回去的鱼。可今天不会有鱼了。

CHAPTER 27

美联社

在线播报——突发新闻报道

爆炸和枪声震撼着印度尼西亚的首都雅加达

雅加达，印度尼西亚（美联社）// 美国联合通讯社收到了多份雅加达各处发生爆炸和枪击的报告。尽管尚无恐怖主义团伙声称对此负责，不愿透露姓名的印度尼西亚政府内部人士声称，他们认为这些攻击是一系列相关联的袭击。目前还不清楚目标是哪个或者哪些人。

当地时间下午1点左右，三颗炸弹在雅加达市爆炸，破坏了旧居民区中的部分大楼。目击者称，至少有两幢楼房应该是无人居住的。

在这几次爆炸之后几分钟，在市场区的街道上又发生了一系列爆炸，还有自动步枪的交火。尚无伤亡人数的消息，警方对此拒绝评论。

我们将随时更新报道，披露新的细节。

雅加达邮报

雅加达西区警察局局长被捕

印度尼西亚国家警察总局今天证实，他们逮捕了雅加达西区警察局局长埃迪·库斯纳迪，指控他犯有儿童色情罪。该局新任警察局局长帕库·库尼亚发表声明称：“今天是雅加达大都会警察局和雅加达西区警察局悲伤和耻辱的一天。但我们能直面我们自身内部的罪恶，这种勇气和信念最终会让我们更加坚强，让公众对我们更加信任。”

CHAPTER 28

印度尼西亚　雅加达

伊麻里雅加达总部

凯特坐在椅子里，手被绑在背后，头上还是被黑色头套罩着。这一路都很不舒服。过去30分钟里，那些士兵把她像碎布娃娃似的扔来扔去，从一辆车换到另外一辆，把她搡过一条条过道，最后把她丢进椅子里，摔上门走了。在一片黑暗中移动的感觉让她反胃。她的手被交叉绳结勒得生疼，那厚厚的黑色头套让她什么都看不见。这种完全的黑暗和寂静让人有些神志不清，类似于感官剥夺。她在这儿待了多久了？

然后她听到有什么东西在靠近：脚步声，在一条走道或者是一个大房间里的。每过一秒，脚步的回音就变得更响亮。

"把那个袋子从她头上拿开！"

是马丁·格雷的声音。马丁——她养父的说话声让凯特全身都松弛下来。黑暗看起来不那么黑了，手上被捆着的地方传来的疼痛似乎也减轻了。她安全了。马丁会帮她找到她的那些孩子的。

她感到袋子被从头上拿起。光线晃花了她的眼睛，她眯起眼睛，眉头紧皱，转过头避开光线。

"还有把她的手解开！谁对她这么干的？"

"是我，先生。她当时在反抗。"

她还是看不到他们，但她听出了这个声音——那个把她从卡车里抓走的人，也是他把孩子们从诊所里抓走的。杀死本·安德森的凶手。

"你们肯定是把她吓得够呛。"马丁的语气冰冷，魄力十足。凯特从没听过他跟谁这么说话。她听到另外两个人在偷笑，然后那个抓她的人答道："你想怎么抱怨就怎么抱怨吧，格雷。我不用对你负责。而且你早前还对我们的工作表示满意呢。”

他说的这话是什么意思？

马丁的语气略有改变，听起来像是被逗乐了：“你知道吗，听起来好像现在你是在反抗啊，塔利亚先生。嘿，我这就让你知道，反抗的话会发生什么。”

凯特现在能看到马丁了，他的脸色冰冷。他瞪着那个男人，然后转向另外两个男人——应该是跟着马丁一起来的士兵：“把他带到禁闭室去。蒙上他的头，绑上手。越紧越好。”

这两个人抓住那个绑架犯，把之前套在凯特头上的袋子套到他头上，然后把他拖出了房间。

马丁弯下腰，对凯特说：“你还好吗？”

凯特一边揉着她的手，一边探身过去：“马丁，两个孩子从我的实验室被绑走了。那人就是绑架犯之一。我们得去找——”

马丁抬起一只手：“我知道，我会解释所有事情的。但现在，我需要你先告诉我你对那些孩子做了什么。这非常重要，凯特。”

凯特张口欲答，可她不知从何说起。她的脑子里闪过一个又一个问题。

她还没能开口，又有两个男人进入了这间大房，对马丁说道：“先生，斯隆董事想要和您谈谈。”

马丁有些恼火地抬起头：“我会给他打电话去的，这不会——”

“先生，他在这里。”

“在雅加达？”

“在这楼里，先生。我们接到命令，护送您去见他。我很抱歉，先生。”

马丁缓缓直起身子，看上去有些烦心：“把她送到楼下去，送到发掘现场的观察层。另外，看好门。我一会儿就过去。”

马丁的人把凯特带了出去，和她保持着一段安全距离，但像老鹰似的死死盯着她。她注意到另外那些人对待马丁的态度也是这样。

CHAPTER 29

印度尼西亚　雅加达

柏尚格拉汗河

哈尔托看着那个神秘的男人用手肘撑起身子，扯下他的头盔和护目镜，打量着周围，脸上一片迷茫。他把手上的头部装备扔过船舷，又躺了几分钟。然后开始挣扎着解开衣服侧面的带子。最终他成功地把带子松开了，然后把一件厚重的坎肩也扯下来丢进了河里。哈尔托注意到在坎肩的胸部区域有个大洞。大概这衣服已经坏了。男人揉了揉胸口，沉重地喘息着。

他是个美国人，要不也许是个欧洲人。这让哈尔托大吃一惊。他早就知道这人的肤色比较白——把这人拖上船的时候，他看到了这人脸上露出的部分——但他本以为这男人是个日本人，要不也许是中国人。为什么一个全副武装的欧洲人会在这里，在河里？也许他不是个警察。也许他是个犯罪分子，恐怖分子，或者是个贩毒集团的士兵。救起这人是不是已经让他们卷入了某些危险之中了？他划桨的动作加快了。伊科看到船开始偏转，便也相应加快了划桨速度。这孩子学得可真快。

那个白人的呼吸平稳了一些之后，他坐起身来，开口说了些英语。

伊科往船尾看去。哈尔托也不知道该说什么。这士兵放慢速度又说了一遍。哈尔托说出了他懂的唯一一句英语："我妻子说英语。她帮你。"

这男人又朝后倒了下去。哈尔托和伊科划着船，而他盯着天空，揉着自己的胸部。

大卫觉得那发打在胸口的子弹应该是把他护甲里面的生物监测器打坏了。这一下可把他伤得够呛。头盔里的追踪器可能还是好的，但它已经躺在河底了。

愿上帝保佑这些雅加达渔夫。他们救了他，不过他们现在要把自己带到哪儿去？也许伊麻里给他开出了悬赏——这两个人也许仅仅是在抓住中了大奖的彩票。如果他们要把自己交出去，大卫就得逃跑，但他现在连呼吸都困难。只有见机行事了。他得先休息一下，他盯着河水看了一会儿，然后闭上了眼睛。

大卫醒来时感到身下的床十分柔软舒适。一个中年雅加达妇女拿着一块打湿的碎布敷在他额上："你能听到我说话吗？"看到他睁开了眼睛，她便转过身开始用另一种语言喊了些什么。

大卫抓住她的胳膊，她看起来被吓到了。"我不会伤害你的。我在哪儿？"他说。他发现自己感觉好多了。他现在能顺畅呼吸了，但胸部还疼痛不已。大卫坐起身来，松开了她的胳膊。

那个女人告诉了他，他们所在的地方，但大卫不知道这个地名。他还没来得及再问一个问题，她就退出了房间，警惕地看着他，微微仰着头。

大卫揉了揉自己胸部的瘀伤。想想看，既然他们敢于冒险在光天化日之下攻击他的车队，他们一定是已经攻陷了雅加达站的总部。

乔什，又一名战士牺牲了。如果我不能阻止"多巴计划"，还会有更多战士牺牲，还会有更多平民死去，历来都是如此……

集中精神。

最近的威胁，这意味着什么？

他们抓走了华纳，他们需要她，她以某种方式参与其中。

但他很难相信这点。凯特·华纳一直坦率而又真诚，她真心相信她所做的研究，她不可能参与了"多巴计划"。他们是需要她的研究：他们要利用它。他们会强迫她给他们讲解研究成果，她会成为又一个无辜的受害者。他必须努力把她救回来，她是他最好的向导。

他站起来，在这家里四处走动。家里有好几间房，隔墙薄得跟纸似的，上头满是家里人自己的艺术作品，多数都是画的渔民。他打开一扇摇摇欲坠的纱门，走到外面的阳台。这家在一栋"楼房"的第三或者第四层上，楼里有着许多一模一样的单元房——墙上都刷了白灰，都装着肮脏的纱门，阳台层层叠叠，仿佛一条通往下头河堤的阶梯。他朝远处望去，视野所及之处，他看到的只有一堆又一堆这样的房子，就好像是一堆硬纸板盒子，一个堆在另一个上头。每间房外头都晾着一排排衣服，到处都有女人在拍打着衣物，打得灰尘向着落日飞腾，仿佛是一群正从地底下逃出来的魔鬼。

大卫往下边的河面瞧了瞧，渔船来来往往。有一两艘装着小马达，但大多数都是靠划桨推动。他的目光搜向上面的楼房。他们会不会已经来了，正在找他？

然后他看到了他们。两个人，伊麻里保安的人，正从他下面两层楼的地方出来。大卫缩回到阳台的隐蔽处，看着那两个人走进旁边的一家。他还有多少时间？ 5 分钟，或者 10 分钟？

他回到这家的房子里，发现全家人都挤在一个房间里，这间大概是客厅，虽然里面也放着两张小床。父母把一个男孩和一个女孩护在身后，好像大卫的视线会伤害他们似的。

大卫有六英尺三英寸高，差不多比这对夫妻高两个头。他满是肌肉的身躯几乎塞满了狭窄的门洞，挡住了落日的余晖。对他们来说他看起来一定像个怪物，或者是个外星人，一个彻头彻尾的异类。

大卫注视着这个女人："我不会伤害你的。你能说英语吗？"

"是的，能说一点。我在市场上卖鱼。"

"很好，我需要帮助，这很重要，一个女人和两个孩子处于危险之中，请问问你丈夫，他愿不愿意帮助我。"

CHAPTER 30

印度尼西亚　雅加达

伊麻里雅加达总部

马丁小心翼翼地走进房间，视线一刻也不离开多利安·斯隆，仿佛盯着一个恶灵[①]。马丁的这间办公室位于伊麻里雅加达总部大楼的第66层转角处，而伊麻里保安的这位董事此刻正站在办公室最里边。斯隆往外眺望着爪哇海，看着来来往往的船只。马丁还以为这个年轻人根本就没看到他进来，所以在他开口说话的时候被吓了一跳。"看到我感到吃惊吗，马丁？"

马丁明白过来，斯隆一直从玻璃的倒影里看着他进来。他现在能从玻璃上看到斯隆的眼睛。这双眼睛是冰冷的，尖锐的，在算计的——就像一只掠食者，正盯着它的猎物，等待着出击的机会。玻璃上的倒影并不完全，把他脸上的其他部分隐藏了起来。他的双手在背后紧握在一起，他穿着一件长长的黑色风衣，看起来和雅加达这个场所格格不入。当地的湿热气候甚至逼得银行家们也着装不那么正式。只有保镖，或者是某些要在身上藏东西的人，才会裹得这么严。

马丁试图装得轻松随意点。他大步走向自己巨大办公室正中的橡木桌："是啊，确实如此。恐怕你来找我的时机很不巧——"

"别费劲了。我全知道了，马丁。"斯隆一面转过身子，一面从容不迫地说。他朝着桌子后面的马丁走去，眼睛一刻也不离开这个年长者。"我知道你在南极洲那小小的冰上垂钓探险行动。还有你对尼泊尔那边的插手干预。那些孩子，那次绑架。"

马丁抬起脚，往侧面移动，好躲在桌子后面，他想要让什么东西隔在他

① 迷信故事认为恶灵会在人看不到的一瞬间移动、伤人。

们俩之间。但斯隆也改变了方向，从侧面靠近他。马丁停下了脚步。他不会再退让了，就算这个野蛮的家伙在办公室里就地割断他的喉咙也不会。

马丁反过来瞪着斯隆。斯隆的脸很瘦，肌肉发达，但皮肤粗糙。他为多年的艰苦生活付出了代价。这是一张尝过痛苦滋味的脸。

斯隆在离马丁三英尺远的地方中止了他的潜行捕猎。他微笑着，仿佛他知道某些马丁不知道的东西，好像是某个陷阱已经被引发，他只要坐待收获。

“我本该会发现得更快的，但我最近为时钟塔的状况忙得够呛。我还以为你知道呢。”

“我是看到了那些报告。确实，真糟糕，也真不是时候。正如你所说，我手头也有大把事情在忙。”马丁的手开始轻微地颤抖。他把手塞进了口袋里，“我计划，过些时候再披露最近这些进展——南极洲，尼泊尔——”

“小心，马丁。你的下一句谎话会成为你今生最后一句。”

马丁忍气吞声，盯着地板，思考着对策。

“我只有一个问题，老家伙。为什么？我已经抓到了你编织的每条线头，可我还是看不出你的最终目标。”

“我没有背弃我的誓言。我的目标就是我们的目标：预防一场我们都知道我们无法取胜的战争。”

“那么我们还是一致的。时候到了。‘多巴计划’将要付诸实施。”

“不。多利安，还有别的办法。真的，我一直把这些……进展瞒了下来，但是目的是好的。还不成熟，我还不知道行不行得通。”

“结果行不通。我读了尼泊尔发来的报告，成年人全死了。我们没时间了。”

“没错，试验失败了，但那是因为我们使用的疗法不对。凯特还用了些别的，我们现在还不知道那是什么，但她会告诉我的。我们明天这个时候就可以进入墓穴了——我们会最终了解到真相的。”

这是一次赌博，所以当斯隆停止一眨不眨地瞪视的时候，马丁简直有些吃惊。斯隆的目光转向旁边，然后垂下。过了一会儿，最后他转过身，朝着窗前一步步走去，回到了最初马丁进入房间的时候他所在的位置。“我们已经知道真相了。至于凯特和新疗法……你抓走了她的孩子们。她不会说的。”

“她会跟我说的。”

“我相信我比你更了解她。”

马丁觉得自己血气上涌。

“你打开那艘潜艇了吗？”斯隆的声音依然平静。

这个问题让马丁很吃惊。斯隆在试探他吗？或者他觉得……

“没有，”马丁说，“我们正进行更全面的检疫程序，好保证我们的人身安全。我听说那个玩意儿快要被确认是安全的了。”

“他们打开它的时候，我希望能在场。”

“它已经被封闭了七十多年了，没什么东西能——”

“我想要在场。”

“当然可以。我会通知那边。”马丁伸手拿电话。这个突破简直让他难以置信。希望来临的感觉就好像是在水下憋了三分钟之久以后，吸到了一口新鲜空气。他飞快地拨着号码。

“你可以等我们到了再告诉他们。”

“我很乐意——”

斯隆从窗前转过头来，那嗜血的盯视又回来了，他的视线仿佛要在马丁身上烧出窟窿来：“我不是在征询意见。我们要一起打开那艘潜艇。我不会让你离开我的视线，直到整件事结束前都不会。”

马丁放下电话：“好吧，但我必须先跟凯特谈谈。”马丁吸了口气，直起腰杆，“现在，我也不是在征询意见。你需要我，我们都知道这点。”

斯隆转过身，从窗户上的倒影里看着马丁，马丁觉得他看到这个比自己年轻的男人嘴上泛起了一丝笑容。“我给你十分钟去跟她谈。等你失败以后，我们就立刻起程去南极洲，而她，我会留给那些能让她开口的人。”

CHAPTER 31

印度尼西亚　雅加达

河边贫民窟村落

大卫看着那两个伊麻里保安的警员转过身子，然后冲进了这一排角落上的这家五居室的房子。他专门挑了这家，就是为了这个格局。

他们扫荡着一个个房间，动作敏捷，犹如机械，进入每个房间之前，都先把自己的手枪伸进去，迅速指向左边，再转向右。

大卫在他藏身的地方听着那些家伙报告:“安全。安全。安全。安全。安全。”他听到他们走出现在被视为“安全”的区域时放慢了步伐。

等第二个人从他身边走过的时候，大卫悄然无声地溜到了他后头，用一块湿布捂住了那人的嘴巴，静待氯仿充满他的口鼻。那家伙激烈扭动着身体，竭力想要抓住大卫。时间每过去一秒，他对肢体就失去更多控制。大卫紧紧地捂住他的嘴，他发不出声音。那家伙软倒了下去，大卫正准备把目标转向另外一个的时候，他听到隔壁的步话机咔咔两下响了起来。

“伊麻里第五侦察小队，请注意，时钟塔报告说在你们所在区域的一个野战装备库被打开过了。目标据信在你们附近，可能拥有从库房里取得的武器和爆炸品。继续执行任务，保持警惕。我们正在派遣增援单位。”

“科尔？你听到了吗？”

大卫弓着身子跨过他刚才放倒的家伙——显然就是科尔了。

“科尔？”另外那个家伙在隔壁房间叫道。大卫能听到这个士兵的靴底下尘土嘎吱作响。他现在走得很慢，就像一个在雷区中行进的人，每一步都可能是他的最后一步。

大卫站起身的同时，那人冲过门洞，手中的枪指向大卫的胸口。大卫扑到他身上。他们滚倒在地上，争夺着手枪。大卫把那家伙的手砸到脏兮兮的地板上，枪滑到了墙边。

那家伙把大卫从自己身上推开，朝着手枪爬去，但没爬多远大卫就又压住了他，用肘内侧给他的脖子来了一记大力勒颈。他把掌根放到对方的上背，好方便用力。他能感觉到猎物的呼吸道被封闭了。要不了多久了。

那家伙前后挣扎着，抓着勒住他脖子的手臂。他往下伸手，想要抓住……什么？他的口袋？然后他够到了——从靴子里抽出一把匕首。他朝着大卫戳过去，刺中了他的肋下。大卫听到自己衣服撕裂的声音，看到了匕首上的血迹——它又朝着他过来了。他朝旁边平移，险险躲过了第二记戳刺。他把手从对方背后往上移到了脑后，然后和他勒住的那人脖子的手臂形成交叉，用力一拽①。咔吧一声大响，那家伙朝地上倒去。

大卫把死去的雇佣兵推开，尸体滚了出去。他盯着天花板，看着两只互相追逐的苍蝇。

---

① 大卫的以上动作是格斗技中的裸绞技法“血绞”。该动作足以致命，请勿模仿。

CHAPTER 32

印度尼西亚　雅加达

伊麻里雅加达总部

马丁的人把凯特带到地下深处，然后带着她走进一条长长的过道，过道尽头看起来是个大型水族馆。玻璃窗至少有十五英尺高，宽度可能有六十英尺。

凯特不知道自己看到的是什么。玻璃对面看起来显然是雅加达湾的海底，但那些移动着的东西让她迷惑不解。开始她以为那是某种发光海洋生物，比如水母之类的，它们漂到海底，然后再漂回海面上。但那些光看起来不对头，她走近玻璃。是的——那些是机器人。差不多就是些机器螃蟹，上面的灯光转动，好像是眼睛，还有四只机械臂，每只有三根金属手指。它们往海底打洞，然后用那些金属指头捧着东西从洞里出来。她竭力想要看清楚，捧着的是什么?

"我们的发掘方式十分先进。"

凯特转过身就看到了马丁。他脸上的表情让她顿了一下，有些担心。他看起来疲惫、沮丧，有些自暴自弃。

"马丁，请告诉我发生了什么。那些从我的实验室被抓走的孩子们在哪儿？"

"在一个安全的地方，目前还在。我们没多少时间，凯特。我需要问你几个问题。这很重要，请你告诉我，你对这些孩子进行治疗用的是什么。我们知道，那不是 ARC-247。"

他怎么知道的?为什么他会关心她用什么治疗孩子们?凯特努力思考，这儿有些不对头。如果她告诉了马丁，会发生什么?那个战士，大卫，是对的吗?

过去四年里，马丁是凯特能让自己完全信任的唯一一个男人，唯一一个人。他总是很疏远，埋头于他的工作中——他更多的是一个法定监护人，而不是一个收养了孩子的父亲。但她需要他的时候，他总是会在。他不可能和绑架有关。但……这里有些不对头……

“我会告诉你疗法的，但我想先让那些孩子回来。”她说。

马丁走过去，和她并肩站在玻璃墙前：“我恐怕那不可能，但我对你发誓：我会保护他们的。你必须信任我，凯特。很多生命处于危险之中。”

从谁手上保护他们？“我想知道这到底是怎么回事，马丁。”

马丁转过身，走开几步，像是在思索着什么的样子：“如果我告诉你，在这个世界的某个地方，有件武器，比你能想象的任何武器还要强大，你会怎么想？一件可以消灭人类整个物种的武器。而你用来治疗那些孩子的东西是我们唯一幸存的机会，我们唯一对抗这种武器的办法，你会怎么想？”

“我得说，这听起来完全是胡扯。”

“是吗？你对进化论知道得够多了，该知道并非如此。人类这个物种远不像我们以为的那么安全无虞。”他朝水族馆的墙壁外面一个正在向下游动的机器人比了个手势，“你觉得外面那是在干吗？”

“发掘宝藏？可能是一艘沉没的商船吧。”

“你觉得这看上去像是在探宝？”见凯特没说话，他继续说下去，“如果我告诉你，外面那儿有一座失落的海滨城市呢？而且这只是世界各地许多同类城市之一。大约在一万三千年前，欧洲的大部分都在两英里厚的冰层之下。纽约城当时被一英里厚的冰覆盖着。仅仅在一两百年的时间里，冰川融化，海平面上升了接近四百英尺，消灭了这颗行星表面上的每一个海滨居民点。想想看那时候海边住着多少人，那时候鱼类是最可靠的食物来源，海洋是最方便的贸易通道。想想看那些永远失落了的居民点和早期城市，想想看那段我们永远无法复原的历史。这个事件留给我们的唯一幸存的记录就是大洪水的故事。那些从冰川融化以后的洪水泛滥中幸存下来的人们渴望警告自己的后人。大洪水的故事是个历史事实——地质学证据证明了这点——而且这个故事在《圣经》及其之前、之后我们发掘到的所有文本中都有。阿卡德的楔形文字泥板，苏美尔的文书，美国的土著文化——里面都谈到了那次洪水，但没人知道在那之前发生了什么。”

“那就是这些工程的目的？找到失落的海滨城市——亚特兰蒂斯？”

“亚特兰蒂斯不是你以为的那样。我要说的重点在于，有很多隐藏着的东西，很多我们还不知道的我们自身的历史。想想看在那场洪水中失去的别的东西。你知道遗传史的。我们知道在那场洪水的年代至少生活着两种人属生物——也许是三种，也许更多。我们不久前才在直布罗陀发现了两万三千年前的尼安德特人遗骨。我们有可能找到更近的遗骨。我们还发现了仅约一万两千年前的遗骨——大约就在那场洪水前后的时间里——在离我们现在站着的地方不到一百英里的地方，在爪哇岛主岛之外，弗洛雷斯岛上。我们认为这些霍比特人似的人种在大地上行走的时间差不多有三千年。然后，突然地，一万两千年前，他们灭绝了。六十万年前，进化出了尼安德特人——他们灭绝之前，在大地上漫步的时间比我们几乎长三倍。你知道这些历史的。”

“你知道我是知道的，但是我看不出这跟绑架我的那些孩子之间有何关联。”

“为什么尼安德特人和霍比特人会灭绝？人类登场前他们已经存在了很长时间了。”

“我们杀光了他们。”

“正是如此。人类是史上最大的谋杀案的凶犯。想想：生存下去！这是人体的硬编码。我们每个远古的祖先都被一股冲动驱使着，这股冲动让他们把尼安德特人和霍比特人视为危险的敌人。他们可能把另外好几打人属物种都杀光了。而且，可耻的是，这还遗传到了我们身上。我们攻击任何和我们自身不同的东西，任何我们不理解的东西，任何可能会改变我们的世界、我们的环境，减少我们生存机会的东西。种族主义者，阶级斗争，性别歧视，东方对西方，北方和南方，资本主义和共产主义，民主和专制，伊斯兰教和基督教，以色列人和巴勒斯坦人，这些都是同一场战争的不同侧面：一场统一整个人类的战争，以终结我们之间的不同。这是场我们很久以前就开打的战争，一场从那时起我们一直在打的战争。一场在每个人类大脑里潜意识层面之下的战争，就像是一个不断在后台运行的计算机程序，引导着我们走向某种命中注定的结局。”

凯特不知道该说什么，也不明白这些跟她的试验和她的孩子们有什么关系："你希望我相信，那两个孩子是被卷入了一场关乎整个人类种族的、亘古以来的宏大斗争？"

"是的。想想看尼安德特人和人类之间的战争吧。还有霍比特人和人类之间的战役。为什么我们能赢？尼安德特人有比我们更大的大脑，而且无疑他们的个头儿也更大、更强壮。但我们大脑神经的连接方式不同。我们的连接方式让思维更适合制造先进的工具，解决难题，并且预测未来。我们的精神软件给了我们优势，但我们仍不知道我们是如何获得它的。我们在五万年前不过是动物，跟他们一样。我们能肯定的只有一点，脑神经连接有一个变化，很可能是和我们使用语言和交流相关的一个变化。一次突变。这些你都知道。但是……如果另一次变化即将到来会怎么样？这些孩子的大脑神经连接方式与众不同。你知道进化是怎么工作的。它从来都不是走直线的。它通过试错而前行。这些孩子的大脑里可能就是人类思维的下一个版本的操作系统——就像是 Windows 或者苹果系统的新版本——更新，更快的版本——优于之前的版本——我们的。如果那些孩子，或者是其他和他们类似的人，是人属遗传树上的一个新分支的最初成员，那会怎么样？一个新的亚种啊。如果在这个星球上的某个地方，有一群人已经装上了新版软件？你觉得他们会怎么对待我们，这些旧人类？也许会用我们之前对待那些不如我们聪明的同类——尼安德特人和霍比特人——的同样方式。"

"这太荒诞了，那些孩子对我们没有威胁。"凯特审视着马丁。他看起来有些不一样……他眼中的神色，她无法分辨出那是什么。还有他说的这些，这些关于遗传和进化史的话——跟她说些她已经知道的东西——为什么？

"也许不会是，但我们又怎么能确定呢？"马丁继续说，"以我们对过去的所知，每个先进些的人种都把每个他们视为威胁的人种灭绝掉了。我们是上一次的掠食者，但下一次我们会是猎物。"

"到时候再见机行事好了。"

"也许我们已经面临那一时刻，只是还不知道。这就是框架问题的固有属性——在一个复杂的环境里，我们就无法确知我们行动的后果，无论当时它们看上去有多好。福特[①]认为他是在创造一种大众交通工具，但同时也给了这个世界摧毁环境的手段。”

凯特摇着头：“听听你自己说的，马丁。你听上去疯了，陷入了幻觉中。”

马丁笑了：“你父亲对我讲这些话的时候，我说的话也一模一样。”

凯特揣摩着马丁的目的何在。这是谎言，必然是。最低限度这也是个花招，想要博她信任的表演，试着提醒她，是他收留了她。她瞪着他，仿佛要用目光让他屈服：“你是在告诉我，你抓走那些孩子是为了阻止进化？”

“不完全是……我不能说明所有的事情，凯特。我真希望我可以。我能告诉你的，只有，那些孩子握有阻止一场会消灭全人类的战争的关键。一场自从我们的先祖六七万年前起航离开非洲之日起就步步逼近的战争。你必须信任我。我需要知道你做了什么。”

“‘多巴计划’是什么？”

马丁看上去有些困惑。或者他是被吓到了？“你……从哪里听到这个的？”

“把我从警察局里救出来的军人那儿。你参与了那个——‘多巴’吗？”

“‘多巴’……是一个应急方案。”

“你参与了吗？”她的声音坚定，但她害怕听到答案。

“是的，但……‘多巴’也许是不必要的——如果你告诉我的话，凯特。”

四个全副武装的男人从先前凯特没看到的一扇侧门走了进来。

马丁转向他们：“我还没跟她谈完呢！”

两个卫兵抓住她的双臂，把她押出了房间，沿着她和马丁见面前走过的那条长廊走去。

远远地，她听到马丁在和另外两个人争辩。

“斯隆董事让我们告诉你，时间到了。她不会说的，而且无论如何，她都知道得太多了。他正在直升机停机坪上等你。”

---

① 指亨利·福特，福特汽车公司创始人。

CHAPTER 33

印度尼西亚　雅加达

河边村落贫民窟

大卫又扇了科尔一巴掌，科尔这才醒了过来。他的年龄不会超过 25 岁。这个年轻人张开惺忪的双眼往上看去，看到了大卫之后眼睛越睁越大。

他想要逃走，但被大卫牢牢抓住：“你的名字是什么？”

这家伙四处打量，寻找着援兵，也许是在找出口：“威廉姆 · 安德斯。”他在自己身上搜寻武器，可一件也找不到。

“看着我。你看到我身上穿着的护甲了吧？你认出它没有？”大卫站起来，让那家伙将他穿着的伊麻里战斗装备从头到脚收入眼帘。“跟我来。”大卫说。

这个昏头昏脑的家伙跌跌撞撞地走进隔壁的房间，那儿躺着他搭档的尸体，脖子不自然地扭曲成一个怪异的角度。

“他也对我说谎了。我只会再问一次，你的名字是什么？”

那人咽了口口水，在门洞里站定：“科尔。名字是科尔 · 布莱恩特。”

“这就好多了。你从哪儿来，科尔 · 布莱恩特？”

“伊麻里保安精英队，雅加达分部。”

“不，你最初来自哪里？”

“什么？”这位年轻的雇佣兵看起来被这个问题弄糊涂了。

“你在哪里长大的？”

“科罗拉多州，科林斯堡。”

大卫看得出来，科尔正逐渐摆脱晕眩，很快他就会变得危险起来。他得在此之前看清科尔 · 布莱恩特是否合乎要求。

“在那边还有家人吗？”

科尔往远离大卫的方向移动了一两步：“没啦。”

这是谎话。看来很有指望，现在大卫需要让他相信。

“在科林斯堡，他们也玩‘不给糖就捣蛋’[①]吗？”

“什么？”科尔又朝门边挪了挪。

“停下别动。”大卫的语调变得冷酷起来，“感觉一下你的背后，那个绷紧的地方。你感觉到了吗？”

对方摸了摸背部，试着把一只手伸进了护甲。他的脸上满是不解。

大卫走到房间角落里放着的行李袋旁，掀开袋口，露出几个正方形和长方形的棕色小块，看起来像是用保鲜膜包着的培乐多彩泥[②]。

“你知道这是什么吗？”

科尔点点头。

“我在你脊梁上放了一排这种炸药，用这个无线电开关控制。”大卫伸出左手，向科尔展示一个大约有两节五号电池连起来那么大的小圆筒，顶端是一个圆圆的红色按钮，大卫的拇指按在上面。“你知道这是什么吗？”

科尔吓得浑身僵硬：“一个亡灵扳机[③]。”

“非常好，科尔。这正是一个亡灵扳机。”大卫站起身来，把行李袋甩上肩头，“如果我的拇指从这个按钮上滑落，那些炸药就会爆炸，把你的内脏变成一堆黏黏糊糊的胶状物。请注意，这些炸药的分量不足以伤害到我，甚至都不能炸穿你的护甲。我可以就站在你身边，一旦我被击中或者受到任何伤害，爆炸就会把你的内脏炸得稀烂，留下你坚硬的外壳，就像是个吉百利奶油彩蛋[④]。你喜欢吃吉百利奶油彩蛋吗，科尔？”大卫看得出，对方现在真的是被吓到了。

科尔微微摇了摇头。

“真的？我是孩子的时候，它们可是我的最爱啊。我很喜欢在复活节的时

---

① 万圣节风俗。

② 美国孩之宝玩具公司的儿童玩具，其主体为若干彩色橡皮泥。

③ 持有者死后自动触发引爆的装置。

④ 英国巧克力公司吉百利的招牌巧克力品种，外面是巧克力硬壳，里面是奶油。

候收到它们。我妈妈当年甚至会收起来一些，万圣节的时候等我玩过了‘不给糖就捣蛋’回家就给我。简直等不及想要回家咬开一个了。厚厚一层巧克力壳子，里头是蛋奶酱汁。”大卫朝远方望去，仿佛在回忆着它们有多美味。然后他回头看看科尔，“不过你不希望变成一个吉百利奶油彩蛋吧，是不是，科尔？”

CHAPTER 34

印度尼西亚　雅加达

伊麻里雅加达总部

马丁走出电梯，踏上直升机停机坪。太阳快要落山了。天上满是红光，风从海面上吹到这栋80层的大楼顶上，带来海水的味道。在他前面，多利安·斯隆带着三个手下在等他。斯隆一看到马丁，就侧过身子，示意直升机驾驶员开始起飞操作程序。发动机轰鸣，旋转翼开始转动。

“我告诉过你她不会说的。”斯隆说。

“她需要点时间。”

“没用的。”

马丁挺直身子：“我对她的了解比你多得多——”

“这话大可商榷——”

“再多说一个字，我就让你悔不当初。”马丁朝着斯隆走去，在直升机的轰鸣中几乎是吼叫道，“她需要点时间，多利安。她会说的，我求你了，别这样。”

“是你造成了这个局面，马丁。我只是在收拾局面。”

“我们还有时间。”

“我们俩都知道，我们没有时间了——你自己也这么说过。不过我对你说的其他事情倒是很感兴趣。我还以为你恨我，因为你恨我的计划，恨我的做事方法。”

“我恨你是因为你对她所做的那些——”

“还不及她对我的家人所做的十分之一。”

“她跟那些事无关——”

“我们各自保留意见吧，马丁。然后让我们把注意力集中在手头的任务上。”

斯隆抓住他的胳膊，拽着他从直升机边上走开，好方便谈话。还有，马丁想，免得斯隆的手下听到他的话。

“听着，马丁，我要跟你做个交易。我会搁置‘多巴计划’，直到我们搞清楚你这套到底行不行得通。你让我的人去对付那个女孩，我们会在一小时，或者顶多两小时之内得到我们需要的东西。如果我们现在起程去南极洲，我们着陆之前就能得到所需的信息。八小时之内我们就能用一株真正的亚特兰蒂斯基因逆转录病毒进行试验。还有，嗯，我知道你一直在找一个入口。”马丁张口欲言，但多利安轻蔑地挥挥手，“别费那个劲否认啦，马丁。我在队伍里有人，24小时之内，你和我就能一起走进墓穴大门，停止‘多巴计划’。这是你唯一的机会了，我们俩都知道这点。”

“我需要你发誓，她不会受到伤害——不会受到永久伤害。”

“马丁，我不是魔鬼。我们只是需要她所知道的东西，我不会永久伤害她。”

“我们对此各自保留意见吧。”马丁低头看看，“我们现在该走了，要到达南极洲的遗迹可相当困难。”

他们走向直升机，斯隆从边上拉过一个人：“让塔利亚从那间屋子里出来，告诉他，去搞清楚华纳对那些孩子做过什么。”

CHAPTER 35

印度尼西亚　雅加达

伊麻里雅加达总部大楼外

他们在沉默中行驶了将近十分钟，然后大卫说："告诉我，科尔。为什么一个来自科林斯堡的人会沦落到伊麻里保安公司里？"

科尔笔直看着前方，专心驾驶："你说得好像那是件坏事似的。"

"你完全没概念。"

"一个杀了我的搭档，在我脊梁上捆上炸弹的人还这么说。"

科尔的话听起来不无道理。但大卫又不能辩解——那会削弱他对局面的控制力。有时候你必须当个坏人，才能拯救好人。

他们继续在沉默中前行，直到抵达了伊麻里雅加达园区——里面一共有六幢大楼，周围用高高的铁丝网栅栏围着，栅栏顶上是带刺的铁丝。每个入口侧面都有岗亭。大卫戴上头盔和护目镜，把他杀掉的那家伙的身份卡递给科尔。

门口的守卫从亭子里走出来，不紧不慢地走到车边："身份卡？"

科尔递给他两张伊麻里的身份卡："布莱恩特和斯提芬斯。"

守卫接过卡片："多谢了啊，浑球。我学会阅读才不过40年呢。"

科尔抬起一只手："只是想帮帮忙。"

守卫俯身到窗口上："把头盔脱下来。"他对大卫说。

大卫扯下头盔，双眼笔直往前看，然后转向侧面，希望从侧面看他能够混过去，希望这样的近距观察只是一次不算离谱的职业性刁难，或者是这个不牢靠的守卫在炫耀自己的权力。

守卫检查一下身份卡，然后端详一下大卫。他重复了这个动作好几次。"稍等。"他急匆匆地跑回了岗亭里。

“这是标准程序吗？”大卫问科尔。

“以前从没这样过。”

那人把电话筒贴到耳边。他正在拨号，视线还死死黏在他们俩身上。

大卫抽出了他的枪，顺势伸到车子外头，动作一气呵成。守卫丢下了电话，伸手拔枪。大卫开了一枪，击中了对方的左肩，正好打在防弹衣边缘外往上一点的地方。那个男人倒在地上。他会活着，但大概再也没机会改善他的工作态度了。

科尔看了大卫一眼，猛踩油门，直奔伊麻里总部大楼主楼。

“停到后面的入口，那个小船码头附近。”大卫伸手到后排座位上，抓起一个装满炸药的小包。他把行李袋和里面剩下的炸药包一起带到了汽车地板上。

远远地，他们听到尖厉的警报声扫过整个园区。

他们从一扇没有警卫的卸货门进入了大楼。大卫把一个炸药包放到门边的墙上。他往起爆器里敲进一个密码，炸药包开始哔哔作响。一只手操作这些挺困难的，但是因为科尔，他必须保持一个大拇指放在扳机上。

他们沿着走廊直走，大卫每隔二十英尺左右就再放个炸弹。

大卫之前决定在到达目的地之前什么都不告诉科尔——他的俘虏有可能设法把情报传给伊麻里总部，或者他们可能被中途拦下。无论出现上面哪一种情况，告诉他都没什么好处。现在他得说了：“听着，科尔。他们在这栋楼里的某个地方囚禁着一位女士。凯特 · 华纳医生。我们需要找到她。”

科尔犹豫了一会儿，然后说：“禁闭间和审讯室在大楼中间，47 层楼上——但就算她在那儿，你把她带出了房间，你也绝对无法逃离大楼。保安们正在赶到这里的路上，而且这楼里本来就有好几打警卫。还有回来了的外勤特工们。”科尔朝大卫左手上的亡灵扳机比画了一下，“我会怎么样，如果你……”

大卫想了想：“这栋楼里有外勤行动用的装备吗？”

“嗯，主军械库在三楼，但大部分武器和装甲都不在。今天整个外勤队伍全部被派出去杀你了。”

“没关系，他们不会把我需要的东西带走的。等我们找到那个女孩，我就把这个扳机交给你。我向你发誓，科尔。然后我会自己找路出去。”

科尔点了点头，然后说：“这边有条维修楼梯没装摄像头。”

“我们出发之前还有件事要做。”大卫打开一个储物柜，点起一把火。几秒钟之内，火焰就爬上了木架，朝着天花板上的烟雾探测器燃去。

他们周围火灾警铃大作，LED 警示灯在一片喧闹中闪个不停，然后爆发了一场大混乱。一扇扇门打开，人们从左右两边的房间里跑出来，自动洒水器纷纷被激活，逃跑的群众被喷得浑身是水。

“现在我们可以出发了。”

CHAPTER 36

印度尼西亚　雅加达

伊麻里雅加达总部

在电梯里，卫兵们的手像老虎钳似的掐住凯特的胳膊。她奋力反抗。最后他们把她摁到电梯墙上，直到电梯门打开。然后他们把她推进一间屋子，里面有个看起来像是牙医躺椅的东西。他们把她扔到椅子上，绑了起来，然后嘲笑道："医生很快就来啦。"他们笑着走了出去。

然后她只能等待。刚开始她看到马丁的时候那种轻松感似乎已经是百万年前的事情了，恐惧开始攫住她。那些绑住她的带子勒进了她的胳膊，就在之前交叉结嵌进去的腕部上方。屋子的墙壁白得耀眼，除了椅子以外，屋里唯一的东西是一个钢制高脚桌，上面有一捆圆形的东西。她从躺椅上几乎看不到那边：躺椅箍得她只能盯着上头嗡嗡作响的日光灯。

门打开了，她伸长脖子看过去。是他——那个抓走孩子们的男人，把她从那个战士的车里抓走的男人。他咧嘴一笑。这是个残忍的笑容，仿佛在说："你现在落到我手上啦！"

他在离她的脸只有一两英尺的地方站定："今天你可给我找了不少麻烦啊，小姑娘。但人生的意义就在于给人第二次机会。"他走到钢桌子旁，解开那捆东西。从眼角的余光里，凯特能勉强分辨出些闪光的钢制器具，长长的，带着尖头。他扭过头看着她，"噢，我这骗谁呢？对我而言，人生的意义就在于报复。"他拿出一件拷问工具，一个微型版本的烤肉钎，"你会告诉我我想要知道的东西的，不过我希望，这事花的时间，在技术允许的范围内是越久越好。"

另一个人进来了。他穿着一件白色的外套，手里拿着的东西凯特看不到全貌，可能是个注射器。

"你在干什么？"他问拷问者。

“准备开始干活儿啊。你在干什么？”

“计划不是这样的。我们先用药物，顺序应该是这样的。”

“我的顺序不是。”

凯特无助地躺在那儿，而两个男人则互相瞪视着对方，拷问者拿着银色的刺棒，白衣人抓着注射器。

最后，拿着注射器的人说：“随你吧。我去给她注射这个，然后你想干什么都可以。”

“这是什么？”

“新玩意儿，我们在巴基斯坦用过。基本上会把人们的脑子搅成一团糨糊——他们会把什么都告诉你。”

“会是永久性的吗？”拷问者问。

“有时候是，会有多种不同的副作用。我们还在研究。”他把那个特大号的注射器戳进凯特的胳膊，开始慢慢注进药物。她感觉得到冰冷的液体在她的静脉里扩散开来。她想要挣开绑带，可它们太紧了。

“过多久起作用？”

“十到十五分钟。”

“事后她会记得吗？”

“多半不会。”

拷问者放下那件银色的工具，走到凯特旁边。他伸出一只手玩弄着她的胸部和双腿：“真漂亮，而且够辣。也许等他们得到了所需的答案之后会让我拥有你。”

CHAPTER 37

凯特不知道过了多久，也不知道自己是睡是醒。她的身上不疼了，她感觉不到绑带，她什么都感觉不到。她好渴，光线好刺眼。她把头转向旁边，舔着自己的嘴唇。好渴啊。

那个丑男人在她面前。他抓住她的下巴，把她推回去正对灯光。她眯起眼睛。他的脸，残忍而愤怒："我想说，我们准备好开始我们的第一次约会啦，公主。"

他从口袋里掏出了什么东西。一张纸？

"但首先，我们得搞定些碍事的文书工作。就两三个问题。问题一：你给那些孩子用了什么？"他点了点那张纸，"啊，这儿有个脚注：'我们知道那不是A—R—C2—4—7'，不管那是什么吧。他们知道不是那个，所以甭想用那个蒙混过去。那么，是什么？请直接给出最终的答案吧。"

凯特努力和回答的欲望搏斗。她把她的脑袋摇来摇去，但在她的心里，她的眼睛看到自己，在实验室里准备着那个，担心着它可能不起作用，或者会伤害孩子们的大脑，把他们变成……糨糊……他们给她打的那个药……她必须……

"那是什么？告诉我们。"

"我给……我的宝贝们……"

他俯身在她上面："说大声点，公主。我们听不见，操作员正等着记录你的回答呢。"

"我给……不可以……给我的宝贝们……"

"是啊，这就对了，给你的宝贝们什么？"

"给我的宝贝们……"

他站了起来："天啊，伙计们，听到了吗？她完全糊涂了。"他关上门，"该进行第二计划啦。”他在房间角落里捣鼓着什么。

她无法集中注意力。

然后一声警报响起——接着是水，从天花板上落下。灯光闪烁，比之前还亮。凯特用力把眼睛闭上。过了多长时间了？很响的一声，更多响声，是枪声。门被炸开了。

那个丑男人倒下了，流着血。他们把她解开了，但她站不起来。她从座位上朝地上滑了出去，就像是个孩子沿着水滑梯往下出溜。

她能看到他——车里的那个战士，大卫。他背着个背包，他递给另一个人一个小装置。那个男人非常害怕，他把他的拇指放在那个装置上。他们的声音听起来很模糊，好像凯特在水底下似的。

那个战士用手捧住她的脸，一双温柔的棕色眼睛对着她的双眼：“盖特？黎楞丁到偶波？（你能听到我吗？）盖特？”[①] 他的手是温暖的，水是冰冷的。她舔了舔嘴唇，她应该已经喝了些。还是好渴啊。

他跳了起来，更多枪声。他离开了，他回来了。“黎楞把你的隔壁胖到偶鹅肩旁桑木？（你能把你的胳膊放到我肩膀上吗？）”他抓住她的胳膊，可她抬不起胳膊，他们僵直着摔到了地上。地板是水泥的。

他冲回门口，丢出去了些东西。

他用双手把她架起来，好强壮的双臂啊。他跑起来。他们前面，一堵玻璃和钢铁的墙壁爆破开来。碎片撞到了她，但并没伤到她。

他们在飞翔，不，在下坠。他紧紧地抓住她，现在只用一只手。他伸手到背后，想要够到什么。

然后他们被往后拉了回去，被什么东西拽住了。她飞了出去，从他的手臂里掉了出来，但他抓住了她的一只胳膊。她荡来荡去，他在上面滑动，挂在一朵白云里垂下的一堆绳子下头。他抓不牢——她身上太湿了，她的衣服都是湿的。她在往下掉。

---

① 凯特此时脑子不清楚，听不清楚对方的话。后同。

他用双脚夹住她，盘住她的背部和肋部。他的手把她的胳膊往上拽，最后他把两条腿都圈在她身上。她的脸现在冲着下面，所以她看到了他们。

人，枪，下面——大楼和码头上——全是的。更多的人纷纷从各栋大楼里跑出来，开始射击。上面传来哔哔声。大楼的底部爆炸了，弹片和士兵们的碎块被抛进停车场。

上面传来撕裂声，现在他们下落得比之前快些。那个男人摆动身躯，她觉得他们飞了出去，越过港湾往外飞去。

下面传来更多的声音——发动机启动的轰鸣，还有更多的枪响。他们扭来扭去，她看到下面一群小艇正在启动。上面传来快速的哔哔声。停车场里的一辆轿车眨眼间就不复存在，朝周围放出一圈几百英尺高的火和烟的高墙，吞噬了周围所有的东西，所有的人。枪声停了。

这样一来周围安静了，和平了。她看着最后的几缕阳光落在爪哇海上，随后黑夜降临。他们吊在这儿好一阵子，凯特不知道过了多久。

她听到上面又传来一次撕裂声，然后他们笔直朝下，向黑色的大海坠落。凯特感到他在挣扎着，想要够到什么东西。圈住她的腿滑开了，最后完全松开了，她下坠得更快了，独自一人。她一边坠落，一边翻过身来，看到那个男人飘在她上头，飘远了。

落水时的巨大响声她听到了，但毫无感觉。水吞没了她，把她推下去，这会儿是拉下去了。水，冰冷的咸水在涌进她的嘴和她的鼻子，她无法呼吸，只能呛进水。灼痛。黑暗几乎笼罩了一切，只有水面上有一点微光，那是月光在亲吻大海。

现在她漂浮起来，胳膊在身体两边，睁着眼睛，等待着。

等待着。她努力不再吸进更多的水。她的脑子里一片空白，什么也没想。只有冰冷的水，从四面八方包围着她，灼痛着她的肺。

一次闪光，一个燃烧棒掉了下来，离她太远了。有什么东西在水面上游动，好像是只小虫，太远了。又一次闪光，近些了，但还是太远。那个生物把它的头部埋进水下，游动，然后回到上面呼吸空气。第三次闪光，那个影子潜了下来，朝着她。它抓住了她，拖着她，激烈地蹬着水，往水面游去。他们永远也到不了吧。她又呛了一口水，没办法，需要空气。水涌进她的身体，就像是冰冷的水泥被灌进她的嘴里。水还在用力把她往下拖，不让她上升。月亮就在那儿了，然后一瞬间所有的东西都消失在黑暗中[①]。

现在她感到了空气、风，还有雨滴，听到了周围的哗哗声。哗哗声一直持续着，那只胳膊搂住了她，让她直起来，头部露出水面。

旁边有很大的响动，是一艘大船，上面开着灯。它会撞到他们的。它笔直朝他们开过来了。她看到救了她的人摇手示意，然后把她拖出船的航路。

另外一个男人，伸手拉她上去，然后她仰面躺着了。救她的人在她上面，按着她的胸部，捏住她的鼻子，然后……他吻了她。他呼出的气体炽热，它充满了她的嘴，接着冲进她的肺部。她开始在抗拒，但随后回吻了他。她很久没有和人亲吻了。她竭力想要抬起自己的手臂，可没能抬起来。她又试了一次,这次成功了。她伸出双手,想要抱住他。他推开了她的手,把它们按下去。她躺在那儿，一动也不动，随后她感到胸口要炸裂了。他把她翻过来，水从她的口鼻涌出。水一直在流，伴着咳嗽和呕吐。她的胃部一阵阵痉挛，她拼命呼吸，大口吸进空气。

他抱着她，直到她的呼吸平缓下来。每次呼吸都让她感到灼痛，她的肺还是吸不满气，每次呼吸都很浅。

“腾！腾！（灯！灯！）”他对另外一个人大声喊道。他用一只手在自己的脖子上比了一个砍切的动作。什么也没发生。

他站起来，大步走开。一秒钟之后，灯光熄灭了，他们开得更快了。雨水抽打在凯特脸上，但她只能躺在那儿，动弹不得。

他又把她扶了起来，就像他把她从那个高高的塔楼里带出去的时候。他在一间狭窄的房间里把她放下，让她躺在一张小床上。

她听到些声音，看到他指着一个人：“阿尔托，停，停！”他又指了指。

---

① 人穿过水面的一瞬间会短暂失去视野。

然后他来到她身边，用他强壮的双臂抬起她。他们下了船，再次踏上陆地。他们沿着一片海滩走着，前方是一个荒废的小镇，仿佛是在第二次世界大战中被轰炸过似的。他们走进了某间农舍，点亮了灯。她太累了，再多维持一秒钟的清醒都做不到了。他把她放到一张铺满鲜花的床上——不对，是一床印着鲜花图案的棉被。她闭上眼睛，几乎要睡着了。但她感到他碰到了她的脚，把她湿透了的裤子扒了下去。她笑了。他把手朝她的衬衫伸过来。惶恐。他会看到的——那伤疤。他的手抓住了衬衫，但她抓住了他的手，奋力保住身上的衬衫。

“盖特，黎必输哟穿上干衣乎。(凯特，你必须穿上干衣服。)”

“不。”她摇头，侧过身躯。

“黎必输（你必须）……”

她几乎听不到他的声音了。

他拉扯着衬衫。

“请不要，”她嘟囔着，“不要……”

然后他松开了她，压在床上的重量减轻了，他离开了。

发动机启动了，是台小型的。温暖的空气在她四周，在她上面。她扭过身子，暖气温暖了她的肚子，她的头发。她全身都暖和起来。

CHAPTER 38

印度尼西亚　雅加达

伊麻里雅加达总部

科尔肚子朝下趴着，等待着。拆弹员们还在摆弄着他的外套，他已经这么等了快一个小时了。他要很努力才能不让自己扭动身子，不让自己尿出来，不让自己发出尖叫。一个念头在他脑海中盘旋，一次又一次：我再也见不到我的家人了，他真不该接受这份工作的，钱再多也不该。他们已经快攒够钱开一家捷飞络[①]汽修店了——总共要25万美元，他们已经有15万美元了。加上和马丁的连续两年雇佣合同里给的钱，他们的钱就够了。可他还想要有“额外的一点”积蓄——只是为了预防万一生意在最初一两年不好。伊麻里的雇主说过：“你在那边主要是秀一下，让我们的主顾感到安全。如你所愿，我们会把你分配到一个高风险的国家，当然不会是中东，也不会是南美。欧洲需要资历，东南亚一直很平静。你会爱上雅加达的气候的。”现在，别的某个伊麻里雇员会去敲开他妻子的房门：“女士，你的丈夫在一次吉百利奶油彩蛋事故中不幸遇难。我们对此表示最深切的哀悼。什么？噢，不，女士，绝不会的。这儿是他的奶油蛋遗骸。”科尔发出一阵尖锐的笑声，几近癫狂。他快失去理智了。

“坚持住，科尔。我们就快搞定了。”拆弹员在厚厚的曲面防爆盾后面说。这人戴着个笨重的头盔，从防爆盾顶部的狭长玻璃小窗里往外窥视着。他伸出的胳膊套在两个银色的风琴褶式金属臂套里，看起来像是20世纪60年代的电视连续剧《星际旅行》里的机器人身上的手臂。

拆弹员小心地切断科尔外套上的系带。他把外套略微提起来些，躬身靠

① 北美汽车保修业连锁店，业内顶尖品牌。

近防爆盾上的玻璃小缝，好看得更清楚些。

科尔已经湿透了的脸上到处都冒出了更多的汗珠。

“这不是诱杀陷阱，”拆弹员说。他一英寸一英寸地把外套剥开，“让我们看看到底碰到了什么。”

科尔听到那人猛地一下抽开外套，把它抛出去的时候，吓得几乎跳了起来。那儿有个定时器？一个备用起爆器？他感到那人的手在他的脊梁上迅速操作着。然后他感到那双手套一下子软掉了。他听到拆弹员小心地把防爆盾移开的时候发出的金属之间摩擦的尖锐响声。那人开始赤手操作了。

科尔感到拆弹员把炸弹从他的脊梁上移开了。

“现在你可以站起来了，科尔。”

科尔转过身，屏住呼吸。

拆弹员轻蔑地看着他：“拿好你的炸弹，科尔。现在开始要当心了啊，你可能会对涤纶过敏呢。”他递给科尔一件卷起来的 T 恤衫。

科尔真不能相信会是这样。他十分尴尬，但更多的是感到轻松。

科尔打开这件 T 恤衫。上面用黑色记号笔大大地写着：“嘭！”下头有一行小些的印刷体：“抱歉……”

CHAPTER 39

印度尼西亚　雅加达

巴达维亚船坞

哈尔托用胳膊搂住他妻子，把他的儿子和女儿拢在身边。他们站在码头的木制船坞上，昨天哈尔托照那个军人的要求把船停在了这儿。他们四个盯着那台机器，全部一言不发。它闪闪发亮。对哈尔托来说，这看起来还是有如一场美梦。他的幺儿出生以后，他见过的任何东西都不如这艘船美丽。

“这是我们的。”他说。

“哈尔托，你怎么弄到的？”

“那个军队的人，他把这艘船给我了。”

他的妻子伸出一只手抚摩着船体，也许是在确定这是不是真的：“这拿来打鱼简直是好过头了。”

这艘船是一艘微型游艇。长60英尺，能在爪哇岛附近的小岛间来回航行。它甲板上最多可以站30个人，甲板下有主客房、左客房，还有尾客房，最多能睡8个人。上甲板和驾驶桥楼上能提供好得让人屏息的视野。

“我们不会开它去打鱼的，”哈尔托说，“我们要带别的人去钓鱼。那些住在这儿的外国人和游客，他们会为这个出大价钱的——去深海钓鱼。还可以去做其他的：潜水，游览小岛风光。”

他的妻子从哈尔托看向小船，又从小船看向哈尔托，仿佛要努力估量这是否行得通，或者是估量这会给自己增加多少工作。“你终于要去学英语了吗，哈尔托？”

“我不学不行了，海里的鱼不够养活雅加达所有的渔民了。未来在娱乐业。”

中部

时间的绣帷
A TAPESTRY OF TIME

CHAPTER 40

爪哇某处海滨

头疼，动一动就疼，凯特醒来时就觉得自己一辈子都没这么头疼过。她在床上躺了一会儿，咽了几口口水。睁开眼睛也疼，怪阳光太刺眼了。她转过身，躲开窗户。这陌生的窗户，陌生的床。她在哪儿？

凯特撑起身体，她每移动一下，疼痛就漫过全身。她感到浑身肌肉酸痛，又不像是锻炼过后的那种酸痛——好像有人拿木头勺子一点点地砸遍了她全身[①]。她觉得恶心，疼得厉害。我到底怎么了？

她的眼前渐渐清晰起来，这像是某栋小别墅或是海滨度假村里的房间。房间很小，有一张双人床，还有一些简单的手工木制家具。她从窗户往外看，看到一条宽敞的门廊，门廊通到海边的一片沙滩。不是你在度假胜地看到的那种干净的、经过精心维护过的沙滩，而是你可能会在某个真正的无人岛上看到的那样——一片粗糙、未经处理过的天然海滩。上面散落着一些叶子、树干、热带植物，还有杂七杂八躺着的不少被昨晚的暴雨或者海潮冲上来的死鱼。

凯特掀开被单，慢慢爬下床。一种新的感觉侵袭而来：反胃。她等了一会儿，指望这种感觉很快会过去，结果却是越来越严重，她感觉喉咙里的液体直往上涌。

凯特冲向浴室，她跪倒在地上，刚好赶上。她冲着马桶狂呕，吐了一次，两次，又一次。她本就饱受摧残的身体，每次抽搐就被又一阵疼痛袭击。昏眩的感觉减弱些以后，她拖着膝盖转过身来，靠着马桶坐下，一只胳膊搁在马桶座上，把手捂在额头。

① 用勺子砸死人是一种令人非常痛苦的酷刑，参见恐怖片《勺子杀人狂》。

“至少接下来，你不会一路走一路丢人啦。”

她抬头看去，是那个车里的男人，那个战士，大卫。

“你这是？我们在哪儿——”

“我们等会儿再说，先喝了这个。”

“不要，我会全部吐出来的。”

他冲她弯下腰，把一杯橙色的调制饮品送到她嘴边：“试试吧。”

他扶着凯特的后脑勺，她还没来得及再次拒绝，就发现自己已经在喝了。这东西喝起来甜甜的，滋润着她刺痛的喉咙。凯特把饮料一饮而尽，然后男人扶着她站了起来。

她有必须做的事情，是什么？她必须拿到什么东西。她的脑子还是一片混乱。

男人把她扶到了床边，可她停了下来：“等等，我有必须做的事情。”

“我们回头再做。你必须休息。”

他没再说什么，只是把凯特小心地放到了床上。她觉得好困，仿佛吃了安眠药似的。那杯甜橙味的药剂。

CHAPTER 41

南大西洋上空某处

伊麻里集团喷气专机

马丁·格雷朝机窗俯过身子，望着外头飞机下方巨大的冰山。这个漂浮在海上的“岛屿”面积接近 47 平方英里——和奥兰多迪士尼世界的面积差不多。在它的中心附近，一座冰雪的山峰上，戳着那艘纳粹潜艇。在潜艇和冰层的结合部，工人和重型机械正在紧张地进行挖掘工作，搜寻着潜艇的入口。切开外壳是最后的办法，如果他们不能尽快找到出入舱口，也就只能那么做了。

潜艇下面的遗迹更加神秘莫测，几个小组还在探讨不同的理论。马丁自己也有一个理论，一个如果有必要的话他会终身秘而不宣、带进坟墓的想法。

“你们是什么时候找到它的？”

多利安·斯隆的声音吓了马丁一跳。马丁转过身，看见这个年轻男人站在他旁边，正从喷气式飞机的另一扇窗户往外看。

马丁张开口，正想要回答，但斯隆打断了他：“别说谎，马丁。”

马丁坐回椅子里，继续眺望着窗外：“12 天前。”

“是他乘坐的那艘吗？”

“标志一模一样。碳 14 测年法证明时间一致。”

“我想要第一个进去。”

马丁转向他：“我不建议这样。遗迹看起来并不稳定，里面有什么，我们还无从得知，里面可能有些——”

“并且想要你跟我一起进去。”

“绝对不。”

“哎呀呀，马丁啊，我年轻时候认识的那个无畏的探险者哪儿去了呢？”

“这是机器人做的活儿。它们可以进入我们无法进入的地方，它们能忍受寒冷，里头一定会很冷，冷得超出你的想象，而且它们也易于替换。”

“没错,里面会很危险。而且我觉得如果我一个人进去,把你留在外面的话,那会更危险。”

“你以为我跟你一样道德败坏吗？”

“那个绑架孩子、保留秘密的人可不是我。”斯隆往后一倒，坐进马丁对面的椅子里，准备交锋。

一名乘务员走进他们的包间,对斯隆说道:“先生,有您的电话。紧急事务。”

多利安拿起墙上的听筒:“我是斯隆。”

他听了一下电话，抬起头看着马丁，一副吃惊的样子:“怎么会？”过了一会儿，“你开玩笑的吧——”他点了点头，“不，你看，他只能乘船离开。搜索周围的岛屿，他们一定还没走远。把所有人手都用上，带上当地的伊麻里保安公司的队伍，如果有必要的话，再带上时钟塔分站里隐藏的人手。”他又听了一会儿，“好的，无论如何，利用媒体把他们骗进陷阱。杀掉男的，抓住女的。等你们抓到她再给我打电话。”

斯隆挂掉电话，一边上下打量着马丁一边说:“那女孩不见了，一个时钟塔的特工帮了她。”

马丁继续俯瞰着下面的景象。

斯隆把他的胳膊肘撑在桌上，俯身靠近马丁，近到随时可以扑上去，“我的50名部下丧生,伊麻里雅加达公司的三层楼都被炸得粉碎,更别提还有码头。你看起来一点都不感到惊讶啊，马丁。”

“我现在正看着的，是一艘80年前生产的纳粹潜艇，还有个可能是一艘外星飞船的东西，嵌在一座南冰洋里的冰山上。在这样的时刻，什么都很难让我吃惊，多利安。”

斯隆坐了回去:“我们都知道，那不是外星人的宇宙飞船。”

“我们真的知道吗？”

“很快我们就会知道的。”

CHAPTER 42

爪哇某处海滨

大卫在卧室的门框上靠了好一会儿。他看着凯特入眠，又等了一阵子，看她会不会惊醒。伊麻里的那些恶棍真是让她饱受折磨，而且之后他在拯救行动中对她其实也没多温柔。

看着她睡在那里，房间外涛声滚滚，轻风吹过整个屋子，不知怎的，他觉得心里非常平静。他不明白这是怎么回事。现在雅加达站陷落了，一次恐怖威胁迫在眉睫——这一威胁还正来自他一辈子致力对抗的组织——简直犹如一个噩梦。不——正如那个他一直担心的噩梦。但救出凯特不知怎么影响到了大卫，感觉现在这个世界并没有那么恐怖，好对付了一些。有记忆以来，他第一次感到充满希望，几乎有点快乐，他感到安全多了。不，这样可不对。也许……那些他周围的人安全多了，或者是他感到更有自信了，自信能够保护那些人，那些他……

自我分析得先放在一边，他还有工作要做。

确定凯特一段时间内都不会再醒过来之后，他离开了房间，回到别墅下面藏着的地下室里继续工作。

他当时跟承包商们说他需要一个防空洞。他们没说什么，但是互相传递的眼神把他们的意思表露无遗：这家伙是疯子。可他不还价，那就干吧。他们按照能度过启示录里那种世界末日的标准建造了这间地下室：周围全是混凝土墙，地上固定一张实用主义风格的金属桌子，剩下的空间刚够放下一张小床和若干补给。考虑到他的处境，这样正合适。

他的下一步行动至关重要。整个上午，他大部分时间都在反复考虑要怎么办。他的第一直觉就是去联系时钟塔总部。那儿的领导人，霍华德·基冈，是他的导师，也是他的朋友。大卫信任他。霍华德应该正忙着尽力试图拯救时钟塔，所以他肯定需要大卫的帮助。

问题是怎么取得联系。时钟塔没有任何后门通信通道，全组织共用同样的 VPN 和协议。这些毫无疑问会被监控——一旦进行联系，他的所在就会被标明。

大卫靠在椅子里，手指在桌面上敲打着，眼睛盯着天花板上垂下的灯泡。

他打开一个网络浏览器，搜索当地和全国的新闻。他的拖延症犯了，看起来没什么有用的东西。他看到有个在线新闻，提到一男一女，他们被认为和一个恐怖活动的阴谋有关，还可能和拐卖儿童的团伙有关。这可以迟滞他的行动。文章没有附上画像，不过很快就会加上的，然后整个东南亚的边防部队都会加入到对他们俩的搜寻中。

大卫在安全屋里面有好几张身份证，可现金不多了。

他打开自己的银行账户。余额几乎为零。乔什——他执行了转账程序。他还活着吗？大卫还以为，他在街上遭到攻击的时候，雅加达站总部也被攻击了。还有些别的，有几笔存款，每笔都很小，少于一千美元。都是用元作为单位计算的。这是一段密文。可里面是什么？经纬度？

9.11

50.00

31.00

14.00

76.00

9.11

9.11——这应该是密文的开始和结束。剩下的是：50.31.14.76。一个 IP 地址。乔什给他发了一条信息。

大卫打开一个浏览器窗口，输入这个 IP。网页上是乔什写的信。

大卫，

他们就在门外。大门坚持不了多久了。

我破译了那些信息。点击这里阅读。我搞不明白其中的含义。抱歉。

我找到了线人，至少是在网上找到了。他用罗斯威尔当地的克雷格分类广告网来传递信息。点击这里访问。我希望他会再发出信息，希望你能阻止未来的恐怖袭击。

我真的很遗憾，以后我再也帮不了你什么了。

——乔什。

又及：我读了你留下的信，执行了转账程序（这点显而易见）。我以为你死了——你衣服上的传感器没有显示出生命信号了。我希望这不会给你添麻烦。

大卫呼出一口气，从屏幕上移开了视线。过了好半天，他才回头，打开了包含解密以后的信息的文件：《纽约时报》上的讣告，1947年的。乔什完成了一项了不起的工作，可他牺牲的时候还觉得自己做得不够好。

大卫打开了罗斯威尔当地的克雷格分类广告网网站，然后他马上就看到了：线人发出了一条新留言。

标题：谎言之塔上，时钟在倒数读秒

内容：

给我的匿名粉丝。

我恐怕我现在的人际关系已经太复杂了。我不能再和你见面或者联系了。我很抱歉。不是我的错，是你的。你对我来说太危险了。

我有29条理由和99个借口不去见你。我编了81条谎言，76个故事。

我告诉我自己，我要去见你。

我甚至已经定下了日期。12 号，3 月，2013 年。

还有时间：10 点 45 分 00 秒。

但真相是，现在你在我的优先事项列表里排在第 44 位。这还不足以让我关注。也许是第 33 位，或者是第 23 位，甚至可能是第 15 位。总之就是不够。

我得关掉电源，不管这事，去救我的孩子们。

这是唯一负责任的做法。

大卫挠着自己的脑袋。这是什么意思？这明显也是一段某种密文。他真希望现在能得到乔什的帮助啊。

大卫拿出一个便笺本，努力集中注意力。他的大脑天生不擅长做这种事。从哪里入手？第一部分的表述相当直截了当：线人现在被拘禁了。他无法出来会面，也无法再发别的帖子了。坏透了的消息。剩下的是一串数字，数字前后的那些话没有意义。在“擦肩而过”这个板块上这些话看似合理，但其实什么也没说，没有给这封帖子增加任何内容。这些数字，它们必定意味着什么。

大卫开始在便笺上写写画画，从帖子里把那些数字单独抄出来。它们依次是：

29,99. 81,76.

03-12-2013

10:45:00

#44

33-23-15

第一部分：29，99。81，76。经纬度坐标。大卫查了一下。尼泊尔，靠近中国和印度边界。卫星照片上那儿什么也没有——不对，那是什么？一栋废弃的大楼，是个老火车站。

接下来：03-12-2013 和 10:45:00。一个日期，一个时间。线人说他不能出来会面，那么这个废弃的火车站里会有什么？一个陷阱？另外一条线索？如果乔什读到了那封信——然后执行了里面的指示——那么他已经把他找到的所有线索都发给了时钟塔总部了。如果总部也已经被渗透，那讣告和克雷格分类广告网的事情伊麻里也就已经全知道了。这条留言可能来自伊麻里。尼泊尔那边可能有一大堆特种部队，等着大卫把自己送到准星上。

大卫把这些念头驱逐出脑海，让自己的注意力集中在留言里的最后一串数字上：44号，还有33-23-15。这应该是火车站里面的一个柜子。或者，也许是44号列车车厢或者是44号汽车？大卫边捏着自己的鼻梁，边把那个帖子又读了一遍。

这些数字后面的句子——这部分消息和前面的不同。是指引？

我必须关掉电源，不管这事，去救我的孩子们。

这是唯一负责任的做法。

“必须关掉电源。”“去救我的孩子们。”大卫在脑海里反复琢磨着这两句话。

他做出了决定：他会在那个指定的日期和时间去那个坐标，看看那儿究竟有什么。他会把凯特留在这里，在这儿她是安全的。她知道某些东西，但他不清楚那些东西到底有什么用。她在这里会很安全，这对他来说非常重要。

他听到头顶上传来声音，别墅里有人在四处走动。

CHAPTER 43

半岛电视台 在线播报

印度尼西亚官方证实两名美国人与恐怖袭击和拐卖儿童的团伙有关

雅加达 印度尼西亚 // 昨天印度尼西亚首都雅加达遭到了一系列恐怖袭击，引发了一场海陆空大搜捕。印度尼西亚国家警察总局将它属下一万两千多名士兵的半数派到了爪哇海上进行搜寻，并从全国各地召集队伍，搜索雅加达和周边的岛屿。邻国政府也在协助搜索工作，让它们边境和机场的安全警备队伍进入戒备。政府目前对袭击的起因仍遮遮掩掩，但他们放出了嫌犯的素描画像。

其中的女性，凯瑟琳·华纳医生，已被证实是一位遗传学研究者，她从雅加达周边乡村里找来赤贫的孩子们，在他们身上进行非法的人体试验。“我们仍在拼凑事件的全貌。”警察局督察总长纳库拉·旁说，“我们知道华纳医生的诊所是超过100名印度尼西亚儿童的法定监护人，这些孩子未经自己的父母同意就被带到了那里。我还知道华纳医生进行了大量的资金转账，通过开曼群岛的账号——毒品走私、贩卖人口和其他国际犯罪活动常常用那里作为避风港。目前，我们确信，这家诊所是一个贩卖儿童的组织的幌子。此外，据我们所知，它还可能为昨天的袭击提供了资金。”

这些袭击包括在居民区的三次爆炸，在市场区的一次激烈交火，以及在伊麻里雅加达公司的码头上发生的一系列爆炸。这些爆炸夺走了该公司50名雇员的生命。亚当·林奇，伊麻里雅加达公司的发言人，宣读了如下声明：“我们哀悼昨天逝去的生命，而今天我们仅仅想要找到答案。印度尼西亚警方证实了我们的怀疑，这次袭击是由大卫·威尔发动的，他是一位前CIA特工，之前曾和伊麻里保安公司——伊麻里国际集团的另一个分公司——有过接触。

我们相信，这些袭击是出于私怨，而且威尔先生还会继续攻击伊麻里的雇员和产业。他是个非常危险的人物。他可能患有创伤后应激障碍综合征，或者别的某种精神疾病。现在的情形对所有相关人员都是可悲的。我们已经提供了援助，包括从伊麻里保安派出队伍支援印度尼西亚政府和邻国政府。我们希望能结束这场噩梦。我们希望能尽快让我们的人感到自己是安全的，越快越好。”

CHAPTER 44

爪哇某处海滨

凯特第二次醒来的时候，她觉得好多了，真的好多了。她的头不那么疼了，身上几乎一点都不痛了，而且她现在能正常思考了。

她环顾房间，天几乎全黑了。她睡了多久了？窗外，太阳正沉入海面。这风景太美了，有一小会儿吸引了她全部的注意。暖风轻轻吹来，带着海水的味道。在走廊上，一个宠物鼠绳网吊床在风中摇摆，风一大，生锈的链子就吱嘎作响。这地方无论是看起来还是感觉起来都十分荒凉。

她站起来，走出了卧室，进入一间大客厅。客厅直接连着厨房，还有一扇门，通往走廊。她是独自一人吗？不对，还有个男人，但——

“睡美人起床啦。”那人看起来简直像是凭空出现的。他的名字是什么来着？大卫吧。

凯特犹豫了一下，不知说什么好：“你给我下了药。”

“是的。但请容许我自我辩护一下，我这不是为了问你一堆问题，然后对你的孩子们做可怕的事情。”

所有的记忆哗的一下全部涌上凯特心头，马丁、药物、审讯。可是那之后发生了什么？她是怎么到这里来的？不过这不重要。“我们必须去找那些孩子。”

“没有我们必须去做的事情。你必须休息，而我必须去工作。”

“听着——”

“另外，在此之前，你先得吃点东西。”他拿出了个东西，看上去像是减肥套餐，但要更硬——好像是一份军用口粮。

凯特靠近了点。蔬菜炖牛肉，还有饼干，或者是类似的东西。凯特想转过头不吃，可热食的香气和模样让她的胃抽搐起来——她饿坏了。昨天一整天她都没吃东西。凯特接过食物，坐下来，打开薄薄的饭盒上的塑料盖子。一股热气从中升腾而出。她咬了一口牛肉，差点又吐了："上帝啊，这东西真难吃。"

"呃，对此我很抱歉，这个放得太久，稍微过了保质期，而且一开始就不怎么样。还有，是的，我没有其他可吃的东西了。抱歉。"

凯特又咬了一口，略微嚼了一下就吞了下去："我们在哪儿？"

大卫坐到桌子对面："一个废弃的开发项目，在雅加达附近的海滨。我在开发商破产之后在这里买下了一块地，因为我认为万一我不得不仓皇离开雅加达，这里会是个理想的安全屋，而且并未记录在案。"

"我记不太清楚发生的事情。"凯特尝了尝蔬菜。呕吐的冲动比刚才弱——要么是蔬菜的味道比牛肉好点，要么是她正在习惯这道全部都很难吃的菜肴。"我们必须去找政府。"

"我倒是希望我们能去。"他丢过来一页纸，上面打印着一篇半岛电视台的报道，里面讲的是对他们进行的搜捕。

凯特差点被蔬菜噎住，几乎是大声叫喊起来："这太荒唐了。这——"

他拿回了那张纸："暂时还没关系。不管他们策划的是什么，现在都正在进行了，他们正在找我们，而且他们在政府里有关系。现在可供我们选择的出路真的很有限，我有一条线索，我需要去检验它。你在这里会是安全的。我需要你告诉我——"

"我绝不待在这里。"凯特摇着头，"绝不。"

"我知道你不记得了，但把你从伊麻里的监禁中解救出来可不容易。那儿有些非常坏的家伙。这可不像是那些电影：英雄和女孩一起出发，展开一段伟大的冒险。我们下面要做的事是这样的：你告诉我你知道的所有事情。我向你发誓，我之后会尽我所能去拯救那两个孩子。而你待在这儿，监视一个网址，看有没有新的消息。"

"我拒绝这笔交易。"

"听着，我不是在跟你讨价还价，我是在命令你——"

"我不会照办。你需要我，我不会待在这里的。"她吃完了最后一口，把塑料匙叉扔进空了的餐盒，“除此之外，我认为最安全的地方就是你身边。”

“漂亮。这话说得有水平啊，正好迎合我的自尊。但不幸的是，我刚好，刚刚好聪明得足以不被这种手段迷昏头脑。”

“你准备把我留在这里，是因为你觉得我会碍你的事。”

“我只是想保证你的安全。”

“安全并非我现在最关心的问题。”

男人张开嘴想要反驳，却停了下来，猛地把头转向旁边。

“什么——”

他的手掌一下子竖了起来：“安静。”

凯特在座位里直起身来。然后她看到了——一个探照灯，在海滩上来回扫过。有直升机的声音，极其微弱。他刚才怎么听到的？

他跳起来，抓住凯特的胳膊，半拖半带着她跑到这栋房子进口附近的衣帽间里。他在后墙上用力一推，墙壁往里转动，露出一条隐藏的楼梯。

凯特转头看着他：“这是什么——”

“下去。我随后就到。”

“你要去哪儿？”凯特问，但他已经离开了。

凯特跑回到屋里。大卫正在收拾他们的东西：餐盒，还有他的夹克。凯特冲进卧室，抚平床单，然后飞快地擦干净浴室。直升机的噪声听起来还是很远，不过正在靠近。现在天完全黑了，她几乎看不见东西。微弱的光线勉强照亮了海滩。

大卫突然出现在房间里，看着凯特：“干得漂亮，现在跟上。”

他们冲回到衣帽间，穿过通道，进入了一个小房间，那儿看起来像是个防空洞。房间里有一张桌子、一台计算机、一个灯泡吊在天花板下，还有一张小床——绝对是给一个人睡的。

这位战士把凯特推倒在那张单人床上，把食指伸到嘴唇前比了一下。然后他拉下了灯泡的开关线，让他们陷入了完全的黑暗之中。

过了一段时间后，凯特听到头顶上的地板有脚步声传来。

CHAPTER 45

伊麻里研究基地“雪岛”

距南极洲大陆 96 海里

马丁·格雷看着机器人转动着潜艇舱门上的转盘。穿着这身衣服他几乎动弹不得——其实这些本来是给宇航员穿的衣服。他们一周前从某国航天部门紧急订购了这些衣服：只有这样的装备才能抵挡得住南极的严寒，为他们防御可能存在的辐射，并且在万一他们的通气管断掉的情况下还能提供足够的氧气。尽管有这身衣服的保护，进入这艘纳粹潜艇还是让他怕得要死。而他旁边另一套宇航服里的男人——多利安·斯隆——只会让马丁更加担心。斯隆的脾气一点就着，而他们将要发现的东西肯定会把他气得发疯的。在潜艇里，就算最低程度的爆炸也会是致命的。

金属和金属互相摩擦，舱门在压力下大声吱嘎作响，但就是没移开。机械手松开，移动，再抓紧，再转动，然后——嘭——舱门笔直往后弹开，就像是惊吓盒子上的活门。机器人瞬间就在潜艇上摔了个粉碎，金属和塑料的碎块飞散到雪地上，空气嘶嘶作响着喷了出来。

马丁宇航服里的对讲机传出了多利安·斯隆空洞的声音。对讲机机械、空洞的效应让他听起来比平时更加险恶：“我跟在你后面，马丁。”

马丁看着对方冰冷的眼神，然后转身面向舱口：“特工，你那边有视频设备吗？”

“收到，格雷博士，我们这两套衣服里都有视频设备。”

“好吧。我们现在进去。”

马丁步履蹒跚地朝前面的小冰丘走去，冰丘顶上就是那个直径三英尺的圆形入口。到达舱门之后，他转过身，蹲下去，把一只脚伸到梯子上。他从边上的口袋里抽出一根二极管发光棒，让它落进竖井里。它下落了 15 或者 20

英尺之后，撞到了金属上，砰的一声，在整个冰封的墓穴中回荡。灯光在他下面散布开来，照亮了右边的一条走道。

马丁又踏出一步，金属梯的横档上结了一层冰。又一步，然后他用双手抓住梯子，可还是觉得一只脚在打滑。他想把梯子抓牢些，可是还没等他用上劲，脚就从梯子上滑下去了。他撞到了舱门的背面，然后一路坠落——整个人落入了光束之中，然后周围全黑了——他扑哧一下落地了。保温材料救了他。但如果衣服破了，冷空气会涌进来，要不了一分钟就能把他冻死。马丁把手放到头盔上，疯狂地四处摸索。然后一盏灯光沿着竖井不紧不慢地落了下来。发着光的灯管落到了马丁的腹部上，照亮了他身体四周。他看着自己的宇航服：看起来没问题。

斯隆进入他上方的视野，挡住了阳光："看起来你伏案工作太久了啊，老家伙。"

"我不是早跟你说过，不要让我下到这里来的吗！"

"快让开，别挡道。"

马丁翻过身来，爬到边上开阔点的地方。斯隆沿着梯子滑了下来，他用手脚抵住两边，压根儿没去碰横档。

"马丁，我研究过这里的内部结构图。舰桥就在前方，直走。"

他们按下开关，打开头盔上的灯，沿着走道慢步前行。

这艘潜艇，或者确切地说，这艘U艇，保存状况非常好——它一直被冰封着。看上去仿佛跟80年前它在德国北部出海的时候一模一样，完全可以作为老古董收藏进博物馆。

走道本来就很窄，穿着这套臃肿的衣服就显得更窄了。他们朝遗迹深处走去，两个人不得不过一会儿就拖一下自己的通气管。走道的尽头是宽阔一些的区域。斯隆和马丁停了下来，左右转动他们的头灯，晃动的灯光照亮了房间，仿佛是一座灯塔，投出两束光柱，划开了夜幕。这个房间显然是舰桥，或者指挥中心之类的地方。马丁时不时就会看到一幅恐怖的图景：一个残缺不全的男人，俯卧在一张椅子上，脸上的皮肤都融化了；另一个倒在舱壁上，衣服上到处都是血迹；还有一群人，面部朝下倒在一片结成了冰块的血泊中。这些人的样子看上去就像是他们被放进了一台巨大的微波炉里，然后被瞬间急冻起来。

马丁听到他的对讲机响了起来："这看起来像是'钟'[①]的辐射造成的？"

"很难说，但的确很像。"马丁答道。

两个男人在沉默中继续工作了几分钟。清理整个舰桥，检查每具尸体。

"我们该分开走了。"马丁说。

"我知道他的隔间在哪儿。"斯隆一边说，一边转身走进舰桥后面离开的通道。

马丁慢慢跟在他后面。他曾经希望能把斯隆引开，抢在斯隆之前到达船员居住区。

穿着这身衣服在这里移动简直是不可能的，可斯隆的表现要比马丁好得多。

最后，年长者赶上了斯隆，后者正在转开前面的舱门。斯隆往门后的房间里丢进几个灯泡，让整个房间都被灯光照亮了。

马丁屏住呼吸朝房间里扫了一眼，空无一人。他呼出一口气。看到一具尸体的话他会不会更高兴？也许吧。

斯隆走到桌子前面，翻动着上面的纸张，打开了几个装着弹簧的抽屉。他身上的灯光照出了一张黑白照片，上面是一个穿着一身德国军服的男人。不是纳粹的制服，而是早些时候的，可能甚至是第一次世界大战之前的。这个男人搂着一个女人，大概是他的妻子，站在他右边，两个儿子站在他左边。他们跟父亲非常相似。斯隆久久凝视着这张照片，然后把它塞进他衣服上的口袋里。

这一刻，马丁简直对面前的男人有些同情了："多利安，他不可能还活

---

① 译者注：传说中纳粹党卫军开发的"奇迹武器"之一。前文尼泊尔基地里最后出现的杀人装置就是这个。因形状如钟而得名。

着的——”

“你希望找到什么，马丁？”

“我也想问你同样的问题。”

“我先问你的。”斯隆继续检查着桌子。

“地图。还有，如果我们运气好的话，一幅绣帷。”

“绣帷？”斯隆转过头来，笨重的宇航服上的头灯照得马丁眼睛发花。

马丁抬起一只手挡住灯光：“是的，一张大毯子，上面描绘着故事——”

“我知道绣帷是什么东西，马丁。”斯隆把注意力转回到那张桌子上，翻动着另外一堆书，“你知道吗，我对你的判断可能有误。你没有威胁，你只是迷失了，你喝迷魂鸡汤喝得太久了。看看在他身上发生的事情——追逐着绣帷和迷信故事。”斯隆把一堆纸张和书籍丢回到结冰的桌面上，“这里什么也没有，只有一些日记。”

有日记！有可能是那本日记。马丁努力装作漫不经心：“我可以把这些带上。里面可能有些我们用得上的东西。”

斯隆直起腰，和马丁对视了一下，然后回头瞟向那堆皮质封面的书册：“不，我想我该先看看。我会把每本都翻一下……系统地检查每一本。”

多利安讨厌这套衣服。他已经穿着这套衣服六个小时了：潜艇里三个小时，消毒室里又三个小时。马丁和他那帮蛋脑壳[①]研究员们也太细致了。他们小心过头了——这帮矫枉过正的狂热爱好者、浪费时间的家伙！

此刻他还在清洗室里，坐在马丁对面，等待着血液检查的结果——等着宣布“完全健康”。是什么检查要花这么久？

马丁时不时朝着那些日记瞥上一眼。里面显然是有什么东西，某些他想要看到的东西，某些他不想要多利安看到的东西。他把那堆册子往自己这边又扒拉了一下。

① 译者注：俚语，对不善社交的科研人员的蔑称。

在潜艇里，斯隆遭遇了生平最大的一次失望。他今年42岁了。从7岁以后，没有哪一天他不曾梦见找到了这艘潜艇。但如今这一天真的来了——可他什么也没找到。或者说，几乎是什么都没有找到：只有六具干尸和一艘簇新的U艇。

“下面怎么办，马丁？”多利安问道。

“和我们通常的做法一样，我们继续发掘。”

“我想要细节。我知道你们一直在潜艇下面挨着那个建筑进行发掘。”

“我们认为那是另一艘船。”马丁飞快地接上一句。

“求同存异吧。你们找到了什么？”

“遗骨。”

“多少？”多利安往后靠到墙上。他的心底越来越忐忑不安，就好像是人坐在过山车上，车子即将往下直冲，心里又期待又害怕。他对答案有些恐惧。

“目前为止挖出的大约有一打。但我们认为里面还有更多的遗骨。”马丁没精打采地说。穿着这身宇航服的时间太长，他真是累得精疲力竭了。

“下面埋着一台‘钟’，是不是？”

“我也这么猜。两位研究者靠近的时候，潜艇周围的区域崩塌了。一个人被烧焦了——就跟我们在潜艇上看见的那些人一样。另外一个在冰层崩塌的时候死掉了。我估计会在那下面找到潜艇上的其他乘员。”

多利安太累了，不想继续讨论，但有个想法让他怕得厉害。最后他终于开口问道：“你们对那个建筑有多少了解？”

“目前还不多。很古老，至少跟直布罗陀的那些遗迹一样古老。10万年了，可能还更古老。”

自从他们到达这里，一个疑问一直困扰着多利安：挖掘工程的进度太慢了。就算马丁的人12天前才找到这里，以他们的资源，他们也该早就把这块冰山给掏得像一只感恩节餐桌上的火鸡一样肚里空空了。这里的工作人员几乎是少得不能再少了，就好像真正的行动在别的地方展开。

“这里不是首要的工作场地，是不是？”

“我们把部分资源……用到了其他地方……”

用到了其他地方。多利安反复地思考着这个问题。什么项目会比这个还重要？他们上千年来一直在寻找这幢建筑，无数的流血牺牲。还有什么能更重大？

更大，一幢更大的建筑，或者说……主体建筑。

多利安俯身向前：“这里只是一块碎片，是不是？你正在寻找一幢更大的建筑结构。这里的仅仅是从更大的主体建筑上掉下来的部分。”多利安还不能肯定是否真的如此，但如果是这样……

马丁点了点头，动作缓慢，不敢和多利安的眼神相接。

“我的老天啊，马丁。”多利安站了起来，在房间里踱步，“那件事可能在任何一刻发生。他们可能在几天内，甚至几个小时内出现在我们面前。你把我们都置于危险之中。而你——你居然是 12 天前就知道了！你失去理智了吗？”

“我们认为这就是主体——”

“认为、企盼、希望——忘了这些吧。现在我们需要行动！他们一让我们从这个塑料笼子里出来，我就回去结束尼泊尔项目，启动‘多巴计划’——别再白费力气抗议了，你知道时候已经到了。我希望你找到更大的建筑之后立刻联系我。还有，马丁，我有几个特工小分队正在赶往这里。如果你忘了怎么使用你的卫星电话，他们会帮你的。”

马丁把胳膊肘支在膝盖上，盯着地板。

通往等待室的大门滑开了，新鲜空气嘶嘶涌入。紧跟着进来了一位二十岁左右的女性，拿着一块写字夹板。她身上的套装几乎要贴肉了——她肯定是挑了套至少小三个码的衣服。

“先生们，你们两位都完全健康，可以回去工作了。”女人转向多利安，“现在，有什么需要我为你们做的吗？”她把写字夹板丢到一边，然后双手在身后环扣，微微弯下腰。

“你的名字叫什么？”多利安问道。

“内奥米。但你叫我什么都可以，随你喜欢。”

CHAPTER 46

爪哇某处海滨

凯特不知道自己是睡是醒。有一阵子，她仿佛是在一片完全的黑暗和死寂中漂浮。唯一能感觉到的只有背上柔软的衣服。她侧过身子，听到身子下面便宜的床垫吱嘎作响。她一定是在防空洞里的小床上睡着了。她和大卫一起等待着，听着那些追兵在上面来来回回走动，搜索着整间别墅。她失去了时间感。搜索似乎持续了好几个小时。

现在起来安全吗?

这时她有了另一种感觉：饥饿。她睡了多久了？

她把腿从床上挪下去，站到——

“啊，老天哪！”大卫的声音充满了狭小的空间，然后在天花板上反弹、回荡。他猛地坐起来，撞到了她的腿。

凯特把自己的重心移回到床上，试探着在地板上找到能站稳的地方——在大卫的身上肯定是没有这种地方的。她最终放下了左脚，站了起来，在空中一阵乱抓，寻找着那根连着吊顶灯泡的绳子。她的手摸到了绳子，随即拉亮了灯。黄色的光线闪起，照亮了这块不大的空间。她眯起眼睛，单脚站在地上等了一会儿。等她能看清东西之后，她避开大卫，走到屋子的角落里。后者正在屋子中央的地板上蜷缩成一团，一动不动。

她刚才踩到了他的那里。上帝啊，他为什么会在地板上？“你也知道的，我们不是中学生了，你应该跟我一起睡床上。”

大卫终于翻过身子，用手和膝盖撑起自己的身子。他嘟囔着：“看来骑士精神没好报啊。”

“我不是——”

“忘了那事吧，我们得离开这里。”大卫边说边坐了起来。

“是不是那些家伙——”

“不，他们 90 分钟前就离开了，但他们可能还在外面等着。”

“这里不安全。我要——”

“知道了，知道了。”大卫抬起一只手，他喘过气来了，“不过我有个条件，没有商量余地的。”

凯特盯着他。

“我说话的时候，你得照办。不许问问题，没有讨论的余地。”

凯特直起身子：“我会接受命令的。”

“嗯，等我看到我才会相信。我们出去以后，每一秒都可能很关键。如果我要你离开我，或者是快跑，你必须听我的。你可能会很害怕，不知所措，但你必须注意听清我要你做什么。”

“我不害怕。”她说了句谎话。

“嗯，我们俩当中只有一个这么觉得。”大卫打开了嵌在混凝土墙里面的一扇对开的钢制柜门，“还有些事要说。”

“我听着呢。”凯特说，态度略带防备。

大卫上上下下打量着她。“你不能穿着这身衣服，你看起来简直像是个女乞丐。”他丢给她几件衣服，“可能大了点。”

凯特仔细察看她的新装：旧蓝色牛仔裤，还有一件黑色的 V 领 T 恤衫。

大卫又扔给她一件灰色的毛衣，“这个你也会需要的，我们要去的地方会很冷的。”

“什么地方？”

“路上再解释。”

凯特动手脱下衬衫，但又停了下来：“你能不能，呣。”

大卫笑了：“我们不是中学生了。”

凯特别过头去，想着该说什么。

大卫似乎想起了什么：“哦，对了，那条疤痕。”他转过身，跪下，开始在柜子底下的一堆盒子里挑挑拣拣。

“你怎么会——”

大卫拿出一把枪和几个弹匣：“那些药。”

凯特的脸都红了。她都说了些什么？做了些什么？由于某种情况，这个想法把她吓坏了，她真是非常希望能想起来：“我，或者我们，有没有……”

“放松点。除了一些不必要的暴力场景，今晚的场面还都是父母辅导级[①]的呢。你这小孩现在觉得安全了吧？”

凯特把T恤衫扯上来：“长不大的士兵们也一样。”

大卫看起来无视了这句挖苦。他站起来，把一个盒子递给她——又一份盒饭。凯特看了看上面的文字：即开即食。“饿了吗？”

凯特看着盒子上的画：烤鸡和黑豆，还有些土豆。“没那么饿。”

“随你啦。”他剥掉餐盒上的塑料盖膜，扑通一下坐到金属桌边，拿起餐盒里的叉子开始狼吞虎咽那些冰冷的食物。他昨天一定是为了她的缘故才把那份盒饭热了一下。

凯特坐到他背后的床上，穿上大卫给她放在那儿的球鞋：“嘿，我不知道我之前说过没有，不过我……对你说声谢谢，为了……”

正整理纸张的大卫停了下来，嘴里本来正咀嚼着的食物给整块吞了下去。他没回头看凯特：“别提了，只是在完成工作。”

凯特系好了鞋带。只是在完成工作，为什么这答案听起来这么……让人不满呢？

大卫把最后几张纸也塞进了文件夹里，把文件夹递给凯特：“关于那些抓走你孩子们的家伙的资料，我所知的都在这里了，在路上你会有时间看的。”

凯特打开文件夹，开始浏览文件。至少有50页：“到哪里的路上？”

大卫又吞下一口食物：“看看最上面那张。那是来自伊麻里内部的一个情报员最近发来的加密通信。我和那人联系了将近两个星期了。”

① 译者注：美国电影分级制度的第二级，儿童可以在父母陪同下观看。

29,99. 81,76.[①]

03-12-2013 10:45:00

#44

33-23-15

切断电源。拯救我的孩子们。

凯特把这张纸放回文件夹里。“我看不懂。”

“第一部分是一个 GPS 经纬度坐标，看起来是尼泊尔的一个废弃火车站。第二部分显然是个时间，多半是某列火车的出发时间。第三部分不能确定是什么，不过我猜是火车站里面的一个柜子和开柜密码。我想线人大概在那个柜子里给我们留下了什么东西——某些我们所需的，也许是另外一条信息。还不清楚那些孩子是否会在这个火车站里，或者这里仅仅是条新的线索。或者我误读了那条信息。可能加密的方法和我以为的不同，或者密文是别的意思。早先我有个同伴，是他解开了之前的所有信息。”

“你现在能去请教他吗？”

大卫吃完最后一口食物，把匙叉扔进餐盒，开始收拢他从柜子里拽出来的东西：“不，不幸的是，我现在不能。”

凯特合上文件夹：“尼泊尔？我们要怎么到那里去？”

“我正要说呢，一步步来。首先，我们搞清楚他们有没有在上面留下些部队。准备好了吗？”

凯特点点头，然后跟着他爬上台阶。大卫让她在那儿等着他搜索别墅：“安全了，他们多半是离开了，你待在我附近。”

别墅外的道路上满是尘土，没人用过的样子，沿着路边有一排矮树丛。他们躲在树丛里，潜离了别墅。道路的尽头是一条死巷，正对着四间蓝色大库房，显然也是废弃多年的。大卫把凯特带到第二间库房前，从金属波纹板墙上拉下一块板子，露出一个三角形的洞，洞口刚好容得下凯特。

---

① 译者注：这串数字原文有误。依据第 42 章和 GPS 地图改正。

“爬进去。”

凯特正要抗议，却想起了他之前的第一条要求，于是一言不发了。她尽力想不让膝盖沾到泥土，自己也不知道这是为什么。可这样她钻不进去。大卫看来明白了她的窘境，他用力把连接处的金属栏往下压，给凯特腾出能轻松些通过的空隙。

大卫跟在她身后进入了库房，然后打开了门上的锁，推开这间屋子的大门，露出库房里藏着的“宝物”。

是一架飞机——也只有这架飞机，还是架模样古怪的水上飞机，凯特觉得是那种人们用来飞往阿拉斯加的偏远地区的——在20世纪50年代的时候。这架应该没那么老旧，不过也够旧的。飞机上有四个座位，两边的翅膀上装着两个硕大的螺旋桨。她多半得像阿梅莉亚·埃尔哈特[①]那样，手动启动其中的一个。如果它能启动——他还得会开这架飞机。她看着大卫把防水帆布掀到机尾后面，踢开轮子下面的砖头。

在别墅里的时候，大卫曾说过“不许问问题”，可她不能不问：“你会飞这玩意儿吧，是不是？”

大卫停了下来，慢慢耸起双肩，看着她，仿佛是在试图带着赃物偷偷溜走的时候被逮了个正着：“呃，嗯，大概吧。”

“大概？”

---

① 译者注：美国早期著名女飞行员，1937年尝试环球飞行途中失踪。

CHAPTER 47

南大西洋上空某处

伊麻里集团专机

多利安看着内奥米坐在他对面喝下最后一口马丁尼鸡尾酒，在机舱里的长沙发上伸展身体。白色的毛巾布睡袍滑到了她身侧，露出了胸部，随着呼吸一起一伏。呼吸放慢，起伏也跟着放慢，就像是一只刚吃饱了猎物、惬意的猫咪。她舔干手指上最后一滴马丁尼，用手肘撑起身子："准备好再来一次了吗？"

她简直不知餍足。和他对比起来，这点就更明显了。多利安拿起电话："还没有。"

内奥米半噘起嘴，噗一下趴回沙发上。

多利安听到飞机上的通信员在电话里说："先生？"

"给我联结尼泊尔那边的机构。我需要和蔡斯博士谈话。"

多利安隐约听到鼠标的点击声。

"常医生？"

"不，蔡斯，核武器部的。"

"稍等。"

多利安看着内奥米在沙发上抓挠着身上裹着的睡袍，好奇她会这样做多久。

电话咔嗒一响，一个声音心不在焉地说道："我是蔡斯。"

"我是斯隆。我们的核弹处理得怎么样了？"

那边的男人咳嗽了几声，用更慢的语速答道："斯隆先生。我们有，我想想，50，或者是49颗可用。"

"总共多少？"

"就只有这些啦，先生。我们正努力多弄点，但印度人和巴基斯坦人——

两边都不肯再卖更多给我们了。”

“不要在乎钱，不管花多少——”

“我们试过了，先生。他们就是不卖，出多少都不行，非要有适当的理由。我们连比‘拿去做核反应堆的后备燃料’更好的故事都编不出。”

“苏联加盟国的核武器你们能用吗？”

“能，但要花更多时间。那些多半都是旧货，需要彻底检查，然后改装。而且它们的当量[①]大概比较小。”

“好的，我会试试看我能不能做点什么。准备再收一船货。还有，跟改装的说，我需要你们制造两个便携式的炸弹……那种一个小个子，或者……某个……累坏了的人也能轻松带走的。”

“那要花点时间。”

“多久？”多利安吐了一口气，这种特殊要求从来都不简单。

“要看情况。重量上限是多少？”

“重量？我不清楚，大概 30 或者 40 磅吧。等等，这还是太重了，大概……15 磅。假定是 15 磅左右吧，你们能不能做出来？”

“那就得减小当量。”

“你们能不能做？”多利安不耐烦地厉声喝道。

“能。”

“多久？”

科学家吐出一口气：“一天，或者两天。”

“我 12 个小时内就要——不许找借口，蔡斯博士。”

一阵长长的沉默。然后那边说：“好的，先生。”

多利安挂掉了电话。

内奥米已经没再继续了。她正在给自己再调一杯马丁尼鸡尾酒。她把酒瓶朝多利安伸过去，眼神中带着企盼。

---

① 译者注：和核弹爆炸的威力相同的 TNT 炸药的数量。

“现在不行。”多利安工作的时候从不喝酒。

他考虑了一小会儿，然后再次拿起电话：“再给我接尼泊尔的机构。常医生。”

“蔡斯？”

“常，韵部是‘昂’。”

那边的点击声这次快些了。

“这里是常医生，斯隆先生。”

“常医生，我正在去你那边的途中，我们需要做些准备。你那里有多少试验对象？”

“我想想……”常医生走开了。多利安听到翻动纸张、敲打键盘的声音，然后对方回到电话旁，“382只灵长类动物，119个人类。”

“只有119个人类？我记得招募的人数要多得多啊。项目方案里是论千的。”多利安朝飞机窗户外望去，119具尸体可能不够。

“的确如此，但由于迟迟没有结果，我们暂停了人员招聘。我们把更多精力放在了啮齿类和灵长类动物的实验上。我们应该开始储备人员吗？是不是有新的疗法——”

“不。有新计划。我们必须就你现有的条件做事。我希望你对所有的人类都使用最新的处置办法：华纳医生的研究里面的那种。”

“先生，那个疗法之前试过了，不起作用——”

“之前，医生。我知道些你不知道的东西，你必须相信我。”

“好的，先生。我们会把他们准备好的。给我三天——”

“今天就要，常医生。时间是我们现在最缺的东西。”

“我们的人手和设备都不足以——”

“想办法做到。”多利安等了一下，没听到回答，“喂？”

“我在，多利安先生。我们会设法做到的。”

“还有一件事，这次不要焚化尸体——”

“可是这样有风险——”

“我相信你会找到安全处理尸体的方法的。你那边有隔离检疫室吧，还是没有？”多利安等了等，但对面的科学家什么也没说，“很好。噢，我差点忘了。你觉得那两个孩子，每个人能背得动多重的东西？”

常医生似乎被这个问题吓了一跳，要不就是还在因前一个不许破坏尸体的命令而烦心，没听清楚：“呃，你说的，多重，指的是——”

“比如说他们背着背包，在背包里能放多少。”

“我不清楚——”

科学家，他们总是给多利安的生活带来各种不快。他们不敢承担风险，胆小怕事，浪费时间。“估一下，医生，不用很精确。”

“我想，大概是，也许，10 到 15 磅吧。要看他们得背着东西走多远，走多久，还要看——”

“行了，这样就行了。我很快就到，你最好先准备好。”多利安挂上了电话。

内奥米没让他再有机会拿起电话。她一口喝光了杯子里的马丁尼，晃荡到他身边，把杯子放在桌上，跨坐在他身上，扯下他的袍子，松手让它落到地上。她伸手想要拉开多利安的裤子拉链，但后者抓住她的双手，按到她腰上，然后把她举了起来，一把丢到身边的沙发上。他按下身后的呼叫按钮。

五秒钟之后，空中乘务员打开了门。她一看到里面的场景，马上就想回避。

“别走，留下来。”多利安命令道，“加入我们。”

这个年轻女人的脸上露出会意的表情，她轻柔地关上了门，仿佛她是个在半夜里溜出卧室的十几岁小姑娘。

内奥米从沙发上爬起身来，捧住这姑娘的脸颊，亲吻着她，扯掉她的围巾，最后开始解下空乘那白色衬衫外蓝色外套上的纽扣。这一吻完结的时候，那女人的上衣已经被脱了下来，内奥米开始最后一步的工作，把她的衬衣脱下来丢到地板上。

CHAPTER 48

南极洲东部

雪上营地“阿尔法”

4号钻探点

罗伯特·亨特关上他的移动生活舱大门，拿起对讲机。

“赏金，这里是雪王。我们已到达了7-5-0-0英尺深处，重复，我们的深度是7-5-0-0英尺。数据毫无变化。我们钻到的只有冰，别无他物。”

“雪王，这里是赏金。我们收到了，深度是7500英尺。保持联络。”

罗伯特把对讲机麦克风放在折叠桌面上，坐进塑料椅子里，往后一靠。他简直等不及要离开这个冰封的地狱洞穴了。他曾在一些世界上环境最严酷的地方钻探过石油：加拿大北部、西伯利亚、阿拉斯加，还有北极圈内的北冰洋。可没有哪儿能跟南极洲相提并论。

他环视着过去7天里他一直住在里面的这个生活舱。跟之前3处钻探点的3个生活舱完全一样：一个10米乘15米的房间，里面放着3张行军床，一个吵死人的大型加热器，4个装着设备和食物的箱子，还有这张带对讲机的桌子。房里没有冰箱——这里他们最不用操心的问题就是怎么让东西变冷。

对讲机咔咔响起：“雪王，这里是赏金。给你的指令如下：抽出钻头，掩埋探洞，前往新的地点。请确认指令，做好准备接收新的GPS坐标点。”

罗伯特确认了指令，抄下新的坐标，然后结束通信。他坐了一会儿，考虑着这次的工作。3个钻探点，都钻到7500英尺深，结果也都一样：除了冰之外什么都没有。设备全是雪白的，用状若滑翔伞的巨大白色帆布罩盖着。不管他们到底在做什么，他们的雇主显然不希望被任何人从上空看到。

他曾以为他们是在钻探石油，或者某种贵金属矿床。秘密钻探并不罕见。你溜进去，钻探，收工，掩埋，然后去获取这块土地的开采权。但南极洲没有钻探权力的问题，而且要找石油和稀有原材料的话，世界上有很多更易于钻探——钻探成本更低——的地方。这事经济上不划算。但钱看来根本不是问题，每个钻探点都有价值约 3000 万美元的设备——而且他们看起来压根儿不在乎设备怎么样了。他们为了这次据称最多为期两个月的钻探给了他两百万美元。他必须签署一份保密协议。仅此而已。

“两百万美元，在我们指定的地方钻探，闭紧你的嘴巴。”罗伯特要做的就是这些。两百万美元足以让他摆脱面临的麻烦，可能还会留有足够的钱，以后可以永远脱离石油钻探这行。甚至有可能解决他自身的问题，那个让他落到这般田地，不得不再次白手起家的原因。但那多半只是痴心妄想，就像在南极洲采到石油一样难以实现。

CHAPTER 49

尼泊尔山区

他们已经三次飞过这个小湖，都没能降落，凯特再也忍不住了："我记得你说过你会飞这玩意儿的？"

大卫仍在集中注意力控制飞机："降落比飞行要难得多。"

对凯特来说，降落跟飞行是一码事，不过她放弃了争论，转而第一百次检查她座位上的安全带。

大卫擦去面前几个老古董仪表盘上的雾气，然后试着把飞机拉起来，再通过一次。

凯特听到一阵噼啪声，然后觉得飞机在往她那边倾斜："是你干的吗？"

大卫敲打着仪表盘，开始是轻轻的，然后越来越用力："我们没汽油了。"

"我记得你说过——"

"燃料表肯定是坏了。"大卫偏过头示意，"到后面去。"

凯特从他身上爬过去，坐进后排座位里。她直接服从了命令，没有抱怨也没有争辩。她把自己用安全带系好。这将是他们最后一次尝试着陆了。

另外一个发动机噗噗响了最后几秒，也不转了，然后飞机恢复了平衡，在一片不祥的寂静中滑行。

凯特朝下面望去，俯瞰着这个小湖周围茂密的绿色森林。这景象看上去很美，类似加拿大的荒野。她知道下面很冷，他们一定是到了印度北部或者尼泊尔的什么地方。

他们一路上大多是在水上飞行，紧紧贴着海面，好避开雷达探测。大多数时候他们在往北飞：太阳高悬在凯特右边的天空上。他们在某个低洼的季风气候地区越过了海岸线，那里很可能是孟加拉。凯特一个问题也没问——倒不是因为两个引擎的噪声太大，虽然现在已经不转了。无论他们在哪儿，这地方肯定很偏远,荒无人烟。如果他们在着陆的时候受伤了——哪怕再小的伤,也很可能会是致命的。

湖面正在迅速地迎向他们。大卫维持着飞机的平衡，或者说是试图维持——飞机失去了动力之后明显更难控制了。

一幅幅毁灭的图像在凯特脑海中晃过。如果他们机头向下冲进湖里会怎么样？周围都是山。这个湖可能深得难以想象——而且很冷。飞机会把他们拽下去的。他们再也不可能从这个寒冷的深渊里活着出去了。要是他们平平地着陆了呢？他们要怎么停下来？他们会全速撞到周围的树上的。她想象着一堆树枝在他们身上戳出了成打的窟窿，把他们变成浑身插针的巫毒娃娃。也许那些汽油，油箱里的油雾，会被一个火花点燃，爆炸——那倒会死得比较痛快。

浮筒斜着擦过水面，飞机两边来回颠簸。

可能会有哪个浮筒掉下来，那会把飞机——还有他们——撕成碎片的。

凯特收紧了她腹部的安全带。她是不是该把它脱下来？它可能会把她勒成两半。

浮筒又一次撞击水面，然后又弹回空中，嗡嗡作响，看来是破了。

凯特倾身向前，不知为什么，她用胳膊搂住了大卫的脖子，把他紧紧按在他的座位上，而自己则紧紧贴在他的椅背上。她把头靠在大卫的后颈底，她不敢看了。她感到飞机又钻进了水面，这次更粗暴，飞机底板晃个不停。边上单薄的金属舱壁也跟着抖动起来，她听到一连串的断裂声。她被猛地甩回到自己的座位上，撞得几乎背过气。她睁开眼睛，倒抽一口凉气。他们停下来了。树枝！它们戳进了驾驶舱！大卫的头垂在那里，一动不动。

凯特往前面冲去，但安全带勒得她肚子好疼，感觉几乎要被勒成两截了。她够到了大卫，解开安全带。她摸了摸大卫的胸口。他被哪根树枝捅穿了吗？她什么都感觉不到。

大卫昏昏沉沉地抬起脑袋："嘿，女士，起码先给我买杯喝的吧。"[1]

凯特跌回到自己的座椅里，使劲摇晃着他的肩膀。她很高兴自己还活着，高兴大卫也活着。但她最后只说："我以前坐飞机的时候，降落比这次好多了。"

大卫回头看着她："在水上呢？"

"其实这是我第一次在水上降落。所以，在水上没有比这次好的。"

"嗯，这也是我第一次在水上降落。"大卫把自己解开，爬过乘客舱门。他把脚踏在梯子上，把乘客座椅松开，好让凯特出来。

"你是说真的还是假的？你以前从没驾驶飞机在水上降落过？你脑袋坏掉了吗？"

"假的。我只是在开玩笑，我经常在水上降落的。"

"你还经常把汽油用光？"

大卫开始从飞机上卸下给养。"汽油？"他眼睛往上一翻，似乎想起了什么，"我们的汽油没用光，只是我把发动机关上了，制造戏剧效果。你知道，就是希望你会做出那些事，比如往前一扑，从背后抱住我什么的。"

"很有趣。"凯特开始整理给养，他们这样一起整理东西的场景就仿佛是多年的日常工作，她朝大卫望去，"你比在雅加达的时候明显要……呃，活泼多了。"她考虑过什么也不说，但是她有些好奇，"我是说，我并不是在抱怨——"

"嗯，你知道的，在几乎必死无疑的情况下幸存总会让我有好心情。说到这个，"他把一卷绿色油布的一头伸向凯特，"帮我把这个铺到飞机上。"

凯特从飞机底下钻了过去，抓住他甩开的油布，然后回到他身边整理那一小堆给养。她回头看看盖住了的飞机："我们是不是要……我们是不是会飞回去，坐着……"

大卫对她一笑："不，我得说，这是它的最后一次飞行。还有，它没汽油了。"他拿起三份盒饭，像摊牌似的摊开，"现在，你是准备继续绝食抗议呢，还是

---

① 译者注：酒吧里勾搭一夜情对象的第一步常常就是买杯饮料，聊会儿天之后才会互相触碰。

想要从这些佳肴中分享一份？”

凯特噘起嘴，往前探了探身子，仿佛在仔细观察那些棕色的包装：“嗯嗯。今天早上的菜单都有些什么？”

大卫把盒子转了个头：“我们看看。为您能尽享美味，我们供应：肉卷，斯特罗加诺夫牛肉[①]，还有鸡汤面。”

凯特最后一次吃东西是在昨天下午晚些时候，他们撤进别墅下面的防空洞之前的事情：“嗯，我其实也还没那么饿，不过鸡汤面听起来真是诱惑难挡啊。”

大卫转过餐盒，撕开包装：“真是个极好的选择，女士。请稍候片刻，您的主菜很快热好。”

凯特走近他：“你不用加热的。”

“瞎说，这又不麻烦。”

凯特想起了盖在飞机上的油布：“生火不会暴露我们的位置——给我们带来危险？”

大卫摇着脑袋说：“我亲爱的医生，我承认今天我们过得有点艰苦，但我们不是石器时代的人类，不必跟尼安德特人一样在石头炉灶上烹饪食物。”他从口袋里抽出一根小激光笔似的东西，举到凯特面前。他在那东西顶上扭了一下，上面就燃起了一个小火苗，像是火炬似的。他在凯特的餐盒下前前后后移动着火焰。

凯特在他对面蹲下，看着那碗“鸡汤”开始沸腾。毫无疑问，里面只有些豆子或者是别的什么鸡肉的代替物：“至少没有伤害任何动物。”

大卫聚精会神地盯着火焰和餐盒，仿佛他正在修理精密的电子产品：“噢，我觉得里面有真正的肉。最近这几年，他们制造这种东西的水平上升了很多。我以前在阿富汗吃过一些，那简直完全不适合人类食用。我猜要是你的话会说，不适合人属生物食用。”

“令人印象深刻，是的，我们是人属生物。确切地说是人种生物。而且是

---

① 译者注：俄国名菜，特制的酸奶油酱汁炒牛肉。

现存唯一的[①]。”

“我的进化论知识最近一直在被刷新啊。”大卫把热好了的鸡汤递给她，然后打开了另一个饭盒——肉卷——直接开始吃冷食。

凯特用匙叉搅拌着汤，试验性地吃了一两口，味道不算太糟。或许是她已经开始习惯这些玩意儿的可怕味道了？无所谓了。她喝着汤，一起静静地吃着食物。湖面很平静，周围茂密的绿色森林在风中摇摆，时不时有些不见身影的小动物在树枝上一跃而过，发出咔咔的响声。如果不考虑此前那些悲剧，他们现在就仿佛是在一片未经开发的野地里露营。有那么一会儿，凯特真的感觉就是那样。她喝完了最后一口汤，大卫在一分钟前就吃完了。他拿过凯特的餐盒说：“我们该出发了。现在开始倒计时30分钟，就到了线人给的会面时间。”伴随着这句话，和平、纯净的自然氛围瞬间崩塌。大卫拎起一个沉重的背包，然后把垃圾藏进油布下面。

他们在山林中跋涉，大卫健步如飞，凯特只能竭力跟上他，还得尽力掩盖自己粗重的喘息。他身体比她强健多了。他时不时停下来，仍然在用鼻子呼吸，而凯特只能转过身去大口呼吸。

第三次休息的时候，他靠在一棵树上说：“我知道你还不打算谈论你的研究。不过先告诉我这个吧：你认为伊麻里为什么要抓走这些孩子？”

“实际上，从在雅加达的时候开始，我就一直在想这个问题，想了很多。”凯特弯下身子，把手撑在膝盖上，“他们问我问题的时候，马丁对我说了些话，听起来完全讲不通。”

“例如？”

“他说，有个武器，某种超级武器，能把全人类都消灭掉——”

大卫的身子离开了树干：“他有没有说——”

“没有，他别的什么都没说，他说的完全是胡言乱语。一通长篇大论，一

① 译者注：现代人类在生物学上的分类为：灵长类—人属—人种—智人亚种。现存人属生物仅有这一种。

部分是关于失落的城市，一部分是关于遗传学的，还有……还有什么来着？”凯特晃了晃自己的脑袋，“他认为患有自闭症的孩子们可能成为一种威胁，他们可能是人类在演化过程中的下一步。”

“那可能吗？关于演化的那一部分？”

“我不知道，也许吧。我们知道，演化史上最近一次重要突破就是脑部神经连接方式的改变。如果我们比较 10 万年前和 5 万年前人类的基因组，会发现基因变化很小。但是我们知道，改变了的那些基因已带来了巨大的影响——主要体现在我们的思维方式上。人类开始使用语言，开始进行批判性思考，开始先探寻答案而不是靠直觉行动。本质上来说，大脑工作的方式开始变得更像一台计算机，而不是一个各种冲动的处理中心。有些证据显示，另一次脑神经连接方式的变化正在发生中，尽管对此仍有争议。自闭症本质上就是脑部神经的连接方式发生了变化，而被诊断出的自闭症谱系障碍[①]——或者简称成 ASD——的病例数正爆炸性增长。在美国，过去 20 年里这个数字上升了 500%。每 88 个美国人里就有一个处于这个谱系中的某个位置。有一部分增长可以归因为更完善的诊断技术，但毫无疑问 ASD 的发病率正在上升——在全世界每个国家中都在上升。发达国家看起来情况尤为严重。”

“我不明白。这又怎么跟演化遗传学扯上关系的？”

“我们知道，几乎所有自闭症谱系中的疾病都有很强的遗传性。它们都是由脑神经连接方式的变化引起的，而这些连接方式由一小批基因控制。我的研究关注的就是这些基因如何影响脑神经的连接方式——还有，更重要的是，一个基因疗法要怎么才能打开或者关闭那些和增进他们的社交能力、改善他们的生活质量有关的基因。有无数的各种自闭症谱系障碍患者过着独立的、快乐的生活。例如，被诊断出亚斯伯格综合征的患者仅仅是在社交上困难重重，而常常会把注意力完全集中在一个他们感兴趣的领域上——计算机、漫画、

① 译者注：广义上的自闭症的正式名称。是根据典型自闭症的核心症状进行扩展定义的广泛意义上的自闭症，既包括了典型自闭症，也包括了不典型自闭症，还包括了亚斯伯格综合征、自闭症边缘、自闭症疑似等症状。

金融，你说得上来的领域都有可能。但这不一定是制约人发展的因素。实际上，专业化正是今日我们取得成功的关键。看看福布斯排行榜吧——如果你去挨个检测一下那些在计算机、生物科技，或者金融方面赚到了大钱的人，我向你保证，检测结果大部分都会落在自闭症谱图上的某个地方。但他们是走运的——他们赢得了遗传抽奖活动的大奖。他们的大脑工作方式让他们能解决复杂的难题，并且还保有足够的社交技能来在社会中发挥自己的能力。这就是我想要做到的，在生活中给我的孩子们一个公平的机会。”凯特现在喘过气来了，但她还是望着地面。

“别这样说话。看来休息够了，我们动身吧。现在倒计时还有 15 分钟。”

他们又开始跋涉，这次凯特能跟上了。离约定的会面时间还有 5 分钟的时候，森林变得稀疏了，一座巨大的火车站出现在视野中。

“这车站肯定没被废弃。”凯特说。

在他们前方，车站里挤满了人。他们都穿着白色的外套，或者保安制服，或者是别的制服。跟这一大群正涌进车站的人站在一起的话，大卫和凯特会显得异常醒目的。

“快，在他们看到我们之前从树林里走到车站里面去。”

CHAPTER 50

尼泊尔　斯米克特郊区

伊麻里集团　研究综合体

多利安看着监视器。研究者们正带着二十来名受试对象走出房间。实验疗法对他们的影响可真不小：有一半的对象都几乎无法行走了。

观察室里较长的一面墙上装着监视屏。研究大楼里的每一寸地方都被实时监控着。房间里还有好几排电脑桌，技术宅们整天在上面敲打键盘，上帝才知道他们在干些什么。

内奥米靠在房间对面的墙上，明显感到非常无聊。她穿着衣服的样子看上去还真让多利安觉得不习惯。多利安招手示意她过来，她无权听到科学家下面的汇报。

"你要离开这里了吗？"内奥米问。

"出去一会儿，去熟悉一下这里的设施。我有些工作要做，等一下我会去找你的。"

"我要去发掘一下本地的人才。"

"不要做任何我不会做的事情。"

她一言不发，晃悠出了房间。

多利安转向那个紧张不安的科学家。从多利安抵达这里开始，这个人就一直在他后面潜藏着，跟随着，几乎是在尾行。

"常医生？"

那人往前踏了一步："是的，先生？"

"我看到的是什么？"

"这是第三批了。我们以尽可能快的速度在工作，斯隆先生。"见多利安没说什么，常医生继续说道，"呃，格雷博士，他会加入我们的工作吗？"

“不会。从现在开始，以后这个项目你直接向我汇报。明白了吗？”

“啊，好的，先生。是不是……有什么……”

“格雷博士正在从事一个新的项目，我希望你让我了解一下目前的进度。”

常医生张开口，正要说话。

“简明扼要。”多利安不耐烦地瞪着他。

“当然，先生。”常医生搓着他的双手，仿佛他正在火堆上取暖似的，“嗯，正如您所知，本项目始于20世纪30年代，但只在近几年里我们才取得了可观的进展——这都要归功于遗传学上的几个突破，尤其是快速基因测序技术。”

“我记得他们早就做过人类基因组的测序了——90年代的时候。”

“呃，那是错——呃，是个误解，如果你要这样说的话。并不存在同一的人类基因组。第一份人类基因组是在90年代被测定的，而人类基因组草图出版于2001年2月——呃，那是克雷格·文特尔博士的基因组。但是我们每个人都有一份基因组，而且每份都不一样。这是工作的难点之一。”

“我没明白。”

“好的。抱歉，我不是经常跟人讲解这个项目。”他神经质地哈哈笑了几声，“呃，原因是很明显的！尤其没为任何在您这个位置上的人讲解过。嗯，从哪儿说起呢？也许该先说一小段历史。呃，20世纪30年代——那时候的研究相当……激进，不过产生了一些有趣的结果，不管方法如何。”常医生四下看看，仿佛在怀疑他有没有冒犯到多利安，“呃，好吧，我们花了几十年研究‘钟’究竟是怎么影响它的目标的。如您所知，那是某种形式的辐射，我们尚未完全理解其机理，不过效果是——”

“不用对我讲那些效果，医生。这世上没人比我更了解它会有些什么效果。告诉我你知道的东西。还有，快点。”

常医生低下头。他双手握拳几次，然后试着在裤子上擦干了手：“当然了。您知道的，我只是想描述我们过去的研究，用……嗯……今天……遗传学上……我们测序……我们……这一……突破已经从根本上改变了我们的研究——我们现在不再是研究这个装置产生的效果，而是致力于找到能从这台机器的攻击下幸存的方法。我们知道，自从 30 年代开始，就有些试验对象的表现比其他人好得多，但是由于最终他们都还是死了——”常医生抬起头就看到多利安瞪着自己。医生马上低下了脑袋，继续说道，“我们……我们的理论是，如果我们能分离出那个给予人们对这台机器的伤害免疫的基因，我们就能发展出一种基因疗法，来保护我们免受其伤害。我们准备用逆转录病毒来传递这种基因，并把它叫作‘亚特兰蒂斯基因’。”

“那么为什么你们没找到它？”

“几年前我们就认为几乎要成功了，但是似乎没有任何人具有完全免疫性。我们的前提，如您所知，是有一部分人类能在某种程度上抵御那台机器的伤害，而且他们的 DNA 散布在全球各地——实际上，我们是在全世界范围内做基因学上的寻蛋游戏[①]。但，坦率地说，我们进行了这么多次试验以后，考虑到我们样本的大小，我们开始认为亚特兰蒂斯基因根本不存在——人类身上从未存在这样一个基因。”

多利安抬起一只手。医生停了下来，喘息着。如果他说的是真的，那么就需要重新审视过去他们的一切信念了，而且这会让他设想的方法无效，或者至少是近乎无效。但是会是这样吗？还有一两个问题。“那些孩子为什么能活下来？”多利安问道。

“不幸的是，我们不知道。我们甚至都不能肯定他们经过些什么疗法——”

“我知道你们不知道什么。告诉我你知道什么。”

“我们相信他们接受的疗法是很尖端的。很可能是某种全新的东西，我们没有任何东西可与之类比。但我们有一些想法，最近遗传学上出现了又一次突破——我们称之为表观遗传学。该理论认为，我们的基因组并不像一幅静态的蓝图，它更像是一架钢琴，钢琴键类似于基因组。我们每个人的琴键都不一样，而且这些琴键在我们的一辈子里都不会发生变化——我们死的时候身上的琴键，或者说基因组，跟我们生下来的时候是一样的。变化的是钢琴

① 译者注：西方以事先藏好的真蛋或者假蛋为目标的寻宝游戏。

乐谱：表观遗传。是钢琴乐谱决定了哪支曲子会被演奏出来——哪些基因会被表现出来——而那些基因决定了我们的特性——从智商到头发的颜色，所有的一切。该理论中，我们的基因组和这种控制着基因的表达的表观遗传之间有着复杂的相互作用，是这种相互作用真正决定了我们会成为什么样的人。

“有趣的是，我们能参与音乐创作，能参与对我们自身的表观遗传的控制。我们的父母，甚至我们周围的环境也一样可以。如果某个特定的基因在你的父母、祖父母、外祖父母身上表达了，那么它很可能在你身上也会被启动。实际上，我们的行为，我们父母的行为，还有我们周围的环境都会对哪些基因会被启动有所影响。我们的基因也许控制着可能性，但表观遗传决定着我们的命运。这是个难以置信的突破。我们早就知道，除了纯粹的静态遗传学之外必然还有别的因素在起作用。我们在三四十年代对双胞胎所做的研究告诉了我们这点。在那台机器面前，有些双胞胎的其中之一比另外一个活得久些，尽管他们的基因组几乎完全一样。表观遗传学就是其中缺失的一环。”

“这跟那两个孩子有什么关系？”

“我个人的理论是，某种新的疗法将新的基因注入了那些孩子的体内，而这些基因引起了级联效应，很可能同时作用于表观遗传的层次。我们认为，能从‘钟’面前活下来，必须具备正确的基因，并且激活了这个‘亚特兰蒂斯基因’——这是关键。这个过程相当奇妙，疗法的作用几乎像是一次突变。”

“突变？”

“是的。一次突变仅仅是基因密码中发生的一个随机变动，如果你愿意的话，可以称之为基因层面的掷骰子。有时候，它会产生巨大的影响，带来新的演化优势，可有时候……你会长出六根手指，或者只有四根！但这里的结果则是提供对‘钟’的伤害的免疫性。这真是太神奇了！我不知道我能不能跟华纳医生进行对话。那将会提供不可估量的帮助——”

“忘了华纳医生吧。”多利安揉了揉他的太阳穴。遗传学，表观遗传学，突变。总而言之都是一回事：研究失败了，没有什么疗法能让人对“钟”的伤害免疫，而且剩下的时间不多了。“你们试验‘钟’的房间能装进多少人？”

“呃，我们通常把每次试验的试验对象人数限制为 50 人，不过大概能装下 100 人，如果我们把他们塞紧些大概还能再多点。”

多利安看了看监视器。一个穿着白色外套的技术宅干部正把又一批试验对象赶进那些躺椅里，然后把他们和致命的透明白色塑料袋联结起来。

“试验要进行多久？”

“时间不长。大概经过 5 到 10 分钟后，所有的试验对象就都死了。”

“5 到 10 分钟。”他的声音只比悄悄话大一点。他靠在椅背上，脑海里飞快地转动着念头。然后他站起来，朝门口迈出一步。“开始用‘钟’处理你们所有剩下的实验对象吧——尽可能快。”常医生往前走了一步，想要开口抗辩，但多利安已经一只脚在门外了，“噢，还有记住，别破坏尸体，我们需要这些尸体。我到核武器部去了，医生。”

CHAPTER 51

尼泊尔　斯米克特郊区

伊麻里集团专列

凯特沉默地坐在位子上，看着外面绿色的田野以每小时 90 英里的速度飞驰而去。在这个火车包厢对面，大卫微微抖动了一下。这种时候他怎么能睡得着？这样睡觉他的脖子会落枕的。凯特俯身向前，轻轻推了一下他的脑袋。

凯特的腿虽然还没到抽筋的地步，但也疼得让她睡不着了。从飞机的“着陆点”到车站这一路上，大卫健步如飞，她为此付出了代价。还有在车站里，他们朝着储物柜的冲刺，冲到那里之后他们找到了 44 号柜子。多亏了它，他们才算是得救了。

在柜子里他们找到了两套制服——一件是大卫穿着的保安服，一件是凯特穿着的白色外套。里面还有身份牌：凯特现在是爱玛 · 威斯特，“钟主研部：遗传学部”里面的一位研究人员，天晓得那个部门是什么。大卫则成了康纳 · 安德森。身份牌上的照片和人对不上，不过他们只要在一台类似于地铁闸口或者信用卡的读卡器的扫描器上刷一下牌子，然后就能登上 10 点 45 分的火车——显然是今天上午的最后一班车。

他们登上列车以后，凯特转向大卫问道：“下一步怎么办？”

大卫让她转了半圈，背对自己，然后说：“别跟我讲话，他们可能在监听呢，按照计划来。”

“计划”的内容很简单。她的目标是找到孩子们，然后回到列车上；大卫会切断电源，然后去跟她会合。这简直连半个计划都算不上。他们多半还没下车就会被逮到，而他现在居然睡着了。

不过……他前一天晚上肯定没怎么睡。那些人搜索别墅的时候，他是不是一直醒着，观察着那些家伙会不会找到通往防空洞的入口？他在水泥地上躺了多久了？还有之后在那架要人命的古董飞机上颠簸的时间。凯特从她包里拿出几件衣服，叠起来，塞到大卫的脸和车厢壁之间。

又过了 30 分钟，凯特感觉列车开始减速了。走道里，人们开始排队。

大卫抓住凯特的胳膊。他什么时候醒的？凯特望着大卫，恐慌在她脸上蔓延开来。

“保持镇定，”他说，“记住，你在这里工作，你是来把孩子们带去参加试验的。依主管的命令。”

“哪个主管？”凯特悄声问道。

“他们要问这个的话，就说以他们的等级还无权知道，然后只管走。”

凯特还想再问下去，但大卫已经拉开包厢门，把凯特推到往前移动着的队列中。等她回头看的时候，他和她中间已经隔了好几个人，朝着另一个方向走去。他们之间隔开了一段距离,她现在是独自一人。她把脑袋猛地扭回来，咽了几口口水，这是她所能做到的。

她随着人流向前，尽力装作漫不经心的样子。工人们主要是亚洲人，但还有少数欧洲人，或者是美国人。她属于少数人群，但还不算太显眼。

前面有几个通往这幢巨大建筑的入口，每个前面都有三条队伍。她选择了大多数白大褂们聚集的入口，缓缓走近。她站在队伍里，等着刷卡，设法窥视了一下周围人们身上的身份牌。“钟辅助部：灵长类饲养”。她又看了看她边上的队伍。“钟控制部：维护和内务”。说起来，她的职务是什么？“钟”什么什么。里面有个“遗传学”。她害怕得要死，如果她低头看自己的假身份牌，会不会有人指着她大喊一声：“她是冒充的！抓住她！”就像是游乐园里的孩子，嚷着说你尿裤子了。

队伍前面，几个白大褂正往前走，机械似的刷着他们的牌子。跟在火车站里一样，队伍移动得很快。她现在看到了些别的：六个武装警卫。三个分开站着，每条队伍边上一个，审视着每张脸。另外三个在一条用铁链连着的栅栏后面，边喝咖啡边聊天，就像是饮水机前的办公室职员一样互相嬉笑。每个人肩膀上都挂着一支自动步枪，他们若无其事的样子，就好像那只是一个装满了备忘录的邮包。

她必须集中精神。身份牌，凯特掏出她的卡，偷偷看了一眼，“钟主研部：遗传学部。”在她边上的队伍里，她看到一个高个子的金发男人，似乎四十出头，拿着一张同一部门的卡。他的位置在她后面，隔着几个人，她得等这男人过去，然后跟着他。

“女士——”

他们在对她说话！

“女士。”卫兵指着那根粗大的桩子，顶上装着磁卡读取器的。她边上的人们正在刷卡，然后快步走过。

凯特竭力稳住自己的双手，把她的卡往卡槽里一刷。异样的哔哔声——红灯亮起。

她边上又有两个人刷了卡。绿灯，没有哔哔声。

卫兵抬起头，朝她靠近了一步。

她的手现在看得出在颤抖了。她装作漫不经心，把卡又放到槽子里，这次慢慢地刷下去。红灯，令人不快的哔哔声。

栅栏后面的卫兵也停下了聊天，他们正看着她。她这条队伍前面的卫兵扭头望着其他的卫兵。

她想把卡对好位置再试一次，却有人抓住了她的手：“你拿倒了，亲爱的。”

凯特抬起头，是那个金发男人，她的思考停滞了。他刚才说了什么？“我在这里工作。”凯特环顾四周，飞快地说道。每个人都在看着他们，他们挡住了三条队伍中的两条。

“我当然希望如此。”那人拿过她的卡，“你肯定是新来的，”他打量着身份牌说，“以前没见过你——嘿，这看起来不像你啊。”

凯特把卡抓回手中。“别——别看那张照片。我，呃，我是新来这里的。”她用一只手捋了捋头发。她会被抓到的，她肯定。那男人还在盯着她，凯特努力思考，“他们用了张旧照片，我减掉了……些体重。”

“显然还染了发。”他有些怀疑地说道。

“是的，嗯……”凯特长吸一口气，“我希望你能替我保守秘密，金发人生活乐趣多。”她努力笑笑，但她觉得自己看上去大概更像是吓坏了，而不是充满自信。

男人点点头，笑了：“是啊，金发的人的确如此。”

队伍后面有人在叫喊：“嘿，卡萨诺瓦[①]，等你下了班再放电啊。”队伍里的人都笑了。

凯特笑了笑：“要怎么做？”她又刷了一遍卡。红色，哔哔。她抬起头。

那个男人抓住她的手，把她的卡迅速地翻了个身，然后把卡快速拉过卡槽。绿色。然后他转向自己前面的桩子，刷了自己的卡。绿色。他小心翼翼地从那六个怒视着他们的卫兵中间溜了过去，凯特追上他。

“谢谢你，医生——”

“普伦德加斯特。巴纳比·普伦德加斯特。”他们转过又一个弯角。

“巴纳比·普伦德加斯特医生。我本来应该能猜到是拿反了的。”

“嗯，你的脸皮还是蛮厚的嘛。”他打量着凯特，“连读卡器都不会用的人居然这么快就恢复过来了。”

他发现了吗？凯特试着做出尴尬的表情。这不算太难：“枪械让我很紧张。”

“那你真的会恨死这里的。看起来似乎每个不穿白大褂的人都‘随身带火’[②]。”他说最后这个词的时候带着美国口音。他又刷了一次他的卡，推开一扇大门，可能是用来分隔医院里的不同区域的。“简直是草木皆兵啊。”他用鼻子哼了一声，喃喃道，“一群嗜血的白痴。”

他们前面，有几个微胖的男人推着几个装有滚轮的金属的笼子挡住了他们的去路。凯特看了看，笼子里装满了黑猩猩。等那群人过去以后，凯特发现大厅里只剩下自己一个人了。她跑进走道，看到了巴拿巴[③]，他也许是叫别的什么名字？她冲过去追上了他。

---

① 译者注：18世纪意大利著名风流浪子，花花公子的代名词。

② 译者注：美国俚语，指随身携带枪械。

③ 译者注：《圣经》人物，此名意为“鼓舞者、抚慰者”。凯特大概也读过不少次《圣经》，下意识地想到了这个相近的名字。

前面又有一扇大门，他在刷卡器前停下：“你之前说你要去哪里来着，威斯特医生？”

“我……没说。”凯特努力地冲他忽闪着自己的眼睛，她觉得自己像个傻瓜，“你……要去哪里？”

“嗯，去我的病毒实验室。你在这里跟谁一起工作？”他看着凯特，有些疑惑。或者也许是在观察她？

凯特惊慌失措。这比她在火车上设想过的状况复杂太多了。在她的想法里，她只要走进一个类似于日托所的地方，开口说：“我是来带走那两个印度尼西亚小孩的。”大卫先前的建议——告诉他们以他们的等级还无权知道——现在看起来想得太单纯，完全是大错特错了。现在看起来，当时他这么说只是要让她放松些，让她走下列车，开始行动。但她现在脑海里一片空白。“以你的等级还无权知道。”她含含糊糊地说道。

正准备刷卡的巴纳比猛然停住了，卡悬在空中。“劳驾？”他看着凯特，然后往周围看看，仿佛想确定一下刚才的声音是从哪个方向传来的。

凯特有一股冲动，想从他身边逃走，有多快跑多快，但她不知道该往哪条路上逃。她需要搞清楚他们把那些孩子关在哪儿。“我是研究自闭症的。”

巴纳比一边把卡丢进侧面的口袋里，一边转身面对凯特：“真的？我怎么不知道有什么自闭症研究。”

“和格雷博士一起。”

“格雷博士？”巴纳比回忆着，眼珠滴溜溜直转，“没听说他……”他脸上怀疑的表情渐渐退去，朝门边墙上挂着的一部白色电话挪了几步。他反手拿起电话，“也许我该，呃，帮你点忙，好让你找到路。”

“不行！”

凯特大叫一声，让他中途就停了下来。

“不要。我没迷路，我是在研究……两个孩子。”

他把手放回到口袋里：“噢，看来那是真的。我们听到了些传言，但每个人说起来都欲言又止，神秘兮兮，跟间谍片里似的。”

他不知道那些孩子的事情。这意味着什么？凯特需要再争取点时间，需要好好想想。“嗯，是的。我很抱歉，我不能再说得更多了。”

“嗯，我相信，正如你所说，这是以我的权限无权知道的。”他嘟哝了些别的什么，可能是“好像你清楚我那该死的薪水级别似的”，“不过，老实说，我必须说，你们拿孩子们在这样的地方能做什么？要说的话，这里的生存率可是百分之零啊。百分之零，莫非你的‘级别’能改变这点。是吗？”

一个新的念头攫住了凯特，一个之前她还没考虑过的恐怖可能：百分之零的生存率。那些孩子可能已经死了。

“你听见我说话了吗？”

但凯特无法回答。她只是站在那儿，浑身僵硬。

他能看得出——看得出她眼里的恐惧。他偏了偏头：“你知道，你身上有什么地方不对味，有些东西好像不对劲。”他伸出手，拿起电话。

凯特朝他一跃，从他手上夺过电话。

他的眼睛瞪大了，表情好像在说“你怎么敢这样”。

凯特环顾四周。大卫的话——他们可能在监听——在她的脑海中回响。可能还不迟，还可以挽救。她把电话挂回去，抱住巴纳比，在他耳边小声道：“听我说，两个孩子被关在这里，他们处于危险中。我是到这里来救他们的。”

巴纳比一把推开凯特：“什么？你疯了吗？”

凯特觉得自己两天前在车里被大卫问那个问题的时候的样子一定跟他现在的模样一样。

她又往前靠了过去：“拜托，你必须相信我。我需要你的帮助，我需要找到那些孩子。”

巴纳比打量着凯特的脸。他噘起了嘴，仿佛在咀嚼着某种很难吃的东西，偏偏不能吐出去。“听着，我不知道你在玩什么把戏，是安保刺探或者是变态游戏，不过我告诉你，关于那些孩子我什么都不知道——如果这里真有孩子的话。我只是听到过一些流言。”

“他们会把孩子们关在哪儿？”

“我完全没概念，我从没见过实验对象，我只有到实验室去的通行权限。”

“猜一下，拜托了，我需要你的帮助。”

“我不知道……我想，也许是在居住翼吧。”

“带我去那边。”

他对凯特晃了晃他的卡：“喂喂？我没有去那边的通行权限。我刚跟你说过，我只能进得了实验室。”

凯特低头看着她的卡：“我敢打赌，我能进去那边。”

安全警卫看着那个女人朝那个男人搭话，从他手中拿走了电话，然后抱着他，朝他耳语——很可能是发出威胁。那男人看起来明显被吓坏了。他们刚刚开过一次关于性骚扰的研讨会，但那多半是男性胁迫女性和他们发生性关系。所以这不是性骚扰，这事情有可能值得注意。警卫拿起电话：“嗯，这里是七号哨位。我认为‘钟’主研部可能有麻烦了。”

CHAPTER 52

尼泊尔　斯米克特郊区

伊麻里集团　研究综合体

大卫排在队伍里，前面的人在依次通过警卫线。这个建筑群太大了——比他之前的预想大得多。三座巨大的瓶形冷却塔上抵苍穹，冒出滚滚白烟直入云霄，围绕在整个建筑群周围。

这个综合体楼群一定是把发电厂和医院、医疗设施联合在一起的产物。有其他的列车在通过别的轨道抵达。所有员工肯定都是要从外面坐车过来。在这地方的周围有一片相当宽的检疫隔离带，甚至可能有100英里宽。为什么？这样做的费用肯定很惊人。为什么要在荒无人烟之地修建这样一幢建筑物，每天把补给和人员运过来？

“先生！”

大卫抬起头。轮到他了，他刷了一下卡。哗的一声，亮起了红灯。他检查了一下，他把卡拿倒了。他翻过卡，这次哗的一声之后亮起了绿灯。

他进入了建筑物。现在最困难的部分来了：他该往哪儿走？

另一个念头在他脑海深处撩动：凯特。这里的状况她是应付不来的。他必须完成自己的工作然后去找她，要快。

他在墙上找到了一张地图：紧急逃生线路图。反应室不在这一层。实际上，从那些冒着水蒸气的冷凝塔的位置来看，他认为反应室压根儿就不在这栋大楼里。

他向外走去，进入主通道，跟着多数人所在的人流走进一片放着一排排柜子的开阔区域。多数警卫不是在互相交谈，就是拿着武器和对讲机正在出发。

他听到有几个警卫在谈论着发电厂，就跟在他们后面。临走前他从架子上抓起了一部对讲机和一把手枪。这栋较小的安全建筑的后门通向一小片庭院，大卫往上瞧了瞧周围的三栋建筑物：一个巨大的发电站；一栋几乎没有窗子的大楼，可能里面是医疗设施；还有一栋小些的带窗户的建筑物，顶上高高飘扬着伊麻里集团的旗帜——很可能是管理中心。

他前面的几个人光顾着聊天，完全没注意到他。

大卫反手摸了摸背包，怀疑自己有没有足够的炸药。很可能没有，这地方比他预想的大。

在通往发电站的入口处有一个痴肥的警卫。他坐在一张凳子上，检查着身份牌，然后填写他面前台子上的一张打印好的表格。他一言不发地朝着大卫伸出那堆香肠似的手指。

大卫把身份牌递给了他。在火车外面排队的时候，他就把上面的照片的大部分给抠坏了，作为预防措施。

“你的牌子是怎么回事？”

“我的狗干的。”

那人噗了半声，开始查询名单。他的脸慢慢扭曲起来，似乎那张名单上变成了一堆他不认识的文字：“今天这名单上没有你。”

“他们今早叫我起来的时候我也是这么说的。现在如果你说我可以走了的话，我就出去啦。”大卫伸手想拿回身份牌。

这位“清单主管”伸出一只香肠手：“不，先等等。”他再次把脑袋埋进名单，从耳朵后边抽出一支钢笔。他隔几秒就来回看看身份牌和名单，在那张纸的底部潦草地写上了“康纳·安德森”，用的是拙劣的大写字母。他把身份牌还给了大卫，那几根香肠朝着队伍中的下一个人伸去。

下一个房间是个休息室，有个接待员坐在一张桌子后面，还有两个警卫，正在交谈。他走过的时候他们看了看，然后继续谈话。大卫找到了另一张紧急疏散路线图，开始前往反应堆区域。

他的卡能刷开他所遇到的每一扇门，这让他大大松了一口气。他马上就要到反应室了。

“嘿，站住。”

大卫转过身，是休息室里的警卫之一。

“你是谁？”

“康纳 · 安德森。”

这个警卫看起来迷惑了一下，然后拔出了他的枪。“不，你不是的。不许动。”

CHAPTER 53

巴纳比看上去跟凯特一样害怕。不知怎的，这让她感到多了点自信，她可是这个阴谋集团的领导者。

她看到那个皮包骨头的亚洲人警卫的时候，新发掘出的自信心略受挫折。那警卫站在通往居住区的对开门外，看着一本漫画书。他一看到他们，就把那本小册子丢到桌上，望着他们走近墙上的读卡器。

凯特刷了一下她的卡。绿灯。

她推开门，往里踏进一步。巴纳比跟上去，紧贴在她后面。

“不行！你——你也要刷卡！”守卫指着巴纳比。巴纳比睁大眼睛，往后退了一步，好像他马上就要被枪击似的。

“你去刷卡。”那人指着刷卡器。

巴纳比把自己的卡紧握在胸前，然后刷了一下。红灯。

警卫站了起来：“证件。”他朝巴纳比伸出手。

金发科学家倒退到墙边，把卡都丢到了地上：“是她要我这么干的。她疯了！”

凯特插入他们二人中间：“没事的，巴纳比。”她捡起身份牌，把它递给他，“我希望他跟我一起进去工作，不过算了吧。”她把一只手放到巴纳比的后腰上，把他往前一推，“没事的。回头见，巴纳比。”她转向警卫，拿起自己的身份牌，又刷了一次，“看——绿灯。”她冲进门里，然后等了一下。

门没有打开，也许她安全了。凯特慢慢朝着这一翼的深处走去。每隔20英尺左右就有一扇大门，显然是通往其他区域的通道。视线所及之处看到的都一样：门，对称的通道。而且周围很安静，一种令人不安的寂静。

她在最近的一扇门口刷了一下卡，试着进去看看。出现在她脑海的第一个印象是：这里看起来像是个兵营，或者是……一间大学宿舍。她正站在一间很大的公共休息室里，旁边连着六个小房间，每个里面都放着张双层床。不对，这些其实不像是宿舍里的房间……它们隔得太开了，更像是监狱里的单间。房间都是空的，显然是废弃了。这些单间里一片零乱：衣服散落在地板上，个人用品被随便乱丢在双层床边上的水槽里。看起来好像这里的房客们离去时一定十分匆忙。

凯特退出了这个房间，继续在主通道里走了一会儿。她每走一步，脚下的网球鞋就发出一阵挤压声。她听到远处有人在谈话。她必须过去，但心中有些地方却在抗拒。这些空房间里没人，待在这里很安全。

她在下一个“十字路口”转身，朝着谈话传来的方向走去。现在她能看到那边了，看起来类似医院里的护士站：一张高高的台面，上面堆着文件，后面有两三个女人。

从另外一个方向传来了另一个声音——响亮的嘚嘚声，在空荡荡的通道里有节奏地回响。是靴子踏在地板上的声音，他们正在靠近。她谨慎地朝护士们靠近了几步。她听着她们的谈话：“他们想要把他们全带走。”——“我知道。”——“我就说啊”——“他们从来做的事都不正常”——“他们甚至还没处置——”

凯特猛地转过身——靴子的声音在她背后不远了。6个男人，是警卫。他们正向她跑来，手上拿着枪。“站着别动！”

她还可以跑，也许能冲到护士站里。还有20英尺，警卫们靠近的速度现在更快了。她往前走了一步，又一步，但他们已经到了，用手中的枪指着她。

凯特高高举起双手。

CHAPTER 54

大卫举手投降。

那个警卫一边平举手枪瞄着他，一边靠近了些："你不是康纳·安德森。"

"别开玩笑啦。"大卫低声说，"把枪放下，闭嘴吧。他们可能在监听呢。"

警卫停止了移动。他有些怀疑地盯着大卫："什么？"

"他告诉我，我必须替他过来。"

"什么？"

"听着，我们疯狂了一夜。他说如果我不过来的话，他会被解雇的。"大卫坚持说。

"你是谁？"

"他的朋友。你肯定是他在公司里真正的知心朋友吧。"

"什么？"

"你只会说'什么'了不成？听着，把枪收起来，自然点。"

"康纳今天不当班。"

"嗯，我明白了，你这个天才，又是这家伙半醉的胡话。我要宰了他，只要你们这些白痴没先把我杀掉。"大卫把手往前一摊，点点头，无声地说，"那，你是杀还是不杀？"警卫什么都没说，"废物，开枪打我吧，要不就让我走。"

那家伙犹犹豫豫地把枪收进了皮套里，看起来还是没完全信服："你要去哪里？"

大卫朝他走去："我要离开这里，走哪条路最快？"

那人转过身，伸手一指，但一句话也没说出来。大卫在他的头骨底部猛力一击，打得他失去了知觉。

必须迅速行动了，大卫朝着设施深处跑去。还有一个问题，之前他把这个问题压到脑海深处，让位于更紧要的生存问题。但现在他必须考虑一下，要怎么切断电源。最好的办法不是去直接攻击核反应堆:它们肯定是封装着的，而且保护得很好，更不要说他可能根本就靠近不了它们。而且这里有三个反应堆。输电线是他能想到的最佳选择。如果他把电线炸断，就能把整栋设施的电力供应永久切断，包括他们可能储存起来的来自电站的电力。但他对这里的环境完全不了解，如果那些电线是埋在设施的地底下，或者是别的什么无法接触到的地方怎么办？如果是从反应堆设施外面一间戒备森严的房子里走线？如果他看到了电线，能不能认得出来？有太多的如果了……

大卫在墙上又发现了一幅结构图。他迅速浏览着图上的各个区域。1 号反应堆，2 号反应堆，3 号反应堆，涡轮机，控制间，主电缆间……电缆间——这里应该可以。它位于反应堆对面,看起来从每个反应堆连出的电线都接入这个房间。

他转身离开结构图，正好遇到两个警卫转过拐角，朝他走来。大卫冲他们点点头，朝电路间走去。走近以后，他能听到机器低沉的嗡嗡声，还有高压电发出的滋滋声。这声音听起来是从墙壁里和天花板上传来的。他用身份牌刷开门。天花板并没在振动，但他走进房间以后，感觉全身都随着那些巨大机器的脉动颤抖起来。

房间里面空间非常大——可是也很拥挤。每个方向都能看到管道和金属的导线管蜿蜒开去，隔一会儿它们就发出些滋滋声或者噗噗声。他觉得自己好像被缩小了，然后被发射到了一台计算机里的电路板上。

大卫往房间深处跋涉，一路在那些导线管进入房间的节点上放置炸药。那儿有好几个金属的“壁橱”——他找不到更好的词来描述那些东西——他也在上面放了炸药。只剩下几块炸药了。会不会不够用？还有多少时间？他把起爆器设置在 5 分钟后起爆,然后把它藏在壁橱的底下。最后几块炸药该放在哪儿?

管线的喧嚣之外他又听到了别的噪声，也许其实没听到。他又拿出一块炸药，把它塞进两条比较细的电缆之间。他把炸药按住，停了一下，然后慢慢抽回手，保证它能留在原地。

大卫用眼角的余光看到了几个人——三个警卫，在房间里，正快速靠近。这次他可没法靠嘴皮子打开道路了。

CHAPTER 55

六个警卫包围了凯特。

一个人对对讲机说："我们抓到她了，她正在二号走廊里转悠。"

"你们要干什么？"凯特抗议道。

"跟我们走。"拿着对讲机的家伙说。

两个警卫抓住凯特的胳膊，开始把她往远离护士站的谈话声的方向带去。

"站住！"

凯特转过身，看到一个女人从后面跑了过来。她很年轻，可能才二十来岁。她穿得很……不对劲，太挑逗了，简直像是个《花花公子》上的兔女郎。她看起来和这个地方格格不入。

"我要带走她。"那女人对这群男人说。

"你是谁？"

"内奥米。我为斯隆先生工作。"

"没听说过这人。"那个显然是头的警卫对另一个男人打了个手势，"我们把她也一起带走。"

"如果你这么做了你会后悔的，"内奥米说，"打个电话，我会等着的。请你的老板去找斯隆先生。"

警卫们面面相觑。

内奥米从一个人手上夺过对讲机。"我自己来好了。"她按下按钮，"我是内奥米，我要跟斯隆先生讲话。"

"请稍等。"

"我是斯隆。"

"这里是内奥米。我正要带个姑娘去找你，但是这儿有一群警卫在阻拦我。"

"别挂。"然后，隐约能听到斯隆的声音，在对那头的什么人说话，"告诉你手下那帮蠢货，别再拦着我的人了。”

另一个声音出现在电话那头：“我是赵上尉。谁在那边？”

内奥米想把对讲机递回给那个人，但他往后退了一步，躲开了对讲机，仿佛它上面带着致人死命的瘟疫。内奥米把对讲机扔给了之前说话的那个人：“祝你好运。”她抓住凯特的胳膊，低声对她说，“保持安静，跟我来。”

内奥米带着凯特离开了那群警卫，他们正拼命向对讲机那头的人道歉。

她们往右拐了一个弯，然后往左，进入了另一条空无一人的通道。内奥米在一扇对开门前要凯特拿出身份牌来。

“你是谁？”凯特问。

“这不重要。我是来帮你把那些孩子救出去的。”

“谁派你来的？”

“给你身份证件的那个人。”

“谢谢你。”凯特除了这句想不到别的话可说了。

那女人点点头。她打开一扇门，然后凯特就听到了阿迪和苏利耶在里面交谈，她的心跳都要停止了。门完全开了，他们就在那里，在一个白色墙壁的房间里，坐在一张桌子前。凯特跑了进去，蹲下去，拥抱他们。他们一言不发地也跑向她，跃进她的怀抱里，把她撞倒在地上。他们还活着，她能做到的，她能救出他们的。这时凯特感到一只手坚定地把她拉了起来。

“抱歉，但是我们没时间了。我们要赶快。”内奥米说。

CHAPTER 56

保安主任把对讲机还给了多利安："他们不会再给你的女孩添麻烦了，半点都不会。我对此感到很抱歉，斯隆先生。都是那些新手，我们还没好好——"

"我还有事。"多利安转向核科学家蔡斯博士，"继续。"

"北边运来的那几船货——我不确定它们能不能用。"

"为什么不能？"

"从白俄罗斯弄来的核弹已经坏了。如果我们有时间的话，我们可以把那些给拆掉，重新修好。"

"剩下的呢？"多利安问。

"乌克兰和俄罗斯的货看起来还好，只是老化了。你是怎么弄……"

"别管那个。有多少？"

"让我看看。"他扫了一眼手上的一张打印件，"一共有 126 颗核弹头。大部分都是特大当量的。最好能事先确定目标，不然我不好说——"

"便携核弹怎么样了？"

"啊，是的，那个我们已经做好了。"蔡斯博士朝对面一个助手比了个手势。那个年轻人离开了房间，回来的时候拿着一个特大号的银蛋——大概比购物手推车只小一点。那人几乎没法用双臂环抱着这个又巨大又光滑的蛋，所以他像捧柴火似的把它捧在手上，双臂成捧杯状，身子往后仰着，好确保它不会从自己的手臂中滚出去。他走到桌子边上，把蛋放下，倒退离去。可这时那个蛋却让人尴尬地自己摇晃起来，然后渐渐朝着桌边滚去。助手猛地向前一跃，用一只手稳住了它。

蔡斯把手插在自己口袋里，对多利安点点头，露出了一个期待表扬的笑容。

多利安看了看那个蛋，然后看看蔡斯博士："这是什么见鬼的玩意儿？"

这位科学家从口袋里抽出了手，往那个蛋走近了一步，指着它："这是……

你要求的便携装置啊。重 7.4 公斤，或者说约重 16 磅。”他摇摇头，“我们没法进一步减轻重量了。嗯，如果再有多些时间的话还可以。”

多利安靠到自己坐着的椅子背上，看看那个蛋，又看看这个科学家。

科学家朝那个蛋靠近了几步，仔细审视着它，“这东西有什么地方不对吗？我们还有一个——”

“便携。我是要两个便携核弹。”

“噢，它的确是啊。你看到了，哈维把它拿进来的。我承认它是大了点，但——”

“能装在背包里，长途携带的。不是一个巨魔能拿来在海湾上打水漂的魔法蛋。把它改小点要多久——改成确实能装进，博士，这里的关键词是，一个旅行箱？”

“嗯，嗯……你没说过……”这男人偷偷朝那个蛋望去。

“多久？”多利安逼问道。

“两天，如果——”

“斯隆先生，我们发现发电站出了问题。你得看看这个。”

多利安把椅子转向安全主任拿着的平板电脑。他听到身后那个科学家正踱过去朝哈维抱怨：“这可不像电影里，你只要‘剪断绿色的引线’，然后把它丢进一个背包里，接着就可以去徒步攀登珠穆朗玛峰了。我是说，我们必须……”多利安对他说的话充耳不闻，把注意力集中在平板电脑里播放的视频上：一个男人正在一个到处都是机器的房间里走动。

“这是哪里？”

“反应堆外面的主电缆间。还有更多的。”安全主任倒了一下视频。

多利安看着那个男人安放下一大堆炸药。还有件事，多利安点了一下平板电脑，把视频暂停，然后放大那人的脸：“这不可能。”

“你认识他吗，先生？”

多利安端详着那张脸，思绪回到了巴基斯坦北部山中的一个小村。火焰从每间茅屋里冒起，女人和孩子们在奔跑，男人们倒在燃烧着的房屋前……

还有一个男人，在朝他开枪还击。他记得射中了这个人，不记得开了多少枪。然后那次工作结束了。“是的，我认识他。他的名字是安德鲁·里德。他是个前 CIA 外勤特工。要抓住他，你会需要追加一大把人手。”

“射杀呢？”

多利安心不在焉地看着别处。他隐约听到对讲机咔咔作响，那个负责安全的家伙在发号施令。里德在这里，试图切断电力，他不可能是单独来的。过去四年里他在哪里——既然他没有死？为什么要对电力下手？

安全主任躬下身：“我们找到了炸药和定时器，我们正把它们都从那间房里拿走。我们重看了他进来以后的安全录像带——只有这些构成威胁。我们正在包围他，你是否希望我们——”

“别射杀他。他现在在哪儿？”多利安问道。

主任举起平板电脑，指着地图上的一个地方。

多利安点了点地图上的另一个位置：“这个房间是？”

“反应堆通道之一，只是一号反应堆和二号之间的过道。”

多利安指着两扇相对的大门：“只有这两个入口和出口？”

“是的。而且这个房间各个方向都是 10 英尺厚的混凝土墙。”

“很好。把他赶到这里，然后关上门。”多利安说。他好像忽略了什么？安全主任在捣鼓着对讲机，他等在一旁。那些孩子！“那些孩子的状况如何？”

对方看起来对这个问题有些迷惑：“他们在禁闭室里。”

“让我看看。”

主任戳了两下平板电脑。然后惊讶地抬起头来。

“找到他们。”多利安说。

主任冲着他的对讲机大喊。他们等了一会儿，对讲机咔咔响了几声，然后站长在平板电脑上输入了些什么，把它递给多利安。与此同时，平板电脑屏幕上显示出了另一段视频：内奥米，跟她在一起的，还有凯特·华纳和孩子们。这该算是最坏的消息还是最好的呢？

主任又冲着他另一只手里拿着的对讲机大喊着。

多利安思索着，可能只有她们两个人吗？

“我们分分钟就能抓到她们的，先生。我不知道怎么会——”

多利安抬起一只手，没有看他：“别说话。”

要做什么？显然这里还有某个安全漏洞，一个严重的漏洞。而有嫌疑的人不多。多利安朝他带来的部下中的一个人比了个手势：“罗根，给伊麻里理事会发个备忘：‘尼泊尔的设施遭到攻击。我们正设法挽救，但预计全部研究能力都将遭破坏。有鉴于此，应全速推进“多巴计划”的进程。有新的发展会更新报告。’把那个男人在发电站里的视频和那两个女孩试图偷走那些孩子的视频附上。如果有人回应，要第一时间让我知道。”

安全主任忽然冒了出来：“我们抓到她们了，先生。”

“干得漂亮，真的。”多利安不以为然地说。

主任噎了一下，有些迟疑地问道：“我们应该……”

“把那两个女孩带到‘钟’那里，把她们和其他所有处置好了的试验对象一起放进去，要确定她们进去了。我希望她们站在队伍最前面，然后尽可能快地按动开关——告诉常医生，不许找借口。”多利安停了一下。把凯特·华纳放到“钟”那间房里，这是多么、多么甜美的复仇啊！而且马丁什么都做不了，很快任何人就都会无能为力了。现实的结果比他能计划出来的更好。多利安朝蔡斯打了个手势：“所有的核弹都装进火车车厢了吗？”

“是的，除了那些白俄罗斯的装置，还有……那个便携——”

“很好。”多利安转向安全主任，“把那两个孩子送进装着核弹的车厢，马上发车离开这里。”然后他扭头对蔡斯博士说：“我希望你也在那列火车上，还有，在它抵达海滨之前，要么这些蛋可以装进背包里，要么你就……你懂的吧？”

蔡斯博士点点头，朝别处望去。

安全主任听了一下对讲机，然后把它放到身边：“那个搞破坏的家伙已经被锁在反应堆二号通道里了。”

“那就好。确保其他的列车都不得离开，我们还需要它们搬运些别的东西。”

多利安朝德米特里·科兹洛夫走去。他是伊麻里保安派给多利安个人的小队的副官。

“等‘钟’停下来以后，把尸体装到那些列车上运出去。”多利安说，“我们需要建立一片装卸区，可能在印度北部，方便到达机场的地方。”

“那这里剩下的工作人员呢？”

“我一直在考虑这个问题，”多利安边说着，边带德米特里走得离其他工作人员远远的，“他们是负资产。我们肯定不能让任何人离开，至少在‘多巴计划’全面展开前不行。我们还有另一个问题：目前现场只有119个人类试验对象可用。”

那个男人马上就明白了这个暗示：“尸体不够。”

“凑合用都不够。我想我们能同时解决这两个问题，但这会带来些麻烦。”

德米特里点点头，朝实验室里团团乱转着的科学家们瞟了一眼：“让工作人员们也去被‘钟’照一下？我同意。这需要常医生的团队去……对着他们自己的人操作机器，行得通，但是会产生敌意。现场至少有100名安保人员。他们可不会安安静静地去死，就算我们能把他们分开来，精心安排成一次演习也不行。”

“你需要什么？”多利安问道。

“50，可能60个人。最好是伊麻里保安或者时钟塔的外勤人员。伊麻里保安现在正在清洗新德里的时钟塔分站。我们也许能把这麻烦事交给那些留下来的外勤特工们。”

“照这样做吧。”多利安边说边朝门外走去。

“你要去哪儿？”

“伊麻里内部一定有人在跟里德勾结。我要找出那是谁。”

CHAPTER 57

那些安全警卫把孩子们从凯特的手里抢走，把她按倒在地上。她尖叫着，抓他们的脸，用力踹他们。她不能再失去他们，她必须战斗。

“不，带到车上去。”一个警卫说。两个男孩努力想要挣脱出来。

凯特把手朝他们伸过去，但一个警卫死死抓住她的胳膊。另一个警卫朝她冲了过来，她看到一支步枪的枪托朝着她的脸打来。

房间又黑又拥挤。凯特的周围都挤满了人，她用胳膊肘撞了撞两边的人，但没人回应——他们全部累得要命了。要不是互相挤得太紧，他们早就倒下去了。

凯特听到头顶上传来很大的轰鸣声。一个巨大的金属装置从天花板上降下来。现在它顶上开始闪光，节奏和那隆隆声同步。她感觉到自己的胸口里在隆隆震动，她周围那些了无生气的身体也在震动。

那些孩子在这里吗？她扫视着房间里面。她什么人也看不到，只有些没有表情的面孔，半梦半醒。然后——她看到了内奥米。那个曾救过她的自信的女人，现在惊恐万分。

上头的轰鸣声越来越响，震耳欲聋，光线刺眼欲盲。凯特觉得周围的那些胴体越来越热。她抬起一只手，想抹去脸上的汗水，可她满手都是湿漉漉的。手上那些液体很稠，几乎是黏糊糊的——是血。

CHAPTER 58

通往反应堆通道的混凝土大门猛然关闭，发出一声巨响。但这声音在庞大的反应堆发出的轰鸣声中几乎听不到。大卫朝着房间深处走去，观察着他最后的战场。也许凯特已经逃出去了。

他抽出了枪里的弹夹，还有两发子弹。他是否该把最后一颗子弹留给自己？他们用在凯特身上的药可不是开玩笑的，谁知道他们还能干出什么来。他知道很多有价值的情报，大公无私的考虑应该如此，可他心里还有些别的想法，他把这想法从脑海里推走，他还是随机应变吧。

他在房间内——其实是两个反应堆塔之间的过道里——四处走动。这让他想起了高中健身房：高高的天花板，下面全是金属的棚架。这里的形状类似一个沙漏：整个房间差不多是长方形的，只是在中部附近有两个圆形的凹陷——那是两个反应堆厚厚的混凝土墙突出的部分。有两个入口，每个都装着混凝土的移动门，升起开，落下关——一个在前面，另一个在房间后面。门周围的高墙表面光滑，上面散布着金属的电缆和管道，大部分都是银色的，夹杂着少数蓝色和红色，看上去仿佛是一个灰色的大脑门，上面静脉虬结，下面的大门就是嘴巴。

“嗨，安德鲁。”一个声音从扬声器里传来。毫无疑问，那本是用来传达撤退警报的。大卫听过这个声音：他加入时钟塔之前听过的某人的声音。可他想不起是谁。

大卫需要争取时间。现在只有这样才能帮助凯特了。“我已经不叫那个名字了。”他听着两边的反应堆运转时的咆哮声，有些怀疑那边说话的人能不能在这片喧嚣中听到他说的话。

过去多久了？那些炸弹应该快要起爆了。切断电源以后他就只剩死路一条了，但这会帮到凯特。

“我们抓到那姑娘了，我们也找到了你的炸弹。没多少创意啊，我还以为你会做得更好些的。”

大卫环顾四周。这个声音在说谎吗？为什么要告诉他？他能做什么？朝反应堆开枪？愚蠢的想法——瞧瞧那些厚实的混凝土墙壁。朝着某根电缆开枪，指望撞到大运？不太现实。天花板？没用的。

这声音希望从他这里得到点什么，要不然何必问他？也许这声音是在说谎。凯特可能已经在火车上等着他了。也许这家伙根本没抓到她。“你想要什么？”大卫喊道。

“谁派你来的？”这声音隆隆道。

“让她走，我就告诉你。”

这声音大笑起来：“当然，这是笔好交易。”

“听起来不错。到这里来吧，我会做出正式的承诺。甚至可以给你画一张图，我还有他的电子邮件地址。”

“如果我真的去那边，只会是为了把你的脑浆打出来。我的时间很紧，没时间给你浪费。”

反应堆的咆哮声又大了些。反应堆这么响正常吗？

这声音继续说道：“现在你别无选择，安德鲁。我们俩都知道这点，但你还在顽抗。这是你的问题所在——你的弱点所在。你对一项注定失败的事业无比痴迷。这表现在你拯救他人的冲动上。巴基斯坦的村民们，雅加达的孩子们，你总是为这些人行动。因为你的同情心，你感同受害者——这就是你固有的思维模式。你认为如果你能报复那些伤害过你的人，你就能痊愈。但你不能。结束了，你知道这是真的。听听我的声音，你知道我是谁，我会遵守我的承诺的。我保证，我会让那姑娘死得痛痛快快的。现在你能取得的最好的结果就是这个，告诉我那是谁。这是你最后一次演出了。”

标准审讯流程：分析审讯对象，树立权威性，然后说服对方，招供是唯一的选择。事实上，此刻这的确相当有说服力。大卫知道他们可以轻易杀死自己：灌进毒气，丢颗手榴弹进来，或者是让几名警卫强攻进来。他没有选择。但现在他想起麦克风那头是谁了：多利安·斯隆，伊麻里在阿富汗和巴基斯坦的战地指挥官。他早该想到斯隆如今会负责管理整个伊麻里保安部门的。这人残忍，有能力，而且自负。大卫能不能利用这点？他最好的选择是，拖延时间，碰碰运气指望有什么变数发生。或者指望斯隆是在说谎，凯特已经逃走了。

“我会告诉你的，斯隆。我觉得你选错了行当，辜负了你的天分。那段心理分析……十分精彩。你真的让我开始怀疑我的整个人生了。能给我点时间，让我好好审视一下你所触及的深层问题吗？我是说——”

“别浪费时间了，安德鲁。这对你或者她都毫无意义。你听到那些反应堆运转起来的声音了吧？那是要让电流流进一台机器时发出的声音，那机器此刻正在杀死凯特。现在，只剩你了。时钟塔几小时前已经陷落了。现在告诉我——”

“这种情况下，浪费时间的人是你。我无话可说了。”大卫咬紧牙关，把他的枪丢到地上，手枪一路滑到远处的大门口，“你想要把我的脑浆打出来的话，就下来吧，到这里来，尽管放马过来。我现在手无寸铁，你也许还有一点点的机会。”他站在沙漏形房间的正中央，来回看着两边的门，好奇哪一个会先打开……还有，打开的时候他能不能做到计划的事情。

反应堆发出的呼啸声更大了，大卫甚至感到墙上在辐射出热量。反应堆出故障了吗？他身后那扇混凝土大门辘辘作响，开始从地上两英尺深的沟槽里升起。枪在对面的门口。

大卫冲向正在打开的大门。还有 40 英尺……还有 30 英尺。他只有这一个机会：从下面滑行出去，空手搏斗，然后尝试突破他们建好的防御圈。20 英尺。

斯隆弓身从门下面钻了进来，弹身跃起，右手向前伸出，拿着一把枪。他迅速开了三枪。第一枪就击中了大卫的肩膀。他立刻被击倒在地，趴到了混凝土地板上。大卫前后翻滚，挣扎着站了起来，血在地板上流得到处都是。但斯隆冲到他身边，一脚把他扫倒。

“是谁告诉你这个地方的？”

在反应堆的轰鸣声中大卫几乎听不到斯隆的声音。他的肩膀在抽痛。这伤口感觉不像是一个伤口，而像是他身上一整块肉都被轰掉了。他完全感觉不到自己的左臂了。

斯隆把枪指向大卫的左腿："至少死得有点尊严吧，安德鲁。告诉我，我就会结束这一切。"

大卫努力思考着，他需要争取点时间："我不知道名字。"

斯隆把枪口往大卫的腿上又凑近了些。

"但是——我确实有个 IP 地址。我就是通过这条途径和他联系的。"

斯隆抽回了枪口，考虑着。

大卫吸了几口气："在我左边口袋里。你得自己拿。"他朝自己的胳膊偏了偏脑袋。

斯隆朝他弯下腰，扣动扳机，把一颗子弹送进大卫的腿里。

大卫疼得大叫起来，在地上疯狂扭动。斯隆避开了他的身子："别再——对我——说谎。"

见大卫什么也没说，斯隆抬起他的靴子，一脚踹到大卫前额上，让他的脑袋砸到了混凝土地板上。大卫眼冒金星，他相信自己很快就会晕过去。这时他们上方的反应堆忽然改变了调门，发出了异样声音。斯隆抬起头。一声警报响起，随即一次爆炸震撼了整个房间，把混凝土块和金属碎片炸得到处都是。气体从管道和墙上的破洞里喷出，笼罩了整个房间。另一边的大门打开了，人们从里面跑出来。

大卫翻过身，用一只手和一条腿拖着伤臂和被打坏了的腿匍匐前行。他几乎要疼得晕过去了。他只好停下来，吞进些空气，喘息片刻。他往前又爬了几英尺，尽量避免吸进地上到处都是的尘埃和泥污。他知道那些尘泥正进入他腿上和肩上的伤口，但没关系，他必须逃出去。他看到斯隆挥手赶开烟雾，在房间里跑动。

又是一次爆炸。

另外一个反应堆?

烟雾现在浓得什么都看不到了。

有说话声，在远处：“先生，我们必须撤离了，这里出了问题——”

“好的。把你的枪给我。”

子弹朝着四面八方飞射。墙壁上，地板上。大卫一动不动。他把自己的头死死贴在地面上，仿佛在倾听，等待着某个信号。地板上方有一两英寸的空隙没有烟雾，透过这空隙他看到尸体东一具西一具地倒下。斯隆想再给大卫补上一枪，他最后这次疯狂的尝试杀死了他自己的部下。

“先生，我们必须——”

“好了！”

大卫听到人们从他身边跑过。他试着用他的好手撑起身子，但做不到。他太虚弱了，好冷。他看到自己的呼吸吹起了地面上的白灰。每次呼吸都吹起几粒白色的粉末。他四周的白色正被红色蚕食。这提醒了他一件事，一个想法或者是一个回忆。到底是什么？刮胡子。这好像是刮胡子时刮破了皮肤，伤口流出的血染红了一张白色的面巾纸。他看着红色在白灰上爬行，往他的面部扩散，伴随着警笛的呜咽。

CHAPTER 59

凯特开始以为房间里的那一大堆人都正在倒下，然后她惊恐万分地意识到，他们是以站立的姿态在融化，或者说在崩解。嘭的一声响起，房间里亮起一次灯光，她就会瞥见融化的人群在起伏波动，仿佛是凶猛的潮水在传递着死亡，一次又一次。

但现在那轰鸣声有所变化。还有灯光——闪光——也在变弱，不再刺眼欲盲了。现在她能看到那个装置了——它正悬挂在墙上。它看起来像个钟，或者是一个超大的国际象棋小兵棋子，头上开着几个小窗。她眯起眼睛，好看得更清楚。它正在……滴落。铁水化作泪珠落下，给它下面的那些不幸的人们覆上一层熔融物，仿佛死亡笼罩。

更多人倒了下去，但房间里还零零星星有几个幸存者——有些人看起来很迷茫，仿佛在等着死亡乐透抽奖的死囚[①]；另一些在乱跑，有些在冲着墙角跑；还有三四个在捶打地板。

凯特低下头，醒来后第一次看到自己的身体。她浑身都是血，但不是她的。除了她脑袋一阵阵抽痛外，她并没有受到什么伤害。她得去帮帮其他人。她跪下，检查了一下她脚边的男人——或者说这人剩下的部分。看起来似乎他的血液体积膨胀，从内部把他的血管撑爆了，导致全身范围的大出血，撕裂了他的皮肤，还从指甲和眼睛里喷出来。

那个钟在继续变化——灯光又开始闪起来，比之前更亮。凯特用手遮住眼睛，转过身背对着灯光。凯特看到了内奥米在她前方。她一定是从人群中挤到了门口。凯特朝她爬过去。

轰鸣声现在变成了连续不断的低沉呼啸，仿佛是永远也不会完结的丧钟。

---

① 译者注：美国俚语，因待决死囚的处决并无一定顺序而有此比喻。

钢铁被拉伸的声音?

凯特把内奥米的头转过来，拨开盖在她脸上的头发。她死了，可依然美丽：血没有沾到她的脸上。

一群人拥到凯特周围——活着的人们。他们挤在门前，敲打着，叫喊着。她想要站起来，但是不行；他们挤满了她头上的空间，在空中挥动着手臂互相推挤。

爆炸震耳欲聋。人群被震倒了，半打人都压到了她身上。她用力想吸进一口气，可是吸不到。他们要把她压碎了，要让她窒息了。她用拳头推啊砸啊，扭动身体，终于把她的头又钻了出去。外面在下雨。不对——是碎片在往下掉。然后水，一个巨浪冲进了房间。她终于自由了，漂了起来，她随着巨浪漂流。浪头席卷过破碎的墙壁，片刻前它们还包围在那个死亡之室周围。

凯特急剧地喘息着。呼吸让她疼痛，但这是让人轻松的痛。这一刻她只有两个念头：

我还活着。

一定是大卫救了我。

CHAPTER 60

多利安·斯隆示意常医生戴上直升机上的头戴式耳机。

他们下面，又一次爆炸撼动了整栋大楼。直升机抖动了几下，然后略微倾斜着飞离了地面。

常医生刚把耳机戴到耳朵上，多利安就开口问道："见鬼，这里发生什么事了？"

"'钟'，出了某种问题。"

"有人破坏？"

"不，换句话说，我不这么认为。一切都很正常：功率，辐射输出。但是它……出故障了。"

"不可能。"

"你看，我们还不完全了解它是如何工作的，而且它，你知道的，很旧了，历史超过 10 万年了，而且我们这些年来不停在使用它，将近 80 年了——"

"这不是什么保修期的问题，医生。你得搞清楚到底发生了什么——"

另一个人插进了通话："先生，设施里有人打电话来。安全主任，他说很紧急。"

多利安扯下耳机，抓起电话听筒："什么事？"

"斯隆先生，我们又有新的麻烦了。"

"别给我打电话然后仅仅对我说'我们有麻烦了'。我们当然是有麻烦了。告诉我，是什么问题，然后退出，别浪费我的时间。"

"噢，当然了，我很抱歉——"

"到底什么事？快说！"

"'钟'房，它爆炸了。我们认为辐射可能泄漏了。"

多利安飞快地转动着念头。如果那些尸体——或者连同那些辐射一起——

已经从房里泄漏出来,他还是能拯救“多巴计划”的。只要他能劝诱这些人合作。

“先生？”安全主任试探着说，“我正按照我们的标准作业手册启用隔离检疫区，我只是想确认——”

“不。我们不建立隔离带——”

“但我所知的制度是——”

“制度变了，因为情况已经变了。我们必须救出我们的人，主任。我希望你投入你手头的全部资源，把每个人都送到火车上，然后离开大厦。还有那些尸体也要装到车上。他们的家人有权利安葬他们。”

“但那样不会爆发——”

“你只要操心怎么把那些人送到火车上，其他的由我来。有些你不知道的因素，等最后一班列车出发以后给我打电话。伊麻里是个大家庭，我们不会把任何人丢下的。你懂我的意思了吗？”

“是的，先生。我们不会丢下任何一个人，无论生死——”

多利安挂断了电话，把耳机戴回头上。他转向坐在他对面的伊麻里保安公司干事德米特里·科兹洛夫:“蔡斯带着核弹和孩子们出发了吗？”

“是的，他们已经在去海边的路上了。”

“很好。”多利安想了一下。他们还是会拿到“钟”制造出的尸体——这是个好消息。但这里的爆炸会引来注意，如果外界发现这个地方是做什么的……他们 5000 年的辛苦，5000 年的严格保密，都将无法挽回。伊麻里自身也会。“让阿富汗的无人机起飞，最后一班列车一离开，就炸毁综合体。”

CHAPTER 61

大卫感到他们把他抬起来，像搬运碎布娃娃似的运走。他周围简直成了一片战场：警号鸣叫，白色的尘土在空中飘扬如雪，火焰喷出黑烟，人们在大声叫喊。他半闭着眼睛看着这一切，如在梦中。

扬声器里在反复播放一段德语录音："反应堆堆芯破损。请撤退……请撤退……"声音渐渐远去，大卫感到阳光照在脸上。那些人把他抬过崎岖不平的路面，颠得够呛。

"等等！让我看一眼。"一个人凑近他的脸，一个穿着白大褂的人，金发，大约 40 岁，英国口音。他捏了捏大卫的脸，翻了翻大卫的眼睑，然后上上下下打量着大卫，观察着伤口。"不，他不行了。"那人指着地上，然后用手在自己脖子上一比："把他放下，去搬别人。"他朝大楼做了个手势。那些工人像丢一堆烂土豆似的丢下了大卫，回头往大楼里跑去。

大卫在地上看到那人跑向另一队人，他们也抬着一个从瓦砾里拉出来的人。那人简单地检查了一下。"是的，她还有救。"他朝列车做了个手势，那些人就把这个女人抬过余下的 20 英尺距离，把她扔到车厢门口，其他几个工人把她拖了进去。

白大褂转向另一队人："给养？在车上，快点。"

火车，离自由只有 20 英尺了。可大卫动弹不得。

CHAPTER 62

凯特到达车站的时候，客车刚刚开出。她追着列车跑，腿都跑疼了还勉强自己跑，直跑到头昏眼花，列车已经离她有半个足球场那么远了才停下。

她站在那里，弯下腰，手撑在膝盖上，喘着粗气，听着列车有节奏的“哐当哐当”声渐渐消失在那广阔的绿色森林中。

孩子们在那列车上。不知怎的，她知道他们肯定在车上的某个地方，虽然不能确定具体的位置。现在她追不上他们了，眼下的状况她应付不过来。那个装置，这个地方。这一刻，她感到完全的挫败。

她环顾四周，没有别的列车了。坐进来的时候，火车开了几乎一个小时，沿途除了茂密的森林什么都没有。她走不出去，而且还有另外一个问题：这里越来越低了。她需要一个藏身之所，但在某个伊麻里安全干事找到她之前她能躲多久呢?

另一个想法闯入了她的脑海：大卫。他会不会正在找她？他的炸弹对这里的建筑物造成了严重破坏。他多半在那班列车上，还以为她也在上头。他是不是正在搜索每节车厢，期望着看到她和孩子们坐在一起？找不到她的话，大卫会做什么？凯特倒是知道如果伊麻里的人抓住了她会做什么。

她回头望向燃烧着的伊麻里综合体。她只有这一个选择了。

火车的汽笛声再次响起。凯特转动身子，四面搜寻。声音是从哪里传来的?她再度扭动自己的身躯，竭力想要找出方向，一定是在园区的另外一边。她开始奔跑，尽管肺部因为寒冷和在“钟”房里的冲击而灼痛。

她到达医疗楼的时候，火车汽笛声刚好又响了。她低下头，冲进一片混乱的楼里。医疗楼的后门外是一小片庭院，通往发电厂。那里看起来遭到了最为严重的破坏，已经成了一片冒烟的崩塌废墟。两座花形的巨大烟囱已经完全倒塌了。列车的信号又响了起来——从前面这栋楼房的对面传来的。凯特奋起余勇，全力冲刺。发电站里又发生了一次爆炸，爆炸产生的冲击波差点把她掀倒。她稳住身子，继续前行。

她跑到电站边上以后，看到了一列货车。工人们正在把给养和人的遗骸扔进敞开着的滑门里，列车缓缓前行，好让他们把负载放进各节车厢。

发电站外面的场面仿佛是一次大屠杀的现场，看到这里的样子让凯特的脑海中不得不产生了又一个想法：如果大卫没能撤出来呢？他可能还在里面，或者在车上。她能看到货车车厢里有些人，在地上的人四处徘徊。可能大卫就在其中。她要在列车离开之前，在车上搜一遍，然后去发电站里找。找不到大卫的话，她不会离开。

在她身后，凯特听到一个熟悉的声音。那个英国医生。巴纳比 · 普伦德加斯特？

她朝医生跑去。“巴纳比，你有没有看到——”但他正全神贯注在面前的人身上，对凯特的声音充耳不闻，只顾朝着边上的一群警卫叫喊。凯特抓住他湿透的白大褂的领子，拨过他的身子。“巴纳比，我正在找一个男人，一个警卫，金发，三十来岁——”

“是你！”巴纳比想要挣脱出去，但凯特紧紧抓住他。当他看清凯特的外表，发现她身上看不到伤口，却被血浸透了衣服的时候，他往后踉跄着，努力想要脱离她的控制。“这些是你做的！”他朝一个警卫招手，“救命！这个女人是个破坏者，恐怖分子，这些都是她干的，来人啊，救救我！”

人们停下了手中的工作，看过来。有几个保安人员开始朝凯特走来。

凯特松开巴纳比，环视四周：“他说谎！我没有——”但那些警卫继续逼近。她必须逃离这里。她扫视着站台，寻找一个出口，一个——

然后她看到了大卫，躺在那里，一动不动，闭着眼睛。狼狈不堪的身体躺在满是碎片的混凝土站台上。独自一人，快死了，还是已经死了？

凯特狂奔到他身边，检查着他的伤口。枪伤，有两处：他的肩膀上和腿上。他身上发生了什么？伤势很严重，但还有更让凯特担心的问题——伤口几乎不流血了。她浑身战栗，心一个劲儿地往下沉。

她必须继续。她迅速地检查了一下他身上其他的地方。他的衣服已经成了一堆烂布条，腿上和身上还有一连串烧伤的痕迹和被弹片打出的窟窿，但都没有那两处枪伤严重。她需要——

她感到有只手放到了她的肩膀上——一个警卫。然后是第二个，第三个，三个警卫包围了她。她看到大卫的那一刻浑然忘记了周围的一切。他们抓住她的胳膊，把她拖了起来。巴纳比站在他们后面，指指点点，怂恿着这些暴徒："我曾经想制止她的！"

凯特挣扎着想逃出那个警卫的掌握，但他把她抓得紧紧的。她的一只手现在在警卫的腰侧，碰到了他的枪。凯特用力扯了一下，没扯下来。她用尽全身的力气一扭，听到啪的一响，她拿到它了。但他们还是把她抓得紧紧的，三个人都在对付她，硬把她往地上按。她朝着空中扣下了扳机。枪几乎从她的手里飞出去，但那些人散开了，巴纳比也向后奔逃，还紧张地转过头看看，然后又低下头全力逃走了。

凯特把枪拿到自己身前，左右晃动着。那些男人举起双手，步步后退。她的手抖得厉害，于是她用另一只手稳住。她往身后瞅了一眼，那列火车——现在快要离开了。站台上的最后一批人也已经跑进了剩下的三节车厢里，很快它们也要开出去了。

"把他放到车上去。"她命令警卫们。他们继续后退。凯特把枪指向大卫，然后转向列车。"上去。现在！"她从大卫身边退开，让出空间给他们。他们把他抬起来，送上车厢，把他放在边上。凯特一边继续用枪对着他们，一边朝地上散落着的一堆医疗用品挪动。显然，这些东西是被吓坏了的工人们落下的。最重要的是什么？抗生素、清洁和包扎伤口的用品。她也许救不了他，但她可以试试，哪怕仅仅是为了她自己也要试试。

又一次爆炸摇撼着大楼，一个愤怒的叫喊声从那些警卫的对讲机里传出。那些警卫显然是判定现在发生的某些事情比对付这个在盗窃医疗用品的疯女人要更优先，于是凯特发现忽然之间就只剩她自己一个人了。

她身后，列车正在加速，离开这栋建筑。凯特正想把枪塞在自己腰带上，却停了下来，看着它。枪是不是还在待发状态？击铁已经回到原位了。她差点把自己的腿轰掉。她小心翼翼地把枪放到地上，收集了一批医疗用品，直到拿不下为止，然后朝着列车跑去。她手中的那堆东西里有个盒子跌落到了地上，但她置之不理，继续向前。她的步伐几乎要跟不上列车了。她把那堆东西扔上去，有几个撞到了车厢的边缘，弹了出来。她抓住门把手，跳了上去，脸朝下摔倒在车厢的地板上，腿还垂在车外。她爬进车厢里，看着站台渐渐消失在远方。很快，发电站也看不见了。

她朝大卫爬去："大卫？你能听到我说话吗？你会没事的。"

她伸出手，开始在那一小堆医疗用品里翻找。

CHAPTER 63

大卫躺在那里，恐惧地看着大楼倒塌下来，用混凝土、灰尘和金属碎片把他吞噬。他感到周围的瓦砾在挤压着他，它们挤进了他的伤口，要把他压得粉碎。他吸进灰土和烟尘，听着尖叫声，有的近，有的远。而他等待着，不知道等了多久，然后他们来了，把他拖了出来。

“我们够到你了。别乱动，兄弟。”

纽约消防队。他们挖开他周围的瓦砾,把他拖了出来。他们叫来一副担架，把他绑在上头，然后把他抬过崎岖不平的地面。阳光洒落在他脸上。

一位医生把他的眼睑扒开，用一盏灯照了一下，然后往他的腿上拴了个什么东西。

“你能听到我说话吗？”她又在他的腿上忙碌了一阵,然后回到他脸旁,“你的腿被打坏了,你背上还有个很大的伤口,但是你会好起来的。你能听到吗？”

凯特把大卫腿上和肩上的伤口包扎起来，但其实这无关紧要——没多少出血需要止住了。他的身体开始变凉了。

她告诉自己，这只是因为从门口吹进车厢的冷风。列车现在开得更快了，比来的时候那班还快。太阳正在落山，气温正在下降。她站起来，和金属滑门搏斗了一番。这个速度下她没法把门关上。

她疲惫地坐回地上，抓起大卫的胳膊，把他拖到角落里，尽她所能地让他离门远些。她已经给他打了一针抗生素，尽最大努力对他身上的伤口进行了清洁和包扎。已经没什么可做的事情了。她往后靠在墙上，把他拉到她的膝上，用腿圈住他，好让他暖和点。他的头无精打采地耷拉在她肚子上，她伸出一只手抚摩着他头上的短发。他的身子更冷了。

CHAPTER 64

直升机的窗户外面，尼泊尔的太阳正在落山。多利安试着想在大片的绿色森林中找出那些设施。现在那边只能看到一根灰白色的烟柱，仿佛无人荒野中的一处营火。

“最后一班列车开走了。”德米特里说。

“无人机呢？”多利安没把视线从窗外或者说从那根烟柱上移开。

“30 分钟后到达。”见多利安没说什么，德米特里继续道，“现在该做什么？”

“让那些列车停下，对每个人进行登记，包括死了的。要确定我们的人穿好了全套检疫隔离装备。”

CHAPTER 65

凯特望着外面漆黑的夜晚。银色的月亮投下闪烁的微光，映在飞掠而过的树木顶上，或者说是曾经在飞掠而过的树木。列车正在慢下来，但外面什么也没有，只有森林。

她把大卫的头从膝头挪开，走到门口。她探出身子往列车前方看看，然后又往后看看。他们在最后一节车厢里，他们后面的轨道上什么都没有。凯特转过身子，准备回到车厢中，这时她看到——车厢对面的门那边，在他们旁边的轨道上，有另一列火车停在那里，和夜晚一样安静，一样漆黑，几乎看不到。那边还有些别的什么：一些黑色的人影站在车顶。似乎在等待着什么？

火车停了下来，几乎在同一时刻，她就听到天花板上传来一阵轰响。是靴子踏到车顶上的声音。凯特刚缩回车厢的阴影中，那群士兵就从门口荡了进来，动作好似体操运动员在单杠上的回旋。他们迅速在房间里分散开来，用灯照着她的脸和车厢里的每个角落。他们在列车间牵起了一根滑索，拉了一下试验强度。

一个男人抓住凯特，挂到滑索上，他们从门口朝着另外那辆火车溜去。凯特回头看去，大卫！不过那些人把大卫也带上了。另一个人就在她身后，用一只手把大卫抱在胸前，就像是人们抱着一个睡着了的孩子。

抓着凯特的人把她带进了一节餐车，猛地把她推进一个小隔间里。“在这等着。”他临走前用带外国口音的英语说道。

另外那个人把大卫带进来，把他扑通一下扔到一张沙发上。凯特冲向大卫。他看起来没变得更坏，但仅仅那样可不够，他剩下的时间不多了。

凯特朝正在关门的士兵快步走去。她抓住门，让士兵停下：“嘿，我们需要些帮助。”

他瞪了凯特一眼，又开始用力关门。

“停！我们需要医院——医疗用品——血液。”她说的话这个家伙能听得懂一个词吗？“医药箱。”她绝望地说，寻找着任何能表达给对方明白的东西。

那人把一只手放到凯特的胸口，猛地把她推回车厢里，砰地关上了门。

凯特走回到大卫身边。击中他肩部和腿部的两枪，子弹都直接穿了过去。凯特已经尽力把伤口包好了。她需要进行适当的清创，但现在感染还不是对他生命最大的威胁。他需要血液——立刻。凯特可以给他输血——她是O型Rh阴性血，万能献血者。如果……她能把血输到他体内的话。

火车摇晃起来，让凯特摔倒在地板上。他们在移动。火车吭哧吭哧喷着气，渐渐加速的当间，凯特重新站了起来。从窗户看出去，她没有看到另外那列火车，之前他们坐过的那列货车。那些人在把他们带到相反的方向。那些人是谁？凯特把这个问题丢到脑海之外。此刻，对她来说重要的只有拯救大卫这一件事。

她看看四周，也许这里会有什么她能用得上的东西。餐车大约40英尺长，里面的大部分空间都隔成了小间，但在最远的那头，有一个小吧台，上面放着一台软饮料自动贩卖机，一些杯子，还有些酒。也许那里的吸管——

门再一次滑开了，另一个士兵摇摇晃晃地走进来，努力在加速中的火车上保持平衡。他把一个橄榄绿色的箱子放在地板上，箱子边上画着一个红十字。

凯特朝箱子猛扑过去。

凯特够到箱子之前那士兵就逃出了车厢，关上了门。她掀开箱子，在里面搜寻。当她看到里面的东西的时候，整个人都轻松下来。

15分钟之后，一根导管从凯特的胳膊上连到大卫的胳膊上。她捏紧自己的拳头，血液流了过去。她好饿，而且很困。但现在的感觉十分美妙：她正在为他做点事情。

CHAPTER 66

一阵铃声惊醒了凯特。她正躺在一张小双人床上，床在一个壁龛里面，边上有个大落地窗，铃声就是从窗外传来的。一股清新的、凉爽的、充满生机的山风把白色的亚麻窗帘吹到她床头，几乎要碰到了她的脸。

她伸出手想摸摸那块布料，但疼得缩回了手。她胳膊上肘部内侧严重瘀青。一片片黑色和青色延伸到她的前臂上，还蔓延到了她的二头肌上。

大卫呢？

她四下打量着这个房间，这里似乎是间教室：房间又宽又深，铺着原木地板，墙壁粉刷成白色，每隔10英尺就有一条木线。

她几乎想不起从车上下来的经过了。当时是在深夜，那些人带她爬上似乎永远也爬不完的阶梯，进入一座山上的堡垒。现在她想起来了——其实是座庙宇，或许是座修道院。

她正要下床，却忽然被吓了一跳——房间里有动静。一个人影从地板上爬了起来。他之前坐在那里的时候太安静了，以至于凯特都没发现他。他走近了些之后，凯特能看出他很年轻，大概十来岁。这人看起来简直像是个十来岁的活佛：头上刮得锃亮，袒露着一边肩膀，穿着件厚厚的深红色长袍，袍子一直拖到他的脚趾，垂落在他脚上的皮革凉鞋上。他冲凯特笑笑，热情洋溢地说："早上好，华纳医生。"

凯特把脚落到地上："对不起，你把我吓了一跳。"她感到一阵晕眩。

那男人动作夸张地鞠了个躬，一边弯下腰一边朝地上伸出一只胳膊："我不是有意惊吓您的，女士。我是米罗，愿为您服务。"他每个词都说得很小心。

"呃，谢谢你。"凯特揉着自己的脑袋，努力集中精神，"之前有个男人和我在一起的。"

"啊，是的。里德先生。"

里德？

米罗快步走向床边不远处的一张桌子。“我是来带您去见他的。”他用双手捧起一个大陶瓷碗，然后回到凯特这边，把碗递到她面前，“但，首先，早餐！”他边说话边眉毛一扬。

凯特伸出手，想把碗推开，但站立让她感到一阵虚弱。她摔回到了床上，分不清东西南北。

“早餐对华纳医生是有好处的。”米罗笑着再次把碗伸了过来。

凯特欠身靠近了些，闻了闻那碗混合粥，犹犹豫豫地拿起调羹尝了一口。是她已经饿坏了，还是之前那几份口粮太难吃？她不到一分钟就吃完了整碗粥，用手背擦了擦嘴。米罗把碗放回到桌上，递给她一块看上去像是手帕的厚布。凯特不好意思地笑笑，用布擦了擦嘴。

“我现在想去见——”

“里德先生。当然可以，这边走。”米罗领着她走出房间，走上一条连接着好几栋建筑的回廊。

眼前的美景让人屏息。一片绿色的高原在他们前方铺展开来，绵延到地平线上，有几座顶上冰雪覆盖的山峰矗立其间。高原上有几个村庄，炊烟从中升起。远方的山腰上点缀着些东西：别的僧院，直接建在陡峭的雪峰山坡上。

凯特不得不和自己的欲望搏斗：她真想停下来，尽情欣赏这片美景啊。米罗放慢了脚步，好让她跟上。

他们又转过一个弯。他们下方，一个巨大的木制方形平台俯瞰着下面的山脉和山谷。台子上足有二三十个人，全部剃着光头，穿着红色的袍子，盘腿而坐，一动不动，盯着远方。

米罗转向凯特：“清晨冥想。你要加入吗？”

“呃，今天就不了。”凯特嘟囔着，竭力把视线从眼前的美景上移开。

米罗领着她走进另一个房间。在里面她看到了大卫，跟她醒来时一样躺在一个壁龛里。凯特朝他跑去，她跪倒在大卫床边，迅速检查着他的身体。他醒着，但是无精打采。抗生素——他需要更多抗生素来对抗感染。如果不能扼制住感染，感染肯定会杀死他的。她必须消毒，妥善封闭枪伤。

要紧的事先做，一样样来。她把抗生素留在火车上了。当她被绑走——或者是被救走？——的时候“留下”的。现在还有太多谜团。

“米罗，我需要一些药物，抗生素——”

这个年轻人示意她看一张桌子，他之前就是从这样的一张桌子上给凯特拿来她的早餐的。“我们估计到这种情况了，华纳医生。我准备好了很多药品备你使用。”他挥动着一只手，指点着桌上的几堆满是尘土的树根，一堆橙色的粉末，还有一小捆蘑菇。他笑着扬起头，仿佛在说：“嘿，好了不起吧？”

凯特双手叉腰：“米罗，这些东西，呣，很有用，谢谢你。但我，呣……我恐怕他的情况很严重——嗯，他需要一些药——”

米罗退后几步，用手指着她，笑得像只柴郡猫[①]：“哈哈，我完全把你骗倒啦！华纳医生！”他一把拉开一个从地板上顶到天花板上的木柜的门，露出里面装在托盘里的一大堆现代医疗用品。

凯特朝托盘冲过去，浏览着里面排列整齐的医疗用品。每样都有一点：抗生素，止痛药，抗真菌药，绷带。先用哪个？凯特摇了摇自己的脑袋，边翻看抗生素，边对米罗露出一个热情的笑容，“是啊，你完全把我骗倒啦。”她检查了几个瓶子上的标签。肯定是欧洲生产的，或者是加拿大造。有些已经过期了，但她找到一些能用的。“你的英语棒极了，你从哪儿学的？”

“罗塞塔石碑[②]。”

凯特怀疑地看着他。

米罗收起了笑容，满脸严肃。他朝窗外望去，看着下方的山谷，“他们在这座山底部的一个洞穴里找到了它。30个白天又30个黑夜里，100名僧人都在搬运石头，最终只露出一条很小的通道。他们派我进去——我当时是唯一

---

① 译者注：英国儿童文学名著《爱丽丝漫游奇境》中的角色，一只总是咧嘴大笑的猫。

② 译者注：双关语，原为发现于埃及罗塞塔港附近的古代石碑。上有古埃及的象形文字、草书和古希腊文，是现代人破解古埃及文字的关键材料。一个世界著名的多语种语言学习软件也以此命名，该软件中文版名为“如师通”。

能进得去的。在那里，洞穴深处，一道黄光照到一个石桌上，我在桌上找到了那份字母表。那天夜里，我把它拿了出来，并得到了我的僧袍作为奖赏。”他说完故事以后，深深吸了口气。

凯特站在那里，拿着抗生素，不知道该说什么。

米罗猛地转身跳到她面前，指着她：“哈哈，我又骗到你啦，华纳医生！”他笑得前仰后合。

凯特摇摇头，回到大卫床边，“嗯，你的心里装着的只有你自己吧，是不是？”她掀开一瓶抗生素的盖子。

“米罗心中装着的满是活力，华纳医生，而且我乐于让客人开心。”

客人？显然，米罗把这视为结交一个新朋友的机会。凯特朝他笑笑：“叫我凯特。”

“好的，当然可以，凯特医生。”

“那么，说真的，你在这么偏僻的地方怎么学到英语的？”

“罗塞塔石碑啊！”

凯特戏谑地审视着他，但这年轻人只点点头：“真的是这样。我通过邮件收到的，一个匿名的慈善家发来的——非常、非常神秘的人。对我来说则是非常幸运。我们这里没多少访客，每当他们说‘你说英语吗’的时候，就只有找我，其他人说不了英语，至少是没我说得这么好。我是为了好玩才学的，但是看看我的运气！”

凯特从桌上拿起一杯水，帮助大卫服下一两片抗生素。她选择的是广谱抗生素，希望它能起作用。要是在医院里，能给他静脉注射抗生素就好了。她又给大卫喂了一片大些的药片。大卫从昏迷中醒来以后，会疼得很厉害的，她希望能防患于未然。

下一步该做什么？一个想法冒了出来。罗塞塔石碑软件。“米罗，你有计算机？”

“当然啦！我们就是这么找到你的。”他狡黠地扬起眉毛，“加密电子邮件。”

凯特站了起来："电子邮件？我能不能用——"

米罗鞠了一躬："不能。我很抱歉，凯特医生。骞想要见你。他说过，等你一给里德先生治疗完成，我就必须带你去见他。他是个很严肃的男人，不像米罗这么幽默。他说他有东西要给你。"

CHAPTER 67

印度　新德里

伊麻里印度公司办公楼

大礼堂

交头接耳停了下来，礼堂里的两百双眼睛都注视着他，等待着得知早上6点把他们从床上拖起来的原因。多利安走到舞台中央，俯瞰着人群。大多数是伊麻里保安部的人，还有一二十个来自其他伊麻里下属机构：伊麻里研究院、伊麻里运输部、伊麻里通信部，还有伊麻里金融部。他们在即将开始的行动中都有自己的角色。然后，还有时钟塔的特工们。

新德里站站长发誓说他已经清除了所有可能造成麻烦的人。伊麻里保安部协助进行了清洗，现在还有少数几个分析员和外勤特工被关在禁闭室里——等待“最终判定”。只有站长和多利安手下的伊麻里保安队知道“多巴计划”的细节，知道需要做些什么。多利安需要这样的保密措施。但他也需要帮助，大量的帮助，来自这房间里所有人的帮助。因此有了这次演讲，这次说服——多利安可不习惯干这事。他习惯的是他下命令，别人服从。他不提出要求，他只吩咐，而他的手下不会问东问西。但这些人会，他们习惯于独立进行分析、思考。没时间让他们做这些了。

“你们一定都在好奇，为什么你们在这里，在这个时间，在这个房间里，和这么多新面孔在一起。”多利安开口说道，“站在这个房间里的人，都是被选中的。被选中成为一支特遣部队，一个非常特殊的工作组，一个精英团队，一支伊麻里集团及其所有前身组织倾注了全部希望的队伍。我下面要告诉你们的东西不得泄露到这个房间之外。你们要把我今天在这里讲的东西保密到你们的坟墓中。有些部分听起来可能会难以置信。你们可能会被要求做一些更难以下手的事情，以你们无法理解的方式。我必须告诉你们，现在我不能给你们全部答案。我不能抚慰你们的良知，至少现在还不能。等任务完结以后，所有的事情都会显得合情合理。你们会知道你们在历史上扮演的关键角色，其他人也会知道。但是你们需要一些答案，一些理由，让你们去做那些可怕的事情。”

多利安停了一下，在台上踱步，扫视着下面的一张张面孔。

“下面是我可以告诉你们的。伊麻里集团，是一个后继，一个古老组织在现代的化身。它源于一小批人，他们离开那个最初的居所——我们认为在印度或者巴基斯坦的某地——是在大约一万两千年前，最近一次冰河期结束后不久。当时的洪水让海平面上升了几百英尺，摧毁了全世界的海滨居民点。这群人有一个目标：发掘出人类真实的起源和历史。这些人有着伟大的信仰。我们相信，是他们在寻求答案的过程中创建了宗教。但随着时间流逝，人类发展，一种新的探索手段出现了：科学。科学至今仍是我们工作的中心。你们有些人已经看到过这个宏伟工程的只鳞片甲：考古发掘，研究项目，遗传学实验。这是我们的宏大事业。但我们发现了一些超乎我们想象的东西。

“我能告诉你们的，我快讲完了。但下面这些你们必须知道：多年前，我们发现了一个确定无疑的，已经存在的对人类这个物种的威胁，一个难以置信的威胁。我们将近一百年来一直知道，我们必须和这个敌人战斗的一天终将到来，这一天到了。你们每个人，都是这支将要去制止即将降临的末世灾难的军队里的一名战士。接下来的两天，还有以后的日子，会很艰难。我不是在说落后国家里的一次局部冲突。这将会是一场为了全人类，仅仅是为了我们的生存权的战争。我们的目标只有一个：人类的存续。”

多利安回到舞台中心立定，让听众们消化一下这些讲话。下面有很多人满脸怀疑，但也有些人已经相信了他，点着头。

“有些问题大概正出现在你们的脑海里。为什么我们不能公开行动？为什么不去求得世界各国政府的帮助？我也希望我们可以，真的。那会让我的手下不得不去做那些事时良心好过得多。实际上，你们的良知是你们接下来几天里要与之战斗的另一个敌人。而且，众所周知，肩负世界的命运会带来沉重的负担。公开行动还可以减轻这种负担：知道我们不是最后一道防线，知道援军正在赶来，知道还有其他人在和敌人战斗，知道我们可以失败。但我们不能失败，正如我们现在不能公开这个威胁的细节。个中原因和我现在不能告诉你们所有细节的原因是一样的。也正是这个原因让我现在不能坐在这里，把我想让你们去做那些事情的理由从头到尾一件件全部讲清楚。我真希望我可以。如果我们公开行动，其结果将会是巨大的恐慌，歇斯底里，社会的崩解，正当我们必须保持团结的时刻。

"这颗行星上有70亿人。设想一下，如果他们知道我们正濒临毁灭会怎么样。我们的目标是拯救我们能拯救的生命。数量不会很多，但如果我们都完成了自己那份工作，我们就能保证人类这个物种会得以延续。利害关系上的原因如上所述。另外，我们面对的还不只是那个巨大威胁，还有些别的，小一些的障碍：政府，媒体，智库。我们不能打败他们，但我们可以在一段时间内迟滞他们的行动，直到我们的计划成功。这就是我们为什么必须现在就开始行动。我的部下们正在分发的包裹里是你们的任务说明——分组，职责，你们的行动指令。有些行动确实很非同寻常，但我们的处境也非同寻常。"

多利安挺起胸膛："我是一个战士，我生来就是。我把我的一生都奉献给了伊麻里的事业，我的父亲曾为之付出了他的生命。为我们的事业。但我知道，你们不是战士，你们是被选拔出来的。但我不会让你们去做你们做不到的事情，那太残忍，而我不是个残忍的人，伊麻里也不是个残忍的组织。如果，在某个时候，你觉得自己无法参与接下来的行动了，你只要向我的专属行动队中随便哪个伊麻里保安干事通知一声就好，不用觉得丢人，我们都是一条链子上的环节，如果一个环节断了，那么整条链子都会断裂，然后灾难就会降临。那就是行动的全部目的——预防灾难，无论看起来会是什么样子。谢谢大家，并祝好运。"

多利安从台上走下来，一个伊麻里保安干事迎上去表示祝贺："了不起的演讲，老大。"

"别拍我马屁了。你们要盯紧这些人，他们当中任何一个都可能破坏掉整个行动。我们的先发特遣部队准备得怎么样了？”

“他们正在时钟塔总部大楼集合。”

“很好。给每个人30分钟编纂他们手头的情报，然后召集他们开会。火车那边怎么样了？”

“一个小时之内我们就能拿到生者和死者的名单。”

“加快速度。我希望开会的时候就能拿到。”

CHAPTER 68

尼泊尔

伊麻孺僧院

米罗把提灯荡到自己身后，照着石阶："不太远了，凯特医生。"

感觉他们在这些石阶上盘旋向下走了一个小时了。凯特觉得现在他们肯定已经到了山腰，或者说比僧院低一英里的地方。米罗拿着提灯在台阶上连蹦带跳地往下冲，像个万圣节晚上拿着糖果袋的孩子，不知疲倦，不需歇息。凯特的腿都走疼了，她还没从昨天运动造成的疲惫中恢复过来。她开始担心起回去的时候，从这些阶梯爬上去的路要怎么走了。

在她前面，米罗又停下来等她，但这次他是站在一块平地上——阶梯到底了，连着一大片平地，终于到了。他退开几步，把手中的提灯伸向前方，照亮了一扇木制大门，大门顶部是圆形的，整个形状看起来就像是一块墓碑。

凯特停了一下，琢磨着他是不是又在等她。

"请进，凯特医生。他在等您。"

凯特点点头，打开门，里面是一个狭小的圆形房间。墙壁上挂满了地图和木架，架上放着些玻璃瓶、小雕像，还有些金属工艺品。这个房间仿佛还在中世纪，仿佛是个实验室，位于一座城堡里的高塔中，有个叫梅林[①]之类的名字的人在里面工作。房间里面确实有个巫师，或者至少是个看起来像巫师的人。一个老人坐在一张破旧的木桌前，正在读书。他缓缓转头，仿佛脖子疼。他是个亚洲人，头发很久没剪了，脸上的皱纹比凯特以前见过的任何人都多。要说他活了一百岁了凯特也不会奇怪的。

"华纳医生。"他说话的声音很小，仿佛在说悄悄话。他站了起来，慢慢

① 译者注：英国神话亚瑟王传说中的大巫师。

走向凯特，身体的重量大部分压在他的木头拐杖上。

“先生……”

“这儿没有什么先生，华纳医生。”他停了下来，走路和交谈看起来对他都太吃力。他喘息着，静静凝视地上的石板，“叫我骞。我有些东西要给你，我等了 75 年了，就是要把它们交给你。但首先，我要给你看点东西。你能帮我打开那扇门吗？”他朝一扇之前凯特没看到的木门指了一下。门不到 4 英尺高。凯特打开门，很高兴地看到后面的通道比门要高些。她等在门口，骞从她身边缓缓走过，走几步就停一下。他走到山下来得花多少时间？

凯特朝过道里看去，很惊讶地发现里面是用现代电灯照明的。过道不长，不到 15 英尺，看起来尽头是被一堵石墙封死了。骞花了好几分钟才走到墙前，然后他把墙上的一个按钮指给凯特看。

凯特按下按钮，随即石墙开始上升。凯特感到气流流过她的脚，冲进前面的房间。这里一定是一直被封闭着的。

她跟在骞后面走进房间。这间屋子意外地大，几乎是 40 英尺见方。房间里几乎空空如也，只有正中间的地面上铺着一块很大的方形毯子，毯子至少有 30 英尺宽。凯特朝天花板上望去，看到一块薄薄的亚麻布，覆盖着整个房间。在这块布上，又有一块同样的布料，再往上，又有一块……她目力能及之处都是一块块的亚麻布，仿佛重重叠叠的蚊帐，似乎一直要叠到山顶。用来防蚊的措施？或许是，但凯特看到了别的可能——很多细小的尘埃和岩石碎片都被那些布截住了。

骞朝着那块毯子点点头：“这是我们在此保护的宝藏，我们传承的遗产。我们为它付出了惨痛的代价。”他清了清嗓子，慢慢地继续说道，“我还年轻的时候，一群人来到了我的村子。他们穿着军人的制服。我那时候不知道，但是其实那是纳粹的军服。这些人在寻找一群住在我们村子顶上的高山里的僧人。没人愿意谈论这些僧人，我也不知道他们的情况。那些人给了我和村子里另一些孩子一笔钱，让我们带他们去那里。僧人们对那些人毫不畏惧，但他们应该有所畏惧的。那些人在我们的村子里很和蔼，在山里却变得冷酷无情。他们搜索僧院，拷打僧人，最后在山上放了把火。”

骞又歇了一会儿，喘口气：“我的朋友们都死了，那些士兵在僧院里找我，然后我被找到了。一个士兵用双手抓住我，带我穿过了僧院，进入一条隧道。有三个僧人等在那里。那人告诉他们，我是唯一的幸存者。他交给我一本日记，告诉我要好好保护它，直到时机来临。那三个僧人当天夜里逃走了，带着我，背着他们的衣物，还有这张绣帷。”骞把目光投向那张艺术大作——上面绣着的似乎是《圣经》故事一类的，里面有神祇、英雄、僧侣、天堂、光明、血、火，还有水。

凯特沉默地站着。她在脑海深处疑惑着这些跟她有何关系。她压制住自己说“听起来很了不起，现在我能用电脑了吗”的冲动。

“而现在，你在疑惑，这些跟你有何关系。”

凯特的脸红了，赶忙摇头，“不。我是说，它很美丽……”的确如此，色彩鲜明，和天主教堂里面的壁画一样鲜艳，而且那些毛线的凹凸为绘画增添了深度，“但是，那个和我一起到这里来的人——他和我都处于危险之中。”

“不仅仅是你和安德鲁处于危险之中。”

凯特还没来得及接口，骞就继续说了下去，他的语气此刻意外地强而有力，“你的敌人就是75年前烧毁了那个僧院的同一伙人，也正是他们，不久之后将要释放出难以想象的邪恶。这就是这幅挂毯所预言的，弄懂它和那本日记是阻止他们的关键。我挣扎着活了75年，等待着，期盼着完成我的使命的那天到来。而昨天，当我得知尼泊尔发生的事情之后，我知道这一天来了。”骞把手伸进自己的袍子里，伸出一只瘦弱的手，递给凯特一本皮质封面的小册子。

他朝那块毯子挥挥手：“你看到了什么，我的孩子？”

凯特研究着那些色彩丰富的图画。天使，众神，火，水，血，光明，太阳。“某个宗教里的预言？”

“宗教是为了理解我们的世界做出的绝望的尝试，也是我们的过去。我们生活在黑暗中，被神秘所包围。我们从何而来？向何处去？我们死后会发生什么？宗教还给了我们更多的东西：一套行为准则，一幅对错分野的蓝图，一份人类礼仪的指南。就像其他的任何工具一样，它也会被误用。但这份档案的编撰时间比人类最初在宗教中得到抚慰的时间还早得多。”

“怎么？”

“我们相信，它是靠着口头传承编成的。”

“是个传说？”

“有可能。但我们相信，它是一份档案，记录着历史，也记录着预言中的将来。一份描绘了人类觉醒之前的先兆，和之后将要发生的悲剧的画卷。我们把它叫作‘四洪流之诗’。”骞指着绣帷的左上角。

凯特顺着他的手指看过去，研究着图画——赤裸的野兽，不，赤裸的人类，在非洲大草原上一片稀疏的树林里。人们在跑，逃避着天空中降下的一片黑暗——一片厚厚的灰尘，窒息人类，杀死植物。下面一点，人们独自在一片死亡的不毛荒原上。然后出现了一道光，引领着他们走出这片荒原，一个保护者正对那些野蛮人说着什么，交给他们一个杯子，里面有血。

骞清了清嗓子：“第一个场景，是火之洪流。一场几乎摧毁了世界的灾难，人们被埋在灰尘中，全世界所有的食物几乎都遭到了破坏。”

“一个创世神话。”凯特轻声说。所有的主要宗教都有某种形式的创世神话，讲述神是如何按照自己的形象创造人类的故事。

“这不是神话，这是一份历史档案。”骞的语气温和，就像是教师或者父母在教导孩子，“注意那些在火之洪流前生活着的人类，他们在森林里过着和野兽无别的生活。这场灾难本会杀死他们，但救世主保护了他们。可救世主不能总留在那里保护他们，因此他给了这些人这世上最伟大的礼物：他的血。一份能保护他们的安全的礼物。”

凯特的脑海中在思索着：多巴大灾难，还有大跃进，血，遗传突变——脑神经连线方式的改变——这让人类拥有生存优势，帮助他们在七万年前挺身面对那片多巴超级火山喷出的火山灰形成的汪洋。火之洪流。这可能吗？

凯特跳过几个画面，朝绣帷上的下一个场景看去。这个场景很奇怪。从森林走出来的人们看起来变成了一个个忍者，或者是精灵。他们穿上了衣服，然后他们开始屠杀野兽。这幅画面充满了血腥，随着绣帷一寸寸展开，越往后就越恐怖：奴役、谋杀、战争。

“这个礼物让人聪明，强壮，不再有灭绝之虞，但也让人付出了巨大的代价。第一次，人能正确地认识这个世界，然后他看到周围遍布着威胁——来自森林里的野兽们，也来自他自己的同伴。作为一只野兽，他生活在伊甸园里，依靠本能行动，只有不得不思考的时候才思考，从不想想他自己是什么，从不担心他终归一死，从不想要逃避死亡。但现在，思考和恐惧控制着他，他第一次知道了何谓邪恶。你们那位西格蒙特·弗洛伊德所描述的自我和本我很接近这些概念。人变成了杰基博士和海德先生[①]。他和自己的兽性，自己的动物本能斗争。激情，愤怒——无论我们演化了多少，人还是无法摆脱这些本能：我们作为兽类的天性。我们只能希望控制住这些内心中的野兽。人还希望理解他苏醒了的理性，还有恐惧，还有梦想，还有他从何而来，终向何处的疑问。最重要的是，他还梦想能逃避死亡。人在海滨建立起社会，干出令人难以启齿的残暴行为，好保护自身的安全；又指望靠自己的功业或者通过某种魔法或者炼丹术来寻求不朽。海滨是天然适合人类居住的地方，我们就是靠着那里从火之洪流中存活下来的。陆地当时被烧焦了，海洋生物成为了我们的食物来源。但人类的统治是短命的。”

凯特审视着绣帷的左下方：一面水的高墙，前面是一辆漂在海上的马车，里面坐着那个在火之洪流中拿着杯子的救世主。

“救世主回来了，告诉他那些部落里的人，一场大洪水即将来临，他们必须做好准备。”

“听起来很耳熟。”凯特说。

“是啊。全世界每个宗教，无论新旧，都有大洪水神话。而且大洪水是个事实。大约一万两千年前，最近的一次冰河期结束了，冰川融化了，这颗行

① 译者注：罗伯特·史蒂文森所著小说《化身博士》中男主角的两面。善良、温和、英俊的杰基博士服下自己发明的奇药后会变身为残暴、凶狠、丑陋的海德先生。

星的地轴发生了移动。海平面在短时间内上升了接近四百英尺，有时是持续上涨，有时是随着毁灭性的巨浪和海啸。”

凯特仔细看着那幅画——画上有许多城市正被海浪淹没，有成群的人正被淹死，还有统治者和富人站在那里看着大水发笑。在画面末尾，是一小批人，穿着粗劣的衣服，冒险进入内陆，向着高山前进。他们带着一个箱子之类的东西。

骞让她仔细琢磨了好一会儿绣帷上的这幅画，然后继续说道：“那些人忽略了关于洪水的警告。人类掌控着世界，或者说他们自以为如此。他们傲慢、堕落。他们对即将发生的灾难嗤之以鼻，继续他们邪恶的生活方式。有些人说，神是在惩罚人，因为他杀死了自己的兄弟姐妹。有一个部落留心了这个警告，建造了一个圣柜，或者叫方舟，从海上撤到了山中。洪水来了，摧毁了海边的城市，只留下了内陆的原始村落和散居的游牧部族。有个传说流传开来，说神已经死了，说人现在就是地上的神，说大地属于他们，可以任他们为所欲为。但有一个部落坚持信仰，他们独自坚守着一个信念：人类是有缺陷的，人不是神，只有拥抱谦卑才能成为真正的人。”

“你们就是那个部落。”

“是的。我们留心了救世主的警告，按照他的要求行事。我们把圣柜运到了高原上。”

“而圣柜里就是这幅绣帷？”凯特问道。

“不。我根本不知道圣柜里有什么，但那一定是真实存在的。有关的故事流传至今，而且这故事非常震撼人心。它对任何听到这故事的人都有一种震撼人心的吸引力。这是发自人类内心深处的那许多故事之一。我们认为它是真实的，就像我们认可广泛流传的创世神话。这些故事一直都存在，以后也不会消失，它们深植于我们的内心。”

“这个部落后来怎么样了？”

“他们献身于探索绣帷中的真相、理解洪水之前的世界、探索发生过的事情。一些人认为，答案在于人类的心灵，在于通过冥思和自我审视理解我们自身的存在。他们成为了高山僧侣，自称伊麻孺，意为光明。我是最后一个伊麻孺了。但有些僧人渐渐感到焦躁不安，他们到俗世间寻求他们的答案。就像我们一样，他们也是一个信众组成的团体，至少开始是。随着时间流逝，他们的旅程延续，他们渐渐迷失了自己的宗教，确实如此。他们转向有希望给出答案的一个新事物：科学。他们厌倦了神话和寓言，他们想要证据。然后他们开始去寻找证据——但是他们也为此付出了高昂的代价。科学缺少某种宗教提供的至关重要的东西：一套道德准则。适者生存是一个科学事实，但它是一条残忍的道德规范，它是野兽的生存之道，不是一个文明社会的。法律对我们的作用也有其限度，而且法律条文必须建立在某个基础之上——一套源自其他地方的共同的道德准则。一旦这个道德基础消失，社会的价值观也会随之瓦解。”

“我不认为一个人必须信仰宗教才能有道德。我是个科学家，我并不……怎么虔诚……但我是，或者我以为自己是，一个很有道德的人。”

“你还比绝大多数人更聪明，也更有同情心。但是他们总有一天会跟上你的，那时候全世界会生活在和平中，不再需要寓言或者道德课。我恐怕那一天会远得超出任何人的想象。我的话针对的是现在的情况，是大众的情况，不是对少数人。不过我本不该说那些话的。我在宣讲自己感兴趣的话题，老人常常这样，特别是孤单的老人。毫无疑问，你已经猜到那些很久以前从伊麻孺分裂出去的僧人们的身份了。”

“伊麻里。”

骞点点头：“我们相信，在希腊时代，那些分离出去的僧人把自己的称呼改成了伊麻里。可能是为了这样的发音听起来更像希腊语里的词，这样他们才可能被希腊学者接纳。当时希腊学者们正在科学这个新出现的领域中取得大量的突破。那本日记里记录着一个真实的悲剧，还有这一派系是如何发生了永久性的改变。这就是为何你必须去读它。”

“这绣帷上剩下的部分是什么——另外两次洪流？”

“那些是还没发生的事情。”

凯特审视着另外半边绣帷。在水之洪流中淹没了世界的蓝色大海流到绣帷右下四分之一部分的时候变成了赭色的血海。在血海之上，一群超人正在屠戮着渺小的生灵。世界成为了一片废土，黑暗笼罩着大地。每个男人，每个女人，每个孩子身上都在流血，流出的血都注入了那片赭色的血泊。血之洪流。在这场大战的画面上方，一个英雄在和一个魔怪战斗。他杀死了魔怪，升入了天堂，从那里释放出了光之洪流，清洗整个世界，解放了它。整体来看，绣帷从火之洪流部分的黑色和灰色转到水之洪流的蓝色和绿色，再变为血之洪流的红色和赭色，再转到光之洪流的白色和黄色。很美，很迷人。

骞打断了她的专心观察："现在我要休息了。该你完成你的作业了，华纳医生。"

CHAPTER 69

印度　新德里

时钟塔分站总部

主会议室

多利安抬手让那位分析员停下："'巴纳比·普伦德加斯特报告'是什么？"

那位三十来岁的男人看起来有些困惑不解："来自巴纳比·普伦德加斯特的报告啊。"

多利安环视着会议室里济济一堂的时钟塔和伊麻里保安部的人员。现在整合成了一家的这些工作人员还处于适应这个伊麻里—时钟塔联合部门的过程中，时不时要商讨解决工作和管辖权的划分，这拖慢了会议的进程。"有人能告诉我那个巴纳比·普伦德加斯特是什么吗？"

"哦，那是他的名字——巴纳比·普伦德加斯特。"那个分析员说。

"真的？是我们给他起的这个名字吗——其实我不在乎这个，别告诉我。他说了什么？继续。"

分析员翻过几页打印纸："普伦德加斯特是还在现场的大约 20 名工作人员之一。"

"当时还在现场。"多利安纠正道。

分析员歪了歪脑袋："嗯，严格意义上来说，他，或者说是他的尸体，还在现场。"

"老天哪。快念报告吧。"

分析员咽了口唾沫："就在，嗯，就在无人机空袭前，他——普伦德加斯特——说，有个身份不明的女性，下面是他的原话，'在他的实验室外面跟他搭讪，并强迫他协助进行据她所称旨在拯救某些孩子的行动。'"分析员又翻过一页，"他还说，他'试图阻止这女人'，以及他'认为这女人在使用一张伪造的或者是偷来的身份卡'。然后最有意思的部分来了。他说在爆炸发生后这个女人逃了出来，引用他的话：'全身是血，但没有受伤'，而后这女人'再次攻击了他，阻挠他对工人们施救'，接着'夺取了一名警卫的枪支，想要射杀他'，这里的他指的是普伦德加斯特。最后这女人乘上了货车，还带着一个濒死的同伴，普伦德加斯特说那人身上中了好几枪。"

多利安往后靠到椅背上，盯着监视墙。凯特 · 华纳从"钟"的攻击中活下来了。怎么会？里德多半死了：这蠢货几乎快被自己打成筛子了。

那人清了清嗓子："先生，我们该对此不加理会吗？你是否认为这些都是废话，也许只是那人想要引人注目的表演？"

"不，我不觉得。"多利安啃着手指甲说，"要是编造的，细节也太过详尽了。等等——为什么你说是'想要引人注目的表演'？"

"空袭之前，普伦德加斯特给 BBC 打了个电话，我们就是由此获取了这份报告。我们一直在监控所有进出该设施的通信，自从那次事故以后，他在我们的不可信人员名单上。他的故事会动摇之前伊麻里发布的新闻稿里'工业事故'的解释的可信性。所以——"

"明白了，不用说了。就此打住，一件件来。集中注意力。"多利安转动座椅，面对常医生，后者正坐在角落里，盯着会议室的廉价地毯，"常医生，专心点。"

常医生一下坐直了身子，就像是被老师点名的学生。自从尼泊尔的爆炸之后，这人一直显得疲惫不堪，心不在焉："是，我在这里。"

"现在你还在，医生，但是如果你不能搞清楚凯特 · 华纳是怎么从'钟'的攻击中活下来的，你就会不在了。"

常医生耸了耸肩："我……甚至还没有开始……"

"你正要开始。有什么可能让她活下来？"

常医生用一只手掌捂住脸，清了清嗓子："好吧，唔，让我们看看，她可能把用在孩子们身上的疗法用在自己身上了。不管那是什么，可能她亲身尝试了，以策安全。"

多利安点点头："有意思。还有别的可能吗？"

"没有。呃，还有个显而易见的可能——她可能本来就有免疫力——亚特兰蒂斯基因。"

多利安又啃起指甲来："这很有意思，非常有意思。好吧，后面这个理论听起来很容易验证——"

常医生摇摇头："我的实验室被毁了，我们都还不知道该从何处着手——"

"那就搞一间新的。"多利安扭头对他的一名手下说，"给常医生找一间新实验室。"他把注意力重新放到常医生身上，"我不是科学家，但要是我就会首先对她的基因组进行测序，寻找任何异常。"

常医生点点头："当然了，这样很简单，但现场如今那个样子，我们很可能找不到任何 DNA……"

多利安两眼望天："看在上帝的分儿上，能不能别这么呆板啊。她在雅加达有套公寓房，聪明如你，总能在里面找到把梳子或者用过的卫生棉条吧，医生。"

常医生的脸涨得通红："是的，这行得通的。"

一个女性时钟塔分析员大声说："有些女人会把卫生棉条冲进马桶——"

多利安闭上双眼，举起双手："忘了卫生棉条吧。雅加达一定有大把大把凯特的 DNA，去找些来。或者，我们找到她本人，那就更好了。如果她的确逃掉了，那么她应该在某列火车上。"多利安转向德米特里·科兹洛夫，这位伊麻里保安部的外勤指挥官是跟他一起离开尼泊尔的。

这个军人摇摇头："我刚拿到名单。我们和员工名单比对过，她不在任何一列火车上，里德也不在。我们有很多死伤者，有几个人重伤昏迷，但没人身上是枪伤。"

"你开玩笑吗？把那些火车再搜索一遍——"

"那会拖慢多巴——"德米特里说。

"去做。"

拿着普伦德加斯特报告的分析员大声说："她可能跳车了。"

多利安揉揉自己的太阳穴："她没跳。"

分析员摇摇头："你怎么知道？"

"因为她还带着里德。"

"她可以把他推下车去。"

"可以，但是没有。"

分析员看起来大惑不解："你怎么知道？"

"因为她显然没你这么蠢。她身高五英尺八英寸，体重一百二十磅。里德身高超过六英尺，体重至少一百八十磅。华纳自己都无法走出尼泊尔，更别提还要负重一百八十磅。相信我，里德即使还活着，也无法自己行走的。"

"她可以抛下里德啊。"

"她不会抛下里德的。"

"你怎么知道？"

"因为我了解她。会议到此结束吧。快点，所有人，行动起来。"多利安站起身，挥动手臂，示意大家离开拥挤的会议室。

"巴纳比·普伦德加斯特报告怎么处理？"这个分析员问。

"什么怎么处理？"

"我们要不要反驳——"

"见鬼，当然不。证实这个说法。媒体无论如何都会热炒这个说法的，里面有恐怖分子这个词呢。而且那也是事实：一个恐怖分子袭击了我们在尼泊尔的设施。这是我们最好的突破口。公布里德放置炸弹的录像来印证这个说法。告诉媒体，这次袭击和早前在雅加达的一次袭击是同一个人进行的。把华纳的录像也放进去。"多利安又考虑了一下。这样做会有不错的效果的，也许能给他们争取些时间，也许还能上个封面故事，"我们就说，我们现在正在调查，华纳医生是否在设施里开发生物武器，我们正要求对现场进行严格检疫。"多利安停了一下，盯着这个员工，"好了，要赶时间的人，出发吧。"

多利安指着德米特里："你留下。"

房间里没有别人了。高个子军人凑到多利安身边："有人把他们从车上带走了。”

“同意。”多利安踱回桌旁，“肯定是那些家伙。”

“不可能。‘9 · 11’之后我们一直在持续搜索那片山丘，他们不在那里。1938 年他们就都被杀光了。或许他们根本就是个神话传说，或许伊麻孺根本就不存在。”

“你有更好的解释吗？”多利安问。见德米特里没有回应，他继续说道：“我希望派出队伍搜索那片山区。”

“我很抱歉，先生，我们没有那么多人力。清洗时钟塔，再加上阿富汗的大规模军事行动已经结束——我们在这一地区的力量已经严重缩小。我们这里的所有人都在为‘多巴计划’奔忙。如果你想要派出队伍，就必须抽调人手。”

“不。‘多巴计划’是最优先的事项。卫星监控呢？我们能不能追踪到他们，搞清楚他们在哪里？”

德米特里摇摇头：“尼泊尔上空我们没有放天眼，任何人都没有。这正是伊麻里研究院选择这个地方的原因之一——什么都没有，大家没有理由观察这里。没有城市——实际上甚至连村落和道路都很少。我们可以让卫星变轨，重新定位到这里，但需要花点时间。”

“就这样办。另外，发射阿富汗剩下的无人机——”

“发射几——”

“全部的。让它们彻底搜寻每一寸高原上的土地——首先聚焦在那些僧院上。另外派两个人过去——我们能挤出来这点人手的。‘多巴计划’很重要，但抓捕华纳也很重要。她从‘钟’的攻击中活了下来，我们必须知道是为什么。让那两个人追踪开出来的每一列火车的路线，去询问村民或者任何别的有可能看到了什么的人，给他们施加压力。我要找到华纳。”

CHAPTER 70

尼泊尔

伊麻孺僧院

凯特回到大卫的房间里的时候，他还在沉睡。凯特在他脚边坐下，坐在这张壁龛里的单人床上，看了一会儿窗外的风景。这地方的宁静是她之前从未体验过的。她回头看了看大卫，看起来他几乎跟外面的绿色山谷和白色雪峰一样平和。凯特靠在壁龛墙上，把腿伸出去和大卫的腿并排。

她打开日记本，一封信掉了出来。纸张感觉上很旧，很脆弱，那感觉就像骞一样。信是用黑色浓墨写就的，她能感到纸张背面的凹痕，摸起来有些像布莱叶盲文[①]。凯特开始大声朗读，希望大卫能听到，希望自己的声音能抚慰他。

伊麻孺：

我目前是一名你们称为伊麻里的宗派的仆从。我为我所做的事情感到羞愧，而且我为整个世界担忧——为了那些我知道他们正在策划的事情。在1938年，在此刻，他们看起来是无法阻止的。我祈祷我是错的。为以防万一我没有错，我把这本日记寄给你们。我希望你们能利用它去预防伊麻里策划的末日之战[②]。

怕特里克·皮尔斯

1938年11月15日

① 译者注：专为盲人设计、靠触觉感知的文字。

② 译者注：原文为哈米吉多顿。《圣经》中世界末日时候的善恶最终决战之地，现用作世界末日、末日战争的代名词。

1917年4月15日

协约国医院

直布罗陀

一个月前，他们把我从西线那条地道里拖出来，带到这所野战医院的时候，我觉得我得救了。但这地方，简直像是长在我身上的癌症，从里面吞噬着我。一开始它悄无声息，我全然没有知觉；然后它让我大吃一惊，把我陷入一片无法脱身的黑色的绝望中。

这个时候的医院几乎一片寂静，这也正是最恐怖的时刻。牧师们每天早晚都会来，祈祷，听取忏悔，在烛光下诵读。他们现在都走了，大部分的医生和护士也一起走了。

我能听到房间外面的声音，在摆着一排排床铺的、敞开的院子里的人们的声音。有些人在尖叫——大多数是因为疼痛，有些是因为噩梦，还有些在哭，有些在交谈，有些在月光下笑着玩纸牌，仿佛日出之前这里不会再死掉半打人似的。

他们给了我一间专属病房，把我安置在这里。我没要求这样，但门关上就能把那些哭喊和笑声挡在外面，让我挺高兴的。两者我都不想听到。

我拿起瓶子，大口喝下鸦片酊，直到酊剂从我的下巴流下，然后我进入了梦乡。

我被人几巴掌抽醒了。睁开眼就看到一张没刮胡子的脏脸，咧着嘴坏笑着，露出满口凹凸不平的烂牙："啊醒了！"①

一股酒精和恶疾带来的腐臭味让我头晕，想吐。

另外两个男人把我从床上拖了下去，我的腿撞到了地上，我疼得尖叫起来。我在地板上翻滚着，而他们在大笑。我努力不让自己昏过去，我希望他们杀

① 译者注：这帮人的英文很烂，发音不准，还有语法错误。下同。

死我的时候我是醒着的。

门打开了，传来护士的声音：“发生了什么事——”

他们抓住了她，砰地关上门：“只是在从这位参议院大人的公子身上找点乐子，女士，但是你比他还好看些呢。”那人用胳膊紧紧搂住她，转到她身后，“我们可以先从你开始吗？丫头。”他抓住护士的左边袖子，猛地把她的外衣和内衣一下扯到了腰间。她的胸部露了出来。护士抬起一只胳膊想遮住自己，用另外一只胳膊奋力还击，但那人抓住了这只手，飞快地把它扭到护士的背后。

看到她的裸体似乎让这些醉汉更起劲了。

我挣扎着站起身来，可刚一站起来，最近的一个家伙就过来了。他拿着一把小刀，架到我脖子上。他的眼睛直勾勾地瞪着我的眼睛，喋喋不休地说着醉话：“了不起的老爹，参议院大人老爹，他让自己远离这场战争，让我们都参加，但他现在救不了你啦。”

这个疯子瞪着我，手上的刀子一下下顶着我的脖子。从后面抓住护士的另一个家伙把他的脖子伸过去想吻护士，护士扭头躲开。最后一个人在脱衣服。

靠双腿站立让一拨拨疼痛席卷我的全身——太疼了，疼得我头晕，恶心。我快要晕过去了。疼得难以忍受，即便有鸦片酊也不行。鸦片酊——在现在这种地方，它比黄金还珍贵。

我指了指桌子，试着让这人的视线转移一下：“那儿有鸦片酊，桌上有一整瓶。”

他的注意力移开了一瞬间，我乘机拿到了刀子。我把他的身子拉得一转，乘势用刀刃在他喉咙上一划。然后我把他推开，拿着刀子冲向那个脱光了的家伙。刀埋进了他的肚子里，直没至柄。我跳到他身上，拔出刀子，戳进他的胸部。他的胳膊胡乱舞动着，血从嘴里汩汩流出。

刚才那一下猛冲带来的疼痛让我实在受不了了。我已经完全无力对付最后那个抓着护士的家伙了。但他瞪大了眼睛，松开了护士，逃出了房间。这时我晕了过去。

——两天以后——

我在另外一个地方醒来。这里好像是个乡间别墅——气味像，从敞开的窗户闪烁进来的阳光也像。这间屋子是个敞亮的卧室，从装饰看起来像是间闺房：到处都是些小摆设和小玩意儿，女人喜欢这些，而男人可从来不会注意到这些，除了现在这种时候。

她也在那里，坐在角落里读书，无声地前后摇晃着，等待着。她似乎有某种第六感觉，马上就知道我醒了。她温柔地把书放下，仿佛那是一件纤薄的瓷器，然后走到床边："你好啊，少校。"她看着我的左腿，有些不安，"他们不得不给你的腿又做了一次手术。"

我现在也注意到了那条腿。它被包得厚厚的，直径差不多有我腿的两倍了。他们把我送进医院的时候以及之后的两周里，他们一直逼着我把它切掉。你以后会感谢我们的。你必须信任我们，老男孩。听起来很可怕，但这是为了最好的结果。你在家里不会是一个人的。我向你保证，会有大把大把的年轻人从战场上这样拖着腿回去的。我告诉你，到时候装条假腿会跟喝杯白开水一样正常。

我想往前凑近看看，可一坐起来疼痛就不期而至，它攫着我，逼着我又平躺下去。

"那条腿还在。我坚持要他们尊重你的愿望，但他们切除了不少组织。他们说它被感染了，永远也无法痊愈。那家医院是个糟糕的地方，微生物太多，而且后来又……"她咽下了后面的话，"他们说你得在床上躺两个小时。"

"那些家伙是？"

"逃兵，他们是这么认为的。要进行一次讯问，但……我想只是例行公事。"

我看到它了，桌上的小瓶子，就像医院里的一样，我的目光在瓶子上流连。我知道她看到我的眼神了，"你可以把它拿出去。"如果我又开始用它，我会再也停不下来的。我知道这条路通往何处。

她走上前去，飞快地抓起瓶子，仿佛它马上就会掉下桌子。

她的名字是什么？上帝啊，最近一个月的记忆一片模糊，一个充满了鸦片和酒精的梦境，一个梦魇。巴恩斯？巴雷特？巴内特？

“你饿不饿？”她站在那里，一只手把那个瓶子抓在胸前，一只手按着她身上的连衣裙。也许是药物的作用，也许是太久没吃东西了，总之我对任何吃的东西一点兴趣也没有。

“快饿死了。”我说。

“稍等一下，马上好。”她快走出门了。

“护士……是否……”

她停了下来，回眸一望，似乎有点失望：“巴尔顿。海伦娜·巴尔顿。”

20分钟后，我闻到了玉米饼、花豆和乡村火腿的味道。我从没闻到过这么好闻的味道。那天晚上我吃光了三大盘，让我自己都感到惊讶。我确实是饿了。

CHAPTER 71

印度　新德里

时钟塔分站总部

主会议室

多利安浏览着两列火车上的生者和死者的名单。“我希望把更多尸体运到美国。我认为，欧洲看起来已经够了。”他挠了挠头，“我想，分配到日本的也应该够了。那边的人口密度会对我们有所帮助的。”他真希望能找常医生或者别的哪个科学家咨询一下，但他需要限制信息的扩散范围。

德米特里也在研究名单：“我们还来得及重新分配，但该从哪里抽调？”

“非洲和中国。我想他们的行动会比我们以为的更慢。发展中国家，他们不构成真正的威胁。别小看美国疾控中心。一旦事发，他们就会迅速行动起来的。反正我们总能对非洲下手的，即便事情开始以后也不晚。”

CHAPTER 72

尼泊尔

伊麻孺僧院

凯特把大卫的头扶起来，让他用陶杯里的水咽下抗生素。最后一点水从他的嘴边流了出来，凯特用自己的衬衫擦掉了水。整个早上他都处于半昏迷状态。

凯特又打开了那本日记。

我带着我的人穿过地道，蜡烛举在前面。我们快到了，但我停了下来，举起双手。后面的人一阵跌跌撞撞。我听到什么了吗？我把我的调音叉插到地上，看着它，等待着结果。如果它震动起来，那我们附近就有德国人在挖地道。由于害怕和他们的隧道连上，我们已经废弃了两条通道了。废弃第二条的时候我们在他们下面放了炸药，希望能阻止他们的工程进展。

叉子没动。我把它放回我的工具腰带里，然后我们继续朝黑暗深处走去。蜡烛在土石混杂的墙壁上投下暗弱的人影。灰尘和小石块沿路落到我们头上。

然后连绵不断的土雨停了。我抬起头，把手中的蜡烛凑过去，想看清楚发生了什么。

我转过身大叫："退后！"与此同时，天花板塌了，地狱从中倾泻而出。我被撞倒在地上，蜡烛的微光熄灭了。掉下来的石块砸断了我的腿，我几乎要晕过去了。

那些德国人跳了下来，实际上，就站在我身上。他们开始开火，马上就杀掉了我的两个部下。我只能从他们的机关枪枪口的闪光和那些人的惨叫声中知道这场屠杀。

我拔出我的手枪，在零距离朝他们开火，杀掉了最开始下来的两个人，他们肯定要不是以为我死了，要不就是在这片黑暗中根本看不见我。更多人拥了过来，我又朝他们开枪。五个，六个，打死了他们七个人了，可他们的队伍看起来像是无穷无尽。大概是一整队人马，准备通过地道冲到协约国防线后方。然后会是一场大屠杀的。我没子弹了。我扔掉了空枪，拿出一颗手榴弹。我用牙齿拉开撞针，用尽全力把它扔进了上方德国人的地道，正落在新一拨士兵的脚下。当那些人跳下来，一边冲过来一边朝我开火的时候，两秒钟的时间也显得好漫长。然后爆炸把他们掀倒，炸塌了他们的隧道，让我周围的这两层隧道都垮了下来。我被埋住了。我站不起来，也爬不出去，碎片让我窒息，但此时突然有双手放在我身上——

护士在我身边，正扶着我的头，擦去我额上的汗水。

“他们在等着我们……在夜里连上了我们的地道……毫无机会……”我试着解释道。

“那些都过去了，只是一个噩梦。”

我把手放到自己的腿上，似乎摸一摸它就能让抽痛平息似的。噩梦没有过去，它永远也不会过去。每天晚上，出汗和疼痛都变得更严重——她一定也看到了。

她的确看到了。那个白色的瓶子在她的手中，我说：“只喝一点点。我已经能摆脱它了。”

我喝了一大口，那只恶兽退去了。然后我终于睡了个好觉。

我醒来的时候她还在，在角落里做针线活儿。在我边上的桌子上，放着三个小小的“一口闷”酒杯，里面装着暗褐色的液体——一个白天的量的鸦片浸剂，含有我极其需要的吗啡和可待因。感谢上帝。我又在出汗了，疼痛也随着汗水回来了。

“太阳下山之前我就回家。”

我点点头，喝下第一份。

每天两小杯。

她完成工作之后，每天夜里晚餐之后都给我读书。

我躺在那里，时不时插进几句俏皮话和机智的评论。她听到以后就笑了，有时候我会说得太粗俗，她就会玩笑式地惩戒我一下。

疼痛几乎是可以忍受得了。

一天一小杯。

自由快要来临了，但疼痛很顽固。

我还是无法行走。

我以前一辈子都在矿道里，在黑暗封闭的空间中生活，但我再也受不了那样的生活了。也许是因为这阳光，也许是因为这新鲜的空气，也许是因为躺在床上，日复一日，夜复一夜。一个月过去了。

每天快到下午3点钟的时候，我就开始倒数离她回家还有多久。一个男人，等着一个女人回家。这整个句子的主语似乎都让人怀疑。

我一直坚持要她别在那家医院工作了。病菌，轰炸，还有那些沙猪。我一直试着想让她答应，她完全不听。我赢不了，我连一条能站起来的腿都没有，我都没法把自己的脚落到地上。更糟糕的是，我也渐渐放弃了，开起和我自己有关的瘸子笑话来，甚至对我自己开。

通过窗户，我看到她沿着小路走来。现在几点？两点三十。她来早了。另外——有个男人和她在一起。我在这里待了一个月，她从没把追求者带回家里过。以前我从没想到过这个问题，而现在，它以最最糟糕的方式突然袭来。我挣扎着想要把窗外看得更清楚些，但我看不见他们了。他们已经进屋来了。

我疯狂地整理床铺，撑起自己的身子，尽管隐隐作痛。我这样坐在床上，可以显得比我实际的状况强壮点。我抓起一本书就开始看，然后才发现上下颠倒了。我抬起头瞥了一眼门口，在海伦娜进来之前我只来得及把书转到右侧朝上。那个装腔作势的家伙留着小胡子，戴着单片眼镜，穿着三件套制服，跟在她脚跟后面，仿佛是条贪婪的猎犬。

“啊，你开始看书了。你选的是哪本？”她把书轻轻往我这边一推，看了看书名，然后微微偏头，“嗯哼，《傲慢与偏见》。我最喜欢的书之一。”

我合上书，把它扔到桌面上，仿佛她刚刚告诉我这本书会传染瘟疫：“是的，嗯，你眼前的男人开始对这种东西感兴趣了，熬夜欣赏……经典文学。”

那个单片眼镜男不耐烦地看着她，准备进行拜访的下一步——离开那个躺在空余卧室里的跛子。

“帕特里克，这位是达米安·韦伯斯特。他是从美国来看你的，他不肯告诉我为什么。”她狡黠地扬起眉毛。

“很高兴见到你，皮尔斯先生。我以前认识你父亲。”

他不是来向她求爱的啊，等等，以前认识我父亲。

韦伯斯特看起来意识到了我的困惑：“我们之前给医院发了封电报。你没有收到吗？”

我父亲死了。但这人到这里来不是为了通知我这件事，那是为什么？

海伦娜在我之前开口：“皮尔斯少校在这里住了一个月了，医院每天都收到一大批电报。你到底是来干什么的，韦伯斯特先生？”她的语气变得严肃起来。

韦伯斯特瞪了她一眼，他多半不习惯一个女人用这种语气跟他说话，他多半是习惯于对别人用这种语气的：“有几件事。首先，是你父亲的遗产——”

窗外，一只鸟飞落到喷泉池里，它跳过去，把头伸进水里，然后抬起头来，抖掉沾上的水。

“他怎么死的？”我死死地盯着那只鸟说。

韦伯斯特说话的速度飞快，仿佛那是需要避讳的事情，一桩烦心事：“汽车事故，他和你母亲都当场死亡。要我说，汽车真是危险的机器。很快，他们没多受苦，我向你保证。现在……”

我感到另一种伤痛，一股孤独、空虚的感觉重创了我，仿佛我心中出现了一个无法填补的空洞。我的母亲，去世了，现在已经下葬了，我再也看不到她了。

“这样你可以接受吗，皮尔斯先生？”

“什么？”

“在查尔斯顿[①]的第一国民银行的账号。你父亲是个很节俭的男人，账号里有接近20万美元。”

节俭过头了。

韦伯斯特明显略感挫败，他垂下头，期待得到回应。“这个账号现在在你的名下。没有遗嘱，但是因为你没有表亲，所以不存在争议。”他又等了一下，“我们可以把这笔钱转到本地的一家银行。”他看了看海伦娜，“或者如果你希望的话，转到英国的——”

“西弗吉尼亚孤儿院。在艾尔肯斯。看着他们把钱打进账户里。还有，保证他们知道，这钱来自我的父亲。”

“唔，好的，这是……可以的。我能问问为什么吗？”

诚实的回答应该是“因为他不会想要我拥有这笔钱”，或者更确切点说，“因为他不喜欢我现在这个样子”。但这两句话我都没说，可能是因为海伦娜在房间里，或者可能是因为我不觉得这讼棍应该得到一个诚实的回答。我反而是嘟哝了些“他会希望这样的”一类的话。

他看着我的腿，寻找着合适的措辞：“这样固然是很好的，但军队的退休金……实在有点少，即便少校的也是。我认为你可能会希望保留一点钱，比如说，10万美元？”

这次我毫无保留地瞪着他：“为什么你不告诉我你来这里的目的？我很怀疑是为了我父亲的20万美元遗产。”

他吓了一跳：“当然了，皮尔斯先生。我只是想提出建议……为你的利益着想。实际上，这正是我来此的目的。我带来了亨利·德鲁里·哈特菲尔德的消息，他是我们可敬的西弗吉尼亚州的州长。州长阁下希望你——哦，首先，

① 译者注：美国西弗吉尼亚州首府。皮尔斯一家是西弗吉尼亚人。

他致以他最深切的哀悼。这不仅是你的损失，也是全州的，乃至我们这个伟大国家的损失。另外，他希望你能知道，他准备指定你接替你父亲在合众国参议院的席位，以州立法机构刚刚赋予他的权力。”

我开始明白为什么麦考伊家族的人会那么憎恨这帮毒蛇了[①]。亨利·哈特菲尔德是那个魔鬼哈特菲尔德的外甥，臭名昭著的哈特菲尔德家族的领袖。州长不能连选连任。他本来准备自己出马在两年前争夺那个联邦参议院的位置，但联邦在那之前一年宣布宪法第十七号修正案生效，让联邦参议员由直接选举产生，从腐败的州立法机构以及哈特菲尔德这样的幕后操纵者手中夺走了这份权力。我父亲是人民选出的第一批联邦参议员之一。他的死，还有刚才提到的那些钱，现在听起来更合理了。但是这个指派可不合理。

韦伯斯特没让这个悬念保持多久。他靠到床柱上，说话的劲头仿佛跟我是老哥们儿似的：“当然，你作为一名战争英雄的资历会让你成为热门人选。很快会有一场特别选举。如你所知，现在参议员都是民选的，”他边说边点头，“本来就该这样嘛。州长准备指定你去坐你父亲留下的位置，条件是你在下次特别选举中支持他，为他助选。作为回报，他愿意在将来支持你的事业。你很可能成为一个众议员候选人。我觉得，众议员帕特里克·皮尔斯听起来很不赖。”他在床边一推，站直身子朝我微笑，“那么，我能给州长带去好消息吗？”

我怒视着他。我这辈子从没这么希望能站起来，能把这个恶棍带到门口，然后把他丢出去。

“我知道现在的情况不怎么理想，但是我们都必须迎难而上。”韦伯斯特朝我那条腿点点头，“而且考虑到你的……局限性，这是个合适的机会。你不太可能找到更好的工作——”

“出去。”

---

① 译者注：麦考伊家族和哈特菲尔德家族是美国南北战争时居住在西弗吉尼亚和肯塔基之间的两个家族。他们在1865年到1891年相互仇杀，死伤多人，其姓氏在美国成为家族仇杀的代名词。哈特菲尔德家族的族长威廉·安德森·哈特菲尔德较对方狡猾，懂得利用法律、政治和经济手段，绰号“魔鬼安森”。

“哎呀，皮尔斯先生，我明白——”

“你听到我说什么了吗？别回来。你所能得到的回答只有刚才那个。告诉那个流氓哈特菲尔德，尽管用出他那些肮脏手段吧。要不也许让他的哪个表兄弟动手？我听说他们挺擅长做这种事的。”

他朝我逼近，但海伦娜抓住了他的胳膊：“这边走，韦伯斯特先生。”

他离开后，海伦娜回来了：“对于你父母的事情，我很抱歉。”

“我也是。我母亲很仁慈，充满爱心。”我知道她能看出我现在有多悲伤，但我再也无法隐藏我的情绪了。

“我能给你拿点什么来吗？”我敢说她不是有意的，但她的眼睛已经飘向了床边放鸦片酊瓶子的地方。

“能。一个医生，为了我的腿。”

CHAPTER 73

印度　新德里

时钟塔分站总部

会议室

多利安在门口逗留了一会儿，纵览会议室的全貌。看起来跟美国航空航天局执行发射任务的控制室差不多。好几排分析员边冲着头戴式耳机讲话边在控制无人机的计算机上工作。在较长的那边墙上，一片显示屏在显示着从无人机上发来的遥测画面：一幅幅山脉和森林的照片。

德米特里一直在协调搜索工作，这个粗壮的俄国人仿佛从尼泊尔那次爆炸后就从没睡过觉。他从那一大群分析员中挤出一条路来，和多利安在房间后面会合。“截至目前我们还什么也没找到，要搜索的地区实在太大了。”

“监视卫星怎么样了？”

“还在等。”

“为什么？怎么要花这么久？”

“重新定位需要时间，而且要覆盖的区域太大。”

多利安看了一会儿那些监视屏幕：“开始打草惊蛇吧。”

“打？”

“放火烧。”多利安边说边转过身，把德米特里带到门口，那群分析员听不到的地方，“看看会发生什么。我猜，华纳就在那些僧院中的一个里。‘多巴计划’进行到哪里了？”

“尸体现在在飞往欧洲、北美、澳大利亚和中国的飞机上了。活着的人在印度本地的医院里，还有些，”他查看了一下手表，“会在一个小时内抵达孟加拉。”

“报道？”

"目前为止还没有。"

总算还是有点好消息。

CHAPTER 74

尼泊尔

伊麻孺僧院

第二天早上，米罗又在等着凯特，就跟前一天一样。

“他在那儿坐着等我醒来，坐了有多久？”她有些好奇。

凯特爬起来就看到一碗早餐，在同样的位置。她和米罗互相问候早安，然后他又把凯特领到了大卫的房间。

日记就放在床边的桌子上，但凯特掠过了它，先走到大卫旁边。她给大卫喂了抗生素，然后检查了一下他肩膀和腿上的伤口。红色的范围在夜里又扩大了，扩散到了他的胸部和大腿上方。

“米罗，我需要你帮我做点事。很重要的事。”

“正如我们初次见面时我说的那样，女士，”他又鞠了个躬，“米罗为您效劳。”

“你晕血吗，米罗？”

几个小时之后，凯特把大卫肩上最后一圈绷带绑好。在桌上，一个碗里放着一堆染血的纱布，纱布下面是一汪脓血。米罗的表现十分出色，虽然没一个手术护士那么好，但他的禅修功夫对此颇有帮助，特别是在检查时对让凯特保持镇定很有帮助。

包好了绷带之后，凯特用一只手拂过大卫的胸膛，深深吸了口气。现在，她能做的只有等待了。她靠着壁龛里面坐下，看着大卫的胸膛一起一伏，运动的幅度几乎小得难以察觉。

过了一小会儿，她打开了日记本，开始读日记。

1917 年 6 月 3 日

“现在怎么样？”卡莱尔医生边说边用钢笔戳了戳我的腿。

“呀。”我咬牙切齿地说。

他把笔往下挪了挪，又戳了一下：“这里呢？”

“疼得要见鬼了。”

他直起腰，沉思着刚才他戳那几下所得的结果。

看腿之前，他花了些时间收集病史。战地医生通常是看看伤口，根本不看人，然后通常一言不发就开始治疗，像他这样算是非常之举。可我喜欢。我告诉他，我 26 岁，受伤前健康良好，没有任何“药物依赖性”，是在西线战场下面的一条地道崩塌的时候受伤的。他点点头，进行了一次彻底的检查，对我说这伤情跟他在行医实践中遇到的受伤矿工和运动员的情况没太大不同。

我等着他的结论，不知道我该不该说点什么。

这个城里来的医生挠了挠头，在床边坐下：“我必须说，我同意军医们告诉你的话。最好当时就把它切除，大概要切除膝盖以下的部分，或者说，至少我会从那里切。”

“那现在呢？”我有些害怕听到答案。

“现在……我不确定。你不能再用它走路了，至少不能正常走路。这在很大程度上要看你有多疼。毫无疑问，你腿上的很多神经都坏死了。我建议你试着走路，尽力走，在接下来的一两个月里。如果疼痛无法忍受，我怀疑会那样，我们就从膝盖以下切除。你大部分疼痛的感觉来自脚上：那儿还有较多的神经。切掉以后你会轻松些。”似乎还嫌我痛苦得不够，他又补充道，“我们要对付的还不仅仅是疼痛，虚荣心也是个要与之斗争的因素。没人希望失去一半的腿，但这丝毫无损于他的男子气概。最好是现实点，你会为你还存在于世上感到欣慰的。另外，我认为最后还有个问题要考虑，你将来要做什么工作，上尉——不对，是少校吧？我还从没见过你这么年轻的少校呢。”

“你周围的人都死光了的话你升迁得自然就快了，”我说，好多拖一会儿才去面对另外一个问题，那个我自从地道崩塌以来一直拒绝面对的问题。我除了采矿什么都不懂。“我不清楚那之后我能做什么……在我重新站起来以后。”这是我脑海里出现的第一个表达。

“案头的文书工作会，嗯，比较适合你的状况，如果你能找到一个这种工作的话。”他点点头，站起来，“嗯，那么，不介意的话，一个月内给我打电话或者写信。”他递给我一张名片，上面印着他在伦敦的地址。

“谢谢你，医生。真心的。”

“哦，我只是很难拒绝来自巴尔顿勋爵的请求。我们从伊顿公学的时候就在一起了。他告诉我，你是个战争英雄，而且他的小女儿非常执着，让他担心我不来看看的话她会心碎的。然后我第二天就坐上火车过来啦。”

客厅里有喧闹声，似乎是有人把架子上的东西撞掉了。卡莱尔医生和我都往那边瞥了一眼，但都什么也没说。他弯腰拿起自己的黑色皮包，然后站直身子：“我会给海伦娜一份指南，告诉她怎么包扎你的腿的。祝你好运，少校。”

1917 年 8 月 5 日

两个月过去了，我现在已经“走”了一个月了。大部分时候在蹒跚，状况好的时候，靠着一根拐杖的帮助，能跛几步。

卡莱尔一个星期前又来看了一下我跛脚走路的表现。他站在海伦娜旁边鼓励我，仿佛狗展上一位骄傲的狗主。

这样说不公平，也不友善——对一个和我本来毫无关系，但对我这么好的人。

那些药，它们麻痹了疼痛，也麻痹了其他一切，包括我的思维。它们让我在药效来的时候对各种情绪都无动于衷，药效退去的时候又疯得像一只大黄蜂。在我的心灵里进行的这场战争是种奇异的折磨。我觉得我宁愿去朝着那些德国皇帝的臣民开枪也好——至少那时候我知道我的立场，当我不在前线的时候还能得到片刻安宁。周复一周的行走，吞服药片，然后踉踉跄跄，这让我有一种新的恐惧：我可能会再也无法摆脱这只野兽，它趴在我背上，不断怂恿我去止住疼痛。我需要那些药片，离不开它们，而且也不想离开。我已经把那魔鬼，那鸦片酊，用两根支柱取代了，一个在我边上，一个在我口袋里。

卡莱尔说，只有我“学会用现在的腿”，找到止痛药的每日最低用量以后，我才能走得更好。说起来容易。

但那些药并不是我离开医院之后那几个月里最让我离不开的东西。她和我之前遇到过的人都不一样。搬出去，说再见，这种事哪怕是想一下都让我害怕。我知道我想做什么：牵住她的手，乘上一艘船，离开直布罗陀出海，远离战争，远离过去，在某个安全的地方开始新的生活，那里我们的孩子可以无忧无虑地成长。

现在快 3 点了，我今天一整天都没有吃药。我希望我跟她说话的时候头脑清醒。我不希望漏掉任何东西，无论会多疼，无论疼在我的腿上还是我的心里。

我需要我全部的智慧。也许是她的英国式教养，那种斯多葛主义和冷幽默，或者也许是在战地医院工作的这两年，在医院里感情和她们与之搏斗的感染一样危险，还会传染。总之，这个女人几乎无法解读。她大笑，她微笑，她充满活力，但她从不失控，从不失口，从不泄露她的心思。如果能知道她到底对我有何感觉，我宁可把我的另外一条腿也丢掉。

我反复考虑过可行的选择，尽可能地做出安排。那个恶棍达米安·韦伯斯特来访的第二天，我写了三封信。第一封信写给查尔斯顿的第一国民银行，通知他们把我父亲账户上的存款转到埃尔金斯的西弗吉尼亚州孤儿院去。我把第二封信寄给孤儿院，提醒他们会有捐款，还有，万一那笔遗产没直接转给他们的话，他们应该去找韦伯斯特先生，考虑到他是最后一个已知的访问过那个账户的人。我真心希望他们能收到那笔资金。

最后一封信我写给查尔斯顿市立银行，我自己的钱存在那里面。一个半星期之后，我收到了答复信，通知我的账户里总共有 5752 美元 34 美分，另外把这笔钱换成银行本票寄到直布罗陀需要收取一定费用。我完全可以预想，我去取现的话没出门就会被偷，银行经常这么干，所以我立刻回信谢谢他们，并要求他们把上述的银行本票尽快寄来。昨天寄来了一份快递，里面装着本票。

我还收到了美国陆军给我的那点微薄的薪水，你不再作战的时候，大部分薪水都由他们替你保管。我上周光荣退役了，所以这会是最后一笔钱了。

如上所述加起来，我有6382美元79美分——要养活妻子和安置好自己，我需要的远不止这点钱。我必须去找个能坐着干的工作，最大的可能是在银行或者投资业，也可能在我熟悉的领域——采矿，或者军火。但这些工作都只会给一些特定的人，他们有合适的人脉，受过合适的教育。如果我有自己的资本，我可以从中获利，然后如果有点好运的话，赶上一次矿业罢工——煤矿、金矿、钻石矿、铜矿，或者银矿——钱就不会是问题了。2.5万美元是我给自己设定的目标。要达到这个目标，我没有多少犯错的空间。

我听到海伦娜打开门，就走到前面的小客厅迎接她。她身上的护士制服满是血污，她看见我的时候脸上露出了和蔼的微笑，二者形成了一个奇特的反差。要是能知道她那是个怜悯的微笑，还是开心的笑容，我愿意付出一切。“你起来了啊。别介意这身衣服，我正准备换一身。”她边说边冲出了客厅。

“穿点好的，”我对她喊道，“我想带你出去走走，然后一起吃晚餐。”

她从她的卧室门口伸出头来：“真的？”笑容更明显了，还掺进了一点惊喜的痕迹，“我要不要把你的制服拿出来摆好？”

“不用。谢谢你，但我以后再也不穿制服了。今晚我想谈谈未来。”

CHAPTER 75

印度　新德里

时钟塔分站总部

会议室

多利安走进房间，等着观看无人机传回的遥感图像。监视墙上的屏幕依次闪烁着亮起，显出一个建在山腰的僧院。

技术员转头问他：“我们要不要再来回飞几次，找个最佳的目标——”

“不，不用麻烦了。就炸它右边的地基，不需要多精确。基本上，我们只需要让它烧起来。让其他的无人机跟在后面，拍摄攻击结果。”多利安说。

一分钟后，他看到那些导弹从无人机上飞出，朝着山腰刺去。他等待着，希望能看到凯特·华纳从着火的建筑里跑出来。

CHAPTER 76

尼泊尔

伊麻孺僧院

凯特放下日记本，伸头看看远处发生了什么。听起来好像是爆炸。山崩？地震？在山脉尽头，烟柱冲天。烟开始是白色的，不久变成了黑色。

会不会伊麻里还在找他们？

如果是这样，她能做什么呢？凯特给大卫服了下午的抗生素，继续对着他读日记。

1917 年 8 月 5 日

海伦娜和我在卵石码头上散步，享受着海上吹来的和煦微风，倾听着进港靠岸的船只拉响的汽笛。崎岖不平的直布罗陀巨岩高高耸立在旁边，相比之下，这个木制的港口小得仿佛是根牙签。我把我的手放在口袋里，而她用她的手臂挽住我的，悄然靠近我，把她的步伐调整到和我一致。我觉得这是个好的信号。渐渐地，街上的灯光亮起，店主们从他们的西班牙午睡[①]中醒来，回到准备午餐和夜间营业的忙碌中。

我腿上疼得好像插进了一把匕首，每走一步它就扭动一下。或者往好处想，至少这是能走路才会有的感觉。我能感到这种钝痛让汗水在我的眉头上聚集起来，但我不敢抬手去擦，因为害怕她会离去。

海伦娜停下了。她看出来了："帕特里克，你现在很疼吗？"

"不，当然不。"我用我的袖子擦了擦前额，"只是不习惯这么热的天气。在屋里吹了这么久的电扇，我适应力现在很差。再加上我是在西弗吉尼亚州

① 译者注：西班牙和拉美国家的午觉是从下午 1 点左右睡到 6 点左右。

长大的。”

她朝着那边的巨岩扬了扬脑袋：“那些洞穴里很凉快。里面还有些猴子，你看到了吗？”

我问她是不是在开玩笑，她发誓说不是。我说我们晚餐前还有时间，让她带我去那里。其实主要是因为她又挽起了我的胳膊，这一刻我觉得我可以走到任何地方去。

那边的英国警察给我们做了一次私人导游，把我们带到他们在圣米歇尔洞深处关着猴子的围栏那里去。我们交谈的声音在洞里回响。他们管这些猴子叫巴巴利猕猴[①]，它们除了没尾巴之外，跟一般的猕猴没什么两样。据说这些直布罗陀的巴巴利猕猴是全欧洲仅有的野生灵长类动物。呃，要是进化论可以相信的话，还有人类也是。我不确定我该不该相信进化论。

在我们去吃晚餐的路上，我问她怎么知道那些猴子的。

“他们在英国海军医院给那些生病的猴子治疗。”她说。

“你开玩笑吧。”

“是真的。”

“这安全吗？把猴子放在和人这么近的地方治疗？”

“我觉得安全。无法想象有什么疾病能从猴子身上传到人身上。”

“为什么要这么麻烦？”

“传说只要这些猴子还生活在直布罗陀，英国人就会一直统治这里。”

“你们还真是个相当迷信的民族啊。”

“也许我们只是热衷于照顾任何我们在乎的东西。”

我们陷入了一阵沉默。我想知道，对她来说，我是不是像一只宠物，或者是一个受监护人，或者是一个在医院里救下她让她欠了情的人物。

我快要疼得受不了了。她一言不发地停了下来，仍然抓着我的胳膊，牵

① 译者注：巴巴利是殖民时代对埃及以外的北非伊斯兰国家的总称，由当地的游牧民族柏柏尔人得名。这种短尾猕猴原产于该区域，又称地中海猕猴。西班牙人把它们从非洲带到了直布罗陀。

着我一起转身面对正落入海湾的夕阳下的直布罗陀巨岩。

“还有个关于巨岩的传说。古希腊人说，那是海格力斯门柱[①]中的一根，它下面的那些洞穴和隧道通往地下深处，一直通到冥王之国的大门。”

“地下世界的大门啊。”

她开玩笑地扬起眉毛：“你觉得它在这下面吗？”

“不，我有些怀疑。我相当确定，地狱离这里有千里之遥，它在西线的一条地道里。”

她的面容沉重起来，然后低下了头。

她在开玩笑，而我是想要说俏皮话，可结果我让我们俩想起了这场战争。这完全破坏了气氛，我真希望我能穿越回去，把那一刻重来一遍。

她情绪好了一点，拽了拽我的胳膊：“嗯，就我来说，很高兴你能远离那边……而且不用再回去。”

我张开口，但她用手按住我的嘴，显然是要阻止我再说出什么晦气话来：“你饿了吗？”

葡萄酒上桌了，我迅速地喝了两杯，就着酒服下药物。她喝了半杯，可能出于礼节。我希望她能多喝点——我唯愿那张面具能碎掉，哪怕仅仅是一小会儿，好让我能看到她在想什么，她的感受如何。

但食物来了，我们都闻到了，于是说起它看起来多棒。

“海伦娜，我是想跟你说些事情。”说话的方式太严肃了。我本来希望能随意些，能让她卸下心防的。

她放下自己的叉子，咀嚼着刚吃进的一小口食物，几乎都没有移动她的下巴。

我坚决推进：“你收留我的行为真是太可敬了。我不知道我有没有说过谢

① 传说古希腊最伟大的英雄赫拉克勒斯——又译海格力斯——经过直布罗陀海峡时在海峡两边各竖起一根巨大的石柱，后来成为海峡两端的巨崖。

谢你，但我真的很感激。”

“这又不麻烦。”

“这很有一点麻烦。”

“我不在意。”

“无论如何，我想，既然现在我已经度过了我的……康复期，我应该另找个地方住了。”

“谨慎起见，还是再等等吧。你的腿可能还没全好。卡莱尔医生说你继续走路的时候有可能发生再损伤。”她把盘子里的一些食物往边上扒拉。

“我不担心我的腿。人们会说闲话的：一个未婚男人和一个未婚女人，住在同一栋房子里。”

“人们总是要说闲话的。”

“我不想让他们说你的闲话。我会找个住的地方，再找个工作。我需要开始把我的事情安排就绪。”

“这样会不会……更合理……先等等，直到你知道你要去哪里工作，再做安排。”

“的确。”

她略微高兴了点：“说起来，有些人想跟你谈谈工作的事情——我父亲的几个朋友。”

我沮丧地发现自己无法掩藏声音里的怒气：“你请他给我找工作。”

“没有，我对你发誓。虽然我想这样，但我知道如果我这样做你会有何感受的。是他大约一周前给我打了个电话，他们很热切地想要见你。我把见面推后了，因为我不知道你的计划如何。”

“跟他们见见不会有坏处。”我说。那是我这辈子最大的错误。

大卫能听到她在读书，或者是别的人在读书。他推开了他们的工作室所在的公寓大门。艾莉森抬起头来看着他，走到录音机前，按下暂停键。

“你今天回家好早。”她笑着开始在厨房的水槽里洗手。

“学不下去了。”大卫指了指录音机，“又一本有声书？”

“是啊，能让烹饪不那么无聊。”她关上水龙头。

“我能想出好多比烹饪有趣的事情。”大卫把她拉到自己怀里，亲吻着她的嘴。

她把自己湿漉漉的双手挡在胸前，在大卫的怀抱里挣扎着：“我无法……嘿……得了，他们明天早上要给我搬办公室了，我得提前到场。”

“噢噢，大投资银行家小姐已经得到一间带窗户的办公室了？”

“门都没有。我在104楼。我要想在那上头有间带窗户的办公室，大概还要20年呢。现在大概是浴室隔壁的一间小盒子。”

“所以你更该活得开心点啦。”大卫把她举起来，扔到了床上，又吻上了她的唇，然后用手顺着她的身子往下抚摩。

她的呼吸急促起来：“你几点钟上课？明天是什么日子？星期二，11号？”

大卫扯下自己的毛衣：“不知道，也不在乎。”

CHAPTER 77

在线发布

疾病预防和控制中心

克里夫顿路 1600 号

亚特兰大，乔治亚州，邮编 30333，美国

请立刻发布

联系：新闻和电子媒体部、通信部

电话（404）639-3286

印度北部农村报告出现了新的流感变种

印度卫生与家庭福利部报告说出现了一个新的流感亚型，称为 NII4 斯米克特型。目前还不知道该亚型是已知的流感亚型的变种，还是一类全新的病毒。疾控中心已经派出一支外勤队伍去帮助印度卫生部门分析该新流感亚型。

疫情暴发的报告初见于印度达尔丘拉附近的乡村。

目前该新亚型的严重性和致死率也尚未知晓。

疾控中心业已知会国务院，目前尚无须发布旅游警告信息。

疾控中心将在获得更多关于 NII4 斯米克特型病毒的细节之后发布后续消息。

CHAPTER 78

尼泊尔

伊麻孺僧院

次日早上，米罗没在那里等着凯特了，但桌上还是放着盛在碗里的早餐糊糊，跟前两天一样。有点凉了，除此之外还是挺好的。

凯特溜达出这间木地板的房屋，走进门廊。

“凯特医生！”米罗边说边朝她小跑过来。他在差点撞到凯特的地方停下来，把手放到膝盖上直喘气。他喘过气来以后说：“我很抱歉，凯特医生。我刚才……我必须去做我的特别项目。”

“特别项目？米罗，你不需要每天早上都来见我的。”

“我知道。我自己想这么做。”这个十来岁的少年边调匀呼吸边说。

他们一起沿着敞开的木头过道走向大卫的房间。

“你在做什么啊，米罗？”

米罗摇摇头：“我不能说，凯特医生。”

凯特有些怀疑这是不是又是个玩笑。他们走到大卫的房间门口的时候，米罗鞠了个躬然后离开了，朝着他来时的方向全力奔去。

1917 年 8 月 7 日

我起身欢迎海伦娜带进小日光温室的两个男人，脸上没有任何哪怕最轻微的疼痛的迹象。我今天吃了三大片白色的止痛药，做好准备，确保我看起来能完成任何任务。

现在时间刚过午后，太阳高悬中天，把阳光洒向那些白色的藤编家具和种在日光温室里的植物。

个子高些的男人往前走了几步，越过海伦娜，也不等她做个介绍：“那么，你最后还是决定见我们了。”是德国人，一位军人。他的眼神冰冷而专注。

我还没来得及开口，另一个男人从高个子男人后面冒了出来，伸出一只手，“马洛里 · 克雷格，皮尔斯先生。幸会。”一个爱尔兰人，而且还是个贼眉鼠眼的。

那个德国人解开他外套的扣子，问也不问就一屁股坐了下来：“而我是康纳德 · 凯恩。”

克雷格快步绕过沙发，在凯恩旁边坐下，然后往下坐了点。后者朝他看了一眼，皱起了鼻子。

“你是德国人。”我说话的语气就像是在控诉他是杀人凶手，我觉得这样是公平的。要不是那些药，我本来可能就把这语调掩饰起来了，但这样不加修辞直接说出来我觉得挺高兴的。

“嗯哼。我生在波恩，但我必须说，我现在对政治毫无兴趣。”凯恩漫不经心地答道，好像我刚才是在问他是否经常看赛马消息似的，好像他的同族没用毒气杀害数以百万的协约国士兵似的，他歪了歪头，“我的意思是，知道了世界上有这么多更引人入胜的东西之后，谁还会关心政治啊。”

克雷格点点头：“的确。”

海伦娜在我们之间放了一个盘子，上面是咖啡和茶。我还没来得及说话，凯恩就开口了，仿佛这是他的家，是他在款待我：“啊，谢谢你，巴尔顿小姐。”

我指了指椅子对海伦娜说：“留下。”我就是想让凯恩看清这里是谁说了算。他看起来很恼火，让我感觉好了点。

凯恩啜了一口咖啡：“我听说你需要工作。”

“我正在找工作。”

“我们有个特殊任务需要完成，为此我们需要某种特殊人才。一些懂得闭上他的嘴巴，而且能在压力下应付自如的人。”

那个时候，我想到的是：情报工作——为德国人。我希望那是的。我床边上的桌斗里还放着我的美国陆军配枪。我已经想象到了我自己拿出枪，走回日光温室的情景。

“哪种工作？”海伦娜开口打破了沉默。

“考古学方面的，一个挖掘项目。”凯恩一直盯着我，等待我的反应。克雷格大部分时候在看凯恩。从那句“的确”之后他一声都没吭，我怀疑他也不会说别的。

“我想找在本地的工作。”我说。

“那你不会失望的。工作地点就在直布罗陀湾下面，下面相当深的地方。我们已经发掘了一段时间了。确切地说，45 年了。”凯恩看着我，期待着反应，但我毫无反应。他又缓缓抿了一口咖啡，保持着和我的眼神相接，“我们快要开始发现……快要有重大进展了，但战争让我们的处境十分艰难。我们一直在希望它能迅速结束，但我们被迫要在那之前做出别的安排。因此，我们来到这里，向你提出这个要约。”凯恩终于移开了视线。

“危险吗？”海伦娜问道。

“不。至少不比，例如说，西线战场更危险。”凯恩停了一下，见到她皱起了眉毛，马上伸出手拍了拍她的腿，“呃，不，我只是开玩笑呢，我亲爱的小姑娘。”他笑着转向我，“我们不会让我们的小战争英雄置身危险之中的。”

“你们的前一支发掘队伍怎么样了？”我问道。

“我们之前有一支德国采矿队，能力非常强的队伍。但显然，这场战争和英国对直布罗陀的控制对我们造成了复杂的影响。”

我问出了本该先问的问题：“你们损失了多少人？”

“损失了？”

“死了。”

凯恩轻蔑地耸耸肩：“一个也没有。”克雷格脸上的表情告诉我，这是个谎言，我怀疑海伦娜是不是也明白了这点。

“你们在发掘什么？”他还会说谎的，但我很好奇他会在哪方面说谎。

“历史遗迹，文物。”凯恩一个个地吐出这些字，仿佛在一刀刀削雪茄。

“我明白了。”我猜，这是一次探宝行动。可能是海湾底部一艘沉没的海盗船或者是商船。肯定是价值巨大的东西，否则不可能花上 45 年时间去发掘，尤其是还在水下。一份危险的工作。“薪酬？”我说。

“每周 50 纸马克[①]。”

50 别的什么，那只是个玩笑，可纸马克，那简直是在打脸。他们这跟付愚人金[②]给我没什么两样。考虑到德国的战争形势，纸马克要不了一两年就连拿来点火都不配。德国家庭用纸马克去面包店买一块面包都得用手推车推一车去[③]。

“我要用美元支付我的薪水。”

“我们有美元。”凯恩若无其事地说。

“而且数额要比你说的大得多。我要提前拿到 5000 美元——然后才去看你们挖的隧道。”我朝海伦娜看去，“如果它们挖得太差，或者支撑结构质量低劣，我就走人，带 5000 美元预付款。”

“质量很好的，皮尔斯先生。它们可是德国人挖的。”

“另外我每周要 1000。”

“荒诞。你绑了一个农民，却索取国王的身价。”

“胡说八道。我可是听说国王、皇帝，还有沙皇们现在不像以前那么值钱了。但是一个上下畅通的指挥系统仍然不可取代。它能救人性命，尤其是在水下矿井这种危险的地方。如果我接受了这份工作，我在井下的时候，我得说了算，绝无例外。我不会把我的生命放在哪个蠢货的手里。这些是我的条件——要么接受，要么离开。”

凯恩哼了一声，放下他的咖啡杯。

我往后一靠，又说道：“当然，你们总还可以等着战争结束。我相信那不用多久了。然后你们就能带一支德国施工队进来了，假如那时候还有个‘德国’的话。不过……我肯定是不会下注赌有的。”

---

① 译者注：德国 1914—1923 年发行的马克的别名。

② 译者注：硫化铁的别名。中世纪炼金术士乃至近现代的骗子常用这种金色的矿物冒充黄金骗人，故而得名。

③ 译者注：1922—1923 年出现恶性通货膨胀后真的出现了这样的场景。

"我不会接受你的条件的。"凯恩站起来，朝海伦娜点点头，然后走了出去，留下看起来还搞不清状况的克雷格。这个缄默的男人站起来，犹豫了一会儿，脑袋在他逃走的主任和我之间来回甩动，然后跟着凯恩跑了。

门关上以后，海伦娜在椅子里往后一靠，用一只手梳理着自己的头发："上帝啊，我快吓死了，生怕你会接受那个工作。"她望着天花板发了一会儿呆，"他们告诉我，他们希望你去参加一个研究项目。我告诉他们，你很聪明，会很适合的。要是我早知道他们的目的，我绝不会让这些恶棍进来。"

第二天，海伦娜出去工作的时候，马洛里·克雷格来了。他站在门廊上，用手把他的平顶帽捂在胸口："为昨天让您感到的不快道歉，皮尔斯先生。凯恩现在的压力很大，因为……嗯，我是，呃，来这里说我们十分抱歉的，还有，把这个给你。"

他拿出一张支票。5000 美元，由伊麻里直布罗陀公司的账户支付。

"我们很荣幸能请你领导这次发掘工作，皮尔斯先生。当然，条件按你的来。"

我告诉他因为昨天的对话让我很没兴致，之后会和他联系的，或早或晚。

那天余下的时间我都在枯坐沉思。我离家参战前就不擅长这种事，尽管自从那以后我有很多次练习。我想象着我自己走进那个矿井，朝下走去，日光渐渐让位于烛光，空气变得又冷又湿。我曾看到过那些人，因为坍塌或者其他原因受伤后运出来的人，原本强壮的男人，在光线消失的那一刻被压得破破烂烂，仿佛是一个早餐时在平底锅边上敲开的鸡蛋。我呢？我试着想象那幅情景，但走进那地道之前我不会知道。

我考虑了有什么别的我能做的工作——我的选择。我可以去矿山工作，至少在战争结束前。那之后会有比以前更多的矿工，有些是在战争期间训练出来的[①]，还有更多从战场上回来的。但我得离开直布罗陀才能找到需要我这样的人的矿山——这点无法回避。还有另一个问题，我没花多少时间就得出

① 译者注："一战"期间双方都大量使用地道战，许多士兵参与了挖地道的工程。

了结论：坐船到美国或者南非，然后在矿井里面撒泡尿的工夫又匆匆跑出来不是件容易的事情。

我看着那张支票。5000 美元会给我许多选择，而且指导他们的发掘工作可能……有启示作用……对我个人。

我会“去看一眼”的，我决定。不管发生什么事，我可以走掉，或者，我用内急当借口，逃走。

我告诉我自己，我应该会拒绝这个工作的，所以没理由要告诉海伦娜，没理由去让她烦心。在战地医院做护士压力已经够巨大的了。

“我们收到卫星拍摄的画面了，先生。”技术员说。

“然后？”多利安回道。

那个松鼠般静不下来的家伙俯下身子，研究了一下他面前的计算机屏幕：“发现了好几个目标。”

“把无人机派过去。”

那些山里的僧院就像是在巨大干草堆里的小针，但他们终于能看到他们了。要不了多久了。

CHAPTER 79

凯特仔细检查了一遍大卫的伤口，更换了绷带。伤口在愈合，他很快就会好起来。凯特这么期盼着，又拿起了日记本。

1917年8月9日

昨天克雷格来访的时候，他告诉我，伊麻里直布罗陀“只是一家本地小企业”。他马上补充说：“但我们是一个大集团的一部分，集团在欧洲各地和海外有其他的投资。”本地的小企业不会拥有半个码头，他们也不会用半打公司来层层掩护自己。

通往发掘现场的旅程中就有第一个显示出伊麻里并非表面看上去那么简单的迹象出现。我找到马洛里的名片上写的地址，发现是一间破旧的混凝土三层楼，坐落在港口区的中心，和周围的建筑物形成了鲜明对比：那些楼房上挂着的招牌都是以“进出口公司”“船运和海运”“造船和翻新”之类的词组结尾的一长串公司名，这栋上面只是在门楣上用黑色印刷体草草涂着“伊麻里直布罗陀”几个字；那些楼房里人流熙熙攘攘，而这栋灯光暗淡，看上去简直像是已经废弃。

一进门就有一个体态轻盈的接待员冒出来说：“早上好，皮尔斯先生。克雷格先生正等着你呢。”

要么她是从瘸腿这点上认出了我，要么就是他们根本就没多少访客。

一路走过的办公室让我想起了那种临时的军团指挥部：一个在刚刚攻陷的城市里匆匆建起，根本不打算长期使用的地方，一旦打下更多地盘或者是要紧急撤退，这里就随时会被放弃。

克雷格十分热情，告诉我他很高兴我决定参加他们的项目。正如我的猜想，哪里都看不到康纳德·凯恩的身影，却多了另一个人：比他年轻些，二十八九岁，跟我的年龄差不多，而且和康纳德·凯恩惊人地相似——特别是他脸上那自以为高人一等的笑容。克雷格证实了我的猜测。

“帕特里克·皮尔斯，这位是拉特格·凯恩，你见过他父亲的。我让他跟我们一同前往，因为你们会一起工作。”

我们握了握手。他的手十分强壮，而且他在用力挤压，我差点就要吐气开声了。在床上躺了几个月让我虚弱了许多，只能抽回了我的手。

小凯恩对此似乎十分满意。“很高兴你最终还是来了，皮尔斯。我追着老爸要他给我找个新矿工好几个月了——这场该死的战争把我耽误得够久了。”他叉着腿坐下，然后扭过头：“格特鲁德！”一个秘书走到门口，“给我来杯咖啡。你喝咖啡吗，皮尔斯？”

我无视他的言行，直截了当地对克雷格宣布：“我的条件很清楚。我在矿井里要说了算——如果我接受这份工作的话。”

克雷格抬起双手，截住拉特格，然后迅速开口说话，希望能同时安抚住我们两个人：“没有任何变化，皮尔斯先生。拉特格已经在这个项目中持续工作了十年了，实际上他就是在那些矿井里长大的！你们大家会有很多共同点的，我想，呃，据我所知。不，你们大家会在一起工作。他会提供宝贵的建议，而有他的知识和你的挖掘技术，我们会很快完成工作的，或者至少是取得可观的进展的。”他打了个手势，让正小心翼翼端着盘子蹑手蹑脚走过来的秘书停下，“啊，格特鲁德，你能把咖啡装到保温杯里吗？我们要把咖啡带出去喝。嗯，再给皮尔斯先生装点茶。”

矿井的入口处离伊麻里办公室接近一英里远——在巨岩旁边，和码头平行的一间库房里。确切地说，是两个仓库：内部连起来，但正面外墙分隔成两半，使它们从街道上看起来像两个仓库。一个这么大的库房会显得十分突出，激发人们的好奇心。不过，两个普通大小的仓库门面则很容易被忽视。

在这间超大号的仓库里，有四个肤色较浅的黑人男子在等待我们。我猜他们是摩洛哥人。一看到我们，这四名男子就默默地开始移开盖在仓库中央的某个建筑上的油布。油布被完全拿开以后，我意识到那根本不是什么建筑——它是矿井的出入口。一张巨口，朝两边延伸。我本以为会看到一个竖井的，但和后面给我的一系列惊讶比起来，这个还算是最小的了。

出入口有一辆卡车，一辆电动的。还有两条长长的轨道，通往矿井深处。显然他们每天要运出很多泥土。

克雷格指着一辆空着的轨道车，然后指指仓库门外的港口和大海："我们白天开掘，夜里把土运出去，皮尔斯先生。"

"你们把那些泥土倒在——"

"海湾里，如果我们可以的话。满月的时候，我们会把船开远些。"克雷格说。

有道理。要丢弃这么多的泥土，这大概是他们唯一的选择。

我走近些检查井筒。它由大木头支撑，就像我们在西弗吉尼亚州的矿井一样，但木材和木材之间有一根深黑色的电线，一直延伸到我的视线尽头。有两根，事实上，矿井两侧各有一根。在矿井的出口对面，左边那根连到了一部电话上。右边那根则是扎进了一根柱子上贴着的一个盒子里，它有一个金属的拉杆，像是个开关盒。电源吗？肯定不是。

当摩洛哥人把最后的防水布扔到一边的时候，拉特格大步走去，然后用德语训斥着那些人。我听懂了一点，确切地说是一个词："福伊尔"——德文的"火"。听到这个词的我不由得毛骨悚然。他指指卡车，然后指指轨道。那些男人看起来大惑不解。这是要来些"本是为我好"[①]啊。我扭过头，拒绝观看这场表演，拒绝接受他们的羞辱。我听到拉特格抽出些东西，碰到铁轨时当啷作响。我忍不住转过视线，我看到了一辆最多和盘子一样大的迷你轨道车，车顶上有个圆形的纸袋子，拉特格正在点燃袋子里的一根灯芯。然后他把迷你车放到了一条轨道上，几个摩洛哥人帮他拉动一个弹弓装置，把点着火的小车弹了出去。它呼啸着冲进幽暗的矿井，纸袋让火焰没有立刻被吹熄。

① 译者注：《以赛亚书》38节19段的开头半句为"那本是为我好"，接下来的半句是"我所吃的苦头"。

一分钟后，我们听到远处噗的一声爆响。沼气，可能是一处沼气包。拉特格示意摩洛哥人再弹射一次，然后他们冲到另一条轨道边，那条轨道上也放着个盘子车，车上也有个纸袋子，里面点着火。我被震惊了，我得遗憾地承认，我们在西弗吉尼亚州所用的方法完全没这么先进。撞上一处沼气包就像撞上一枚手榴弹——可能在一瞬间就发生全面爆炸，就算火焰没有杀死你，塌方也会。

这是一个危险的矿井。

我们听到了第二次噗声，这次在更深的地方。

摩洛哥人又装配、弹射了第三次。

我们等了一会儿，没有声音传来。拉特格把盒子里的闸刀合上，然后坐到方向盘后。克雷格拍了拍我的背："我们准备好了，皮尔斯先生。"克雷格坐在乘客座椅上，我坐在后面的长凳上。拉特格猛地把车飙进了框里，几乎撞到入口处的轨道上，但在最后一刻他拐了个弯，绕开了铁轨，然后把路线正了回来。我们朝着地下深处进发，仿佛是儒勒·凡尔纳某本小说的主人公们。那本书大概是叫《地心游记》。

这条隧道完全是黑暗的，除了卡车上暗淡的头灯，勉强照亮了我们前面十英尺的区域。我们高速行驶了大约一个小时，我一句话也没说，在隧道里的喧闹中我也说不出话来。规模惊人，令人难以想象。隧道又宽又高，而且——让我十分懊恼的是——挖得非常非常专业。这些不是探宝隧道，而是要长期使用的地下通道。

刚开始进入矿井的几分钟是不断在转圈。我们一定是沿着一条螺旋隧道在下行，隧道的形状就像一个拔塞钻，朝着地下深处钻去，直到海湾底部。

我们最终被从螺旋隧道里吐了出来，进入一个较大的平台区域。这里毫无疑问是用于整理和储存给养的。我刚来得及对那些板条箱和盒子看上一眼，拉特格就又让卡车加速，咆哮着以更快的速度冲下笔直的隧道。我们现在不断在下降，我几乎能感觉到每过一秒钟空气就变得更潮湿。隧道里有几处分岔，但什么也不能让拉特格慢下来。他疯狂突进，忽左忽右地转向，危险地转过弯道。我抓紧座椅。克雷格俯身向前，碰了碰年轻人的胳膊，但在震耳欲聋的卡车引擎声中我听不到他的声音。无论他说了什么，拉特格看来毫不在意，他推开克雷格的胳膊，往前冲得更猛了。引擎在尖叫，边上的岔道忽远忽近，闪动而过。

拉特格是想用这次短暂的刺激之旅来证明，他了解这条黑暗中的隧道，这里是他的地盘，我的性命掌握在他的手中。他想让我害怕，他成功了。

这是我曾下过的最大的矿井。尽管西弗吉尼亚的群山中有些矿井也非常巨大。

最终，隧道结束了，尽头是一片很大的、形状不规则的区域——就像是那些矿工在寻找正确的方向，做了几次错误的尝试后形成的。天花板上挂着电灯，照亮了整个区域，照出了墙上的钻洞和凹坑，那边看来曾炸开过几条新隧道，但放弃了。我看到了另外一根黑色的电线堆在那里，连到一张桌子上，桌上放着另一部电话，毫无疑问和地面上的那部连着。

轨道在这里到了尽头。那三辆迷你轨道车在线路的终点排成一排，靠近房间的尽头。两辆车的顶部都被炸飞了。第三辆静静地停在另外两辆前面：它顶上的火苗狂野地跳动着，索取着这个潮湿的空间中飘来的氧气。

拉特格关上引擎，一跃而出，吹熄了蜡烛。

克雷格跟着他下车，然后对我说："嗯，现在你怎么想，皮尔斯？"

"这是条不错的隧道。"我环顾四周，看到了更多这种奇怪的区域。

拉特格加入了我们的对话："别装傻啦，皮尔斯。你以前从没看过这样的地方吧。"

"我没说我看到过。"我对着克雷格继续说，"你们遇到了瓦斯的问题。"

"是的，最近才出现的新情况。去年我们才开始遇到沼气包，显然我们有点措手不及。我们本以为水会是这次发掘中的最大威胁。"

"这假设并不离谱。"瓦斯是许多煤矿里经常出现的威胁。但我也没想到它会出现在这下面，一个看起来没有煤、石油，或者什么其他燃料沉积的地方。

克雷格朝头顶上比了比："毫无疑问你已经注意到了，这个矿井的坡度是不变的——大概 9 度。你要知道，我们头顶上的海床的坡度大概是 11 度。就在我们上面大约八十码——我们相信。”

我立刻领会了其中的暗示，这让我无法隐藏我的惊讶：“你认为那些聚集的瓦斯是来自海床？”

“是的，恐怕的确如此。”

拉特格在一边皮笑肉不笑的，似乎觉得我们像是两个碎嘴老女人。

我仔细观察着这地方的顶上。克雷格递给我一个头盔和一个小背包。然后他按动头盔边上的一个开关，头盔上亮起了灯光。我好奇地瞧了一下头盔，然后把它戴上，决定先去研究手头更大的谜。

洞顶的岩层很干燥——一个好迹象。我们对一个危险心照不宣：如果一处沼气包爆炸了，而且这个聚集够大，一直到了海床上，那么就会发生一次特别巨大的爆炸，接着还会有一次几乎会在瞬间冲毁整个矿井的洪水。你要么被烧死，要么被淹死，再不然就是被压死。也许三样一起来。一个火星——来自铁镐、落下的岩石、轨道车的轮子和铁轨的摩擦——就能把整个地方炸飞。

“如果气体来自上方，在矿井和海水之间，我看不出还有别的选择。你们必须封闭这里，另找一条路。”我说。

拉特格冷笑一声：“我早说过了，马洛里。他不行的，我们是在这个瘸腿美国懦夫身上浪费时间。”

克雷格抬起一只手：“少安毋躁，拉特格。我们已经付钱给皮尔斯先生，把他请到这里来了，现在让我们听听他有何见解。”

“你会怎么办，皮尔斯先生？”

“没办法。我会放弃这个项目。收益不可能高于成本——人力和物力。”

拉特格转动着眼珠，开始在房间里游荡，不管我和克雷格了。

“我恐怕我们不能这么做。”克雷格说。

“你们不就是在寻宝嘛，为什么不能？”

克雷格把手背到背后，往洞穴深处走去：“你也看到这次发掘工作的规模了。你知道我们不是宝藏猎人的。1861 年，我们把一艘船沉在了直布罗陀湾：

乌托邦号。一个小小的内行人才听得懂的笑话。之后我们花了五年在沉船处潜水探索，在这个理由的掩护下我们在那下面发现了——一个建筑群，离直布罗陀海岸将近一英里远。但我们判断，我们无法从海床那边进入——它埋得太深了，我们的潜水技术实在不够先进，也不可能迅速发展起来。而且我们害怕引人注意，我们在一艘商船的沉船地点上逗留太久了。”

“建筑群？”

“是的。一个城市，或者是一座庙宇之类的。”

拉特格走回到我们身边，转身背对着我，面对着克雷格：“他不需要知道这些。如果他觉得我们在发掘值钱的东西，他会要求更多薪水的。美国人几乎跟犹太人一样贪婪。”

克雷格提高了嗓门：“安静，拉特格。”

要无视这个顽童很容易。我现在很好奇。“你们怎么知道该把船沉在哪里，该在哪里挖掘？”我问道。

“我们……有个大致的概念。”

“从何而来？”

“一些历史档案。”

“你们怎么知道你们现在是在之前潜水的地点下方呢？”

“我们使用罗盘测量，并按照隧道的斜度计算距离。我们就在那地方的正下方，而且我们有证据。”克雷格走到墙边上，抓住一块石头——不，是一块肮脏的毯子，我把它当成石头了。他把那张毯子拖开，露出了一个门，样子有点像大型船只上的防水隔离舱。

我靠近了一点，用我的头灯往那个奇怪的地方里面照进去。周围的墙壁是黑色的，明显是金属，但是它们闪烁着奇异的、无法描述的光泽，几乎让人觉得它们是活动的，墙壁反射我的灯光，就像是一面水做的镜子。里面还有别的光，在通道的顶部和底部闪动。我朝转弯的地方窥视了一下，看到那边的隧道通向一扇门，或者是一个入口。

“这是什么？”我小声问。

克雷格趴在我肩上："我们相信，这是亚特兰蒂斯。柏拉图描述的那个城市，地点正好。柏拉图说，亚特兰蒂斯是一个岛屿，坐落在海峡前方，海峡的两边是赫拉克勒斯之柱——"

"赫拉克勒斯之柱——"

"也就是我们说的海格力斯之柱。直布罗陀巨岩就是海格力斯之柱中的一根。柏拉图说，亚特兰蒂斯统治着整个欧洲、非洲和亚洲，它是通往其他大陆的门户。但它沉没了。柏拉图的原话是：'发生了可怕的地震和洪水，在一个不幸的昼夜里，所有那些尚武的人就全部被大地吞没，那个亚特兰蒂斯岛也同样沉入大海不见了。'①"

克雷格从那个奇怪的建筑前退开："这就是亚特兰蒂斯。我们找到了它。你现在知道我们为什么不能就此止步了吧，皮尔斯先生。我们非常、非常接近它了。你会加入我们吗？我们需要你。"

拉特格大笑起来："你在浪费你的时间，马洛里。他怕得要死，我从他的眼神里能看出来。"

克雷格聚精会神地望着我："别管他。我知道这很危险。我们可以给你比每周 1000 元更高的薪水，你告诉我这工作值多少。"

我看了看隧道里面，然后再次仔细观察天花板。天花板上是干的。"让我想想。"

① 译者注：柏拉图《对话录 · 蒂迈欧篇》，文字略有出入。

CHAPTER 80

南极洲东部

5 号钻探点

雪上营地阿尔法

“我们现在深度多少？”罗伯特·亨利问钻探人员。

“刚刚 6000 英尺。我们要不要停下来？”

“不，继续钻。我去报告上面。到了 6500 英尺叫我一声。”超过一英里的钻探过程中除了冰之外什么都没有——和前四个钻探点一样。

罗伯特把他的羽绒服紧了紧，走下宽大的钻井平台，朝他自己的野营帐篷走去。他从一个助手身边走过，他想说点什么，却想不起那人的名字。他们派给他的两个人都很沉默，他们都很少说起自己的事情，但他们工作努力，而且不喝酒——在极端条件下的钻井作业中，你能希望的最好的手下不过如此。

五号探洞看起来跟之前四个一样：除了冰什么都没有。整个大陆就是一个巨大的冰坨子。他记得自己在哪里读到过，南极洲拥有世界上 90%的冰，70%的淡水资源。就算你把世界上所有的淡水，每个湖泊、池塘、溪流，还有云彩里的水都加在一起，结果也还都不到南极洲的冰含水量的一半。如果这些冰全部融化，世界的面貌将会大不相同。海水会上涨两百英尺，许多国家会陷于水中——确切地说是被上涨的海平面淹没——像印度尼西亚这样的低海拔国家会从地图上抹去。纽约、新奥尔良、洛杉矶，还有佛罗里达的大部分地区也会消失。

看起来，南极洲只有冰多的是。他们在这地下找的会是什么？石油是个合乎逻辑的答案。毕竟，罗伯特就是一个石油钻井工。但这些设备完全不适合石油钻探，孔径就不对。要开采石油，你只需要一根输油管道，而这些钻头打出的洞大得足以开进去一辆卡车，或者说吊下去一辆卡车。下面会有什么？矿物？某些和科学有关的东西，比如说化石？或者是想打桩然后要求主权的阴谋？南极洲面积广阔——1750 万平方公里。如果它是个国家的话，那么会是世界第二大国，只比俄罗斯小两万平方公里。他也曾在俄罗斯那个鬼地方钻探过——结果比现在成功得多。大约两百万年前南极洲曾是一片植被繁茂的乐园，因此显然在地表下会蕴藏着石油，其规模难以想象，天晓得还会有些什么别的。

罗伯特听到身后一声巨响。

竖立在地面上的钻井塔正在疯狂转动——说明钻头前面现在没遇到任何阻力。他们一定是遇到了一处空腔。他曾想到过这点——近年来，研究团队在冰层中发现了许多巨大的洞穴和裂缝，可能是些水下峡谷，那里的冰在地下山脉上浮动着。

“关上钻机！”罗伯特大喊道。可钻井平台上的人根本听不到他的声音。他把手在自己的喉咙上一拉，比出割喉的动作，可那人看起来只是目瞪口呆。他抓起自己的对讲机吼道：“全速停机！”

平台上方，突出地面的那根长杆已经开始摇晃，就像是一个开始失去平衡的陀螺。

罗伯特丢下步话机，朝平台奔去。他推开挡在路上的那个家伙，输入关闭钻机的指令。

他抓住那人，两人一起从平台上跑开。他们快跑到居住舱的时候，听到平台战栗起来，弯曲了，然后翻倒了。钻杆断了，在空中疯狂旋转。即便隔了两百英尺，那噪声还是震耳欲聋，就像是一台全速运转的喷气式发动机在咆哮。平台沉到了雪地里，钻头朝前冲去，往冰层上乱戳，就像是《追击龙卷风》里堪萨斯平原上的龙卷风。

罗伯特和那人都把脸朝下，忍受着从天而降的冰屑和雪片，直到钻头终于停了下来。

罗伯特抬头看着事故现场，他的雇主不会高兴的。“什么都别碰。”他对那个人说。

在生活舱内，罗伯特拿起了步话机："赏金，这里是雪王。我有数据更新。"罗伯特思索着该报告什么。他们不是撞上了一个空腔，那是什么别的东西？这钻头能咬进任何岩石和土壤，甚至冰。他们撞到的那东西不管是什么，它把钻头弄掉了。这是唯一的可能。

"收到，雪王。报告数据。"

多一事不如少一事。他不去猜测，"我们撞上了什么东西。"罗伯特说。

那个伊麻里技术员走进作为总部的组合屋的时候，马丁·格雷博士正盯着窗外。他没抬头看进来的人，仿佛那无边无际的雪景里有什么东西能让他保持平静。

"先生，第三钻探队刚才发来报告。我们认为他们撞上了那个建筑。"

"找到入口了？"

"没有，先生。"

马丁走到房间对面，面朝显示着南极地图的那个巨大屏幕："给我看看在哪儿。"

CHAPTER 81

尼泊尔

伊麻孺僧院

第二天早上凯特到达的时候，大卫已经醒来了，而且在生气。

“你必须离开。那个男孩告诉我，我们在这里待了三天了。”

“我很高兴你感觉好些了。”凯特语气欢快地说。

她拿起要给大卫服用的抗生素、止痛药，还有一杯水。大卫看起来比前天更瘦了，她还得去弄点东西给大卫吃。她想要抚摩大卫的脸，他那高耸的颧骨，可他现在醒了以后令人生畏。

“别对我不理不睬啊。”大卫说。

“你先吃完药，我们再说。”凯特伸出手，手上放着两片药。

“那是什么？”

凯特指指这片：“抗生素。”然后点点那片，“止痛药。”

大卫拿过抗生素，用水冲下肚子。

凯特把手上的止痛药凑近他的脸：“你需要——”

“我不吃这个。”

“你睡着的时候是个更听话的病人。”

“我睡得够多了。”大卫往床上一倒：“你必须动身离开这里了，凯特。”

“我哪儿也不去——”

“别，别这样。还记得你答应过我什么吗？在海边别墅里。你说你会服从我的命令的，那是我唯一的条件。现在，我在要求你，离开这里。”

“嗯……嗯……这是医疗决策，而不是……你怎么叫它来着，‘指挥决策’。”

“别玩文字游戏，看着我。你知道我现在走不出这里，我也知道这要走多远。我走过，以前——”

“说到这里，谁是安德鲁·里德？”

大卫摇摇头：“这不重要，他死了。”

“但是他们叫你——”

“他在巴基斯坦的山区被杀了，位置离这里不远。在和伊麻里作战中死掉了。他们善于在这里的山区杀人。这不是游戏，凯特。”他拉住凯特的胳膊，把她拖到床上，“听，你听到了吧，低沉的嗡嗡声，就像是远处的蜜蜂？”

凯特点点头。

“那些是无人机——‘捕食者’无人机。他们在搜寻我们，一旦他们找到了我们，我们就无处可逃了。你必须走。”

“我明白了。但是今天不走。”

“我不是在——”

“我明天就走，我发誓。”凯特抓住他的手，用力握紧，“再给我一天就好。”

“明天太阳一出来你就离开，要不我就从山腰翻下去。”

“别威胁我。”

“只有你不打算离开的情况下这才会是威胁。”

凯特松开他的手：“那么，明天我会离开的。”她站起身，离开了房间。

凯特拿着两碗浓粥回来：“我想你大概饿了。”

大卫点了点头就开始吃。起初吃得飞快，吃了几口以后渐渐慢了下来。

“我一直在朗读给你听。”她拿起日记本，“你知道吗？”

“读什么？”

“一本日记。那个老人……在楼梯下面……他给我的。”

“呃，他啊。骞。”大卫迅速吃了两口，“讲的什么？”

凯特在床边坐下，把自己的腿伸出去，跟大卫的并排，就像大卫昏迷时一样：“挖矿。”

大卫从碗里抬起头来：“挖矿？”

“或者是战争，不，实际上，我还不能确定。事情发生在直布罗陀——”

“直布罗陀？”

“是的。这重要吗？”

“也许。那段密文。”大卫在他的口袋里翻找着，似乎在找钥匙或者钱包，“实际上，乔什把它……”

“谁是乔什？把什么怎么了？”

“他是……我以前跟他共事。我们从情报员那里获得了一段密文——顺便，我想说，就是这个人告诉我们尼泊尔的设施的。总之，那是一张照片，上面是一座冰山，有一艘潜艇被掩埋在它中央。在背面写着一段密文。这段密文指向1947年《纽约时报》上刊登的几篇讣告。一共三篇。”大卫垂下头，努力回忆，“第一篇就提到了直布罗陀，还有英国人在一个地方附近找到了些骨头。”

“那个地方可能指的就是那个矿井。伊麻里想要雇用一个美国矿工，一个退伍军人，去发掘直布罗陀湾海底几英里深处的某些建筑。他们认为那是失落之城亚特兰蒂斯。”

“有意思。”大卫说着，陷入了沉思。

凯特没等他再说话就啪的一声打开日记本，开始朗读。

1917年8月9日

我到家的时候已经很晚了，海伦娜正在厨房的小桌旁。她的胳膊肘杵在桌上，双手捧着自己的脸，仿佛一松手她的脸就会撞到地上去似的。她的脸上没有泪痕，但是眼睛红红的，似乎她哭过，直到泪水流干。她看上去就像是我在医院里经常看到的那些妇女，她们身后跟着两个男人，抬着一副担架，上面盖着张白布。

海伦娜有三个兄弟，两个都在服役，还有一个太小不到年龄，或者是刚登记。我的第一个想法就是：不知道现在她还剩几个兄弟？

她听到门响，跳了起来，瞪着我，样子有些生气。

“怎么了？”我问。

她抱住了我：“我以为你事情搞定了，接受了那个工作，或者是动身去别的地方了。”

我反抱住她，她把脸埋进我的胸口。哭泣平息下来以后，她抬头瞄着我，她大大的棕色眼睛在问着什么，但我无心破译。我吻了她的嘴唇。这是个饥渴的、冲动的吻，就像一只野兽，一口咬上了它追踪了一整天的猎物，它需要这猎物来维系自身的生命，离开了这猎物它无法生存。她在我的手臂中显得如此纤弱，如此娇小。我伸手抓住她的衬衣，摸到了一颗纽扣。但她抓住我的手，后退了一步。

“帕特里克，我不能。我还是……传统的，在很多方面。”

“我可以等。”

“不是这个问题。是，嗯，我希望你去见见我父亲，我全家。”

“我非常乐意去见他，去见他们所有人。”

“那好。我下周不去医院，我明天早上就给他打电话。如果他们觉得时间合适的话，我们可以坐下午的火车过去。”

“我们……还是过一天再去吧。我需要……我需要准备一下。”

“好吧。”

“还有点别的事情。”我说，寻找着合适的词句。我需要这个工作，至少要做一两周，拿到薪水，然后我就退出，“那个工作，我……其实……去看了一下，嗯，这个可能实际上也不是多危险……”

她的脸色飞快地变了，仿佛我刚才打了她一巴掌。现在她的表情介于愤怒和担忧之间。“我受不了，我不要。每天都要等着，都要想着你能不能回家。我没法过这样的生活。”

“我只会这个，海伦娜。我没有任何别的一技之长，别的任何事情我都不知道要怎么做。”

“这话我根本不会相信，男人什么时候都能重新开始的。”

“我会重新开始的，我向你发誓。六周，我只需要这么久，然后我就丢出毛巾，自觉退出。那时候战争应该也结束了，他们那里会有新的工作团队，你会乘船离开这里，而我需要……我需要钱……来筹备。”

“没钱也能筹备的。我有——”

“绝不可能。”

“如果你死在那个矿井里，我会永远无法恢复的。你能过这样的生活吗？”

“只要没人往我身上扔炸弹，挖矿的危险性就小很多了。”

“那你头顶上有整个海洋的时候呢？整个直布罗陀湾都在你头上。所有的海水，持续向那些隧道施加压力。如果那里塌方了，他们要怎么才能把你拖出来？这是自杀。”

“海水要来了的话能看出来。”

“怎么看出来？”

“岩石会出汗。”我说。

“抱歉，帕特里克，我不能接受。”她的眼神告诉我，她是认真的。

有些决定很容易做出：“好，那就这样吧。我会告诉他们我不去了。”

我们又亲吻了一次，我紧紧抱着她。

人卫把一只手按到凯特手上：“这就是你一直在读的东西？一次世界大战版的《飘》？”

凯特把大卫的手推回去：“不是！我的意思是，之前一直不是这样的，可是……嗯，你大概可以往你的文学食谱里加点浪漫小说。让你那战士的铁石心肠变柔软一点。”

“回头看吧。也许我们可以把这些肉麻的部分跳掉就好，直接去看重点，比如他们提到炸弹的地方，或者是这附近的秘密实验室的地方。”

“我们不能跳过任何部分，都可能是很重要的。”

“好吧，既然你这么喜欢这些，我会忍受的。”他把自己的双手捂在肚子上，做出一副听天由命的样子望着天花板。

凯特笑了：“你总喜欢装可怜。”

CHAPTER 82

印度　新德里

时钟塔分站总部

“先生？”

多利安抬起头，看着那个紧张地在他办公室门口徘徊的伊麻里保安干事。

“什么事？”

“你要求向你通报行动进展——”

“报告吧。”

那人咽了口唾沫：“美国和欧洲的包裹已经到位。”

“无人机呢？”

“它们又发现了一个目标。”

CHAPTER 83

尼泊尔

伊麻孺僧院

凯特觉得远处的嗡嗡声——在搜索他们的“蜜蜂”的声音——越来越响了，但她对这声音不理不睬。大卫也没说什么。

他们一起坐在俯瞰山谷的壁龛里，凯特一直在读日记，当中只停下来提前吃了顿午餐，顺便给大卫服抗生素。

1917 年 8 月 10 日

我浏览着当铺里的玻璃柜台，而店主在看着我，眼神仿佛一只蹲在树上的猛禽。柜台里满是戒指，闪耀光彩，美丽动人。我本以为这里大概会有三四个戒指供我挑选，那挑起来会很简单。现在该怎么办?

“一个年轻人在选购一个订婚戒指，没什么比这更能温暖我的心灵了。尤其是在如今这种黑暗年代。”店主站到了我对面的柜台后方，露出一个骄傲而感伤的笑容。我压根儿都没听到他从房间那头走来的脚步声。他一定是像个夜里的飞贼一样悄悄移动过来的。

“是的，我……我没想到这里会有这么多。”我继续掠过柜台，期待有什么能让我眼前一亮的东西。

“店里有很多戒指，因为直布罗陀这里现在有很多寡妇。联合王国已经打了快四年的仗了。那些可怜的女人，战争让她们失去了丈夫，没有生活来源。她们为了买得起面包，卖掉了她们的戒指。肚里的面包比指上的宝石或是心中的回忆更珍贵啊。我们用打折价买下戒指。”他把手伸进玻璃柜台里，抽出一个铺着天鹅绒的展示架，上面是最大的一批戒指。他把架子放在玻璃柜台顶上离我只有几英寸的地方，手掌在戒指上铺开，仿佛他准备要表演魔术戏法。

“但是她们的不幸可以成为你的幸运，我的朋友。看看这价钱，你会吃惊的。”

我不知不觉往后退了一步。我看看那些戒指，又看看那个人，他露出一个贪婪的笑容，朝戒指比画着：“没事的，你可以摸摸看——”

我好像梦游般不知不觉地走出店门，回到了直布罗陀的大街上。我快步行走，用我那一条半还有用的腿所能达到的速度。我不知道为什么，但我离开了中心商业区，朝着直布罗陀巨岩走去。一路上，我横穿过直布罗陀，走出了西区，这城市里面对着直布罗陀湾的现代化新区。我走进巨岩东面的老村镇，那儿连着卡他林港，面朝地中海。

我又走了一会儿，边走边想，我的腿疼得要命。我没带药，我没想到会走这么久。我带上的只有500美元，从我现在存起来的接近11000美元中分出来的。

我在该花多少钱买戒指的问题上纠结了很久。我考虑过花更多的钱，最多可能1000美元，但是有两个因素让我相信不该那样。第一是我需要资金开始新生活，11000美元大概也还不够，但是我会找到办法的。我肯定不会接受伊麻里的工作，那么手头这些就是我的全部启动资金了。第二个原因更重要，我不认为海伦娜会想要那么贵的戒指。她会高兴地笑着接受华丽的戒指，但她其实并不想要。她生长的世界里，精致的首饰、丝绸的衣服、高大的豪宅都跟一杯水一样平常。我相信这些东西对她来说已经失去了吸引力。她渴望的是真实的东西，真实的人。我们总是在寻找我们孩提时代被剥夺的东西，被过度保护的孩子们会鲁莽冲动，吃不饱饭的孩子们会雄心勃勃。而有些孩子，像海伦娜这样，生来就是特权阶级，从不缺少任何东西，被脱离现实世界生活的人们包围。那些人每天夜里喝着白兰地，八卦着这一家的儿子们，那一家的女儿们……有时候这些孩子会单纯地只想看看现实世界，生活在其中，改变自我，建立真真切切的人际关系，让他们的生活有意义。

我前方是直布罗陀巨岩下的街道尽头。我需要找一个地方坐会儿，让我的腿休息一下。我停下来，环顾四周。在白色巨岩的阴影里的街道右边，耸立着一间小天主教堂。教堂的拱形木门开着，一个中年牧师从里面走了出来，踏入直布罗陀的酷热阳光中。他一言不发，只朝幽暗的教堂入口伸出一只手。我登上台阶，走进了这间小教堂。

光线从彩色玻璃的窗户里洒落进来。这是间美丽的教堂，有黑色的木梁，墙上到处都是美妙得惊人的壁画。

“欢迎来到痛苦圣母教堂，我的孩子，”神父边关上沉重的木门边说道，“你是来做忏悔的吗？”

我本想转身离开，但教堂的美吸引住了我，让我反而朝着更深处走去。

“嗯，不，神父。”我心不在焉地说。

“你在寻找什么？”他跟在我后面，双手互握在身前，状如马镫。

“寻找？没什么，要说的话，我之前在市场想买个戒指，然后……”

“你来这里真是太聪明了。我们如今身处艰难时代，我们的教区多年来都很富裕。我们从离开人世的教区居民们那里获得了很多遗赠：农场，艺术品，首饰。最近几年收到了很多戒指。”他领着我走出会堂，走进一间狭小的屋子，里面放着一张桌子，还有许多皮革封面的大书，堆满了从地板上直到天花板下的书架，“教会保存着这些东西，有机会的话就卖掉，用卖得的钱财资助那些活着的人。”

我点点头，不太清楚自己该说什么：“我在找……找点特别的东西。”

神父皱起眉头，在桌边坐下：“我恐怕我们的收藏都是你在别处找不到的。”

“我想要的不是收藏……是……有故事的戒指。”

“每个戒指背后都有一段故事，我的孩子。”

“那么……要有个快乐结局的。”

坐在椅子里的神父往后一靠：“如今这个黑暗时代，要有个快乐结局很难啊。不过……我也许知道这么一个，跟我讲讲那位会收到戒指的幸运女孩吧。”

“她救了我的性命。”回答这个问题让我感到尴尬，我只能从这话说起。

“你在这场战争中受了伤。”

“是的。”我一瘸一拐的姿势很难看不出来，“但，不止于此，她改变了我。”这样简单的概括她为我所做的一切简直是可耻的，对不起这个让我对生活重燃希望的女人。但神父仅仅点点头。

“有一对可爱的夫妻几年前退休，来到这里定居。妻子曾在南非做援助工作者。你去过南非吗？”

“没有。”

“不奇怪。近年以前谁都不会对那里感兴趣。开始的时候，大约1650年前后，那儿只有通往东方的贸易航线上的一个提供酒水的小镇。荷兰东印度公司建立了开普敦，作为好望角航线的中转站。它是由奴隶们建成的，来自印度尼西亚、马达加斯加和印度的奴隶们。南非之后一直都是如此，一个海上贸易中转站，一直到19世纪他们发现金矿和钻石前。然后那个地方就变成了人间地狱。荷兰人几个世纪来在边境冲突中屠杀了许多非洲当地人，但这时开始，英国人去了那里，带去了现代战争。只有欧洲国家才能打的那种战争，不过我觉得你知道这个的。大规模的死伤、饥荒、疫病，还有集中营。

“当时有个在南非战争中为英国人作战的士兵。因为战利品会归胜利者，所以几年前结束的那次冲突给他留下了一笔可观的钱财。他用这笔钱投资矿业，一次罢工让他更富有了，但他得病了。一个援助工作者，一个战争期间在医院里工作的西班牙女人，看护他，让他恢复了健康，也软化了他的心。她告诉他，她愿意嫁给他，但有个条件：他必须永远离开矿山，并且把一半的财产捐献给那家医院。

“男人同意了，然后他们乘船出行，永远离开了南非。他们在直布罗陀这里定居下来，定居在地中海岸边的这个古城。但退休生活不适合这个男人。他一辈子都是个战士，是个采矿者。有些人大概会说，他熟悉的只有黑暗、痛苦和挣扎。直布罗陀闪耀的阳光对他那黑暗的心灵来说太过明亮，轻松的生活让他开始反省自己的罪恶。那些罪恶萦绕着他，折磨着他，日夜不休。无论原因如何，总之，一年后他死了。那个女人几个月之后也随他而去。”

我等了半天，怀疑着这个故事并不是真的结束了。最后我说：“神父，我们对一个快乐结局里应该有哪些内容的看法有很大差异啊。”

对面的男人脸上泛起了笑容，仿佛他刚刚听到一个孩子说了些幼稚可笑的话："这个故事比你以为的要快乐得多——如果你相信教会的教诲。对我们来说，死亡只是一段旅程，而且对人们来说是段欢乐之旅。它是开始，不是结束。你看，那个男人已经忏悔了，已经选择放弃他那贪婪和压迫别人的生活。他为他的罪恶付出了代价——从各个意义上而言都是如此。和很多男人一样，他被一个好女人拯救了。但有些人活得比别人艰难，有些罪恶会萦绕不去，无论我们为之付出了多少代价，或者我们逃避了多远。也许那男人身上发生的就是这些，也许不是。也许退休生活不适合勤勉的人，可能对一直勤奋工作的男人来说，休息并不能给他以慰藉。

"还有另外一种可能。那个男人在南非寻求战争和财富。他渴望获得权力、安全感，一种知道他在这个危险的世界上处于安全地位的感觉。但他遇到了那个女人以后，把这些全部放弃了。可能他需要的其实只是被爱而不是被伤害。当他得到了这些，当一辈子都缺少爱的他最终找到了爱之后，他快乐地死去了。至于那个女人，她想要的，只是确认她能让这个世界有所变化。而既然她能改变那个最黑暗的男人的心灵，那么整个人类也就还有希望。"

神父停了下来，喘了口气，审视着我："或者也许他们错在退休，去过安稳的生活。于是往事追上了他们——但愿只是在他们的夜梦中。无论他们的死亡原因如何，他们的命运是确定无疑的：天上的王国是忏悔了的人们的国度。我相信，那个男人和那个女人现在就生活在那里。"

我思量着神父的故事，而他站起身来。

"你想看看这个戒指吗？"

"我不需要看了。"我点出 5 张 100 美元的银元券[①]，把它们放在桌上。

神父睁大了眼睛："我们很乐意接受任何我们教区的居民觉得合适的捐赠，但我必须预先警告你，以免你要求退还。500 美元比这个戒指在……现在的……市场上的价格要高得多。"

---

① 译者注：美国 1878—1964 年发行的一种货币，可以随时兑换成等值银币。1968 年后停止流通。

“对我来说，它完全值这个价钱，神父。”

在回到别墅的路上，我几乎察觉不到我腿上的疼痛。我仿佛看到海伦娜和我周游世界各地，在每个地方停留的时间都不超过一两年。在那幅图景中，她在各地的医院里工作。我在矿上投资，利用我的知识去寻找能干的经营者和前景好的地点：那些给工人们一份公道的报酬、提供良好的工作条件的矿。开始不会有多少收益，但我们会吸引到最优秀的人才，而在采矿业，就跟其他所有行业一样，最重要的就是优秀的人。我们会把我们的竞争者驱逐出市场，我们会用赚到的钱改变世界。我们永远也不会退休，永远不会让这个世界追上我们。

凯特合上日记，俯身查看大卫胸口的绷带。她在绷带边缘拉了一下，然后把绷带弄平。

“有什么不对的吗？”

“没什么，但我觉得你这些伤口当中还有些在流血，过会儿我给你换绷带。”

大卫夸张地叹了口气：“我的心一直在流血啊。”

凯特笑了：“别放弃你的本职工作啊。”

CHAPTER 84

1917 年 8 月 13 日

海伦娜在其中度过童年的这栋房子宏伟壮丽得超乎我的想象极限——主要是因为我以前从没见过类似的建筑。它坐落在一个很大的湖边，周围是英格兰的浓密森林和起伏山丘。这是一个木头和石头组成的杰作，犹如一座进行了现代装修的中世纪城堡。一辆声音响亮的内燃机车沿着一条两边种着行道树的碎石路行驶，在浓浓的大雾中把我们从车站送到她家。

她父母和弟弟都在门口等着我们，笔挺地站着，仿佛在迎接到访的要人。他们彬彬有礼地欢迎我们。用人从我们身后的车上卸下行李，带着我们的行李离开了。

她父亲是个高大魁梧的男人，不胖，但也不算怎么瘦。他握了握我的手，眯着眼看着我的眼神似乎在窥视着什么，也许，是在窥视我的灵魂。

接下来的几个小时我过得迷迷糊糊的。晚餐，在客厅里的短暂交谈，游览这栋房子。我脑子里只能想着我请求他把女儿托付给我的那一刻。我时不时偷偷看他一眼，想要看出一点点信息，看出点能告诉我他喜欢什么、会说什么的东西。

晚饭后，海伦娜用关于某件家具的问题把她母亲引出了房间，她的弟弟爱德华也向他父亲道别，这让我轻松许多了。

终于这间橡木板的客厅里只剩下我们了，勇气开始回到了我身上。我今天小心用药，只带上了一片。疼痛最近好些了，或者，我只是“习惯了这条腿”，卡莱尔医生说过我会的。但它还在咬噬着紧张的我。即便如此，我也还是站着，等待着她父亲先坐下。

“你喝什么，皮尔斯？白兰地，苏格兰威士忌，还是波旁威士忌？”

“波旁威士忌就好。”

他倒了满满一杯，没加冰块，然后把酒递给我。“我知道你到这里来是要问什么，而答案是否定的。所以让我们抛开那些会令人不快的事情吧，这样我们还能享受这个夜晚。凯恩告诉我，你去参观了直布罗陀发掘工作，他说克雷格带着你在我们那小项目的现场四处乱转。”他朝我淡然一笑，“现在我想听听你对项目的印象——作为一名职业采矿者。矿井能坚持到我们打通道路吗？”

我欲言又止了好几次。我的脑袋里转动着危险的念头，他把我当作上门的推销员一样漠视。他是伊麻里的人，一条和凯恩一样坏的毒蛇。我喝了一大口酒，尽量平静地说：“我想知道为什么。”

“别这么失礼，皮尔斯先生。”

“她是爱我的。”

“我相信她是。战时人们容易感情冲动，但战争会结束，感情会消退，现实世界会来临。她会回到英格兰，然后会嫁给某个能让她得到自己真正想要的生活的人，过文明优雅的生活。这种生活你无法欣赏，除非你已经看够了外面世界的野蛮。这就是等待着她的未来。我已经做好了安排。”他叉起双腿，啜饮着他的白兰地，“你知道，当海伦娜还是个小姑娘的时候，她就总是把每只流浪到庄园里的满身跳蚤的动物带回家，不管它们是得病了或者受伤了，甚至是半死不活。直到它们死去或者恢复，她都不会放手，她有颗善良的心。但她长大以后，对拯救动物就完全失去兴趣了。每个人都会经历这样的阶段，尤其是女孩们。好了，我想听听你对我们在直布罗陀的隧道的观点。”

“我对隧道和那下面的东西没什么见鬼的观点。那是个很危险的矿井，我不会去里面工作的。我要去做的是和你女儿结婚，无论你同意还是不同意。我不是受伤的动物，她也不再是一个小女孩了。”我把酒杯杵到玻璃桌面上，差点把杯子打碎，酒溅得到处都是，“谢谢你的酒。”我站起来要离开，但他放下了自己的酒，在门口拦住了我。

“稍等一下，你不是认真的吧？你已经看到那下面的东西了，你会舍得离开？”

“我已经找到了对我来说比失落的城市要有吸引力得多的东西。”

“我告诉过你了，我已经为海伦娜找好了配偶。这事情我已决定，我们无须再论。至于发掘工作那边，我们可以给你钱。顺便，我在这项目上就是做这个的，我管钱包——伊麻里的金库。凯恩管理探索和其他很多事情，那些事我相信你现在应该猜到一些了。马洛里是我们的间谍主管。别小看克雷格，他做这个很在行。那么，你要多少？我们可以把薪水加倍，每周两千美元。要不了几个月，你就能过你自己想要的生活了。”

“出再高的价钱我也不会去那个矿井工作。”

“为什么不？安全性吗？你可以改善安全的，我肯定这点。军队里的人告诉我们，你非常聪明，他们说你是最棒的。”

“我对她说过，我不会再去矿井里工作了。我对她发了誓，我不会让她变成寡妇的。”

“你还在以为你会跟她结婚。没有我的许可，她不会嫁人的。”巴尔顿勋爵停了下来，观察着我的反应，他满意地看到，我被他逼到了墙角。

“你太低估她了。”

“是你在高估她。不过，如果你想要的是这个，你可以得到，还有每周两千美元。但你得答应，现在，就在这里，你会去完成那边的发掘工作。只要你答应，我就会立刻给你们我的祝福。”

“你为了埋在那底下的东西，宁愿许可我们结婚？”

“当然。我是个讲求实际的男人，也是个负责任的男人。也许有一天你也会成为这样的男人。我女儿的未来和整个人类的命运比起来算得了什么？”

我差点要笑出来，但他用极其认真的眼神瞪着我。我揉了揉脸，努力思考着。我没想到过他会让步，尤其没想到居然会是为了直布罗陀地下的工程。我知道我在犯下大错，但我看不出我还有什么别的选择：“我现在就要得到你的许可，而不是发掘以后。”

巴尔顿朝别处望去：“要进入那边的建筑需要多久？”

“我不知道——”

“几周，还是几个月，还是几年？”

“我想是几个月。现在还无法得——”

“很好，很好。你获得了我的同意。我们今晚就宣布这件事。还有，如果你在直布罗陀不尽心尽力，我就会让海伦娜变成寡妇。”

CHAPTER 85

美联社——在线突发新闻简报

美国和西欧各地多家诊所报告新流感暴发

美联社，纽约 // 美国和西欧多地的急诊室和紧急护理诊所报告了大批新流感病例，让人担心这可能是一个尚未确认的流感变种开始暴发。

CHAPTER 86

尼泊尔

伊麻孺僧院

凯特把头靠在壁龛的木板墙上，看着外面的太阳，希望她能让它永远停留在现在的位置。她从眼角的余光里看到大卫睁开了眼睛，看着她。她打开日记，不等大卫说什么就开始朗读。

1917 年 12 月 20 日

岩石砸在那些摩洛哥工人周围，他们往后退了几步，洞里满是烟尘，我们撤到了通风井里。我们等在那里，听着动静，随时准备拥进在轨道上搁着的车厢，准备一旦有出问题的迹象——在这里有火或者水出现——就立刻逃离通风井。

一只金丝雀发出一声鸣叫，打破了寂静[①]。我们一个接一个地舒了一口长气，回到大房间里看看我们最近一次掷骰子的结果如何。

很近了，但还是没到。

“就跟你说过，我们该再钻深点的。”拉特格说。

我不记得他说过什么。实际上，我能完全肯定他一直懒洋洋地坐着，我们往洞里填充化学炸药之前他甚至都没去看一眼。他往挖掘面走去，想看得清楚点。经过一个金丝雀笼子的时候，他把手在笼子上晃来晃去，让那只小鸟陷入了恐慌中。

“不许碰鸟笼。”我说。

---

① 译者注：金丝雀对有毒有害气体比较敏感，故近代以来电子气体检测仪出现前常被在煤矿等场合作为有毒有害气体的“生物报警器”。

“你为了给你自己一两分钟的预警时间，宁可让它们被瓦斯呛死。可我连吓唬一下它们都不行？”

“这些鸟可以救我们所有人的性命。我不会让你为了你自己好玩去折磨它们。”

拉特格把对我的怒火发泄到摩洛哥工头身上。他朝那个可怜人用法语大吼，然后那一打工人开始动手清理炸出来的石块。

从我第一次参观这里，第一次踏入这个奇怪的空间以后已经过了快四个月了。在最初个把月的发掘中，我们弄清了他们之前发现的结构是通往建筑群底部的一条隧道的入口。它的尽头是一扇被封死的大门——封闭的技术高超得我们完全没指望能突破。我们什么都试过了：火、冰、爆炸、化学药品。工作队伍里的柏柏尔人甚至还举行了些古怪的部落仪式，可能是为了他们自己的缘故。但很快，我们就明确了无法通过这扇门这点。我们认为，这是某条排水渠或者紧急撤退路线，天晓得已经被封锁了几千年了。

在讨论了一番之后，伊麻里理事会——也就是凯恩、克雷格，还有巴尔顿勋爵，我现在的岳父——决定，我们要往建筑的上层前进，进入包含着沼气包的区域。沼气包的存在让我们放慢了速度，但最近几周里，我们发现了一些表明我们正在靠近某个入口的信号。这个建筑物的光滑外壁是某种比钢还硬的金属,敲击的时候也几乎不发出噪声。最近它的走向开始倾斜。一周后，我们找到了阶梯。

尘土被清除之后，我看到了更多阶梯。拉格特叫喊着要那些人干得快点，仿佛这东西会跑掉似的。

我听到我身后的尘土中传来脚步声，然后看到我的助手跑了过来：“皮尔斯先生。你太太在办公室，她正在找你。”

“拉特格！”我大喊道,他转过身,“我要坐车走。我回来之前哪里都别炸。”

“见鬼，我不会的！我们已经很近了，皮尔斯。”

我抓起装雷管的背包，跑向卡车：“开车送我去上面。”我对我的助手说。

我身后，拉特格破口大骂，说我太怯懦。

在地面上，我迅速地换了身衣服，洗干净手。我还没动身去办公室，岗亭里的电话就响了，然后管理员走了出来："抱歉，皮尔斯先生，她离开了。"

"那边的人都跟她说了什么？"

"抱歉，先生，我不知道。"

"她病了吗？她到医院去了吗？"

那人带着歉意耸耸肩："我……我很抱歉，先生，我没有问——"

没等他说完，我就冲出大门，坐进了轿车里。我赶到了医院，可她不在那里，那里的人们也没见到她。交换机接线员把我从医院连到我们家里新装上的电话机。电话铃响了十声。接线员插了进来："我很抱歉，先生，没有应答——"

"让它响。我等着。"

又响了五声。又响了三声之后，我们的管家戴斯蒙上线了："这里是皮尔斯家，说话的是戴斯蒙。"

"戴斯蒙，皮尔斯太太在吗？"

"是的，先生。"

我停了一下。"嗯，那让她接电话。"我说。我想要隐藏我的紧张情绪，但失败了。

"当然了，先生！"他有些尴尬地说。他还不习惯用电话，多半就是这个原因让他过了这么久才回答。

三分钟过去了，戴斯蒙回到线上："她在她自己房间里，先生。我要不要让默特尔进去，看看她——"

"不。我会直接回去。"我挂上电话，跑出医院，跳回轿车里。

在我的命令下，助手把车越开越快。我们疯狂地飙过直布罗陀的街道，把好几辆马车逼到了街道外边，每次转弯都赶得顾客和游客们四散奔逃。

我们一到家，我就跳了出去，快步奔上楼梯，撞开大门，冲过门厅。每一步我的腿都在刺痛，疼得我大汗淋漓，但恐惧驱使着我埋头向前。我爬上正面的大楼梯，到了二楼，笔直奔向我们的卧室，没有敲门就冲了进去。

海伦娜转过身来，显然对看到我十分惊讶，我现在的样子更让她感到惊讶——额头上汗水直淌，大口喘着气，脸都疼得扭曲了。

“帕特里克？”

“你还好吗？”我边说边坐到床上，靠近她身边，把厚毯子拉回去，用手抚摩她隆起的腹部。

她坐在床上：“我才要问你这个问题呢。我当然还好，为什么我会不好？”

“我以为你过来可能是因为你，或者是这里有什么问题……”焦虑从我身上消失了，我舒了口气，用眼神责备她，“医生说你应该待在床上。”

她倒在那堆枕头上：“你试试看连续几个月待在床上——”

我对她笑起来，她这才意识到自己说错了话。

“抱歉，但我还记得，你也一样表现不佳。”

“是的，你说得对，我也表现不佳。我很抱歉没遇上你。是什么事？”

“什么？”

“你到办公室去是……”

“噢，对了。我想去看看你能不能溜出来吃个午饭，但他们告诉我你已经出去了。”

“没错。出了个……问题，在下面的码头那边。”这是我第一百次对海伦娜说谎了，可还是一点也不轻松。但不说谎的话事情会更糟糕得多。

“做一个航运巨头也有风险啊。”她笑了，“好吧，也许改天。”

“也许过几个星期吧，到时候就是三个人一起吃午饭了。”

“确实会是三个人呢。我觉得我肚子这么大，或许是四个也说不定。”

“看起来也没那么大啦。”

“你真是个谎话精。”

“谎话精”这形容实在太轻了。

我们的嬉闹被隔壁的敲打声打破了，我转过头。

“他们正在测量大客厅和楼下的起居室。”海伦娜说。

我们已经重新装修了房屋，修了一间育婴室，并扩大了三间卧室。我为我们买下了一栋大排屋，还带着一间独立的小木屋，给家里的用人们住。我想不出我们现在还需要什么别的装修。

“我想我们可以建一间舞蹈室，装上橡木地板，就像我父母的房子里那间。”

每个男人都有底线。这栋房子海伦娜想怎么装修都可以，问题在别的地方。“如果我们生了个儿子？”我问道。

“别担心。”她拍了拍我的手，“我不会逼着你强壮的美国儿子去练那些枯燥无味又复杂难解的英国社交舞的。但我们生的会是女儿。”

我扬起眉毛：“你知道？”

“我有种感觉。”

“那么我们就会需要一间舞蹈室。”我笑着说。

“说到跳舞，今天邮差送来一份请柬。伊麻里年度大会暨圣诞晚会，今年他们在直布罗陀举行，会有很大的庆祝活动。我给母亲打了电话，她和父亲都会参加，我也想去。我不会太累的，我向你保证。”

“当然。就当是我们的约会。”

CHAPTER 87

凯特眯起眼，想要继续读日记。随着太阳落山，一股恐惧感在她心中油然而生。她看了眼大卫，他的表情让她看不明白：几乎是一片空白，也许他只是在犹豫。

米罗仿佛读出了她的想法似的，拿着一盏瓦斯灯进入了这间木地板大房。凯特喜欢瓦斯灯的味道——不知怎的，这会让她感到轻松。

米罗把灯放在床边的桌上，灯光从那里能照到日记上。他说："晚上好，凯特医生——"他看到大卫已经醒了，更加高兴了，"还有，又见面啦，里德先——"

"我现在是大卫·威尔，很高兴又见到你，米罗，你长高了好多。"

"不止呢，大卫先生，我还学会了古老的交流技巧，你们管它叫……英语。"

大卫笑了："而且学得很好呢。我当时还担心，不知他们会真的把它给你还是会把它丢掉——罗塞塔石碑。"

"啊，我神秘的捐助者终于现身啦！"米罗又鞠了个躬，"我要感谢你馈赠的语言。而现在，我可以报答这份馈赠，至少是报答一部分，"他神秘兮兮地扬起眉毛，"用一份晚餐？"

"请吧。"凯特笑着说。

大卫瞧向窗外。最后一抹阳光滑入了山后，好像一个老式钟的钟摆，摆进了钟座边上看不见的地方。"你该休息了，凯特。明天你要走很长的路。"

"读完了我就休息。我发现朗读有助于休息。"她又打开了那个本子。

1917 年 12 月 23 日

我屏住呼吸看着尘埃落下。然后我眯起了眼睛，简直不能相信眼前所见。我们之前发掘出了更多的阶梯，但现在出现了别的东西，在楼梯的右边——

一个开口，似乎是在金属上的一条裂缝。

“我们能进去了！”拉特格叫喊着，往前冲进那片尘土飞扬的黑暗中。

我伸手抓住他，但他挣脱了。我的腿好点了，现在我每天只吃一片，偶尔两片止痛药，但我怎么也赶不上他。

“你要我们跟着塔[①]进去吗？”那个摩洛哥工头问我。

“不，”我说，我不会牺牲他们任何一个人去拯救拉特格，“给我一只鸟。”我接过金丝雀笼子，点亮我的头灯，走进幽暗的裂口。

这个入口两边崎岖不平，显然是一次爆炸或者猛烈撞击产生的，但不是我们制造的。我们只是发现了它——两边的金属墙壁厚度接近5英尺。当我走进这个伊麻里将近60年来都在发掘的建筑时，我完全被敬畏感征服了。第一个区域是个门厅，10英尺宽、30英尺深。它通往一个圆形的房间，里面的奇景让我不知该从哪里开始描述。首先吸引住我的视线的是墙上的一个凹陷，里面有四根巨大的管子，状如超大的椭圆形胶囊，又或是拉长了的玻璃罐。它们竖立在自己的底座上，从地板上直顶到天花板下。里面是空的，只有底下有些微弱的白光和一些雾气。更远些的地方，还有另外两根管子。有一根我觉得已经被破坏了：玻璃裂开了，里面也没有雾气。但旁边的另外一根……里面有什么东西。拉特格也和我一样看到了那根管子，并朝它走去。它看起来似乎察觉到了我们的到来：我们靠近它的时候里面的雾散开了，仿佛一幅大幕被拉开，露出了其中的秘密。

那是个人。不，是个猿，或者是介于两者之间的什么东西。

拉特格回头看着我，脸上第一次露出了自大和轻蔑之外的表情。他在困惑，也许还在恐惧。我肯定自己是在恐惧的。

我在他肩上拍了拍，继续搜索房间：“什么都别碰，拉特格。”

---

① 译者注：摩洛哥人发音不准。

CHAPTER 88

1917 年 12 月 24 日

穿着这套衣服，海伦娜熠熠生辉。裁缝花了一个星期才做好，从我们这儿发了一笔小财。但这衣服值得等待，值得我付给他的每一个先令。她光彩夺目。我们一直在跳舞，都忽略了她发过誓不会太累。我无法对她说不。我基本上是站着不动，疼痛尚可忍受，而且我们在舞池里看起来是天生一对——可能一辈子也只有这一次了。音乐慢了下来，她把头搁在我的肩膀上，让我忘记了那个管子里的猿人。感觉世界又恢复了正常——自从西线战场下的隧道里那次爆炸以后，这是头一回。

然后，就像那根管子里的雾气一样，欢乐的气氛也消失了。音乐停了下来，巴尔顿勋爵在讲话，手里端着酒杯。他在朝我敬酒——伊麻里航运的新领导，他女儿的丈夫，并且还是个战争英雄。房间里的人们纷纷点头。他说了个笑话，什么一个现代的拉撒路，死而复生的男人。人们哄堂大笑，我也笑了。海伦娜把我抱得更紧了些。巴尔顿的演说终于完结了，房间里面前来参加聚会的人们纷纷饮下香槟，朝我点头致意。我傻里傻气地微微鞠身还礼，然后护送海伦娜回到我们的桌前。

这时，因为某些我自己也不明白的原因，我的脑子里想到的全是我最后一次见到我父亲时的情景——我乘船奔赴战场的前一天。那天晚上他喝得烂醉如泥，失去了自控能力——那是我第一次，也是最后一次，唯一一次看到他无法自控。那个晚上他对我讲起了他的童年时代，我理解了他，或者是我当时以为我理解了。人们对他人能有多少真正的理解呢？

我们住在西弗吉尼亚州查尔斯顿市中心的一间普通房屋里，跟为我父亲工作的那些工人的家挨着。他的同伴们——其他的企业所有者、商人以及银行家——都住在城市另外一头，我父亲喜欢这样。

他在客厅里来回踱步，边说边吐痰。我坐在那里，穿着我那件朴素的灰色美国陆军军服，衣领上挂着一个陆军少尉的黄色军衔标志。

“你看上去就跟另外一个我认识的加入了军队的人一样蠢。他跑回木屋的时候简直要飞起来了。他把那封信在空中摇晃着，仿佛那是英国国王给他写来的亲笔信似的。他给我们读了信中的内容，虽然我那时候还不能全听懂。我们要搬到美国的一个叫弗吉尼亚的地方。大约两年前美国各州之间爆发了战争。我想不起具体的时间了，总之，到那个时候，战争已经变得相当血腥。双方都需要更多的人力，新鲜的血肉去填进磨盘里。但如果你足够有钱，你就不需要上战场，你只要派一个替身去。某个富有的南方庄园主雇用你的祖父作为他的替身。雇用一个替身，这意味你可以雇另外一个人替你去战场送死，仅仅因为你有钱。等他们这次开始实行征兵制的时候，没人能让别人去替死。我会在参议院里确保这点。”

“他们不会需要实行征兵制的。数以千计的勇士们在主动参军——”

他大笑起来，又喝了一口酒：“数以千计的勇士们。用火车皮装的傻瓜——参军是因为他们认为战场上可以获得荣耀，或者是名声和冒险经历。他们不知道战争的代价。你要付出的代价。”他摇摇头，又喝了一大口，酒杯几乎要空了，“小道消息很快就会传开，然后他们就必须强制征兵了，就像联邦在内战期间所做的那样。他们开始也没有强制征兵，是在战争开始一年后，人们开始尝到了战争的滋味，这时候他们就开始实行征兵制了，富人们就开始给我父亲那样的穷人们写信了。但加拿大新垦地那边信件投递非常慢——如果你是个住得离城镇有一段距离的伐木工就更慢了。我们还没走到弗吉尼亚，那个种植园主就已经另雇了一个替身，他说他一直没有你祖父的音信，害怕他可能会被迫‘亲自上场’，那可是天理不容啊。但我们已经到了弗吉尼亚，你祖父不顾一切地拼命想要发财——当替身最多能拿到 1000 美元——如果你能攒这些钱的话，这倒的确算是发了笔财。嗯，他没有。他找到了另一个被要求服兵役的种植园主。然后他穿上了那件该死的灰色军装，穿着它死了。南方失败以后，社会崩溃了，答应给你祖父做报酬的那一大片土地被一些北方提包客[①]依照县法院的裁定廉价买走了。”他终于坐了下来，手里的酒杯已经空了。

“但这比起重建时期[②]的恐怖来说还算轻的。我看着我唯一的兄弟死于伤寒，当时占领那边的联邦士兵把我们家里的东西给吃得一干二净——所谓的家也就是个种植园里的小破窝棚。新的业主把我们踢了出去，但我的母亲做了笔交易：如果我们能留下，她就去田里干活儿。于是她去了，在田里干活儿干到累死。那时候我12岁，徒步离开了种植园，一路搭便车到了西弗吉尼亚州。矿上的工作不好找，但他们需要小男孩，个子越小越好——好钻进那些狭小的空间。这就是战争的代价，现在你知道了。好在你还没有家人。但你要面对的就是这些：死亡和悲惨的生活。如果你以前不明白为什么我对你这么无情，这么冷酷，这么严苛——这就是原因了。生活是艰辛的——对每个人都是——但如果你太蠢或者太弱，那它就是人间地狱。你不蠢也不弱，我努力保证了这点，而现在你这样回报我。”

“这场战争不一样——”

“战争总是一样的，改变的只有死者的名字。战争总是为了一个目的：哪一批富人能分到赃物。他们叫它‘世界大战’——巧妙的市场营销啊。这是一场欧洲内战，唯一关系到的是战争结束的时候哪些国王和女王会分享那块大陆。美国在那里没有利益，这就是为什么我投票反对参战。欧洲人很精明地远离了我们的内战，你不觉得我们也该一样吗？整个事情实际上是那些王室家族的家庭内斗，他们彼此都是亲戚。”

“他们也是我们的亲戚。我们的祖国已经陷入绝境。如果我们濒临覆灭，他们也会来帮助我们的。”

“我们不欠他们任何东西。美国是我们的。我们为这块土地付出了我们的血、泪和汗水——也只有这些才是真正能拿来购买土地的硬通货。”

---

① 译者注：南北战争以后大量美国北方投机商人南下，利用各种手段巧取豪夺美国南方居民的财产。他们常常只带着一个提包，因此得名“提包客”。

② 译者注：美国1863年到1877年的时期被称为重建时期，因内战后的这段时间内美国社会和政治制度都发生了巨大变化而得名。

“他们急需矿工。地道战可能会提前结束战争。你想要我待在家里？我可以拯救人们的生命。”

“你救不了。”他看起来恼火了，“我说的话你一个字也没听进去，对不对？出去。即便你能从战争中回来，也不要回这里了。但是帮我个忙，看在我为你做的一切的分儿上。如果你发现了你正在打其他人的战争，就离开。还有，直到你脱下那身制服，不要成家。别像我父亲那么残忍、贪婪。他明知道前面是什么，还是一头冲进去。等你亲眼看到了战争，你会明白的。做些比今天这个要好些的选择吧。”他走出了房间，从此我再也没有见到他。

我完全迷失在回忆中，以至于几乎都没有注意到从我们身边鱼贯而过的人群。他们依次自我介绍，然后碰一下海伦娜的肚子。我们坐在那里，好似哪个国家典礼上的一对王室夫妻。镇上来了成打成打的科学家，毫无疑问是来研究我们最近挖出来的房间的。我还见到了伊麻里国际上各个分部的领导。这个组织还真是庞大。康纳德·凯恩迈步走来，他的腿和手臂都有些僵硬，背部挺得笔直，一点都不打弯，仿佛有什么看不到的仪器在监视他似的。他向我介绍他身边的女性——是他的妻子。她用温和的笑容和亲切的声音让我卸下了防备，让我对自己的粗鲁仪态感到有点羞愧。一个小男孩从她身后跑过来，跳到海伦娜的怀中，撞到她的肚子上。我抓住他的胳膊，把他从海伦娜身上拖了起来，一把摔到地上。我的脸上满是怒气，那男孩看起来马上就要哭起来了。康纳德死死盯着我，但那孩子的母亲用她的双臂围住了孩子，责备道：“当心，迪特尔。海伦娜现在怀孕了。”

海伦娜在椅子里坐直身子，把手朝那男孩伸去。“没事的。把你的手递给我，迪特尔。”她抓住那孩子的胳膊，把他拉起来，然后把他的那只手放在自己的腹部，“你感觉到了吗？”男孩抬头看着海伦娜，点点头。海伦娜向他微笑，“我记得你在你妈妈的肚子里的时候。我记得你出生的那天。”

巴尔顿勋爵走到我和康纳德之间：“到时间了。”他看了看那个女人和那个摸着海伦娜的大肚子的孩子，“请原谅，女士们。”

其他的末日使徒们在等着我们：拉特格，马洛里·克雷格，还有一队其他的人，大多数是科学家和研究人员。介绍很简短。这些人显然并不把我当作是什么明星。大家花了一小会儿进行互相祝贺和吹捧，仿佛我们已经治愈了绝症似的。然后他们进入正题。

“我们什么时候可以进入——阶梯的顶端？”康纳德问道。

我知道我想要说什么，但我的好奇心占了上风：“我们发现的那个小房间里的那些装置是什么？”

一个科学家说：“我们还在研究中。某种休眠舱。”

我曾经做过这样的猜想，但从一个科学家的嘴里说出来，这话听起来没那么疯狂了。

“那个房间是个实验室？”

那科学家点点头：“是的。我们相信，这一建筑是用于科研的，可能是个巨大的实验室。”

“如果那根本不是建筑物呢？”

他看起来有些迷惑：“那还能是什么？”

“一艘船。”我说。

巴尔顿发出一阵大笑，然后快乐地说：“够了，帕蒂[①]。你为什么不专注于发掘工作，把科学问题留给这些人呢？”他满是敬意地朝那些科学家点点头，“我向你保证，他们在这个领域比你强。来吧。拉特格告诉我们，你在担心楼梯上面的水和气体。你的计划是什么？”

我继续说：“那些建筑物里的墙，它们看起来更像是船上的舱板。”

那个带头的科学家犹豫了一下，然后说：“是的，的确。但是它们太厚了，接近5英尺。没有什么船会需要这么厚的墙板，而且这样的船也浮不起来。还有，作为一艘船来说，它也太大了。那是一座城市，我们完全肯定这点。还有那些台阶，台阶在船上会显得很古怪。”

巴尔顿抬起手：“我们进去以后会击破这些谜团的。你能给我们一个估计

① 译者注：帕特里克的昵称。

吗，皮尔斯？”

“我不能。”

“为什么不能？”

有那么一小会儿，我的思绪飘回了西弗吉尼亚的那个晚上，然后我回到了房间里，望着伊麻里理事会和那些科学家。“因为我不再参加发掘工作了，去找别人吧。”我说。

“喂，孩子，看看这地方。这可不是那些社交俱乐部，那些可笑的组织，你加入了，然后觉得职责对你来说压力太大的时候就退出。你要完成工作，兑现你的诺言。”巴尔顿勋爵说。

“我说我会让你们打通隧道，而我已经打通了。这不是我要打的战争。我现在有家庭了。”

巴尔顿站起身来，打算朝我咆哮。但凯恩抓住了他的胳膊，然后今晚凯恩第一次开口说话：“战争。对这个词语的选择真是有趣。告诉我，皮尔斯先生，你觉得最后那根管子里是什么？”

“我不知道，我也不在乎。”

“你应该在乎。”凯恩说，“那不是人，而且它和我们曾发现过的任何化石都对不上。”他停了一下，观察着我的反应，“让我来给你把事情串起来吧，既然你看起来要么是没能力，要么是粗心得做不到这点。有些人建造了这个建筑——这颗行星上最先进的技术杰作。而且他们是在好多个千年之前，甚至也许是数十万年之前建造了它。那个冰冻的猿人在那里天晓得过了多少个千年了。等待着。”

“等待着什么？”

“我们不知道，但我能对你保证，一旦他和其他建造了这个建筑的人们苏醒，这颗行星上的人类这个物种也就完了。所以，你说这不是你的战争，但其实它是的。你不能从这场战争中逃走，不能掉过头去，一走了之。因为这次的敌人会追逐我们，直到世上最偏远的角落，然后把我们斩尽杀绝。”

“你认为他们是充满敌意的，因为你自己充满了敌意。你的思想中充斥着灭绝和战争，还有权力，于是你认为他们也一样。”

“我们唯一能肯定的是：那个东西是某种人属生物。因此我的假设是有根据的，而且切合实际。杀掉他们能确保我们的生存，和他们交朋友则不能。”

我仔细思考着他的话，然后让我感到难为情的是，我必须承认我认为这话有道理。

凯恩看上去感觉到了我的动摇：“你知道，这是真的，皮尔斯。他们比我们聪明，不知道聪明多少倍。如果他们让我们活下来，即便数量还不少，我们也只会是他们的宠物。也许他们会把我们选育成驯服、友善的物种：在他们代代相传的篝火边喂养我们，淘汰掉那些有攻击性的个体。我们在若干千年之前就是用同样的方法把野狼驯化成狗的。也许这其实已经发生了，在我们甚至还不知道的情况下。或者，他们也许不会觉得我们有宠物那么可爱，我们可能会成为他们的奴隶。我相信你很熟悉奴隶这个概念吧[①]。一群拥有发达技术的人类，野蛮，但是聪明，征服了一群不那么发达的人类。但这次，奴隶制持续的时间将会是永远；我们会再也没有机会进一步发展或者演化了。想想那幅景象。但我们可以阻止这个命运的降临。这看似很冷酷：闯进去把他们杀死在睡梦中。但想想如果不这样做会怎么样？历史真相被揭示之后，我们会被作为英雄歌颂。我们是人类全体的救星，先知——”

“不。无论以后发生什么，都跟我无关。”我无法驱除脑海里海伦娜的脸。养育我们的孩子，在某个湖泊边上慢慢变老，在夏天里教我们的孙辈钓鱼。我满脑子都是这些。伊麻里的计划有没有我都差不多，他们会找到另一个矿工的。也许那会耽搁他们个把月，但那下面的那东西，不管是什么，会等着他们的。

我站起来，朝凯恩和巴尔顿看了好一会儿。“先生们，请务必见谅。我妻子怀孕了，我要带她回家。”我凝视着巴尔顿，“我们正等待我们第一个孩子的降生。我祝你们在项目上好运。你们都知道，我是个军人，而军人是能保

① 译者注：美国废除奴隶制较西欧国家晚。

守秘密的。差不多就跟他们能打仗一样。但我希望,我战斗的日子已经结束了。”

大卫站了起来:“我知道他们是在做什么了。”

“谁?”

“伊麻里——‘多巴计划’——现在说得通了。他们在建立一支军队,我敢打赌是这样。他们认为人类将要面对非常先进的敌人。‘多巴计划’,削减总人口,制造遗传学瓶颈,然后制造出第二次大跃进——他们这样做是为了创造超级战士的种族,能跟制造了直布罗陀的那东西的种族作战的更高级的人类。”

“也许吧。还有些别的东西值得注意:在尼泊尔有个装置,我认为它跟这些事有关。”凯特说。

她对大卫讲了她在尼泊尔的经历,讲了那个钟形的玩意儿,它在屠杀了大批试验对象之后发生融化,然后爆炸了。

她说完以后,大卫点点头:“我想我知道那是什么了。”

“你知道?”

“嗯,大概。继续读吧。”

CHAPTER 89

1918 年 1 月 18 日

管家闯进我工作室的大门的时候，我第一个想法是海伦娜出事了：她破水了吗？……或者她摔跤了，或者——

“皮尔斯先生，您的办公室打电话来。他们说事情很重要，很紧急。关于码头那边，库房里面。”

我走下楼，到管家的屋子里拿起电话。没等我开口，马洛里 · 克雷格就开始说话：“帕特里克，发生事故了。拉特格不让他们给你打电话，但我觉得应该让你知道。他催进度催得太紧了，操之过急了。有些摩洛哥工人被困住了，他们说——”

我不等他说完就站起身来，走出门外。我自己开车到了库房，跳进里面的电动卡车，坐到我的前助手旁边。我们一路狂飙，跟拉特格第一天带我来隧道的时候一样。那个蠢货终于搞出麻烦事了——他催进度催出了一次塌方。我有些害怕看到现场，但还是催促我的前助手开得快点。

车子开到了隧道尽头。走进那个巨大的石头空间——我最近四个月一直在里面工作——的时候，我注意到电灯都关了，但这里并不黑暗——有一打光束在房间里交错晃动。是那些矿工帽子上的头灯。一个人抓住了我的胳膊，是那个工头。

“拉特格在电花上等你，皮尔斯先生。”

“是‘在电话上’。”我边说边疲惫地走过黑暗的地域。我停了下来，我额头上有水，是汗水吗？不，又多了一滴。一滴水，从天花板上滴下来——它在渗水。

我抓起电话：“拉特格，他们说这里发生事故了。你在哪里？”

“在一个安全的地方。”

“别玩了。事故现场在哪儿？”

“噢，你现在就正在那里呢。”拉特格的语气听起来像在打趣，充满自信。

他很满意。

我环顾四周的空间。矿工们三五成群在乱转，大惑不解的样子。为什么不打开电灯？我放下电话，走到输电线边上。它连到了一根新电缆上。我用头灯照着这根电缆，沿着它移动视线。它爬到了墙上……到了天花板上，然后延伸到台阶上，到……“出去！”我大喊道。我在崎岖不平的地面上尽力快跑，跑到房间后面，努力想把那些工人聚拢，但他们老是撞到一起，光和影剧烈波动，仿佛大海上的汹涌波涛。

头顶上，爆炸声响起，岩石落下。房间里满是尘土，就像在西线战场上的那些地道里一样。我救不了他们，我甚至看不到他们了。我挣扎着往回走，进入隧道——通往那间实验室的入口——里。灰尘也跟着进来了，我听到岩石把入口埋起来的声音。惨叫声渐渐消失了，就像是，就像是一扇门关了起来。我陷入了完全的黑暗之中，只有那些管子里还闪着微弱的白光，雾气涌动。

我不知道过了多少时间，但我饿了，很饿。我的头灯早就熄了，我坐在寂静的黑暗中，靠在墙边上，沉思着。海伦娜会急得发疯的。终于她要发现我的秘密了吗？她会原谅我吗？这些都得建立在我能从这里出去的前提下。

我听到岩石的另外一边有脚步声，还有人说话。都很模糊，但岩石之间的空隙刚好足够让我听到他们的声音。

“嘿！……”

我必须仔细选择我的用词：“去电话那边，给巴尔顿勋爵打电话。告诉他，帕特里克·皮尔斯被困在隧道里了。”

我听到大笑声，是拉特格：“你总能成为幸存者，皮尔斯，这点我得承认。而且你还是个优秀的矿工。但说到人际关系，这建筑的墙有多厚，你大概就有多傻。”

“你杀了我，巴尔顿会要你的脑袋的。”

“巴尔顿？你以为是谁下的命令？你以为我能自顾自杀了你？要是这样，我老早就把你除掉了。不是这样的。巴尔顿和父亲在我和海伦娜出生前就为我们定了亲，但她不喜欢这个主意——也许这就是为什么战争一爆发，她就跳上了开往直布罗陀的第一班列车。但我们是无法逃避命运的。这个发掘工作让我也来到了这里，生活开始要回到原有的轨道上，直到那次瓦斯泄漏杀死了我的工人们。然后你出现了。巴尔顿做了一笔交易，但他答应爸爸，会取消交易的。怀孕大概算是最后一根稻草吧。不过别担心，我会处理好的。许许多多的孩子因为各种各样奇怪的疾病一出生就死了。别担心，我会在她身边安慰她的。我们可是相识多年了。”

“我会从这里出去的，拉特格。我出去以后，就要杀了你。你听明白了？”

“保持安静，小帕蒂。这边大家还在工作呢。”他离开了被岩石堵住的门厅入口。他用德语叫喊了几句，然后我听到那边的房间里到处都是脚步声。

接下来的几个——我不知道具体几个——小时当中，我把这个神秘的实验室彻底搜索了一遍。没有任何我能利用的东西。所有的门都被封死了，这里会成为我的坟墓。一定会有路出去的。最后，我坐下，盯着墙壁，等待着。我看到墙壁像玻璃一样闪光，似乎是在反射着那些管子里发出的光，但又不完全像，是一种暗淡、模糊的反光，那种钢材的磨砂表面上出现的光。

在我头顶上，我时不时听到电钻的声音，还有鹤嘴锄敲击岩石的声音。他们想要完成工作。他们离阶梯顶部一定很近了。突然，嘈杂声停止了，我听到德语的叫喊声："水！水！”他们一定是遇到积水了——然后传来巨大的隆隆声。毫无疑问是岩石坠落的声音。

我跑到入口旁听着外面的声音。惨叫声，水流声，还有别的声音。鼓声，或者是某种有节奏的脉动声，越来越响。更多的惨叫声。人们在奔跑，卡车启动了，咆哮着远去了。

我尽力倾听，但听不到别的声音了。没有了声音之后，我才意识到我现在站在两英尺深的水里。水从松散堆积起来的岩石当中透了进来，而且很快。

我哗啦哗啦地蹚水回到门厅里。一定有扇通往实验室的门。我在墙上啷啷地敲打着，但毫无作用。水现在进入实验室了：几分钟后我就会被水淹没的。

那根管子——四根里面的一根，现在敞着。我还有别的选择吗？我涉水走到管子边上，扑进里面。雾包围了我，门关上了。

CHAPTER 90

南极洲东部

6 号钻探点

阿尔法雪地营

罗伯特 · 亨特坐在他的居住舱里，握着一杯刚煮好的咖啡，暖着自己的双手。他很高兴他们在上一个钻探点遇到那场近乎灾难的事故之后，一直钻到7000 英尺都没再遇到任何麻烦。没有空腔，水，也没有沉淀物。也许下一个地方会跟开始那四个一样——除了冰什么都没有。他啜饮着咖啡，琢磨着之前那个钻探点到底为什么会有所不同。

舱门外忽然爆出一阵尖厉刺耳的声音——毫无疑问是钻机在近乎零阻力的情况下旋转的声音。

他跑出舱外，和操作员四目交接，然后把自己的手在脖子上一划。那个男人冲过去，按下切断开关。感谢上帝，这人学会了。

罗伯特涉过雪地走到平台边。那个技术员转过身来对他说："我们要让钻杆退出来吗？"

"不。"罗伯特检查了一下深度，7309 英尺，"把钻头放下去，让我们看看这个空腔有多深。"

那人把钻头往下放，罗伯特看着深度读数不断攀升：7400……7450……7500……7550……7600。最后数字停在了 7624。

罗伯特飞快地考虑着各种可能。一个冰下的一英里高的洞穴，在地面上这也是罕见的。但里面是什么？一个洞穴，或者是空腔，不管是哪样，不该有 300 英尺高。那样它的顶部离底部几乎有一个足球场的长度。重力法则的作用不允许这样的情况。是什么东西的强度足以支撑起一英里半厚的冰层？

技术员转向罗伯特说："重新开钻？"

还在沉思中的罗伯特朝控制台挥挥手，嘟哝道："不……嗯……不，什么都别做。我需要汇报这件事。"

他回到自己的舱房里，打开步话机："赏金，这里是雪王。我有新数据。"

过了几秒，步话机咔咔响了，传出了回复："继续，雪王。"

"我们在深度7309，重复，7309英尺处遇到了一个空腔。空腔在7624，重复，7624英尺深处完结。请求指示。完毕。"

"稍等，雪王。"

罗伯特开始准备再煮一壶咖啡，他的队员们会需要的。

"雪王，钻头现在状况如何？完毕。"

"赏金，钻头仍在洞里，在最大深度。完毕。"

"明白，雪王。指示如下：抽出钻头，封闭现场，前往七号地点。请收听GPS坐标。"

和以前一样，他写下坐标，然后忍受着禁止和本地人联络的多余告诫。他把写有GPS坐标的纸叠好，放进口袋里，然后站起身来，抓起两杯刚煮好的咖啡朝舱外走去。

他们把钻杆退了出来，不慌不忙地准备清理场地。三个人高效地，几乎是机械式地工作着，沉默不语。从空中看下去，他们大概会像是三个因纽特人版的锡兵：沿着一条轨道来回行走；抬起箱子，堆到一起；撑开白色的大伞，遮住小物件；用白色的金属杆固定好遮住钻洞的巨大顶棚。他们干完以后，那两个技师骑上他们的雪地摩托，等着罗伯特带路。

罗伯特把自己的手臂搁在装着相机的塑料盒子上，看着场地。两百万美元可是一大笔钱。

那两个人回头看着他，他们已经启动了雪地摩托，但现在一个技师关上了他车子的发动机。

罗伯特扫掉盒子上的积雪，打开弹簧锁。步话机的声音吓了他一跳："雪王，是赏金。报告状况。"

罗伯特按下步话机上的按钮，犹豫了一下："赏金，这里是雪王。"他朝那两个人瞥了一眼，“我们现在正在撤离现场。”

他啪地合上了弹簧锁，在原地站了一会儿。整个事情感觉都很不对劲，无线电静默，所有那些保密措施。但他知道什么呢？别人付钱给他钻探，也许他们没做什么坏事，也许他们仅仅是不希望媒体把他们的商业活动弄得尽人皆知。没什么不对的，因为好奇被解雇那才是大事，他没那么蠢。他想象着自己对儿子说：“我很抱歉，你要上大学还得再等等，我现在付不起那些钱。是的，我本来可以的，但我无法抵挡秘密的诱惑。”

不过再想想……如果这里在做什么非法的勾当，而他参与其中……“孩子，你不能去读大学，因为你父亲是个国际罪犯。还有，顺便，他蠢得都不知道这点。”

另一个人也关上了自己雪地摩托上的发动机，两个技师都瞪着他。

罗伯特朝多余的伪装用品走过去。他捡起一把八英尺长的收着的白伞，把它捆在自己的雪地摩托上。他启动机器，朝下一个地点驶去。那两个人紧紧跟在他后面。

他们开了 30 分钟之后，罗伯特看到一块巨大的岩石矗立在雪地上。岩石底部凹陷，深度还不足以形成洞穴，但也凹进去 20 到 30 英尺深，在地上投下一道长长的影子。他改变航向，想绕过岩石障碍物，但在最后一刻改变了方向，把车开进了阴影中。后面的两个人虽然把车开得离他很近，但还是迅速跟上了他的步调，把他们的雪地摩托停到他的旁边。罗伯特仍然坐在车上，那两个人也没下车。

“我有东西忘在那边了，我会回来的，要不了多久。等在这里不要……嗯……不要离开这条石沟。”那两个人都一言不发。罗伯特能感觉到自己越来越紧张了，他说谎的技术太拙劣了。他继续说话，希望能把自己的命令正当化，“他们要求我们尽可能减小从空中观察时的可见性。”他撑开那把白色的大伞，把它插在自己腋下，固定在雪地摩托上，仿佛他是个中世纪骑士，把自己的长枪固定在身侧，让战马准备好向前冲锋。

他开着雪地摩托掉头离开，沿着来时的路返回，回到钻探现场。

CHAPTER 91

尼泊尔

伊麻孺僧院

凯特打了个哈欠，翻过一页日记。房间里很冷，现在她和大卫都裹在一条厚厚的毯子里。

“离开的路上再看吧。”大卫睡眼惺忪地说，“你会需要停下休息很多次的。”

“好啦，我只是想要读到合适的地方再停下来。”她说。

“你小时候一定经常熬夜看书，是不是？”

“几乎每天晚上都熬。你呢？”

“熬夜打电子游戏。”

“看得出来。”

“有时候是玩乐高积木。”大卫又打了个哈欠，“还剩多少页？”

凯特翻了一下日记本：“不多了，实际上，就剩几页了。我可以不睡，如果你撑得住。”

“就像我说过的，我已经睡得够久了。而且明天我不用长途跋涉。”

我被一阵轻柔的嘶嘶声惊醒，是管子打开时空气涌入的声音。起初，空气感觉异常沉重，仿佛进入我肺里的是水，但在深深吸了几口潮湿的冷空气之后，我的呼吸正常了。我观察了一下我四周的状况。房间里还是黑乎乎的，但从门厅那边有些微弱的光线照到实验室里来。

我踏出管子，朝门厅走去，沿路观察着房间。另外几根管子里面都是空的，除了那根里面有猿人的。洪水期间他显然平安无事地睡过来了。我有些好奇他已经睡了多久了。

门厅里还有大概一英尺深的水，足以让人注意到但还不至于减慢我的速度。我蹚着水往那个凸凹不平的出口走去。那些把我关在里面的岩石几乎全部不见了——无疑是被冲走了。上面投来一束黄色的灯光，照着那些剩下的岩石。我把岩石推到旁边，踏进外面的空间。

那个古怪的光源悬在我上面30英尺的地方，在阶梯顶部。它看上去像是个钟，或者是个巨大的小兵棋子，顶上有些小窗。我看着它，努力琢磨着它到底是什么。它看起来仿佛在回瞪着我，灯光慢慢脉动着，好像一颗缓缓跳动的狮子的心脏，它的主人刚在塞伦盖蒂大草原[①]上吃完一只猎物。

我站着不动，不知道它会不会攻击我，但什么也没发生。我的眼睛渐渐适应了这里的光线，看到了房间里越来越多的部分。地板上是一锅噩梦里才会有的浓汤，混合着水、灰、泥土，还有血。在最底下，我看到了那些摩洛哥矿工的尸体，被落石压得稀烂。在他们上面趴着欧洲人的尸体，残缺不全，有一部分被烧焦了，我无法想象是什么样的武器把他们打得这样支离破碎。这不是爆炸，也不是枪炮，也不是刀。他们不是刚死的，伤口看起来有段时间了。我在下面待了多久了？

我在尸体中搜索着，希望能看到一个特别的人，但拉特格不在这里。

我揉了揉脸，我必须集中精神，我要回家——海伦娜。

电动卡车已经不在了。我又累又饿，虚弱不堪，这一刻我不能肯定我还能不能再次见到阳光。但我抬起一只脚放到前方，开始离开矿井艰难地跋涉。我拼尽全力迈动我的双腿，等待着疼痛到来，但它却一直不来。我飞快地朝外面走去，我都不知道我居然拥有这样一股力量和生机，能支撑着自己这么快走。

矿井似乎一下就走完了。我走出那段螺旋隧道的最后一圈，就看到了光明。他们把通往隧道的入口用一个白色的帐篷，或者是某种塑料布给盖了起来。

我撩开帘子，然后被一群戴着防毒面具、穿着古怪的塑料衣服的士兵包围

---

① 译者注：坦桑尼亚东部一处大草原，被列为世界自然遗产的自然保护区，面积约三万平方公里，生活有大量的各种各样的野生动物。

了。他们粗暴地抓住我，把我按倒在地上。我趴在地上，看到一个高个子的士兵大步走来。即便穿着这身臃肿的塑料衣服，我也知道他是谁。康纳德·凯恩。

抓住我的士兵之一抬头看着他说："他刚从里面走出来，先生。"声音通过面具之后显得有些模糊。

"把他带过来。"凯恩说话的声音低沉，了无生气。

这帮家伙把我往库房深处拖去，那里有六个白色的帐篷排成一排，让我想起了野战医院。第一个帐篷里放着一排排的担架，上面全部盖着白色的床单。我听到隔壁的帐篷里传来惨叫声，是海伦娜。

我和抓住我两边的人奋力搏斗，但我太虚弱了——因为缺少食物，因为一路跋涉，还有，因为那管子对我不知做了什么。他们紧紧抓住我，但我继续反抗。

我现在能清楚地听到她的声音了，就在这个帐篷的尽头，一张白色的帘子后面。我朝她冲过去，但那些士兵把我拽了回来，强压着我从那一排排担架前走过，好让我看清楚那些躺在皮革担架上的死者。我渐渐恐惧起来。巴尔顿勋爵和巴尔顿夫人在这里，拉特格，凯恩的太太，都死了。还有其他我认不出来的人：科学家们、士兵们、护士们。我们走过一张放着个小男孩的床，是凯恩的儿子。他叫迪特里希？还是迪特尔？

我能听到医生们在和海伦娜谈话。我们走到了帘子边上，然后我看到了医生们。他们围在海伦娜周围，给她注射了些什么药物，并把她按在床上。

我挣扎着，但那些家伙抓着我不放。凯恩转向我说："我希望你看到这幅景象，皮尔斯。你可以看着她死去，就像我看着拉特格和玛丽死去。"

他们把我往前拖了些。

"发生了什么事？"我问。

"你打开了地狱之门，皮尔斯。你本可以帮助我们的。那下面的东西杀死了拉特格，还有他一半的部下。那些设法逃回地上的人都病了，一种超乎我们想象之外的瘟疫。它让直布罗陀陷入了崩溃。它现在正横扫西班牙。"他把那块白布往后拉去，露出了全部景象：海伦娜在床上翻来覆去，床边围着三个男人和两个女人，正拼命工作。

我推开了那些卫兵，朝她跑去。凯恩举起一只手，让他们不要追我。我把她的头发往后推开，亲吻她的脸颊，她的嘴唇。她在发高烧，我感觉到她的皮肤像是在沸腾，这把我吓坏了。她一定看出来了，她伸出手抚摩着我的脸，"没事的，帕特里克。只是流感，西班牙流感，会过去的。"

我抬起头，朝边上的医生望去。他的视线躲开了我，看着地上。

我眼里涌出了一股泪水，缓缓流到了我的脸颊。海伦娜把它擦去："我真高兴你没事。他们告诉我，你死在一次矿山事故中了，为了要救那些给你工作的摩洛哥人。"她用手捧住我的脸，"你真英勇。"

她猛地用一只手捂住嘴，想要止住咳嗽。她咳得浑身都在颤抖，连医院的行军床也在颤抖。她用另一只手护着自己鼓起的肚子，努力不让自己撞到床边的护栏上。咳嗽似乎永远也停不下来。听起来仿佛她的肺正在被撕裂。

我按住她的肩膀："海伦娜……"

"我原谅你没有告诉我。我知道你是为了我。"

"不要原谅我，请你不要。"

又一轮咳嗽开始折磨她，医生把我推开，免得碍事。他们给她吸氧，但看起来也没什么用。

我看着她，然后我哭了。凯恩看着我。她踢打着，挣扎着——最终她的身体失去了生机的时候，我转向凯恩。我的声音平板，毫无生气，几乎跟他从面具里发出的声音一样。此时此地，在伊麻里的这家临时医院里，我和魔鬼做了个交易。

凯特的脸上泪珠滚落。她闭上自己的眼睛。她已经不是和大卫一起在尼泊尔的床上坐着了。她回到了旧金山，回到了五年前那个寒冷的夜晚，回到了那张床上。他们把她从急救车里推出来，冲进医院。医生和护士们在她周围喊叫，她也在对他们喊叫，可他们压根儿不听她在说什么。她抓住身边医生的胳膊："救孩子，如果要在我和孩子之间做选择，救——"

医生推开了她，朝推着床的模糊身影叫道："二号手术室。马上！"

他们把她更快地往前推去，一张面罩盖到她嘴上，她竭力想要保持清醒。

她醒来时在一间空旷的大病房里，浑身疼痛。她胳膊上插着好几根管子。她立刻伸手摸向自己的肚子，但不等手碰到肚子，她已经知道了结果。她拉起长袍，现出了一条长长的丑陋的伤疤。她把头埋进自己的两只手掌里，哭起来，她不知哭了多久。

“凯特医生？”

凯特吃了一惊，抬起头来，或者还有希望。一个护士羞怯地站在她身前。“我的孩子？”凯特问道，声音都变了。

护士移开了眼神，盯着她的脚。

凯特倒在床上，泪如泉涌。

“女士，我们不知道，嗯，在您的档案里没有紧急联系人，要不要——有没有谁需要我们打电话过去的？比如……孩子的父亲？”

一股燃起的怒火止住了泪潮。七个月的罗曼史，晚餐，魅惑。那个网络公司的老总看起来拥有一切，几乎完美得不像是真的。显然是有问题的避孕措施。他的失踪表演。她留下孩子的决定。

“不，不用打电话给任何人。”

大卫紧紧抱着凯特，拭去她眼角的泪水。

“我平时不会感情冲动，”凯特抽泣着说，“只是，我……有时候我……”似乎决堤一般，那些她之前不允许它们进入脑海的感情和想法一起涌了上来。她感到句子在自动成型，只等她把它们吐露出来——她头一回准备讲出来，对一个男人讲出这段经历。几天前这样的事情简直不可思议。她感到跟他在一起如此安全。不止这样，她信任他。

“我知道的。”他从凯特脸上擦去新流出的一股眼泪，“那个伤疤。没事的。”他从她手里拿走了日记本，“今晚读得够多了，让我们休息一会儿。”他把她拉倒，让她躺在他身边。然后他们渐渐坠入了梦乡。

CHAPTER 92

印度　新德里

时钟塔分站总部

会议室

“先生，我们相当肯定，我们找到他们了。”技术员说。

“有多肯定？”

“地面上的二人组从一些当地人嘴里得知有列火车从该地区开过。”技术员用一支激光笔在巨大的屏幕上圈出一块林地和山区，“那里的铁轨应该已被废弃，所以那不可能是货车。而且无人机群在不远处发现了一个僧院。”

“最近的无人机过去要多久？”

技术员在笔记本电脑上敲了几下：“一两个小时。”

“怎么会？天哪，我们就在他们头顶上啊！”

“我很抱歉，先生。它们必须补充燃料。一个小时之内它们就能起飞，但是——天现在黑了。卫星图像是早先的。到时候……”

“那些无人机有红外设备吗？”

技术员鼓捣了一下键盘：“没有。该做什么……”

“附近任何一架无人机都没有红外设备？”多利安不耐烦地问道。

“稍等。”计算机屏幕上的图像反射在技术员的眼镜片上，“有的，稍微远一点，但是它们能飞到目标区。”

“让它们起飞。”

另一个技术员跑进了指挥中心：“我们刚刚从南极洲指挥中心获得了一份仅供传阅的报告。他们发现了一个入口。”

多利安往椅背上一靠：“确实？”

“他们正在确认。深度和尺寸都是对的。”

“便携核弹准备好了吗？”多利安问道。

“好了。蔡斯博士报告说核弹已经改装好了，能装进背包里。”这个皮包骨头的家伙拿出一沓打印纸，厚得都没法装订的一大沓，“蔡斯实际上发来了一份相当详尽的报告——”

“撕了。”

那人把报告塞回自己腋下：“另外格雷博士打来电话。他希望跟你谈谈现场注意事项。”

“知道了。告诉他我到那边以后再谈，我现在就出发。”多利安起身离开房间。

“还有件事，先生。南亚、澳大利亚和美国的感染率正在攀升。”

“目前有人在研究这个问题吗？”

“不，我们认为没有。他们认为这只是一个新的流感变种。”

CHAPTER 93

尼泊尔

伊麻孺僧院

凯特睁开惺忪的双眼，打量着壁龛。现在不是夜里了，但天也没大亮。朝阳最初的几缕阳光从大窗透进来，照在壁龛上。她转身避开阳光，不理会它们，无视早晨的来临。她闭上眼睛，把自己的脑袋朝大卫的头靠去。

“我知道你醒了。”大卫说。

“不，我没醒。”她把头往下一扎，趴着一动不动。

大卫笑了：“你在跟我说话呢。”

“我在说梦话。”

大卫在这张小床上坐了起来。他看了凯特好一会儿，然后拂开她脸上的头发。凯特睁开眼，看着他的眼睛。她希望他会靠过来，然后——

“凯特，你必须走了。”

她翻身背对他，蜷起身子。她非常讨厌这样的争论，但是她也不要妥协。她不会离开大卫。但她还没开口拒绝，米罗就出现了，仿佛从空气中直接跳了出来。他表面上还是一贯的欢乐表情，但在这表情背后，他的脸色和他的姿态都明白无误地显示出：他现在精疲力竭。

“早上好，凯特医生，大卫先生。你们一定要跟我走。”

大卫转向他：“给我们一分钟，米罗。”

年轻人走近他们：“我们没有一分钟了，大卫先生。骞说到时候了。”

“什么时候？”大卫问。

凯特坐了起来。

“离开的时候。还有，”米罗扬起眉，“逃脱计划的时候。照我提出的方案。”

大卫歪歪头：“逃脱计划？”

这是个替代方案，或者，它至少也能让凯特把跟大卫之间即将爆发的争论延后。因此她立刻开始行动。她跑到托盘那边，收拾起装着抗生素和止痛药的瓶子。米罗往她边上递过一个小布袋。她把药瓶和那本日记一起丢了进去。她从托盘边上走开，但又转回去，抓起纱布、绷带和胶带，以防万一。“谢谢你，米罗。”

凯特听到身后的大卫有动静。他站到地上，却几乎马上就倒了下去。她刚好赶上在他摔在地上之前接住他。她把手伸进袋子里，摸出一片止痛片和一颗抗生素，在大卫来得及抗议之前就把它们塞进了他的嘴里。他一边把药片干着咽了下去，一边走出——实际上是被凯特拖出——了房间，进入了敞开式的木制门廊。

太阳正在迅速升起。在门廊的木制走道的尽头，凯特看到几只蝙蝠伫立在山头。不对，那不是蝙蝠——那是几个热气球，一共有三个。她伸长脖子，仔细看着最近的一个气球。它的顶部是绿色和棕色的。某种迷彩图案：是……树，是一片森林。好古怪。

有声音——蜂鸣声，就在不远处。大卫转向她：“是无人机。”他推开在他手臂下面撑着他的凯特，“上气球去吧。”

“大卫。”凯特张口欲言。

“不行。照做。”他握住米罗的胳膊，“我的枪。我第一次来这里的时候带着的。它还在你们这里吧？”

米罗点点头：“我们把你所有的东西都保存在——”

“把枪拿来，快点。我必须爬到高处去，和我在观景台会合。”

凯特以为他会最后一次转向她，然后……但他直接离开了，一瘸一拐地在僧院中穿行，然后挣扎着爬上山边的石阶。

凯特看看气球，又看看大卫。但他已经不见了，石阶上空无一人。

她跑过走道，然后爬下一段木制的螺旋形楼梯。在楼梯底部，那个巨大的气球进入了她的视野。在底下的平台上有五个等着她的僧人，他们在朝她挥手。

其中两个僧人在看到她之后跳进了第一只气球，解开一根绳子，然后把自己从平台边上推开。气球从山边飘开，上面的僧人做势要她注意。他们操作控制气球的索具和火炬，向她示范如何操纵气球。其中一个人朝她点点头，拉起一根绳子。篮筐边上的一个沙袋落了下去，他们迅速升入天空，朝山外远远飘去。这景象很美：气球安静地飘飞，色彩呈红黄，蓝色和绿色点缀其间。它在高原上空飘行，仿佛一只巨大的蝴蝶飞舞。

另外两个僧人已经走上了第二只蝴蝶气球，做好了出发准备，但他们并没有立刻动身。他们看起来在等她。第五个僧人示意她进入第三只气球，顶上画着森林图案的那只。凯特发现气球底部画的是云彩和天空——白色和蓝色。远处的无人机在下面时会拍到上面只有天空，如果它从气球上面飞过，它拍到的只有森林。这样做真聪明。

她爬上画着白云和森林的气球。第二个蝴蝶气球在她之前出发了。最后一个僧人站在平台上，拉动她篮筐上的两根绳索，松开了沙袋，把她的气球送上天空。气球安静上升，仿佛一个超现实的梦境。凯特转过身，看到在高原上空有成打的——不，成百上千的气球，色彩斑斓，形成一幅美丽的画卷。它们齐齐升上天空，沐浴在朝阳的曙光下。每个僧院肯定都放出了气球。

凯特的气球现在上升得更快了，那个木制的起飞平台和僧院都被甩在后方。

大卫。

凯特抓住控制索具的同时，气球被一阵爆炸震得摇晃起来。山腰一瞬间消失不见了。气球在剧烈颠簸，木头和石块在空中飞腾。凯特和僧院中间的空间满是飘扬起来的烟雾、火焰和尘土。

她什么也看不到了，但气球看起来没问题。无人机的导弹击中了她下面的山峰，在僧院的对面爆炸了。她竭力控制住气球。她还在快速上升，太快了。然后另外的声音响起。一声枪响——从上面传来。

CHAPTER 94

这一枪没打中。就在大卫扣下扳机的前一秒，无人机把机上的两枚导弹发射了一枚。重量减轻之后这架无人机飞得略微快了一点，躲过了大卫的狙击枪发射出的子弹。

他又上好一发子弹，努力重新找到无人机。此时浓烟滚滚上升，僧院几乎全部被火焰吞噬，它下方的树木也着了火。他做了个鬼脸站起身来：那条伤腿居然还挺好使，止痛片起效果了。他必须换个更好的射击点。他转过身，惊讶地看到米罗正坐在观景木台的角落里。他盘腿趺坐，紧闭双眼，有节奏地轻轻呼吸着。

大卫抓住他的肩膀："你在干什么？"

"寻找内在的宁静，先生——"

大卫把他扯了起来，让他面朝大山："去山顶上找。"大卫指着那边。米罗转过身来，他马上把这小子推得一转，让他再次面对大山，"爬上去，一直爬，米罗，不管发生什么事。去吧，我是说真的。"

米罗硬着头皮把一只手抠进山边上的裂缝里，在大卫的注视下朝岩壁上爬去。

大卫把注意力重新转到观景台上。他走到平台边，等待着。然后出现了——烟雾中出现了一个缺口。他单膝跪下，往瞄准镜里望去。完全不必校准，他就看到了无人机——另外一架。这一架上的全套两枚导弹都在。到底有多少无人机？大卫没有因此犹豫。他吸了口气，然后缓缓用力扣下扳机。无人机爆炸了，坠落在地面上，一股细细的烟柱爬向天空。

大卫朝天空中望去，搜寻另一架无人机，但找不到它的踪迹。他站起身，艰难地走向木台另外一边。一个彩色的气球从烟雾中升起，冲开了黑云。气球上面画着天空和树木，是那个气球，凯特。就在他的目光对上了凯特的那一刻，下面的山体爆炸了。半个平台一瞬间消失，让他立刻失去了平衡。枪从他的手中掉了，和下面的岩石互相撞击，发出响亮的当啷声。僧院正在崩塌。第一架无人机刚才发射了它剩下的一枚导弹——致命的一击。

气球被炸得摇晃不休，但它还在那里，在他下方 5 到 10 英尺的位置。平台剩下的部分现在也在迅速崩塌。

大卫站起来，跑向平台边缘，纵身一跃。他的躯体撞到了吊篮的边缘，几乎撞得他闭过气去。他想要抓住吊篮的边框，但手滑脱了。随即他感到了凯特的手指：她抓住了他的前臂，用力握住，拼尽全力抓紧他。他停止了下坠，但还在无力地摆动。他伸手去够篮筐，但伤口疼得太厉害了。

他能感觉到下面的热气在逼近他的腿和身体，越来越近。他正在把气球拖到下面的绝境中，凯特必须离开。从这个高度掉下去，会死得很痛快的。

“凯特，我爬不上去！”即便有止痛药，肩上的伤口传来的剧痛仍然让他无法承受，“你必须……”

“我不会放手的！”凯特喊道。她用脚蹬着筐子的侧面，爆发出浑身的力气往上一拽。大卫够到了边框，抓住了吊篮。她松开手，离开了。

大卫等着她。他的手臂越来越累，热气在包围他。他听到下面传来沙袋落地的声音。一声，又一声，然后是再一声。他感到自己抓住吊篮的手心里满是汗水。就在他开始往下滑，即将坠入燃烧着的僧院的时候，凯特的手再次抓住了他的前臂。她把大卫拖上去，翻过篮边，和她一起进入了吊篮。

刚才的剧烈运动让她全身都湿透了，大卫也被下面的火烤得大汗淋漓。他的脸离她的只有四英寸。大卫望着她的眼睛，他脸上能感到她的呼吸，他压住凯特，靠近她的嘴。

在他和凯特的嘴唇即将接触的前一刻，她推开了大卫，把他的身子翻了过去。

大卫闭上眼：“我很抱歉——”

“不是。是，我感觉到了。你在流血，你伤口的包扎开了。”凯特掀开他背后的衬衫，开始处理伤口。

大卫喘着粗气，盯着气球上画着的云朵。他希望在他们下面的某个地方，米罗正端坐在山巅，安然无恙。他希望在某一天，在某个地方，米罗能找到他内心的宁静。

下部

亚特兰蒂斯之墓
THE TOMBS OF ATLANTIS

CHAPTER 95

尼泊尔

凯特把大卫的绷带重新包好后，就爬到了气球吊篮的另外一边，瘫倒在吊篮筐上。很长一段时间里，他们只是在空中飘荡，感受着吹过他们脸颊的微风，望着冰雪覆盖的山巅和下面绿色的高原，谁也没有说话。刚才凯特费尽力气才把大卫拖进了吊篮，这让她的肌肉到现在还感觉阵阵酸痛。

大卫最终打破了沉默："凯特。"

"我想把日记读完。"她从装着医疗用品的袋子里拿出那本皮质封面的小册子，"然后我们好制订计划。行吗？"

大卫点点头，然后把自己的脑袋靠在吊篮筐边上，听着凯特朗读日记的最后几页。

1919 年 2 月 4 日

我从那根大管子里醒来后已过了一年……

这个世界正在死去，而杀害它的就是我们。

我和凯恩以及克雷格一起坐在桌边，听着那些统计数字，仿佛它们是跑马赛的赔率。西班牙流感已经传播到了世界上的每个国家，只有少数小岛幸免。人们成百万成百万地死去。它和其他任何流行感冒都不同：它会杀死强壮的人，放过体弱者。

克雷格的报告长篇大论，说了好多对传达信息毫无必要的话。总而言之就是还没人发现疫苗，当然了，伊麻里也不想要有人发现。但他们认为他们仍然可以让世人相信那是流感。这是"好消息"，克雷格宣布。

还有更多好消息。总的来说，悲伤和沮丧在被乐观情绪取代：人类这个物种会生存下去，尽管损失惨重。总人口的 2%—5%，3600 万到 9000 万人将会死于我们释放出的这场瘟疫，大约10亿人将会感染。他们估计目前全人类的总数在18亿左右，所以，用克雷格的话说，这“算不上严重的打击”。岛屿能提供很好的保护——不过实际上，人们如此恐慌，导致整个世界纷纷闭关锁国，拒绝任何可能被感染的人入境。估计这场大战杀死了约1000万人。而这场瘟疫，或者说这场西班牙流感，杀死的人数是估计数字的4—10倍。自然，要隐瞒真相是有难度的。战争和随后暴发的疫病加起来，大约有5000万到1亿的人死去了。

但我只想着其中的一个人。我有些奇怪，为什么她死了，而我还活着。我现在只是一个空壳，但我为了某个原因要坚持着活下去。

凯恩用冰冷、邪恶的眼神望着我，我反瞪过去。他要我念报告。我缓缓发言，说话的语调心不在焉，了无生气。

我报告说，我们在那个史前遗物周围区域进行了发掘。“那是件武器。”他纠正说。我没理睬他，我给出我的看法：一旦我们切断它的线路，我们就能进入建筑内部。他们问了些问题，我机械式地回答着，有如一台自动机。

有人谈到随着战争的终结，媒体会聚焦于这次流行病，但当然了，对此早有对策。

有人谈到美国有些医生正在研究这种病毒，说他们可能会发现这不是流感病毒而是别的东西。和以往一样，克雷格让大家安心，他向所有人保证，状况尽在他的掌控之中。他声称病毒看起来正在自己走向衰亡，就像是一场快要自然熄灭的森林大火。一旦这场传染病不再流行，他相信研究者的兴趣也会消失。

从我们的经验来看，这种末日瘟疫的杀伤力会随着传播逐渐减弱。隧道里的那些人瞬间就被杀死了，那些发现自己生病的人也很快随之而去。现在得病的这些人从直布罗陀算起大概是第五或者第六重感染了，因此，生存率正在攀升。一共有两拨大规模暴发。我们相信都源于直布罗陀，或者是西班牙的那些早期被感染的尸体传到了人口密集地区。

我建议我们应该公布秘密，追踪每个离开直布罗陀的人。凯恩不同意：“人固有一死，皮尔斯。当然，其实不必我提醒你也知道这点。他们的死有助于我们达到目的，每一拨感染都会让我们学到更多知识。”我们冲着对方咆哮，直到两个人都嗓子嘶哑。我甚至不记得我说了什么，反正说什么也都无所谓。凯恩现在控制着组织，我无力阻止他的所作所为。

凯特合上日记本，抬起头：“在尼泊尔，他们把那些尸体装上了火车。”

大卫朝吊篮外面望了望：“我们先把全部事情搞清楚吧。还有多少篇日记？”

“就一篇了。”

1938 年 10 月 12 日

我上次记日记之后已经过了差不多 20 年了。这段空白很长，但别以为其中无事可记。试着理解我的心情吧。

我开始记这本日记的时候，我是一个伤员，无助地身处于黑暗的绝境中，我把记日记作为一个喘息的机会，一个发泄我自己的绝望的方法，一条反省的途径。然后它变成了一份档案，记录下一个我认为是阴谋的事件。但当你看到在这世上你最爱的人儿死去，成为某种你不知不觉释放出的东西的受害者；你为了牵起她的手做的那桩交易导致了这个结果，你毕生的事业都化为了你掌中的一块炭火……要拿起笔来写下你的生活就很难了，因为你觉得那已经无足轻重。

再加上那些让你为之羞愧的事情，那个帐篷里那天之后发生的那些事情。

但事情现在已经发展过头了，太过了。我的道路已走到尽头，我不能让自己参与种族灭绝，但我也无力制止。真希望我能制止。

我上次写日记之后，我们发现了如下事实：

关于那个装置：

我们叫它“钟”，或者用凯恩和他德国队友们的话，叫“戴格洛克”——

德语的“钟”。凯恩认为它是一件超级武器，认为它要么会杀死所有的人类，要么会带来一场提升[①]，留下那些遗传上的优等人，杀死任何对这个被拣选的种族可能构成威胁的人。他相信那个机器将会给人类带来末日，对他这套种族理论越来越着迷，沉迷于探求能在末日幸存的优等种族。他很自然地相信，他就是这个高等种族的一员。研究活动集中于如何在假想中的亚特兰蒂斯人发动攻击之前,以可控的方式创造出这个优等种族。由于他们已经挖走了“钟”，我就被边缘化了，不过我还是能听到些风声。他把“钟”带回到了德国，在达豪镇[②]进行试验。他的祖国现在处于绝望的情势之中，出现了大面积的饥荒，失业率高得可怕。那里的政府很容易被操纵，他充分利用了这些有利条件，控制了那里。

关于伊麻孺：

我得知了许多伊麻里和她的姐妹教派——伊麻孺的历史。在古代的某个时候，据说伊麻里和伊麻孺曾是一个组织。它们分裂的时间可能是在苏美尔人写下我们已知的最初的史诗前不久。在苏美尔人的神话中，“伊麻孺”这个词的意思是“光明”。凯恩相信，伊麻孺的人在几千年前的大洪水之后就知道“钟”这个装置，知道人类的最终命运。他的看法是，伊麻里，他们这些人，是一群叛离了伊麻孺的人，他们相信人类可以被拯救，但他们无法说服他们这个高等种族中的同伴们。按照凯恩版的历史，他那些伊麻里的祖先抛弃了自己的安逸生活，离开了雅利安家园[③]，来到了欧洲。他们认为他们在这里能找到柏拉图记述的亚特兰蒂斯的遗迹——以及遗迹里拯救全人类的钥匙。

当他宣讲这套修订版的历史的时候，我直接问他，为什么这些没有一早对伊麻里的成员公开：不管怎么说，这听起来是有利于伊麻里的历史事实。他

---

① 译者注：新教神学术语，指世界末日时，信徒得救，不信者被消灭。

② 译者注：德国地名。著名的达豪集中营就建立在附近，并因此得名。

③ 译者注：传说中雅利安人的发源地，位于中亚。“伊朗”一词的原意可能就是“雅利安家园”。

轻蔑地训斥了我一番，说什么“头戴王冠则承其重”，“知道只有我们在独自阻止人类被灭绝会压垮我们的。我们的祖先很聪明，他们减轻了我们在行动中所背负的意义之重，这样我们能把精力集中在找出真相和进行拯救世界的行动上”。

跟一个近日来越发位高权重的狂人争论真的很难。

凯恩的探险

凯恩向亚洲的每一片高原都派出了探险队。他坚信伊麻孺的人们就在那里躲藏着，严密看守着能让我们免于即将到来的末日的秘密。

他坚持说这些伊麻孺的人应该住在寒冷地带，住在高原上。他指出斯堪的纳维亚人曾长期统治欧洲大陆，说这就是因为他们跟最初的那些伊麻孺人之间的血缘更近：这支血脉要在寒冷的冰天雪地中才会兴旺。我指出在南欧气候温和的地方也有发达的文明，例如，希腊和罗马。他对此不屑一顾。他说：“那些是伊麻里在史前旅途中留下的珍贵基因形成的假象。他们从那里北上，去寻找亚特兰蒂斯，还有他们天性所喜爱的居住环境。”他坚持说这个“亚特兰蒂斯基因”是全人类共有的天赋，一个在部分人，主要是伊麻里的人们身上浓度特别高的遗传天赋,它肯定和寒冷的气候相关。由此他进一步展开推测，认为剩下的亚特兰蒂斯人一定身处某个地方，在低温下蛰伏，等待着夺回这颗行星。

如此一来，他就越来越被南极洲所吸引。他已经往那边派出了一支探险队，但探险队迄今尚未有任何音信传来。他打算自己随后也乘坐他正在德国北部建造的一艘超级潜艇到那边去。我一直竭力想要找出这艘潜艇的建造地点，希望我能往里面放颗炸弹。但我最近听说这艘潜艇已经快建好了，他很快就要乘着潜艇航向远东，去那里把伊麻孺一举根除，然后折向南方，去南极洲寻找亚特兰蒂斯的首都——他认为它应该在那里。这可真是个大计划。

我曾希望他的离开会提供一个机会，让我可以在他不在的时候掌控住伊麻里。但他也算计到了这点，如果我没弄错的话，我很快就会出局了，大概会是永久性出局。所以，我制订了别的计划。

我说服了一个参加探险队的士兵，他会把这本日记带给你们——假如凯恩真的找到伊麻孺，而且这位士兵遵守他的诺言的话。如果他被发现了，那他就死到临头了——我也一样。

藏宝密室

我还有最后一件事要告诉你们。我找到了些东西：一个密室之类的地方，在直布罗陀的遗迹深处。我相信其中保存着理解这个建筑群的关键，甚至是理解亚特兰蒂斯人的关键。这里面有些非常先进的技术——掌握在坏人手里的话会非常危险。我竭尽全力也要避免凯恩接触到它。我随信附上了通往密室的地图，我把它藏在了一堵假墙后面。请赶快。

凯特打开了那张已经发脆的绘有地图的黄纸，研究了一小会儿，然后把它递给大卫："在尼泊尔的装置是同一个——那个'钟'。他们把那个装置用在我还有数以百计的人身上。这就是他们正在做的事情：试图找出遗传上能提供对这个装置免疫力的关键因素。所有我的研究，所有伊麻里在遗传学方面的研究都是为了这一个终极目的：找到亚特兰蒂斯基因。马丁说的所有那些谎言，我全部的生活……他们利用了我。"

大卫把地图递还给凯特，朝吊篮下面飞过的群山和森林望去："我倒是很高兴他们骗了你。"

凯特盯着他。

大卫迎上了她的目光："他们也可能去骗其他人。某个不那么坚强，或者不那么聪明的人。而你有能力弄清这些真相，还有能力去阻止他们。"

"我不明白——"

"让我们先来梳理一下我们知道的事情。让我们先把这个拼图的各个部分都摆出来，看看拼起来是什么。好吗？"凯特点点头，大卫继续说道，"在僧院里面，我说过我知道'钟'是什么。这是个有些年头的"二战"传说。阴谋论者们现在还在谈论着它——‘戴格洛克’，或者‘钟’。他们说那是纳粹的一个尖端武器项目，甚至可能是一个突破性的能源。由此出发继续进行的揣测越来越离谱。从反重力到时间旅行，什么都出现了。但如果是它在1918年引发了西班牙流感，那么尼泊尔的那些尸体一旦散布开来——”

“那就会暴发又一轮传染病大流行，这次会比西班牙流感还要严重得多。”

“我的意思是，这可能吗？”大卫问，“伊麻里的统计数据是可靠的吗？一个杀死了2%—5%人口的疾病，我们怎么可能没有疫苗？”

“我们在医学院里研究过西班牙流感，或者说1918年大流感，现在大家这么叫它。伊麻里的数据是准确的，至少相当接近。我们认为西班牙流感杀死的人数在5000万到1亿——大约是当时全球人口的4%。”

“现在的话按这个比例差不多就要死2.8亿人——和美利坚合众国的总人口一样多。这样人们肯定该有疫苗啊。还有，伊麻里怎么能隐藏起真相——或者说怎么能让大家相信它是流感？”

“起初，医生们并不认为它是流感。开始它常被误诊为登革热、霍乱，或者是伤寒——主要是因为那些症状相当不像——完全不像流感。病人的黏膜大量出血，尤其是鼻子、胃部和肠道黏膜。甚至毛孔和耳孔都会出血。”凯特想起了那个昏暗的房间，拥挤的人群，头顶上悬着的“钟”，还有那些流血的躯体，她必须集中注意力，“无论如何，在世界上所有的流感变种当中，它仍然是我们所知最少的——也是最为致命的，而且没有疫苗。西班牙流感实际上是导致人体自我破坏：它是靠引起一场细胞因子[①]风暴来杀死受害者——让人体被自身的免疫系统摧毁。大多数流感变种是杀死免疫系统虚弱的人群——小孩和老人。所以我们可以接种免疫以激活免疫系统。西班牙流感有根本上的不同：它杀死那些免疫系统强健的人。感染者的免疫系统越强健，细胞因子风暴也就越激烈。对25到34岁的人来说它是最致命的。”

“看起来它几乎像是在杀死任何可能构成威胁的人。难怪伊麻里认为它

① 译者注：一些调节细胞功能的小分子多肽，尤其是作用于免疫细胞的多肽的总称。

是件武器了。”大卫说，“但为什么要释放它？人类世界在它面前毫无机会。1918年，第一次世界大战刚结束的时候，人们封锁了各处的边境，整个世界都陷入了停顿。想想看我们今天互相联系得多么紧密：一次类似的暴发将会在几天内把我们全消灭掉。如果你说的都是真的，传染源已经离开了尼泊尔，在我们说话的当下正在涌向全世界。他们为什么要这么做？”

“也许他们别无选择。”

“总会有别的选——”

“在他们的想法中没有。”凯特说，“基于日记里的那些推测，我有两个进一步的猜想。我认为他们一直在寻找亚特兰蒂斯基因，好让他们能从那个装置的攻击下幸存。这就是为什么他们对我的研究感兴趣，为什么他们要绑架孩子们。他们一定觉得没时间了。”

“那张卫星照片——背后写着密文的那张，正当中有一艘潜艇。”

“凯恩的潜艇。”凯特说。

“我敢打赌是。它下面还有个结构体。我们现在知道他们自1947年来一直在寻找那艘潜艇——《纽约时报》上面的那则讣告解密以后是‘南极洲，U艇没有找到，若获得进一步授权请告知’。所以他们最终还是找到了潜艇，还有在它下面的，另外一个亚特兰蒂斯城市——一个威胁。”大卫摇摇头，“但是我还是搞不明白，从学术上来说——为什么要再制造一次传染病大流行？”

“我相信那些‘钟’制造出的尸体就是‘多巴计划’。看起来直接和它接触是最致命的，但那里‘钟’只有一套，也许总共就只有一套。他们大概准备把尸体分发到世界各地。之后暴发的瘟疫会导致全球人口急剧减少，只有那些能承受住‘钟’的攻击的，具有亚特兰蒂斯基因的人才能存活。”

“是的，但是为什么——没有更好的办法了吗？虽然我不清楚，但是他们就不能进行一系列基因组测序，或者是盗取数据，然后找到这些人吗？”

“要么不能，要么是有别的问题。你也许可以辨识出具有亚特兰蒂斯基因的人，但当中还缺少一个环节：表观遗传学和基因激活。”

“表什么——”

“这个说起来有些复杂，但基本要点在于，重要的不仅仅是你拥有的基因，重要的还在于哪些基因被激活了，以及这些基因之间的相互作用。这场瘟疫有可能将会在任何拥有亚特兰蒂斯基因的人身上将这个基因激活，从而引发第二次大跃进。或者也许完全是另外一码事，也许这场瘟疫会减少人口，逼迫我们发生突变或者演化，就像多巴大灾难一样……”凯特揉着自己的太阳穴。还有别的什么，拼图里别的碎片，近在咫尺。她的脑海中闪过和骞的对话：那张绣帷，火之洪流，那些在灰烬的覆盖下正在死去的人……救世主……拿出了一个杯子，里面盛着他的血，然后那些森林里的野兽变成了现代人类。“我想我们刚才漏掉了一些重要的东西。”

“你认为——”

“如果第一次大跃进不是自然发生的呢？如果它根本就不是演化呢？如果当时人类濒临灭绝，亚特兰蒂斯人是来拯救我们的呢？如果是亚特兰蒂斯人给了那群正要灭亡的人类某些能帮助他们从多巴大灾难中活下来的东西？一组基因，一个遗传上的优势，一次脑神经连接方式的改变。让他们聪明得足以幸存下来。如果是他们给予了我们亚特兰蒂斯基因呢？”

CHAPTER 96

大卫看了看四周，似乎在犹豫要说什么。最后他张开嘴想说话，但凯特抬起一只手。

“我知道这听起来很疯狂，是的，但请听我说，让我说完。反正一时半会儿我们什么地方也去不了。”她朝吊篮和上面的气球做了个手势。

“有道理。但我要预先告诉你，我对这些问题一点也不懂，我不知道我能帮上多少忙。”

“只要在我说的东西听起来太疯狂的时候告诉我就好。”

“这话追溯既往吗？因为你刚才说的——”

“好吧，实际上，你只需要听一会儿，然后在任何你觉得疯狂的地方提醒我。以下这些是事实：大约 7 万年前，多巴超级火山爆发了。接下来发生的全球性的火山冬天持续了 6—10 年，之后很可能还有长达 1000 年的寒冷期。火山灰覆盖了南亚和非洲。人类的总人口暴跌到了 3000—10000，甚至可能只有 1000 对有生育能力的配偶。”

“是的，这是真的，我可以做证，这一点也不疯狂。”

“因为我在雅加达告诉过你关于多巴大灾难的事情了。”

大卫举手投降：“嘿，我只是想帮忙。”

凯特想起了几天前在那辆车厢里，她自己对大卫做出同样的动作，说出了同样的话，感觉恍若隔世。“很有趣。无论如何，人口的减少导致那个时期前后出现了遗传瓶颈。我们知道，全世界所有人的祖先都来自非常小的一个人群，大约在 7 万年前的 1000—10000 对育龄夫妻。非洲之外的每个人都可以追溯到一个在大约 5 万年前离开了非洲的小部落，人口少到只有 100 人左右。实际上，今天生活着的所有人类都是一个 6 万年前生活在非洲的男人的直系后裔。”

“亚当？”

“实际上身为科学家的我们，叫他 Y 染色体亚当。还有个夏娃——线粒体夏娃——但她生活的年代早得多，我们认为在 19 万到 20 万年前。”

“时间旅行者？我是不是该提醒你，这疯狂得——”

“没什么时间旅行者，谢谢。这两个名字只是遗传学用语，用来称呼世界上所有人的共同祖先，他们之间并无关联。说起来很复杂，但是基本要点在于，亚当有个巨大的优势——他的后代比其他的竞争者们要优秀得多。”

“他们有亚特兰蒂斯基因。”

“现在我们只谈事实。他们有某种优势，不管那到底是什么。大约在 5 万年前，人类的行为开始与众不同。复杂行为出现了爆发式增长：语言，制造工具，壁画艺术。这是人类历史上最大的一次进步——我们称之为大跃进。对这之前和之后的化石进行的比对表明，二者身体上没有多大差别，他们的基因组也变化不大。我们能知道的差不多就只有一件事：是某种微妙的基因变化，导致了我们思考的方式发生变化，可能是通过改变我们的脑神经的连接方式。”

“亚特兰蒂斯基因。”

“不管那是什么，这次对脑神经连接方式的改变是古往今来史上最大的遗传学大奖。人类从灭绝的边缘——还不到 1000 人，在荒野中狩猎和采集为生——到统治这颗行星，拥有超过 70 亿人口，总共只用了 5 万年的时间。在演化史的尺度上，这段时间只是一瞬间。这是一次非同寻常的绝地大反击，简直让遗传学家难以置信。我是说，地球上曾经活过的人当中，有 12%是现在还活着的人。我们只是在大约 20 万年前才演化出来。我们仍然乘在大跃进所产生的蘑菇云上，而我们对它是如何发生，又将去向何方一无所知。”

“嗯嗯。可是为什么是我们，为什么只有我们这么走运？当时还有其他的人种，是不是？尼安德特人，还有——我想不起你怎么叫他们的，他们呢？如果亚特兰蒂斯人来救了我们，为什么他们不救其他几种？”

“我有个理论。我们知道在 5 万年前至少有 4 个人类的亚种：我们，或者说解剖学上的现代人类，尼安德特人，丹尼索瓦人，还有弗洛勒斯人或者叫霍比特人。多半还有更多我们没发现的，但上述的这 4 个亚种——”

“亚种？”大卫问道。

“是的。严格意义上他们是亚种：他们都是人种生物。我们所定义的生物‘种’，是一个生物群体，群体内部的生物能交配繁殖，产下有生殖能力的下一代，而这四种古人类之间都可以互相杂交繁衍。实际上，有基因证据表明他们的确杂交过。几年前我们测定尼安德特人的基因序列的时候，发现非洲以外的每个人体内都有尼安德特人的 DNA，含量从 1% 到 4% 不等。在欧洲这种现象尤为突出——那里是尼安德特人的家乡。我们对丹尼索瓦人进行基因测序的时候也发现了同样的现象。美拉尼西亚群岛，特别是巴布亚新几内亚的一部分人，和丹尼索瓦人有共同的基因，最多可达 6%。”

“很有趣，我们其实都是杂种？”

“是的，严格来说的确如此。”

“所以，我们是把其他的亚种吸收了，形成一个合而为一的人类种族？”

“不。哦，一小部分是，但考古学证据显示，这四个种群是作为亚种各自分开生活的。我认为其他的亚种没有得到亚特兰蒂斯基因是因为他们不需要。”

“他们　　”

“没有处在灭绝边缘，”凯特说，“我们相信，上起 60 万年前，下到 35 万年前，尼安德特人就生活在欧洲了。其他的几个亚种也都比我们更古老，他们很可能总人数要大得多。而且他们处于多巴喷发的直接影响范围之外：尼安德特人在欧洲，丹尼索瓦人在今天的俄罗斯，而霍比特人在东南亚——远离多巴火山和下风头。”

“所以他们的处境比我们好多了，我们几乎灭绝。然后我们中了遗传学大奖，而他们真的被灭绝了——我们亲手干的。”

“是的，而且灭绝得很迅速。我们知道，尼安德特人比我们更强壮，脑容量更大，而且在我们出现之前，他们已经在欧洲居住了几十万年了。然后，在一万到两万年的时间里，他们就绝种了。”

“也许这也和伊麻里的宏大计划部分相关。”大卫说，“也许‘多巴计划’不只是要寻找亚特兰蒂斯基因。也许伊麻里认为，这些高等人类，这些亚特兰蒂斯人，正在冬眠，而他们一旦重返世间，就会灭绝任何与之竞争的人类，任何可能构成威胁的人——就像我们在5万年前获得了亚特兰蒂斯基因之后所做的那样？你读过凯恩的说法：他们认为和亚特兰蒂斯人之间的战争迫在眉睫。”

凯特考虑着大卫的猜想，她的思绪飘到了那次和马丁的谈话上。他断言，任何先进的物种都会把构成威胁的劣等人类消灭掉；他声称人类就像是一个计算机程序，运行结果只有一个：形成一个统一的人类。拼图的最后一片就是这个。“你是对的。‘多巴计划’不只是要找到亚特兰蒂斯基因，它还要创造亚特兰蒂斯人，它要改变人类，让人类进一步演化。他们试图让人类和亚特兰蒂斯人同一化——变成一个种族，这样，如果亚特兰蒂斯人真的回来了，他们就不会把我们视为威胁。马丁说过，‘多巴计划’是个‘应急方案’。他们认为如果亚特兰蒂斯人醒来，看到70亿野蛮人，他们就会杀光我们。但如果他们出来的时候发现的是一小批人类，基因上和他们自己还非常相近，他们就会让这批人活下来——他们会把这些人看作他们自己的部族或者种族的一部分。”

“是的，但我认为这也只是计划的一部分。”大卫说，“这是科学依据，遗传学角度的后备计划。伊麻里认为他们已经身处战争中，他们的想法类似于军人。我以前说过，我认为他们正在创建一支军队，我现在仍然这么认为。我认为他们用‘钟’在那些试验对象身上做研究是为了一个特殊目的。”

“好让他们能在它面前活下来。”

“在它面前活下来，是的，但更确切地说是：能从它下面走过去。在直布罗陀，他们不得不挖开它周围的地面然后把它搬走。我认为在每个亚特兰蒂斯的建筑群里都会有一个‘钟’——那是某种警戒装置，能把任何人都挡在外面；但它在我们身上效果不好，因为我们实际上是人类和亚特兰蒂斯人的混血。如果伊麻里能找到激活亚特兰蒂斯基因的办法，他们就可以派一支军队进去，杀死亚特兰蒂斯人。‘多巴计划’应该是个最终的应急方案——如果他们没成功杀掉亚特兰蒂斯人，对方醒来时，会发现存活的人类都是他们自己一族的成员。”

凯特点点头：“他们要屠杀的可能是那些拯救我们，让我们免于灭绝的人，可能世上只有那些人能帮助我们克服‘钟’引发的瘟疫。”凯特叹了口气，“但这些都是猜想和推测，我们也可能是错的。”

“让我们看看我们知道什么。我们知道尸体被从尼泊尔运出去了，还知道‘钟’制造的尸体之前引发过一次大规模传染病。”

“我们去警告卫生部门？”

大卫摇摇头：“你读过那本日记了。他们知道怎么隐藏疾病暴发，而且他们这次肯定能做得比上次还要好得多——他们为多巴计划做了很长时间的准备了。我们需要搞清你的设想是否正确，我们还需要找到某条捷径——和亚特兰蒂斯人接触或者制止伊麻里的途径。”

“直布罗陀。”

“这是我们的最佳选择了。那个帕特里克·皮尔斯发现的密室。”

凯特瞧了一下气球。他们的高度正在降低，剩下的可以抛出去的沙袋也不多了。“我不觉得我们能飞那么远。”

大卫笑了，四下打量着吊篮，似乎想找出对他们有用的东西。角落里有一捆东西。“是你带上来的吗？”

凯特这时才第一次注意到那东西：“不是。”

大卫滑步过去，打开那捆东西。在粗糙的编织布里面，他找到了一些印度卢比，他们每人一套换洗衣物，还有一张折叠起来的印度北部地图——无疑他们正在飞过这个地区。大卫展开地图，一张小小的便条掉了出来。他把地图放在一边，看了看便条，然后把它递给了凯特。

请原谅我们的不作为。

争战非吾辈天性。

~~ 骞

凯特放下那张便条，观察了一下气球：“我认为我们不会再在这上面待多久了。”

“同意。我有个主意，不过有些冒险。”

CHAPTER 97

南极洲东部

6 号钻探点 1.5 英里外

罗伯特·亨特不得不降低速度行驶——那把大伞已经两次差点把他从雪地摩托上拽下去了。他最后找到了一个他能坚持下来的、比较舒服的速度。就算在这个速度下，发动机的噪声和伞的“啪嗒”声合起来，也几乎震耳欲聋。在这片嘈杂声中他听到了一个不正常的声音，他回过头，那两个人在跟踪他吗？他停下雪地摩托，不是发动机的声音，是呼叫声。

他扯开自己的夹克，找出步话机。信号灯亮着——他们在呼叫他。他关上了发动机，可信号灯这时也灭了。他等了一会儿。远处一阵风吹过，卷起了一座圆形山峰顶端的雪尘。

他按下步话机上的按钮，开口说：“这里是雪王。”

他深深吸了口气。突然回复来了，接线员尖锐的声音把他吓了一跳：“雪王——为什么你的步话机之前没有应答？”

罗伯特想了想，然后按下步话机按钮，用尽可能平稳的语调回答道：“我们正在途中，很难听到呼叫声。”

“在途中？你现在的位置是？”

罗伯特咽了口唾沫。他们以前可从没问过他的位置，也没在两个钻探点之间和他联系过。他说什么才能……他们能不能从空中看到他？

“雪王！你听到了吗？”

他在座位上挣扎了一会儿，然后把步话机贴回嘴边：“赏金，这里是雪王。我们距离 7 号钻探点估计还有三公里。”他松开按钮，把它放回到雪地摩托上。他吸了口气：“我们遇到了……我们遇到了麻烦，有一辆雪地摩托出问题了，我们正在修理。”

“稍等，雪王。”

时间一秒钟一秒钟过去。周围冰寒刺骨，可他感觉不到，他现在唯一能感觉到的是自己的心脏快要从喉咙里跳出来了。

“雪王，你需要帮助吗？”

他立刻做出了回答：“不。赏金，我们能搞定。”他停顿了一下，又加上一句，“我们要改变目的地吗？”

“不。雪王，继续全速前进，注意遵守隐蔽行动章程。”

“以上收到，赏金。”

他把步话机丢到了座位上。这一刻感觉上它简直好像一只铁锚一样沉重。肾上腺素的作用渐渐减退，然后他才意识到自己的右臂正在疼。这是长时间把持那把大伞的后果。他几乎握不紧自己的拳头，每移动一微米他的肩膀都会抽痛。他咬紧牙关把伞举起来，换到了雪地摩托的另一边。

他又冷又疼，心中有个声音在尖叫：现在就回去！他琢磨着他们为什么会呼叫他。只有两种可能：一，他们正在找他；二，他们需要确认他已经离开了之前的钻探点。如果他们是正在找他，那他的未来就已经注定是出悲剧；如果他们是在那个钻探点做些他们不希望他看到的事情，那他现在就面临艰难的抉择了。

在出发的时候，他告诉自己，如果他们抓到了他，他只要说他有东西丢在钻探点了就好。那很正常。撑伞？不过是遵守隐蔽行动章程。

但这次步话机通话以后这个故事毫无掩护作用了。现在一旦他们抓到了他，最好的情况下他也要失去工作。而如果他们是在进行某些非法活动的犯罪分子……对他来说情况还要糟糕得多。

所以他跟自己做了个妥协：他会把车子开到最近的雪丘顶上，看看他能看到什么，然后掉头。他已经努力试过了。

之后罗伯特不得不慢速行驶。他用左边的手肘夹着伞，把它顶在自己的身体上。开到雪丘顶上花了快一个小时。他拿出自己的双筒望远镜，视线朝远方地平线上的钻探现场扫去。

他简直无法相信自己的眼睛。

矗立在钻探现场上的机器的体积之大是他从没见过的——虽然他之前没少见过巨大的机器。它们让钻洞都显得小了。钻洞现在看起来仿佛被一场龙卷风袭击过：钻井平台倒在边上，一半都被冰雪掩埋，就像是个显微镜，被跟其他坏掉的玩具一起丢在孩子的沙盒里。但这里可不是沙盒，从雪地上这些“玩具”留下的痕迹来看它们至少有 50 英尺高。最大的一辆车看上去就像是条百足虫。它很长，可能长达四五百英尺，最前面有个小头，毫无疑问是牵引它的“驾驶室”。它的主体是一串白色的球状单元，它沿着探洞弯曲成半个圆环。

在这条“百足虫”边上是一台白色的吊车，其尺寸十倍于标准的工业建设用吊车。它的吊臂在空中高高扬起，它在把什么东西拉上来吗？看上去更像是在把什么东西放下去。

罗伯特把望远镜的倍数调大了些。他还没看清楚吊车的吊索，就瞥见一个东西，或者是一个东西的轮廓，在“百足虫”前面闪过。他把望远镜转向左边，但在现在这么高的倍数下，转过去之后他完全找不到钻洞了。他把倍数调低了些，重新对准钻洞，然后再调高倍数，把焦点放在“百足虫”的中间部位。

那些是人还是机器人？不管是什么，他们穿着的白色衣服看起来像是防化服，只不过比防化服更加臃肿。他们移动的步伐缓慢、艰难。他们看起来简直像是《捉鬼敢死队》里面的“永远软噗噗”[①]棉花糖人或者是米其林轮胎人。从身高看应该是人。罗伯特让望远镜跟随着一个朝钻探点走去的白色人影。吊车正朝“百足虫”转过来，它从洞里拖了个东西上来。另外一个棉花糖人进入了视野。新来的这个帮助之前那个把吊钩上的东西解下来，放到了地上。那东西看起来有点像个迪斯科舞厅里的镭射球，但是黑色的。在那些人身后，在白色的“百足虫”尾部，一扇门打开了，门从底下滑向上方，露出里面黄色的灯光和一面满是计算机显示屏的墙壁。里面还有个很大的白色箱子，有两个也穿着那身怪衣服的人把箱子沿着一个斜坡推下来。在地面上的两个人

① 译者注：1984 年的电影《捉鬼敢死队》中虚构的棉花糖广告语。

加入到他们当中，把箱子侧面的白色侧板弄了下来。侧板很容易就被弄掉了，一定是柔性材料，或者就是块布。

罗伯特调了一下望远镜焦距。那个“箱子”其实是个笼子，里面关着两只个头不大的猴子——也许是黑猩猩。它们互相抱在一起,在笼子里蹦来蹦去，离栏杆远远的，它们一定是被吓得要死。一个人迅速地跪倒在地，开始用力捶打笼子底部的一个东西。那肯定是个控制面板。笼子的顶上一盏橙色的暗淡灯光变成了红色，渐渐熄灭，然后猴子们稍微平静了一点。

另一个人朝着吊车挥动手臂，然后吊车转了过来。他们把吊钩挂到笼子顶上，然后把那个黑色的球也放了上去。

他们站在边上看着吊车把笼子吊了起来，转到探洞上方，放了下去。两个人走到吊车后面，开着两台状若巨蟹的机器出来。他们把机器开到钻洞旁，然后把机器连接到一起。连起来以后，这两台机器把洞口全盖住了，只留出一个能让吊索通过的小孔。

那四个人一起跑进了“百足虫”里面,在他们身后,大门滑了下来,关上了。

有几分钟什么也没发生。罗伯特的胳膊开始累了，他开始怀疑自己还要等多久。现在毫无疑问了——他们不是来钻探石油的。但他们在干什么？为什么他们要穿得像是棉花糖人？而且为什么他们要带来那几只猴子？

也许他很快就能找到答案了。那些棉花糖人又从“百足虫”里蹦了出来，朝钻洞移动。他们把盖住洞口的机器开了回去，然后笼子仿佛一下从洞里被炸飞了出来。它在吊索下面来回蹦跳了几下,最终停在地面上面几英尺的地方,微微摇荡。那些人把它稳住，然后猛地拉开笼门。

猴子的身上覆盖着一层白色，或者是灰色的东西……也许是雪？两只猴子都躺在笼子里，一动不动。那些人把猴子拉出来的时候，那些白色的东西仍然粘在它们身上——那不是雪。他们把两只猴子各扔进一个白色的尸体袋里，然后匆忙把它们拖进了“百足虫”第二段上的一个入口。当那个门打开的时候，罗伯特朝里面瞥了一眼。他看到了两个孩子，坐在一个玻璃笼子里面的一张长凳上，等待着。看起来下一次就轮到他们被丢进洞里了。

CHAPTER 98

印度　新德里

“在这里等着。如果我15分钟之内不出来，去找个警官，然后对他说店里正在发生抢劫案。”大卫说。

凯特扫了一眼这家商店的门面和街道，店面上写着“钟表贸易公司”。街道上熙熙攘攘，满是老式汽车和骑着自行车倏忽来去的印度人。大卫告诉她，这家商店是时钟塔的多个秘密前哨站之一，里面有一条后门通信渠道，本地的情报员和特工们可以从这里把情报送到总站去。他假设如果时钟塔仍在运转，那么这里也可能还在活动。这个“如果”可真够大胆的。如果时钟塔已经陷落——完全陷落——那么这些前哨站都会处于伊麻里的监视之下，甚至更可能是处于他们的控制之下。伊麻里会在这里守株待兔，以便干掉所有游离在外的特工，收拾扫尾。

凯特点了点头，大卫走上街头，朝着那家商店一瘸一拐地走去。一眨眼的工夫，他已经进去了。凯特咬着嘴唇等待着。

商店里人很多。似乎所有的钟表都在玻璃柜子里，或者说至少除了那些立式座钟之外都在。每样货物看起来都那么脆弱、那么精巧、那么易碎。大卫觉得自己仿佛就像是谚语里那头闯进了瓷器店的公牛。他勉强自己的伤腿用出力道，努力从两个立式玻璃柜子当中挤过去。

店里很暗，而外头很亮：他很难看清东西。他撞到了一个柜子上。柜子里全是老式怀表——只有戴着单片眼镜、穿着锃亮马甲的那些男人才会戴着这种表。柜子晃动起来，里面的怀表互相碰撞，叮当作响，有些特别小的怀表“咔嗒咔嗒”响个不停。大卫抓住柜子，用自己的好腿维持平衡，努力稳住柜子。他感到自己再踏错一步的话，店里所有的东西可能都会被他撞倒。

店里深处响起一个声音："欢迎光临，先生。今天我能为您做点什么呢？"

大卫用目光在房间里搜寻了一遍，又搜了第二遍，这才找到那个人。他站在商店最里面的一个高脚台后面。大卫踱着脚走到他前面，努力躲开沿路矗立着的那些玻璃"地雷"。

"我在找一个特殊的钟表。"

"那你来对地方了。你要找哪种？"

"一座时钟塔。"

店员打量着他："这个需求非同寻常啊。但你很走运，我们这些年来为顾客物色了好几座时钟塔了。我能知道你的要求有哪些细节吗？年代，形状，大小？任何信息都会有用的。"

大卫努力回忆正确的回答。他从没想到他会用上这些话："一个除了报时还有更多功能的，钢铁打造，坚不可摧。"

"我可能知道这么一座，我得去打个电话。"店员的语气变了，"在这里等着。"他用没有抑扬顿挫的语调说道。然后没等大卫回答，他就消失在一块布帘子后的过道里。

大卫使劲想看到或者听到里面的状况，但是他看不到布帘子后面的景象，也听不到那边的声音。他瞥了一眼挂在墙上的钟，他已经进来快十分钟了。凯特会照她答应的那样做吗？

店员回来了，脸上的表情一片空白，让人无法解读："卖主想要跟你谈谈。"他站在那里等着。

现在要能有把枪，让大卫用什么来交换他都愿意。他只点点头，走向台子后面。店员掀起帘子，把大卫推进后面的黑暗中。大卫能感觉到店员的手正伸过他的背部，朝着他的头部伸来。但他还没来得及转身，店员的手臂就开始向下，朝着他的胸部运动，速度很快。

CHAPTER 99

大卫转过身的同时，店员的手刚好挥了下来。

周围唰的一下亮起了灯光，头顶上一个没灯罩的灯泡来回晃荡着。店员手里握着开关线：“电话就在那边。”他边说边朝着角落里的一张桌子指了指。电话听筒是塑料铸模而成的，很厚实，就像是20世纪80年代的公共电话亭里的那种，这种听筒完全可以拿来敲死人。电话机的样式也一样古老：上面有个旋转式拨号盘。

大卫走到桌边，拿起听筒。他转过身子，面对店员。那人刚才朝他走近了一步。

电话里没有声音。“总站？”大卫说。

“身份认证。”一个声音说。

“威尔，大卫·威尔。”

“所属分站？”

“雅加达。”大卫说。他记得不清楚，但是他觉得程序不是这样的。

“稍等。”电话那边又没声音了，然后，“接入码？”

接入码？没什么接入码啊。这又不是童子军的秘密隐蔽所。他们在他说出自己名字的同时就该进行过声纹认证了。除非他们在演戏，好拖延时间，为了包围这栋建筑。大卫拿着电话，试图从店员的表情中看出点端倪。他进来多久了？现在差不多快15分钟了吧？

“我……我没有接入码。”

“别挂电话。”那声音回来了，听起来似乎比之前紧张些，“姓氏？”

大卫琢磨了一下这个要求。现在他还有什么好失去的呢？“里德。名字是安德鲁·米歇尔。”

这次对面的回复来得很快：“等一下，总监要跟你讲话。”

两秒钟的时间过去之后，霍华德·基冈老祖父般慈祥的声音在电话里响起："我的老天啊，大卫，我们在到处找你呢。你还好吗？现在你的状况如何？"

"这条线路安全吗？"

"不。坦白说，我的孩子，我们现在有更大的麻烦，顾不上这个了。"

"时钟塔现在怎么样了？"

"陷落了，但还没被摧毁。我正在组织一次反击。还有另一个麻烦：一场瘟疫正在席卷全球。我们在跟时间赛跑。"

"我想我这里有些新线索。"

"是什么？"

"我还不能肯定。我需要交通工具。"

"目的地是？"

"直布罗陀。"

"直布罗陀？"基冈听起来有些疑惑。

"这个地点有问题吗？"

"不。这是我近来听到的最好的消息了。其实我现在就在直布罗陀——剩下的特工们和我正在计划对这里的伊麻里总部发起一次反攻。那位店员会给你安排交通工具的，但你走之前，有些……有些事情我得告诉你，大卫。一些我希望你能知道的事情，为了预防万一你到不了这里……或者万一你到达的时候我不在这里了。你不是唯一一个在调查伊麻里的人。发掘出他们的阴谋是我毕生的事业，但我的时间不够了……我知道要阻止他们的话，你是我最大的机会了。我就是你的那个情报员，我利用了我在伊麻里内部所有的关系来帮助你，但还是不够。那些战术错误都是因为我——"

"那些都是过去的事情了。我们有些新信息，一些我们可能用得上的信息。局面还没完全绝望，我会在直布罗陀和你再见的。"

CHAPTER 100

南极洲东部

伊麻里研究基地“棱镜”

多利安不得不让马丁·格雷带路：技术上来说这家伙是这里的负责人。这个南极洲的研究场地令人屏息。之前的30分钟里，马丁带着多利安走过了这个巨大的百足虫一样的移动实验室：里面放着两具尸体的主体实验室，钻机控制中心，工作人员的宿舍，会议室，还有主控中心，他们现在就坐在主控中心里。

“我们这里现在暴露在光天化日之下，多利安。我们应该采取预防措施，南极洲这边有好几个科研站，任何一个都有可能偶然发现我们——”

“然后他们能怎么样？”多利安说，“他们能去找谁呢？”

“那些资助他们的国家啊。只要一个——”

“那些国家很快就会被疾病的暴发搞得焦头烂额。相信我，在世界尽头的一个巨大冰窟里进行未经授权的研究，这不会让他们的雷达上亮起红点的。我们别再浪费时间了，进入正题吧。告诉我你在潜艇那边发现了什么。”

“都是预料之中的。”

“他呢？”

“不在。凯恩将军，”马丁说出这个词的时候似乎畏缩了一下，“不在那些我们辨识出来的尸体当——”

“那他就在下面。”多利安心中升起的希望让他没法再保持平时那副泰然不动的表情。

“未必。还有别的可能。”

“我很怀疑——”

马丁继续说：“他也许在袭击尼泊尔的时候就已经死了，或者死在路上了。那可是一段漫长的旅程。或者——”

“他在里面，我知道的。”

“如果是那样，就会带来一系列问题。特别是，为什么他没有出来。还有，为什么我们一直没有得到他的音信。还有时间跨度这个现实问题，凯恩出发到南极洲来是在 1938 年，75 年前。如果他在里面的话，他得超过 120 岁了，早就该死掉了。”

“也许他的确曾尝试着和我们联系。罗斯威尔，那是一次警告。”

马丁考虑了一下：“有趣的想法。即便如此，你太热衷于凯恩，太热衷于找到他了，这让我们都处于危险中。你需要一个清醒的头脑，如果你想要领导这次行动——”

“我的头脑很清醒，马丁。”多利安站了起来，“我承认我是热衷于找到康纳德 · 凯恩，但如果是你的父亲失踪了，你也会这样的。”

罗伯特 · 亨特让雪地摩托的发动机保持运转。他从车上下来，走向那块悬岩，先前他就是把那两个人留在这里的。他们不在下面了，但那里停着一辆雪地摩托。他们到下一个钻探点去了吗？去告发他了吗？他们是不是跟在他后面，一路回到了之前那个现场？那跟告发了他一样糟糕。

他转身跑回到开阔的冰原上，抽出自己的双筒望远镜，朝远处各个方向眺望。

什么也没看到。

他走回到洞里，这里面很冷，冷得能冻死人。他试着启动留下的那辆摩托，却发现它没油了。怎么会？他们跟着他，然后刚开回来就没油了？不　　雪地上的痕迹都是过了好久的。他们是在这个洞里面来回行驶。为什么？为了保暖？是的，很有可能。他们尽可能地一直等待，直到发动机噼啪作响，然后停止工作，温度下降。然后他们爬上最后那辆雪地摩托，一起离开了。但他们是去哪儿了？

CHAPTER 101

“我求你了，不要这样做，多利安。”马丁站在门前，张开双臂。

“理智点吧，马丁。你也知道的，时间到了。”

“我们还不知道——”

“我们知道，他们的城市的一大块掉了下来。还有，他们的那些‘钟’其中之一在接近75年前就已经被激活了——有那些潜艇里的尸体为证。你想冒这个险？我们都知道他们很快就会从冬眠中醒来，就算他们现在还没有。我们没时间进行探索和争论了。如果他们走出这里，人类就完了。”

“你在假设——”

“我知道这些，你也知道。我们都看到了那个‘钟’能做什么。而这只相当于他们的门廊灯——这门廊通往的城市，就算我们拥有了他们那个档次的技术，我们再过几千年也造不出来。想想看他们在里面会有些什么样的武器。‘钟’只是他们用来防止那些野兽打扰他们安息的灭虫器。他们不希望任何人进入那里，不管为了什么。我是要保证我们的生存，这是唯一的办法。”

“一次这样程度的行动，却建立在如此多的猜想上——”

“伟大的领袖们都是从艰难的选择之火中锻造出来的。”多利安说，“现在，让开吧。”

多利安走进房间，跪下来和那两个印度尼西亚孩子面对面。他们坐在主实验室外面的一条白色长凳上，四只脚悬在地面上空几英寸的位置晃来晃去。

“我打赌你们俩很高兴不用穿那身衣服了，对不对？”

那两个男孩只是盯着他。

“我的名字是多利安·斯隆。你们的名字是什么？”

男孩们的眼神一片空白，他们的视线缓缓地从多利安身上移开，望向地板。

“没关系，要玩这个游戏我们也不需要名字。而且不管怎么说，取名游戏也很无聊。我们要玩个更棒的游戏，一个非常有趣的游戏。你们玩过捉迷藏吗？我还是个小孩子的时候最喜欢这个游戏了，我玩得可好了。”他转向他的助手，“去蔡斯博士那边把背包拿来。”

多利安死死盯着男孩们：“我们会把你们俩放进一个迷宫，一个巨大的迷宫里。你们的任务是找到一个特殊的房间。”多利安举起一张图片，“你们看到这个了吗？这是个房间，里面有很多玻璃管子。这些管子大得能装进一个人！你们能相信吗？如果你们能找到这个房间，然后躲在里面，你们就会赢得奖励。”多利安把那张打印照片放在他们的大腿上。这是张电脑效果图——伊麻里认为一个巨大的放着管子的房间看起来大概就是这副模样。

两个男孩都仔细看了看照片。“奖励是什么？”其中一个问道。

多利安摊开双手。“我也想问这个问题呢。我的天哪，你们真聪明，真是太聪明了。”多利安四下张望，说真的，奖品是什么呢？他没想到他们居然会问，他讨厌小孩，也差不多同样讨厌他们的问题，“实际上我们有好几个奖励，什么样的……什么样的奖励你们最喜欢？”

另一个男孩把那张打印图片放到长凳上：“凯特。”

“你们想见凯特？”多利安问。

两个男孩同时点头，动作和他们的四条腿来回摆动的节奏一致。

“好吧，我告诉你们。如果你们找到那个房间，躲在里面等着，凯特就会过去找你们的。”多利安点点头，孩子们瞪大了眼睛，“就是这样，我认识凯特。实际上，我们是老朋友啦。”多利安在这句话中暗藏的笑话让他自己笑了，不过这个笑容起到了所需的效果，孩子们在长凳上激动地晃动着身了。

一个实验室助理带着背包过来了：“先生，背包在这里。”他帮助多利安把背包背到孩子们背上，“把这里扣上就会激活弹头。我们尽力让它们能耐干扰。如果扣带松开，弹头就会起爆。按照您的要求，一旦它们被激活，就无法手工或者遥控关闭。我们把计时器定在4个小时后。”

“干得棒极了。”多利安把孩子们胸前的带子拉紧，他把手按在孩子们的肩膀上，“下面是这个游戏里很重要的一项规定：你们不能把这些背包拿下来。

如果你们这样做了，游戏就结束了。没有奖励，凯特不会来。我知道它们有些重，如果需要休息的话你们可以停下来，但记住，如果你们把它们拿下来，凯特就不会来了。还有最后一件事。”多利安拿出一个信封，把它别在高一点的男孩子胸前。信封上是两个大大的手写文字：爸爸。

多利安又在信封周围加了几个别针，保证它不会移动。“如果你们在里面看到一个男人，一个穿着军服的老男人，你们也会赢得游戏——只要把这个信封给他。所以如果你们看到他，就跑过去，告诉他，是迪特尔派你们去的。你们能记住这些话吗？”

男孩们齐齐点头。

15 分钟之后，多利安在指挥中心观察着那两个男孩。他们正朝着实验室下方快两英里深处的那个“钟”艰难跋涉。

那个致命的装置看起来并没有启动的意思。在他们前方，一个巨大的入口上重重门户层层打开，就像是蜥蜴的眼睑。多利安想道。

他看着监视器，上面显示着孩子们衣服上的摄像机传回的图像。两个视频都在向上转去：男孩们在向上看去，看着他们上方的“钟”。那东西悬在他们上头好几百码处，挂在巨大的冰质穹顶下面。

多利安按下一个按钮：“它不会伤害你们的，只管往前走进去。记住，那个放着管子的房间。”他松开按钮，转向指挥中心里的技术员，“你能把那些管子的图像投射到他们衣服里的显示屏上吗？很好。”他再次启动和孩子们的衣服之间的通信线路，“就是这样子的。进去吧，去找这些管子。”

多利安坐回到椅子里，看着男孩们走进那个入口处的重重门户。大门关上了，他们的摄像机传回的画面静止不动了。在控制室的其他显示器上，多利安能看到外头的房间和那个“钟”。圆顶下的入口一片寂静，死一样的安静。

在监视器墙上，有个屏幕显示着一串数字，一秒一秒倒数着时间：03:23:57，03:23:56，03:23:55……

CHAPTER 102

记录稿

白宫就“闪发流感”暴发举行的新闻简报会

亚当·赖斯（白宫新闻秘书）：各位早上好。我要宣读一份简短的声明，然后我会回答几个问题：“总统和他的政府正采取措施，评估和处理媒体称为‘闪发流感’的卫生问题。今天早些时候，总统已经下令疾控中心调动所有可用资源，用于评估这一威胁。待得出评估结果之后，白宫将会视结果采取进一步的行动，以保护所有美国人民的安全。”

[赖斯放下声明，指向第一个记者。]

记者：总统有没有制定封锁边境的时间表？

[赖斯吸了口气，做私下交谈状。]

赖斯：总统已经多次说过，封锁边境是最后的措施。我们都知道那会对美国的企业带来什么样的影响，无论大小企业。听着，我们知道现在出现了一个公众卫生问题，但同时我们还遇到了一场经济危机。封锁边境会对美国经济产生相当严重的威胁。流感可能会感染很多美国人，但封锁边境将会毫无疑问地立刻导致一场经济衰退，那将会让更多美国人陷入危险，受影响的人会比流感暴发更多。我们正在寻求平衡路线。总统不会将任何人置于危险中——无论那是流感造成的，还是贸易衰退造成的。

记者：你们对来自亚洲、中东和欧洲的报告的官方态度是什么样的？

赖斯：我们严肃地看待这些报告，但我们希望对其中的信息进行一次审慎的、全面的评估。我们仍然在研究，尽管信息并不完整。坦率地说，我们不认为所有的报告都是可信的。

记者：你是说那些目击证言，那些视频——

[赖斯抬起一只手。]

赖斯：至于网络视频嘛，那是一个你们会看到事物最坏一面的地方。没人会把他们健健康康地坐在家里，吃麦片或者做有氧运动的样子发到视频网站上。只有发生某些耸人听闻的事情的时候他们才会拍视频上传。我们现在已经看到了这类视频，之后还会有更多同样的东西。如果你依靠在网络视频里看到的信息来决定你的生活，你会做出一些错得离谱的决定。这正是我们努力要避免的事情。目前甚至还不清楚这些视频是否真实，而且就算是真的，与之相关的严重卫生问题的数量到底有多少也无法确定。

[赖斯举起双手。]

赖斯：好了，今天的简报会到此为止。谢谢大家。

CHAPTER 103

直布罗陀

时钟塔安全屋

直布罗陀湾上的落日美得令人屏息。红色、橙色和粉色的柔光层层叠叠，和大西洋那靛蓝的海水在天边相接。港口区延伸到大约一百码外，直布罗陀巨岩在尽头处拔地而起，俯瞰大海。阳光洒在它的侧面上，那灰黑色的表面仿佛在余晖中燃烧起来。

凯特把玻璃门带上，走到外面有顶棚的门廊上。门廊在五楼，下临街道。在她下面，武装警卫们在这栋港口区的大房子周围巡逻。地中海的和煦微风拥抱着她，她斜倚到栏杆上。

她听到身后围在桌边的人们爆发出一阵大笑。她转过身，看着大卫的眼神。他坐在那十几个其他的时钟塔分站站长和特工们当中，显得那么高兴——那些都是在时钟塔陷落后幸存下来的人。现在，他们是"抵抗力量"。要不是她知道内情，从外面看过去她会以为这只是一群大学时期的老友重逢。他们在互相打趣，分享自己的故事，计划着明天来一场盛大的足球比赛，还要在球场外的车尾聚餐会上搞些恶作剧。但她知道，这些人其实是在制订对伊麻里直布罗陀总部大楼的攻击计划。话题已经转向了对战术细节的讨论，对那栋大楼内部布局的争议，还有对他们获得的建筑图和其他情报是否可靠的研讨。凯特不得不离开他们，走到门廊里。她就像是这群老友中的一员新交的女朋友，明显不是他们核心团体的一员。

在从印度飞来的航班上，她和大卫第一次放下所有戒备，毫不犹豫地坦率交谈。她告诉了他自己失去孩子的经过；告诉了他自己怎么遇到那个男人，那人几乎在她怀孕之后即刻就凭空消失。她在流产后一周离开旧金山，去了雅加达，之后的几年里把全部身心都扑在自己的自闭症研究工作上。

大卫也同样坦白。他告诉了凯特他死在“9 · 11”袭击中的金融业女友，他也在那次袭击中身受重伤，几乎瘫痪；接着诉说了他的康复，和他决定致力于找到袭击的责任人。一周前，凯特对他关于伊麻里和一个全球性的阴谋的论断会弃若敝屣；但在飞机上，她一个劲儿地点头。她并不明白那些线索是怎么推出那个答案的，但她相信大卫。

他们说完之后睡了会儿，仿佛倾吐让他们松弛下来。但是对凯特而言，这只是一次断断续续的打盹儿，休息得并不好。主要是因为飞机的噪声，还有一部分是因为在椅子上很难睡着。每次凯特醒来的时候，总看见大卫在睡觉。她猜想大卫也一样，醒来就看着她，直到自己再次睡着。她还有那么多的话想要对他说。当她最后一次醒来的时候，飞机已经到达了航程的终点直布罗陀机场。大卫在从飞机舷窗往外看，当他发现凯特醒来的时候，他说:“记住，在我们摸清更多情况之前，不要提起任何关于那本日记或者尼泊尔的话题。我对此还有些吃不准。”

他们刚一着陆，时钟塔的特工们就蜂拥而上。然后他们就被簇拥着回到这处居所。从那时候开始，她和大卫几乎再也没有任何交谈。

她身后的门滑开了，凯特迅速转过身，面带笑容，充满期待。来的是基冈，时钟塔的领导。凯特的笑容立刻消失了，她希望对方没有发现这点。基冈走出来，关上了门:“我能跟你在一起待会儿吗，华纳医生？”

“请吧。还有，叫我凯特好了。”

基冈站在她身旁的栏杆边上，身姿笔直，没有看着凯特。他把目光投向暮色渐浓的海湾。他显然已经六十多岁了，但他的身材很好，很强壮。

他们之间的沉默有点让人尴尬。“计划得怎么样了？”凯特问道。

“不错。尽管那其实无关紧要。”基冈的语声平板，毫无感情。

凯特打了个寒战。她试图缓和一下气氛:“你这么有信……”

“我的确有信心。明天的行动迄今已经计划了好几年了。”他朝下面的街道和警卫比画了一下，“那些人不是时钟塔的特工，他们是伊麻里的保安，里面的警卫们也是。明早，时钟塔里最后一批非伊麻里的特工将会死去，其中包括大卫。”

凯特猛地一推栏杆站起来，扭头望向那张桌子。桌边那些男人还在谈笑指点。

“我不明……”

“别转身。我是来向你提出一桩交易的。”基冈的声音小得像在耳语。

“交易什么？”

“他的生命，用你的来交换。你今晚再过几小时，等所有人都睡觉以后就离开。他们会提前上床的：袭击是在拂晓。”

“你在说谎。”

“我会吗？我不希望杀掉他，我真的很中意他。我们就像是一枚硬币的两面，只是偶然处于对立位置。但我们想要你，非常想要。”

“为什么？”

“你在‘钟’面前活了下来，它是我们所有工作的关键，我们必须搞清楚这件事。我不想骗你：你将会被审讯，然后被研究，但是他会被赦免。看看你拥有的选择吧。我们现在就可以把里面这些特工全杀掉。在居民区附近这样干会带来些麻烦，但还是可接受的。我们这个行动已经持续太久太久了，我们一直等在这里，看谁会自投罗网。我们一直希望他会打电话来。如果你在谈判的时候机灵点，你还有机会让那些孩子被释放，或者，也许能用你自己换回他们。你会被关进一个地方，他们现在就身处其中。”基冈盯着凯特的眼睛，“那么，你的回答是？”

凯特咽了下口水，点点头：“好的。”

“还有件事。飞机上的录音显示，你和威尔提到了一本日记。我们想要这本日记，我们找它找了很长一段时间了。”

CHAPTER 104

南极洲东部

7 号钻探点

雪上营地“阿尔法”

罗伯特·亨特看到那辆雪地摩托的瞬间，浑身都感到一阵轻松。它就停在7号钻探点的白色小屋外边。他把自己的雪地摩托停了下来，跑进屋子里。那两个人正在墙边上的加热器旁取暖。见他进来，两人都站了起来。

“我们想等你的，但我们快冻死了，不能继续待在那边了。”

“我知道了，没事。”罗伯特说。他打量了一下这个房间：和之前的六个完全一样。他朝步话机望去，“他们有没有呼叫——”

“在一个小时内连呼了三次，一直在找你。他们都要失去耐心了。”

罗伯特琢磨着该说什么：“你们怎么跟他们说的？”答案会告诉他，这两个人把这边的事情抖搂出去多少。

“第一次呼叫我们没回答，第二次的时候他们说正在派出增援。我们告诉他们，你正在钻探点上工作，我们不需要援助。你看到了什么？”

最后这句问话让罗伯特的大脑飞速转动起来。如果他们是在试探我怎么办？如果他们跟雇主报告，然后得到了命令要杀掉我怎么办？我能信任他们吗？“我没有……”

“听着，我不是什么天才，唉，我甚至没高中毕业。但我这辈子都在海湾挖石油，所以我知道我们不是在钻探石油。那么，为什么你不告诉我俩你看到了什么呢？”

罗伯特坐到放步话机的桌旁。突然之间他感到疲惫不堪，而且饿得不行了。他扯下自己的风帽，然后脱下手套：“我还不能肯定。那儿有些猴子，那些人用某种东西杀死了猴子。然后我看到了孩子们，他们被关在一个玻璃笼子里。”

CHAPTER 105

直布罗陀

时钟塔安全屋

凯特试着估算了一下阳台之间的距离。四英尺？五英尺？她跳得过去吗？她听到下面传来警卫的脚步声，赶紧缩回到自己的房间里。她侧耳倾听：警卫脚下踩到的碎石发出的嘎吱声渐渐远去。她回到了阳台上。

凯特走向阳台边沿，抬起一条腿，跨过栏杆，然后侧身把另外一条腿也翻过去。她站在栏杆外面的狭小边沿上，两只手抓住背后的栏杆。她跳得过去吗？

她伸出一条腿，用一只手抓住栏杆，就像是个随着音乐高潮跃起的芭蕾舞演员。她尽力向前伸出身子，一直到觉得自己抓住栏杆的手要滑脱了，几乎要掉下去了。她转回身子，猛地跌回到栏杆上，差一点就摔下去了。那样的话她会跌断自己的脖子的。对面的阳台她够不着——只差不到两英尺。

她往后靠在栏杆上，正准备跳过去的时候，对面阳台的门被拉开了，大卫走了出来。他第一眼看到对面有人的时候往后一缩，但他随即认出了凯特。他走到栏杆前，朝凯特微笑："好浪漫啊。"他伸出自己的好手，"跳吧，我会把你拉上来的。你之前拉过我一次的，这是报答。"

凯特往下面瞥了一眼，她能感到自己手上在冒汗。大卫把他的手臂伸过栏杆，离她只有一两英尺了。她想要纵身跃入他的怀抱，但她跳得过去吗？如果她掉下去，警卫会发现她，基冈马上就会知道的，交易会被取消的。大卫能抓住她吗？他能避免那样的结果出现吗？她相信他，她信任他，但是……

她跳了出去，大卫抓住了她，把她拉过栏杆，拉进自己的怀抱中。然后一切都发生得飞快，仿佛是一场梦境。大卫抱着她冲进房间，连阳台门都懒得关。他把她丢到床上，爬到她身上。他一边扯掉自己的衬衫，一边用手抚弄着她的头发。他一边把她的衬衫拉起，一边亲吻着她的双唇。只有在把衬衫从她脸上拉过去脱下来的时候，他才让自己的脸和她的脸分开一会儿。

她必须告诉他，必须让他停下。但她无法抵制这种诱惑：她也想要。他的抚摩仿佛带着电流，点燃了她身体里某些很久以前就熄灭了的火焰。他唤醒了某些东西，仿佛是一股超自然力，征服了她的身心，把其他的一切都给赶了出去。她无法思考了。

她的胸罩被脱掉了，他正脱掉自己的裤子。

这种抛开一切的感觉太舒服了。他们可以回头再谈。

凯特看着大卫的胸膛一起一伏，他睡得很沉。她下定了决心。

她躺回到床上，盯着涂成白色的天花板，仔细思考着，试着整理自己的感受。她感到……又活过来了，完全的……安全，甚至不在乎基冈的威胁。她心中有点想要叫醒大卫，告诉他，大家正处于危险之中，需要离开这里。可他又能干什么呢？他的腿上和肩膀上的枪伤都还没好到一半。那样做只会让他白白被杀。

她穿上自己的衣服，悄然离开大卫的房间，慢慢把门关上。

“我可没违反约定。”

这声音把她吓了一跳。她转过身——是基冈，站在她身后，脸上挂着一副奇怪的表情：悲哀，失望，还是悔恨？

“我没告诉他——”

“我怀疑这点——”

“真的。”凯特把门推开一条缝，从缝中可以看到大卫躺在床上，身上只有一张床单盖住下半身。凯特轻轻地把门重新关上，“我们根本没有说话。”她垂下目光，“我是来告别的。”

30分钟之后，凯特坐在向南飞往南极洲的飞机上，望着窗户外面北非的灯光。

CHAPTER 106

“大卫，醒醒。”

大卫睁开自己的眼睛，他仍然一丝不挂地躺在他睡着的地方。他摸了摸旁边的床铺：空着，冷了。凯特已经离开好几个小时了。

“大卫。”霍华德·基冈站在他边上。

大卫站起身来：“什么事？现在几点了？”

他的前导师递给他一张便条：“现在是凌晨两点左右。我们在凯特的房间里发现了这张便条，她走了。”

大卫打开便条。

亲爱的大卫：

别恨我。为了孩子们，我不得不试着达成交易。我知道你今天早上要去攻击伊麻里总部大楼。我希望你能成功。我知道他们从你那儿夺走了什么。

祝好运

凯特

大卫迅速思考着。凯特会做出这种事吗？有些地方不对劲。

“我们认为她几个小时前就离开了，我觉得应该让你知道这件事。对此我很遗憾，大卫。”霍华德走向门口。

大卫努力分析目前的战术态势，努力保持客观。我漏掉了什么？他的思绪不断闪回到凯特身上：她昨晚的身影在他的脑海中不断闪现，就像是一部他无法让它停止播放的幻灯片。她本已安全了，可现在她却把自己交到了他的敌人手里。为什么？这简直是他最糟糕的梦魇。

基冈抓住了门把手。

“等等。”大卫看着他，思考着，他还有别的选择吗？“我知道她去哪儿了。”

霍华德转过身，怀疑地看着大卫。

“在尼泊尔，有人给了我们一本日记。”大卫边说边穿上衣服，“里面有一张画着直布罗陀巨岩地下的隧道的地图。隧道底下有东西，伊麻里的人想要的东西。”

“是什么？”

“我不知道。但我相信她就是去找那东西的——用来交易。我们现在准备得如何了？”

“每个人都整装待发，我们差不多准备好发动袭击了。”

“我得跟他们谈谈。”

30 分钟后，大卫领着这世上最后的 25 个时钟塔特工进入了直布罗陀巨岩下的隧道。他告诉他们，自己必须去，必须去找凯特：可能他会赶不上参加袭击了。反正他在袭击中的角色很大程度上也是象征性的。他的伤，特别是腿上的伤，让他在袭击中无法充当任何重要角色。在行动中他只能是坐在桌子前面，监视着屏幕和读数，协调大家的行动。

他的特工同伴们全体一致表示：他们要待在一起。先去探索隧道，救出凯特，然后回头执行最初的计划。那间密室里的东西可能会对主要行动提供些战术优势。

他们预计在岗亭那边不会遇到多少抵抗，事实也是如此。岗亭里根本就没有警卫，也没有上锁，尽管之前曾经锁上过。时钟塔的人们发现了一个普通的密码锁，那种高中学校的衣柜上用的。锁被丢在地上，当中被拗断了。明显是凯特干的。显然，伊麻里在很久之前就放弃了这个地方，认为这里没有多少价值了。但安保措施如此之少还是让大卫有几分疑虑。

隧道的入口和日记里面描述的一样——也几乎跟当年处于同样的状况下。入口上的一块黑色油布被掀开了，矿井内部沿路的灯也都亮着。在隧道里有一个地方和当年不同：增加了一套电动车，由许多独立的小车组成的有轨电车系统，用于在隧道里提供方便、安全的运输。每节车能装两个乘客，整个队伍分开乘上了大约一打车厢，霍华德和大卫在第一节车里。在那阵令人眩晕的螺旋俯冲之后，他们进入了矿井深处。隧道从这里笔直延伸出去，然后分叉。大卫没料到这点：他还以为伊麻里会把所有的死路都封上呢。日记里的地图是那个亚特兰蒂斯建筑内部的，他不知道这些岔路里他该走哪条。没有别的选择了，霍华德开始把队伍分派出去。不幸的是，轨道一直分叉。到最后只剩下霍华德和大卫在一起，指望着自己正沿着正确的轨道前进。

按照计划，他们要在一小时内回到入口会合。这样还能剩下足够的时间在拂晓前去进攻伊麻里直布罗陀总部。

大卫笔直望着前方，隧道两边的灯光一成不变地向后掠过。他漏掉了什么？霍华德在操作着车子的操纵杆，控制着他们的速度。在远处不知什么地方，传来三声微弱的响声，然后接连不断。大卫朝霍华德看去，他们交换了一个了然的眼神。霍华德让车子减速停下，然后他们等了一会儿，希望能听到更多声音，好分辨出方向。

“我们可以撤回去。”霍华德平静地说。

他们等待着，隧道一片寂静。下面该怎么办？那些声音显然是枪响，但大卫现在的状况不适合战斗，而基冈尽管足智多谋，可他是个管理者，不是个战士。遇到敌人的话，他们都无力抵抗。实际上，他们可能还会成为累赘。

“不，我们继续向前。”大卫说。

五分钟后，他们又听到了一阵枪声，但他们没停下来。又过了五分钟，他们到达了通往那个亚特兰蒂斯建筑的地方。阶梯就在这片地方的正当中，完全袒露在外。在右边是日记里描述的那个锯齿状的裂口。大卫还能看到建筑的其他部分，基本都是光滑的金属，暗淡无光。巨大的工字钢梁在头顶上高高竖起，支撑着海湾底部的岩石和海水。

大卫抬起头，端详着台阶上方的区域。那儿有个巨大的圆顶，原本吊着什么东西，还有一个断口，顶上有什么垂下来的东西从中被切断取走了。

“那是什么？”霍华德说。

“他们就是从这里把‘钟’弄走的。”大卫说，几乎是在自言自语。

霍华德走向台阶，把一只脚放在第一级阶梯上，回头看着大卫。

大卫一言不发，蹒跚前行，拄着他的拐杖走上阶梯。攀爬让他的脸疼得挤成一团，忽然一种无法抗拒的即视感猛地慑住了他。那个开掘隧道的人，帕特里克·皮尔斯，也曾被以拯救他人的名义引诱到这里，其实却是为了让他陷入圈套。大卫跨过门槛，霍华德紧紧跟上。他停了下来，观察着他导师的眼神。他漏掉什么了吗？他现在还能补救吗？

地板上和天花板上的发光二极管照亮了建筑物的内部。门廊差不多有八英尺高——不狭窄，但也不怎么宽敞。形状也不是方的，顶部和底部都略微弯曲，让门廊的界面呈卵状，虽然转角比较尖锐。总的来说，这里的走廊让人感觉像是一艘船上的过道——一艘《星际旅行》里的太空飞船上的。

大卫靠着他对地图的印象向前，领着霍华德沿着过道走去。记忆地图和密文是间谍技术中的重要一环，大卫对此颇为在行。

这真是个让人难以置信的建筑。许多门都是开着的，他们走过的时候，大卫看到门后的房间里有各式各样的简易实验室，就像是你在博物馆里看到的那种地方，保管员们在玻璃后面仔细研究或者收藏那些历史瑰宝的地方。显然，伊麻里在过去一百年间把这儿的每寸土地都翻了个遍。

这里有种超现实的感觉。大卫之前对那位隧道发掘者的故事还只是半信半疑，曾怀疑那也许仅仅是个故事而已。但它真的存在于这里。

密室前的假墙就在前方——再转个弯就到了。看见密室的一刻，大卫感到自己的呼吸都停顿了：密室是……敞开着的。

凯特，她在里面吗？

“凯特！”大卫高声喊道。反正也不会有什么影响了。如果有人在里面，隔着一英里远就该能听到他的拐杖在金属地板上的当当声，所以他们完全没有出其不意攻其不备的可能。

没有回答。

霍华德跟在他身后。

大卫移动到密室入口边上,窥视着里面。这个房间看起来像是个指挥中心。有个突起的指挥台，还有几把椅子，散落在一些光滑的操作台旁——那些是计算机吗？或者是别的什么更先进的东西?

大卫尽量谨慎地慢慢走进房间。他用拐杖支撑着自己，旋转身躯扫视着房间里的每英寸地方。“她不在这里。”他说，“但那本日记，里面的故事是真的。”

霍华德踏进了房间，反手按动身后的一个开关。房间门口“哧”的一下从右往左伸出一扇门板，封上了门。“噢，是的，它完全是真实的。”

大卫审视着他:“你读过日记了？”他的手指收紧，握住自己腰带下藏着的手枪。

霍华德的表情变了，他平时的那副温和表情完全消失了。他看起来心满意足，趾高气扬:“是的，我读过了，但只是为了好奇。我早就知道里面说的事情，因为当时我在场。我目睹了那些事，是我把帕特里克·皮尔斯雇来寻找这个地点的。我是马洛里·克雷格。”

CHAPTER 107

南极洲东部

伊麻里研究基地“棱镜”

凯特坐在一张塑料的小凳子上，盯着白色的墙壁。她正在一个实验室或者研究设施中，但她完全不知道这里是哪里。她揉了揉太阳穴。神啊，她的头好晕。在海上飞行的途中，有个男人走进机舱，要她喝瓶水。她拒绝了，然后对方就把她按倒，用一块白布蒙住她的鼻子，那块布迅速让她失去了意识。她还能指望什么呢？

她站起身，在房间内走了几步。白色的房门上有个小开口，但透过这个窗口只能看到外头的走廊和另外几个房门，那些看起来和她这边这个一模一样。

房间较长的一面墙上有个长方形的镜子，嵌在墙里，凹下去一两英寸。毫无疑问这是一间观察室，跟她在雅加达的实验室里的观察室差不多，只有一点不同：这里绝对要阴森得多。她盯着镜子，那后面是不是有人正在观察她？

凯特把自己的身体正对镜子，盯着镜面，仿佛这样她就能看到镜后那个把她抓来的神秘人：“我已经做了交易里我该做的，我在这里了，我想看到我的孩子们。”

扬声器里响起一个声音，听起来模模糊糊的，是经过计算机变声处理过的：“告诉我们你在他们身上做了什么。”

凯特想了想，如果她把知道的都说出去，以后就再也没有筹码了：“我要先看到他们，然后你们放了他们，我才会告诉你们。”

“你现在没资格讨价还价，凯特。”

“我不觉得，你们需要我所知道的东西。现在，让我看看孩子们吧，要不我们就没什么好谈的了。”

差不多一分钟的时间里什么也没有发生。然后一个视频窗口从镜子的侧面弹出，开始播放。镜子的这部分肯定是个特殊的计算机显示屏。视频里是那两个孩子，在一条昏暗的过道里走着。凯特朝镜子走近了点，伸出一只手。在孩子们前方，一个巨大的入口打开了，只能看到里面一片黑暗，孩子们走了进去。视频停留在入口关闭的画面上。

“你已经读过那个开掘隧道的人的日记了，你知道直布罗陀的那个建筑。这里也有一个类似的建筑，规模比那个大20倍。它一直在这里，在两英里深的冰层之下，沉睡了不知道几千年。孩子们现在就在里面。”

镜子上的画面切换成了一幅穿过入口的孩子们的特写镜头。镜头在孩子们背着的背包上聚焦放大。那里有一个发光二极管的数字显示器，你会在闹钟上看到的那种——显示着一串数字。一个倒数计时。

“孩子们带着的背包里装着核弹头，凯特。他们还剩下不到30分钟了。我们可以远程关闭核弹，但你必须告诉我们你做了什么。”

凯特从镜子前退开了，太疯狂了。什么人会对两个孩子做出这样的事情？她无法信任这种人，她不会告诉他们的。他们只会再去伤害别的孩子：她对此确定无疑。她必须想出对策来。“我需要点时间。”她喃喃道。

背包的图像从镜子里消失了。

过了几秒钟，房门被推开了。一个穿着一身长长的黑色战地风衣的男人迈着机器人般的步子走进了房间，然后……

凯特认出了他。

这怎么可能？她脑海里闪过一幅幅画面：价格昂贵的晚餐；他向她搭讪的时候她的大笑；旧金山一间点着烛光的套房。然后是那一天，她告诉他自己怀孕了——那天以后她再也没见过他……直到此时此地。

“你——”凯特只说出了这一个字。随着他一步步走进房间，凯特一步步后退，直到她发觉自己的背已经顶到了墙上。

“是时候谈谈了，凯特。叫我多利安·斯隆吧。坦率起见，我们还是别用那个假名了吧，迪特尔。我叫迪特尔·凯恩。”

CHAPTER 108

直布罗陀

伊麻里隧道

大卫看着那个男人在房间中来回漫步。他一直以来所知的这个男人，叫作霍华德·基冈，是时钟塔的总监，而现在这人自称是马洛里·克雷格。

“你在说谎，克雷格雇用皮尔斯的时候是将近一百年前。”

“的确如此，我就是那时候雇的他，我们找他的日记也找了快一百年了。皮尔斯是个非常非常聪明的家伙。1938 年我们知道他派人把这本日记送到伊麻孺那边，但我们不清楚那次行动是否真的把日记送到了那里。我很好奇他在日记里会写些什么，会透露多少机密。当你读到日记的时候，你没有对他和我们的交易感到好奇吗？为什么，在西班牙流感杀死他的妻子和尚未出世的孩子之后，他会留下来为伊麻里效力将近二十年？他怎么说的来着？他‘和魔鬼做的交易’。”这人哈哈大笑。

大卫悄悄把枪从腰带里抽出来。他必须让对方继续讲话，至少再讲一会儿。

“我看不出这跟你有什么关系。”

“你真的看不出？你觉得皮尔斯为什么会跟我们合作？”

“否则你们就会杀了他。”

“的确，但他根本不怕死。你也读过那篇日记的结尾了。他甚至会欢迎死亡，能和我们同归于尽的话他会感到无上光荣。我们夺走了他的一切，他珍爱的一切。但他对他的孩子的爱胜过了他对我们的仇恨。正如我刚才说过的，帕特里克·皮尔斯很聪明。他从那根管子出来的一瞬间，他就明白了那是什么。那些是休眠管，延命装置。在我们头顶上的库房里，在那家临时医院中，他做了一笔交易。他要把海伦娜的尸体放进一根管子里，而凯恩会把他垂死的儿子，迪特尔，放进另外一根里面。之后他们俩都对医学研究投注了大量精力。

他们梦想着有一天，他们能打开管子，拯救他们爱的人。当然了，凯恩还有些更激进的想法，激进得令人不安的想法。他致力于寻找能从‘钟’的攻击中存活的办法。他把‘钟’运到了德国，然后……你已经知道那些试验了吧。我们知道皮尔斯在进行反对我们的活动，在策划着什么。于是1938年，在出发探险的前夜，凯恩带着他的冲锋队员们把皮尔斯抓了起来，放进了一根管子里。”

“为什么不干脆杀了他？”

“我们也想啊，但是正如我刚才说过的，我们知道他写了本日记，他还制订了些反对我们的计划。我们担心那些计划会随着他的死亡而启动，所以我们当时是左右为难。杀掉他还是太危险了，不过我还是可以嘲笑他。他拼尽全力反抗，可最后还是被警卫制住，丢进了管子里。整个过程中我一直都在嘲笑他，可随后，让我惊惧交加的事发生了。凯恩命令冲锋队员们把我放进另外一根管子里。他不信任我，哪怕多年来我一直对他忠心耿耿。凯恩承诺说他一回来就会把我放出来。他做梦也没想到自己可能会回不来，但当然啦，他没能回来。我们几周前才终于在南极洲找到了他的潜艇。

“皮尔斯和我直到1978年才被唤醒，面对着一个全新的世界。我们的组织，伊麻里，实质上濒临破灭——只剩下我们做幌子的那些公司和少数海外资产了。第二次世界大战大大削弱了我们的组织。纳粹侵占了我们的许多资产，包括‘钟’。当时伊麻里的领导层面临这样的处境，于是绝望了——绝望得想要让我们这些老家伙，这些最初缔造伊麻里国际集团的人回来。能想到要这样做，算他们还有点小聪明。但当然啦，他们并不知道全部的历史。帕特里克·皮尔斯和我同时被唤醒了，然后我们差不多就是在延续我们离开之前的争斗。我开始重建伊麻里，而帕特里克则再次扮演着妨碍我的角色。我首先就从恢复我一手创建的组织，伊麻里当中专属于我的部门，世界上第一个全球性情报组织做起。你很熟悉这个组织——时钟塔——伊麻里的情报机构。”

“你在说谎。”

“我没有，你知道的。你看过我们在1947年发出的信息了吧。埋藏在那几份《纽约时报》上的讣告中的信息。为什么伊麻里的信息会用‘时钟’和‘塔’作为标志？你那时候就应该意识到了，在你看到那些解密后的信息的一刻——或者也许更早。在你的潜意识深处，你应该早就知道时钟塔的真面目了，在你听到有多少特工处于伊麻里的控制之下的时刻，或者在那些分站如此迅速地陷落的时候，你就知道了。想想吧，时钟塔不是被伊麻里渗透了——它就是伊麻里的一个部门，一个专门用来取得世界各国的情报部门的信任，好彻底地渗透他们的组织。这样可以保证时机来临，我们释放出亚特兰蒂斯瘟疫之时，他们会无能为力，完全对真相一无所知。时钟塔还有另外一个功能：聚集和控制任何会妨碍伊麻里的总体规划的人——像你这样的人。你在时钟塔的这段时间里，我们一直在监视你，试着搞清楚你知道了多少，又告诉了谁。这是唯一的解决方案。像你这样的人是不会在审讯中崩溃的。此外还有个好处：我们发现，这些年里，大多数特工在了解到全部的真相后加入了我们。你也会的，这就是为什么你在这里。”

“接受你们的洗脑？你以为我会加入，如果我听到了你们行动的根本原因？”

“事物和它们的表面并不——”

“我听够了。”大卫举起枪，扣下扳机。

CHAPTER 109

南极洲东部

伊麻里研究基地“棱镜”

凯特不停摇头，他怎么可能在这里？她不要哭。最后她只能迸出一句话：“为什么？”她的声音颤抖，泄露了她的情绪。

多利安的表情变了，仿佛想起了什么琐碎的事情，想起他把什么东西忘在了食品店里的模样：“噢，那件事啊。只是清算一笔老账。如果你不告诉我你在那些孩子身上用了什么疗法，我下面要对你做的事情可会比那厉害得多，相比之下那根本什么都不算。”他又靠近了些，把凯特逼到了墙角。

凯特现在想告诉他了，仅仅是为了看看他脸上会有什么表情：“脐带血。”

“什么？”多利安退开了一步。

“我失去了孩子。但那之前一个月，我就保存了从脐带中抽出来的胚胎干细胞。预防万一那个孩子会遇到需要干细胞的情况。”

“你说谎。”

“是真的。我在那两个孩子身上试用了实验性的干细胞疗法，用的就是我们死去的孩子的胚胎干细胞。我把那些干细胞全用完了，一点都没剩下。”

CHAPTER 110

直布罗陀

伊麻里隧道

大卫再次扣下扳机，又是咔嗒一响。

“我把撞针拆掉了。”克雷格说，“我知道你可以分辨出枪里是有子弹还是没子弹的。”

“你想从我这里得到什么？”

“我已经告诉你了，我在这里是为了雇用你。等我们谈完之后，你就会了解到真相，然后你最终会——”

“我不会的，你现在就可以杀了我了。”

“我不想那样，人才难得啊。另外还有个原因：你知道得比其他任何人都多；你处于一个独一无二的位置——”

“你知道我是为什么加入时钟塔的，你知道伊麻里从我这里夺去了什么，你从我这里夺去了什么。”

“不是我，是多利安。迪特尔 · 凯恩。我得承认，是我利用时钟塔来保证事前没有任何情报部门能听到这个阴谋的半点风声，但策划了‘9 · 11’袭击的是他，那是他的大脑的产物。他执着于搜索那些山区，寻找他的父亲。他非常需要某些掩护，不过这不是唯一的原因。正如我之前所说，1978 年我醒来的时候，我们的组织百废待兴。直到 2001 年我们仍然没有完全恢复元气。我们需要钱，还需要一个全球性的掩护，来继续我们的大业。”

“多利安 · 斯隆就是迪特尔 · 凯恩？”

“是这样。我 1978 年醒来以后，命令工作人员打开了他的管子。他随即走了出来，健康得不能再健康了。那管子肯定是某种医疗设备，一个自动医疗舱。但它的能力只限于医治活人。我亲眼看着帕特里克 · 皮尔斯，那个之前

20年的时间里坚忍不拔的法官，在他们把海伦娜的尸体从管子里拖出来的时候崩溃掉了。他又一次经历了她的死亡。不过，至少我们还能救回她肚子里的孩子。”

“皮尔斯的孩子？”

“女儿。其实你已经见过她了：凯特·华纳。”

CHAPTER 111

南极洲东部

伊麻里研究基地“棱镜”

凯特仔细观察着多利安的脸色。困惑？怀疑？悔恨？他盯着墙和地板相接的位置，沉思着。

然后他转过头，盯着她露出一个邪恶、冷酷的狞笑：“这太聪明了，凯特。当然了，你一直都很机灵——在科学问题上。但在看人上就不一样啦。”他转身背对她，朝门口走去，“这点上你跟你父亲真是一样——聪颖但又愚蠢。”

他在说什么？她父亲28年前就死了。多利安，或者迪特尔，或者是叫别的名字的这个人……是个疯子吧。“这里只有你才是个蠢人。”凯特说。

“是吗？这都是你父亲的错，是他导致了这一切。他杀死了我的母亲和哥哥，逼得我父亲不得不进行一次危险的行动来拯救世界——然后他再也没回来。这就是你想知道的原因，凯特。我这辈子都致力于完成我父亲的工作，还有为你父亲当年对我全家所做的那些事情复仇。而今天，你把我要最终完成这一切所需的钥匙给我了。”

凯特还没来得及对这话做出反应，外面就响起了一声警报。

一个安保人员，或者是个军人，冲进了房门：“先生，我们正在被攻击。”

CHAPTER 112

直布罗陀

伊麻里隧道

大卫的念头转得飞快。他几乎是在喃喃自语，把自己的想法说了出来："凯特·华纳是帕特里克·皮尔斯的女儿？怎么——"

"我认为新名字是有必要的。如果有人把我们和一次世界大战前后的那些事情联系起来了，那会……给我们的生活增添麻烦。皮尔斯改名汤姆·华纳，并为他刚出生的女儿起名凯瑟琳。他告诉她，她的母亲在生下她的时候就死了，这也的确是事实。迪特尔成了多利安·斯隆，他沉溺于过去和他父亲留下的阴影中，他是个满心仇恨的孩子。他当年看到了那么多的苦痛，而后又被独自留在一个他完全不理解的时代。想想看，一个7岁的孩子在1918年得了西班牙流感以后入睡了，当时他的父亲和兄弟都还活着。然后60年后，1978年，他醒来了，疾病痊愈，可是独自在一个陌生的世界里。就像你一样，他把自己的全部生命都投注在对那些夺走他所爱的人的反击上，投注在杀死那些改变了他、毁掉了他的生活的人上。对他来说，那就是汤姆·华纳和亚特兰蒂斯人。

"对我们大家来说，都非常不幸的事实是，多利安相当有能力。而且他在伊麻里组织内部有支持者。对伊麻里中的一部分人来说，他是当然的继承人，再临的救世主。他是个活生生的证据，证明瘟疫和'钟'可以被战胜，人类可以生存下去。这些看法又影响了多利安的思维，他变成了一个怪物。他计划把人类减少到只剩下被选中的少数人，基因更优秀的人，他相信那会是他的同族。他已经释放出了瘟疫，我们说话的此刻，末日正在降临。但我们能制止他。你可以杀了他，然后我来独自掌控伊麻里组织，你做我的助手。"

克雷格望着大卫，希望看出点迹象，能借此判断他的前学徒对这个邀约会做出什么样的回应:“我会把你作为囚徒带过去。我了解他:他会希望嘲弄你,会希望亲自盘问你,折磨你。我会给你一个机会,让你能在跟他单独相处的时候杀了他。”

大卫摇摇头:“这就是你所希望的?这一通装模作样的目的就是这个?你希望我杀了斯隆——来让你登上王座?”

“你不想这样吗?是他应该对‘9·11’袭击负责。他是你的敌人,而且你可以救出凯特:她现在就跟他在一起,他会伤害她的。他以前就伤害过她,在旧金山。记得那个孩子吗?那是他的。”

“什么?”

“那是他的报复。汤姆·华纳死后,留下了他的女儿。多利安毫不迟疑,他希望凯特尝到他尝过的痛苦:一觉醒来,发现你的家人全部消失掉了。他是个怪物。当时是马丁让他没有杀掉凯特,但现在马丁无法制止他了。而你可以,你可以拯救凯特,也没有别人会去救她了。”

克雷格停了好一会儿,让大卫琢磨这些话,然后转过身在房间里踱步:“仔细想想吧,大卫。你知道你赢不了的,你斗不过我们。隧道里面的那些枪响,是我的伊麻里保安特工们开枪杀死了最后一批忠于时钟塔的人。他们都死了,只剩下你在这里。你不可能击败伊麻里的——没人能。全世界正忙于和瘟疫搏斗,你无法预防末日降临。但我们能改变局势,从伊麻里内部。我们能改变未来世界的模样。”

大卫思考着这个邀约——他自己的和魔鬼的交易。然后他环顾房间四面,想找件能做武器的东西。那边有个东西——一把长矛的木柄,戳在墙上。在这个到处都是陌生金属和玻璃,满是大卫完全无法想象的技术的房间里,那把木头和生铁的长矛看起来格格不入。

房间的另外一边,一个全息投影闪烁了几下,亮了起来。看来是个3D视频。

“那是——”

“我们也不知道这是什么。”克雷格说,他走近全息投影正在放映的区域,“某个视频,全息投影,反复播放,几分钟就重复一次。我认为这播放的是过去这里发生的事情。这也是我把你弄到这下头，弄到这个房间里的另外一个原因。这就是这个房间的秘密。我们认为帕特里克·皮尔斯1938年送出日记的时候还没有发现这些。可能的另一个解释是：他找到了这个房间，但直到1978年他从管子里出来之前，这些投影装置都没有启动。我们还在试图搞清真相，不过我们相信，他在作为汤姆·华纳继续活动的7年里的某个时候看到了这些东西。你会看到我们为什么如此认为的。我们目前还不知道这些图像的意义，但他当年竭尽全力防止我们看到这些。我们认为，这些是某种形式的留言。”

CHAPTER 113

南极洲东部

伊麻里研究基地“棱镜”

第二声爆炸响起，凯特朝上方望了望。她又试了试房门，还是锁着的。她觉得自己闻到了烟味。她的心中还在想着多利安那些疯狂的宣言，还有孩子们走进那个巨大建筑的视频……他们背上绑着背包。

门开了，马丁·格雷快步走进房间。他抓住凯特的胳膊，把她拖到走廊上。

“马丁。”凯特刚开口，就被马丁打断了。

“保持安静，我们要赶快。”马丁边说边领着她沿着白色墙壁的走道前行。他们拐了个弯，前面走道的尽头看起来像是个太空站里的那种气闸室。他们一路往前，穿过气闸室。他们冲进前方的大房间，身边吹过一股凉风——这里的屋顶是高高的拱形天花板，看来是个机库，或者是库房。马丁捏紧她的胳膊，带着她走到一堆硬塑料箱子后。他们蹲在那里悄然等待着。凯特听到房间那头有人在说话，还有些发动机声，是重型机械的——大概是叉车的。

“在这里等着。”马丁说。

“马丁——”

“我一分钟就回来。”马丁一边小声说话，一边站起身，快步走了出去。

凯特听到他的脚步声在那些人面前骤然停了下来。凯特从没听过她这位养父说话的声音这么有权威性，有魄力：“你们这些家伙在干什么？”

“卸——”

“斯隆让全体员工都到北出入口去。”

“什么？我们听说——”

“站点正在遭到攻击。如果被攻陷的话，你们在这里做什么也都没意义了。他叫你们过去，你们愿意待在这里也行，自掘坟墓埋的反正还是你们自己。”

凯特听到许多人的脚步声朝她这边过来，然后他们走过去，从另一个气闸室出去了。现在只剩下一个脚步声了——是马丁的。他走向机库深处，再次开口："他是要每个人都去——"

"那现场谁来管理？"

"先生，你以为我是到这里来干什么的？"

又是一阵脚步声，跑动声，气闸室打开的声音，关闭的声音。然后马丁回来了："快来，凯特。"

马丁带着她走过一排排箱子，又走过一个像是临时控制室的地方：里面放着一堆电脑，满墙都是显示屏。屏幕上显示着一个长长的冰雪走廊和一个入口，就是她之前看到孩子们走过的地方。

"求你了马丁，告诉我到底怎么回事。"

马丁温柔地看着她，眼神带着同情："穿上这身衣服，我会在我们剩下的这点时间里尽量告诉你。"他指着一堆柜子旁边的墙上挂着的一套臃肿的白色太空服。凯特开始钻进那套衣服，马丁望着别处开始讲述。

"我很抱歉，凯特。是我逼着你搞出结果来的。然后你搞出来以后……是我绑架了那些孩子，我这么做是因为我们需要他们——"

"为了应付'钟'——"

"对。为了通过那些'钟'的拦截，进入墓穴——也就是这里的冰层下两英里处的建筑。我们对'钟'进行研究时，一开始就发现有些人比另外一些人能坚持得更久。他们最后还是都死了，不过一两年前，我们终于识别出了一组和这种抵抗力有关的基因。我们称之为亚特兰蒂斯基因。这组基因会显著影响脑神经的连接。我们认为，它可能影响着所有高级认知能力：解决问题，复杂推理，语言，创造力。我们，智人亚种，是'智慧的'，拥有这组基因，而其他任何人属的亚种生物都没有——至少我们没有发现。这就是为什么我们与众不同。我的看法是，亚特兰蒂斯人把这组基因赐予了我们，在大约6万年前——多巴大灾难前后。我们因此得以生存下来，但我们还没有准备好接受这一赐予。我们很大程度上仍然跟我们的表亲是一样的，那些大型猿类靠着直觉行动，生活在野地里。奇怪的是，我们认为这组基因是由某个脑部控制中枢激活的，它掌管着二选一的生存抉择程序，‘逃跑或战斗’。这个机制会激活亚特兰蒂斯基因——让我们能集中全部身心应对挑战。这可能就是为什么我们是种寻求刺激的生物，为什么我们这么倾向于使用暴力。实在是太奇妙了。”

马丁晃了晃自己的脑袋，努力集中精神：“无论如何，我们仍在试图理解它的工作机理。每个人都有亚特兰蒂斯基因，或者至少有其中的部分基因，但激活它才是关键。有些人——天才们——的身上它的激活更加频繁。我们认为那些天才的时刻，那些洞察明晰的时刻，其实就类似于一个灯泡亮起，然后又熄灭：亚特兰蒂斯基因激活了，在那转瞬即逝的一刻，我们得以让我们的思维全力运行。那些天才不需要启动‘战斗或逃跑’的断路器就能激活亚特兰蒂斯基因。我们开始把我们的研究集中在那些能持续发生激活的人们身上。我们观察到自闭症谱系患者中存在很多这种人——我们正是因此而资助你的研究。伊麻里理事会也正是因此原谅了多利安对你的罪行——他的行为把你引导到了伊麻里关注的领域。而你成功之后，那些孩子显示出亚特兰蒂斯基因被持续激活的特征之后，我在他发现之前把孩子们抓走了。我还利用时钟塔制造出额外的麻烦来让他忙起来，分散他的注意力。”

“你就是那个情报员，是你把那些信息发给大卫的。”

“是的，这是为了阻止‘多巴计划’的绝望尝试。我知道大卫一直都在调查伊麻里的阴谋。我发给他一条信息，告诉他伊麻里的双面特工们在作为时钟塔的分析员工作。其实我是想告诉他，时钟塔本身就是伊麻里的情报部门，想警告他谁是不可信任的。我那时希望他能及时发现真相。然而我必须非常谨慎——有些情报只有伊麻里的最高层才知道，而且我当时已经处于怀疑之下了。我本来指望和时钟塔之间的战争至少能削弱伊麻里，延迟‘多巴计划’的启动——”

“‘多巴计划’究竟是什么？”

“‘多巴’是斯隆提出的计划：利用‘钟’引发的瘟疫来完成人类的基因

转变。”

“为什么？”

“为了让我们在基因层面上和亚特兰蒂斯人一致。至少，斯隆和基冈对组织上下都是这么说的，但这只是一部分真相。他真正的目的，是要创造一支军队，进行一次先发制人的攻击。斯隆和基冈想要进入我们下面的这个建筑群，杀死亚特兰蒂斯人。”

“这太疯狂了。”

“是啊。但是在1918年，他们那个年代，那场瘟疫的暴发在全世界杀死了数千万人，包括斯隆的母亲和哥哥。他们相信在这些建筑里面的人是故意要伤害我们的，相信那些人醒来以后就会将人类灭绝。在他们看来，救出选定的一小部分人类，一批基因优秀的人，总比让人类灭绝要好。”

凯特试着厘清马丁揭示的这些事情，心中满是不解：“为什么你不告诉我？为什么不要我帮你？”她几乎是不假思索地问道。

马丁叹了口气：“为了保护你，而且我需要迅速把那些孩子弄到手。我没时间解释了，而且跟你解释就会把你卷入伊麻里的阴谋中。我一直努力遵守我多年前许下的诺言：让你置身于这些事情之外。但我失败了。那个特种行动小组本来应该悄悄把孩子们从你的实验室里带走的，你那个时间本来不该在那里。当我听到你的助手被杀的时候我被吓坏了，我还犯了其他错误。我低估了多利安的反应速度。我们在雅加达见面的时候，我在观察室里的那次夸张的演讲，是想告诉你些线索，让你知道发生了什么。然后，多利安的人抓走了你，接下来……整个局面都迅速失控了。我们在雅加达见面之后，我被带到了南极洲这边，多利安的特工一直在监视我。我帮不了你多少忙。但我在这边也有一名我自己的特工——内奥米。我冒险发送了另一条密文给大卫，把尼泊尔的那个设施的事情告诉他，而内奥米……找到了一个方法，跟着多利安一起去了尼泊尔。”

“火车站里的那些身份牌是内奥米安排的。”

“是的。我当时希望的是她、你，还有大卫，你们三个齐心协力，能救出孩子们,关闭发电厂,预防‘多巴计划’。这是个高风险的赌博,孤注一掷的一招。但考虑到赌注——那不折不扣是上十亿条人命啊——再小的机会总比没有机会要好得多。”

凯特把这套臃肿衣服里的最后一件扯上身:“那些孩子……你是在……”

“试着取得联系。我是伊麻里内部一小部分倾向于另一条不同路线的人之一。我们的目标是找到一个能激活亚特兰蒂斯基因的疗法，让我们能进入墓穴中，去欢迎醒来的亚特兰蒂斯人。不是作为杀手，而是作为他们的孩子，去寻求他们的帮助，好治愈人类日益严重的痛苦。去请求他们帮我们修正亚特兰蒂斯基因。我们已经发现了这些基因的另外一些有趣的特性，一些我们还未能完全理解的谜。没时间解释了，但总之我们需要他们的帮助。这是你必须去做的事，凯特，你才能进入下面的墓穴。你已经看到多利安的计划是什么了——利用那些孩子消灭亚特兰蒂斯人。你必须赶快。你的父亲为了这个目的献出了他的生命，而且他为你做出了那么多的牺牲。还有，他竭尽全力想要拯救你的母亲。”

“我的母亲……”凯特吃力地试图理解这句话。

马丁摇了摇头:“噢，我忘了。我还没告诉你呢，那本日记——那是你父亲写的。”

“这不可能……”凯特打量着马丁的表情。她的母亲就是海伦娜 · 巴尔顿?帕特里克 · 皮尔斯是她父亲?这怎么可能是真的?

“这是真的。他不情不愿地成为了伊麻里的一分子，他这样做是为了救你。那天在直布罗陀的那个野战医院里，他把你母亲连同肚子里的你放进了那根管子里。1978 年他再度出现，并改用汤姆 · 华纳这个名字。那时候我已经是伊麻里的一名骨干科学家了，但我的立场发生了动摇……那些手段，太残忍了。我发现他是个在组织内部的盟友,是个希望阻止那些疯狂,比起屠杀而言,更乐意对话的人。但他一直没有信任我,至少不完全信任。”马丁盯着地板,“我很努力地想保证你的安全，遵守我对他的诺言，但我十分可耻地失败了……”

他们身后，又一次爆炸在摇撼着整个设施。马丁抓起头盔，套到凯特头上。

“你必须赶快了，我会把你放下去的。等你进去以后，你必须首先找到孩子们，把他们带出来。不管你怎么做，先确保让他们出来，然后去找到亚特兰蒂斯人。剩下的时间不多了：还有不到30分钟，那些孩子带着的炸弹就要起爆了。”他引着凯特走向库房顶端的另一个气闸室，“你出去以后，爬到那个吊篮里去，我可以从这里控制它。等它到达冰井底部，你就跑进那边的入口里去，跟那些孩子一样。”他把头盔锁定好，然后把她推进了气闸室，凯特什么也没来得及说。

外侧的气闸一打开，凯特就看到了那个钢质的吊篮。它挂在吊车粗壮的金属缆索下面，南极的寒风吹过时它随之微微摇荡，差点撞上旁边的金属网。

她吃力地走到吊篮边上，伸手去够吊篮门的时候，大风差点把她刮倒。戴着手套要控制门柄也很困难，但她还是设法进去了。她刚关上门，吊篮就开始朝那个圆窟窿移去。

吊篮吱嘎作响，她头顶上，围成一圈的灯光越来越暗淡。这让凯特想起了卡通片的结尾：全片的最后一个场景渐渐淡去，一个圆圈往画面中间收缩成一个点，最终一闪之后，整个屏幕全部黑了。吱呀作响的吊篮在这个渐暗场景中奏响着令人不安的配乐。

吊篮晃动了几下，然后开始加速移动，上面的灯光的最后余晖也消失了。这个速度和不分东西南北的黑暗让她觉得有些反胃，不得不用力抓紧吊篮固定身体。没多久了，她对自己说。但其实她并不知道还要多久，这里有两英里深呢。

然后下面出现了光——几点微弱的光芒闪烁，就像是晴朗的夜空中闪烁的星辰。有一阵子，凯特向下望着它们，赞叹着它们的美丽，都没去想到底它们是什么。星星，她想。然后她的科学思维慢慢地、悄悄地开始排查各种可能性，最终确定最可能的选项：那些是从上面扔到洞底，用来照明的微型发光二极管灯。它们随机地落在地上，在周围的黑暗中闪闪发光，仿佛引导着凯特在宇宙中航行，去往一个未知的行星。它们简直是……让人神魂颠倒……

一声巨响——一次爆炸的声音——在井筒里回荡。然后凯特感到吊篮下落得更快了，还在加速。吊篮顶上粗粗的缆索松弛下来，在她头上盘成一缕缕浪花的形状。她正在坠落——做自由落体运动，缆绳被切断了！

CHAPTER 114

直布罗陀

伊麻里隧道

全息投影渐渐浮现的同时，克雷格朝大卫走近了几步。

大卫盯着全息投影。这幅色彩鲜艳的投影几乎占满了整个房间，让他感觉仿佛身临其境。他看到一艘巨大的飞船从海中升起，直布罗陀巨岩出现在视野中，然后大卫意识到了这艘船有多大：巨岩在它旁边犹如一块卵石。另外还有个问题——巨岩的位置不对。它处于内陆，而不是在海边上，陆地从巨岩下向前、向右延伸，一路伸到非洲。欧洲和非洲被一座陆桥连接在一起。

“我的老天啊……”大卫低声说。

克雷格又朝大卫走近了些：“这情景正如柏拉图所述：一个巨大的岛屿从海中升起。我们仍在设法标定时间，但我们认为这段全息影片大约摄制于12000到15000年前。肯定是最后一次冰河期结束之前的某个时候。等我们测算过海平面之后就会知道得更清楚些了。柏拉图的文章说，这个岛沉没于12500年前，那可能是正确的。你也已经注意到这艘船的大小了吧。”

“难以置信。你们找到的只是一块碎片。”

“是的，而且只是很小的一片。我们认为整个结构的面积超过60平方英里——假设直布罗陀巨岩在15000年前的尺寸和今天的尺寸一样的话。我们身处其中的这块结构，或者用你的说法，这块碎片，还不到一平方英里。南极洲那边的船体还要大得多，大约250平方英里。”克雷格朝全息图像点了点脑袋，“下一段影片就让我们知道这艘船是做何用途的了——我们认为如此。”

大卫看着那艘巨船移动到岸边，停了下来。全息图像闪动了几下，仿佛有人正在更换老式电影放映机上的胶卷盘。船还在那里，但水面上升了些。在海岸边上，紧靠着那艘船，出现了一个城市——如果那能算得上城市的话。

一些原始的石头纪念碑，仿佛一系列的英国巨石阵，以那艘船为中心向外辐射出去，形成一个半圆，一些茅草顶的小屋点缀其间。在那些石头建筑的中间燃起了一堆巨大的篝火，然后全息图像拉近了视点。一群穿着厚厚的皮毛的人正拖着另一个人——不，一只猿，或者是一只介于二者之间的动物。这只人猿很高，他赤裸着身子，疯狂地反抗着旁边抓住他的人们。他靠近了火边，周围的人纷纷躬身。

船上发射出两个飞行物体。看起来像是马车，也许是太空时代的体感车。它们飘浮在距地面一两英尺的高度，朝火堆飞去。它们飞到那里的时候，人群往后退开，躬下身子，埋下头。

亚特兰蒂斯人从他们的飞车上下来，抓起那个原始人，给他注射了什么。他们穿着带头盔的护甲。头盔上几乎到处都覆有反光的玻璃，只露出脑后的一小部分。他们把那个人猿扔进一辆飞车里，冲回到了船上。

全息图像又闪动起来，然后场景切换到了这艘船的内部。那个猿人躺在地板上，亚特兰蒂斯人仍然穿着那套衣服。看起来他们似乎在互相交谈，虽然大卫吃不准……他们用的是微妙的肢体语言，加上少数几个手势。

克雷格清了清嗓子：“我们仍在研究这里到底发生了什么。别忘了，我们也只是在一两个小时前才看到这些图像，在拿到日记里的地图之后我们才找到了这间密室。但我们认为，这段录像里亚特兰蒂斯人是打断了一次牺牲祭典。这个人是个尼安德特人。我们认为，我们的祖先把猎杀每个并非‘按照神自己的形象所造的人’[①]作为献祭视为自己的天职。原始时代的种族清洗。”

“皮尔斯看到的在管子里的那个原始人跟这个是同一个吗？”

“是的，你下面就会看到证据。”

“它后来怎么了？”

克雷格哼了一声，摇摇头：“凯恩在20世纪30年代早期成功操控那个‘钟’之后，立刻就把他解冻了。我们花了一段时间解决能源供应问题。在之后的

① 出自《创世纪》第一章第27行，“于是神便照着自己的形象造人”。

几年里他们进行了一系列的试验。他们甚至试图通过让人类和黑猩猩杂交，重新创造出类似的人猿来：他那个疯狂的‘人猩’项目。试验毫无进展，凯恩最终失去了兴趣。1934 年，凯恩把他也喂给了‘钟’。”

“他没能活下来？”

“没，尽管他在管子里待了不知道几千年了。所以，在凯特·华纳活下来的时候，我们理所当然地为之震惊。我们认为，这可能跟那些管子有关，但它的功能只对我们这个亚种有用。那些管子肯定是通过某种途径激活了亚特兰蒂斯基因。华纳对那些孩子的治疗肯定跟那些管子也有某种联系。我们的猜想是，每个人类身上都有亚特兰蒂斯基因，但它只会偶然地在某些特定的人身上被激活。显然，那个尼安德特人不具备这些基因前体。”

克雷格朝全息图点点头：“噢，用他们的话说，烧钱的大场面来啦。”

图像的视点从实验室再次移到了外面。在船的后方突然出现了一个巨大的海啸。浪头至少比这艘船还高 100 英尺，而船本身的高度，通过和直布罗陀巨岩的比较可知，无疑超过两百英尺。巨浪冲过飞船，涌向那个史前城市，城市被汹涌的巨浪一下就扫平了。

船被浮了起来，巨浪把它带到了城市上方，将一路上的那些巨石纪念碑和茅屋夷为平地。然后海水退去了，把这艘船也拖到了海边，一半以上的船身都在水下。船的底部和下面的海底摩擦，闪出巨大的火花。然后全息图像里闪动着红色和白色。船的下部发生了一次大爆炸，把船撕成了两块，三块，最后变成了四块。

“我们认为那是个海床中的巨大沼气包。它爆炸的威力相当于一打核弹头。”

海水倒卷回来，淹没了碎裂的船身。图像也转回到实验室和亚特兰蒂斯人这边。一个亚特兰蒂斯人被甩到了舱壁上，身子一动不动。死了吗？幸存的亚特兰蒂斯人把那个尼安德特人举了起来，轻松得仿佛那只是一个布偶，随手把他塞进了一根管子里。他的力气可真是惊人。大卫有些好奇，那到底是他本身的力量还是这套衣服的。

这个亚特兰蒂斯人转向他的同伴，把他的同伴也举了起来。图像闪动了几下，这人离开了房间。全息图像的视点跟随着他在船上跑动。他也被甩到了地上——肯定是浪头打上了船身，让失去动力的船身在海底漂浮起来。然后，他置身于克雷格和大卫现在站着的这个密室中。他在控制台上操作了一会儿。他并没有实际接触到台面，仅仅是在它上面移动手指。整个过程中他一直把他的同伴扛在自己的肩上。

计算机一台接一台地关闭了。

“我们认为他在激活这里的‘钟’。一套反闯入设备，用来把我们或者类似的动物挡在外面，这合乎情理。然后他关闭了那些计算机。下面这部分，我们仍百思不得其解。”

在全息图像里的整个房间几乎都黑了，只剩下应急灯微弱的光亮。那个人走向房间后面，摸了一下他前臂上的某个东西，一扇门在他身前打开。大卫的目光朝图像里的方向看去——那扇门还在那里，但现在那把长矛插在里头。亚特兰蒂斯人环顾四周，停了一下，然后走进门里。门在他身后关上了——上头没有长矛。

大卫又看了看那扇门。

“别白费心思啦。”克雷格摇摇头，“我们试过了，试了好几个小时了。”

“门里面是什么地方？”大卫朝门挪动脚步。

“不清楚。有两个科学家认为那就是命运之矛，但我们无法确定。我们认为帕特里克，或许该叫他汤姆·华纳，把它带到了这里，大概是想用它在门上或者是别的什么东西上打个洞。”

大卫朝门边又挪近了点：“命运之矛？”他其实知道那是什么，但他需要争取点时间，需要分散克雷格的注意力。

“是的。你不知道？”

大卫摇摇头。

“凯恩被它迷住了，希特勒也跟着他痴迷于此。传说中这把长矛戳到了被钉在十字架上的耶稣基督的肋侧，杀死了他。古人相信，拥有这把长矛的军队是不可战胜的。希特勒吞并奥地利的时候得到了这把长矛。在德国投降之前一两周，他刚好失去了它。多年来我们收集了许多件古代的珍宝，这是其中之一。我们希望它，或者是另外的哪件古物，能带给我们些和亚特兰蒂斯人有关的线索。”

“真有趣。”大卫边说边抓住了矛尾。他拉了一下长矛，感觉到门稍稍动了一下。他加大了力道，拔出了长矛。门打开了，他扔下拐杖，冲进了门里。克雷格抽出自己的枪，开始射击。

CHAPTER 115

南极洲东部

伊麻里研究基地“棱镜”

“不！别打死他们！”多利安朝步话机喊道。但为时已晚，他眼睁睁看着第二个人的胸口挨了两枪，第三个被击中肩膀和腹部后倒了下去，“停止开火！哪个白痴再扣扳机我就打死他！”

枪声停了，多利安走到外头，面对最后剩下的那人。看到多利安之后，这男子开始爬向他的枪，沿途在地上留下一条浓重的血印。

多利安不慌不忙地走到枪边上，一脚把它踢到了实验室对面的墙边：“停下吧。我不想伤害你，事实上，我很乐意帮你的。我只想知道，是谁派你们来的。”

“派我？”这人咳了起来，嘴里涌出鲜血。

“是的——”多利安的耳机咔嗒响起，他把视线从这个濒死的男人身上移开。

站里的一个技术员的声音响起：“先生，我们已经识别出了这些人的身份。他们是我们的雇员——那几支钻探队之一。”

“一支钻探队伍？”

“是的。实际上就是他们这支队伍找到了这里的入口。”

多利安回头面对着那人：“谁派你们来的？”

他看起来完全迷糊了：“没人……派我们来……”

“我不相信。”

“我看到了……”那人现在失血更严重了，肚子上挨的那一枪很快就会夺走他的生命。

“看到了什么？”多利安追问道。

“孩子们。”

“噢，看在老天的分儿上。”多利安说。这世界怎么了？如今连石油钻井工人们都变成了热血慈心的大善人了。他举起手枪，一枪打在这人的脑袋上。他转身走回到他手下的伊麻里安保小队当中：“把这儿收拾干净——”

“先生，在出入口控制那边出现了异常。”一个士兵抬起头，“刚才有人启动了吊篮。”

多利安的目光飘向地板，然后前后移动：“是马丁。派一队人马去——包围控制站。不许任何人离开那个房间。”一个念头在多利安脑海中闪过：吊篮启动了，凯特呢？“还有多少时间？”

“什么时间？”

“那两个小孩带着的炸弹。”

这个伊麻里安保特工拿出一个平板电脑，在上面按了几下：“不到15分钟了。”

她还是有可能在此之前赶上孩子们的。“把吊篮上的缆绳弄断。”多利安说。这是个合适的结局。凯特·华纳——帕特里克·皮尔斯的女儿——会跟当年多利安的哥哥拉特格一样，死在一条漆黑、冰冷的隧道里。

CHAPTER 116

大卫仆倒在地上。子弹打在他身后正在关闭的大门上，弹飞了出去。他翻身爬起，蹲在地上，将那把长矛扛在肩上，矛尖朝前，就像是个史前的猎手，随时准备朝着门那边冲出来的猎物一矛戳过去。

但门没有打开。大卫松了一口气，坐倒在地板上，让自己的伤腿休息一下。他不明白帕特里克·皮尔斯怎么做到的——他怎么走完下面这些路的？

疼痛减轻了些之后，他站起身来，观察周围的环境。这个房间和他刚离开的那个一模一样：一样的灰色的金属墙壁，墙顶上和墙底的那些灯也一样。这里看起来是个休闲室，周围有七个门，呈半圆形展开，很像是一排电梯门。

除了那七个椭圆形的滑门之外，整个房间几乎是空的，只有一个齐胸高的桌子，在那排门的对面。一个控制台？它的表面覆盖着黑色的塑料或者是玻璃，跟前面那个密室里的控制台很像。

大卫走到台前，把矛靠在边上，腾出自己那只好手。他把手放在台面上，就像在全息投影中看到的那个亚特兰蒂斯人那样。几缕白色和蓝色的光雾升腾起来，在他的手周围形成微小的电气泡泡和脉冲。他摇动自己的手指，那些光雾也迅速地随之改变：泡泡和细小的电脉冲绕着他的手指旋动。

大卫抽回了自己的手，自言自语说，你还说过自己对这些问题什么都不懂呢。刚才他明知道不太可能，但还是以为会看到，或者说他是希望能看到，能弹出来一个帮助菜单。

他捡回长矛。“专注于你懂得的事情：你的狩猎、采集技能。”他告诉自己说。那边还有另一个门，孤零零地立在控制台边。是个出口吗？他走到那个门边上，它滑开了，露出更多《星际旅行》式的走道，和之前的隧道发掘者的隐藏密室那边的走道一模一样。他的眼睛现在已经完全适应了地板和天花板上的发光二极管灯泡发出的微弱光线。

如果 12000 到 15000 年前那艘船爆炸的时候，亚特兰蒂斯人是跑到这个房间来，那么合理的推断是这地方是个逃生舱，或者是船体中部坚固的区段。另一个想法跳进了大卫的脑海：如果他们到这里来了，有些就可能还在这里。可能他们在这里冬眠，在别的管子里。

大卫环顾四周，这里显然没有任何生命的迹象。

这间电梯房外面是个丁字路口，两个方向的尽头都是另外一扇椭圆形的门。他选择了比较短的一边，一瘸一拐地走过去，用那把长矛当作拄杖。它可真是帮了大忙了。

他走到这边的走道尽头，那扇门自动打开了，大卫走了进去。

“别动。”一个男人的声音响起。这人声音粗嘎，仿佛他已经有好长时间没说过话了。

大卫听到身后响起一个脚步声。从回音判断，这个人（或者亚特兰蒂斯人）的个头跟他差不多。大卫举起双手，手上仍然握着长矛：“我不是来伤害你的。”

“我说过了，别动。”那人差不多站到他背后了。

大卫迅速转过身去。他刚来得及瞥见这人，或者是别的什么生物的一个轮廓，一个身影，就感到自己被电棒戳了个正着。这一下直接把他放倒在地上，让他失去了知觉。

CHAPTER 117

南极洲东部

伊麻里研究基地“棱镜”下方两英里

钢制吊篮摇晃着在寒冷的井筒里飞驰而下。它偏离了中轴线，撞上了光滑的冰墙，飞散的冰屑撒满了凯特的衣服和护目镜。她抬起自己的手臂遮住头部，这时篮子顿了一下，差点把她甩了出去。原本在吊篮顶上的那一堆沉重的吊索现在压到了吊篮顶上。吊篮稳定了一瞬间，然后猛地歪向一边，底部撞到了冰井的边上,顶部咬进了对面那边。凯特抓住了吊篮顶上的一根杆子，双脚用力蹬在吊篮底下的栅格板上，把自己固定住。她现在好像是个零重力训练框架里的宇航员，随时准备应对吊篮上下颠倒或者左右翻转的可能。吊篮在隧道的两侧间弹来弹去,喷溅出更多的冰屑。这些碰撞减慢了下落的速度。然后墙壁消失了，接着是漫长的两秒钟，最后……哐当。吊篮陷进了一堆冰块里，凯特一头栽倒在地上，摔得几乎要闭过气去。

她挣扎着吸进一口空气。穿着这身衣服吸气，简直像是在通过一根细细的咖啡吸管吸气。喘过气来之后，她翻过身，开始评估自己的处境。

吊篮陷进了一堆冰块里好几英尺深，看样子正在钻头钻开这个洞穴的地方下面。这堆冰肯定就是钻头抽回到上面的时候从井筒里掉下来的碎冰，还有她在下落过程中带下来的冰。这张冰床救了她的命。

比起床，这冰堆看起来更像是个玻璃雪景球——里面有些明亮的光源。凯特盯着它们看了一下。看起来它们简直像是一群萤火虫，但毫无疑问，它们其实是扔下来给下面这片广阔的空间提供照明的发光二极管。它们掉进了碎冰深处，于是它们的光线从冰里折射到外面，照亮了整个巨大的房间，也照亮了凯特周围的状况。

吊篮差不多一半都被埋在松散的冰块中，在冰堆顶上的部分被钢铁的栅格盖住了。她被困住了，不过那边有个小小的出口——尺寸不够她爬出去……不过……她也许能在它下方挖掘，把它弄大些。

凯特开始用自己的双手挖冰，就像是一只小狗，试图在铁链围栏下面打个洞出去。笼子把那些细小的碎冰砸松了些，但这活儿干起来还是很慢。终于，她觉得那个开口够大了，便把头探了进去。她的头和手臂都过去了，但厚厚的衣服卡在了参差不齐的金属网格上。凯特试着退回去，但尖锐的网格刺破了衣服，她被缠得更紧了。她摇摆着想挣脱出去。冷空气从衣服上的破洞涌了进来，袭击着她的背部。她用尽全力把腹部朝冰层挤过去，然后双手用力一推，这才退回到了笼子里。

这里的寒冷似乎正在让她的身体一点一点地麻木。首先是她的背部，然后向周围扩展开来。每一秒钟，它都在占据她身上更多的区域。她的手开始颤抖了，她之前没有意识到这套衣服这么保温。下面这里冷得足以置人于死地。如果她不尽快行动，她会被冻死的。

她开始用双手舀起冰块，疯狂地努力扩大洞口。她感到自己的腿也开始被冻僵了。她努力保持平衡，把又一捧碎冰扔进吊篮。洞口马上就够大了。

现在冷空气开始冻得她的肺部生疼了。她呼出的水汽在干净的玻璃头盔表面凝成了一片冰霜。很快寒冷就会破坏她的肺部，她在冻死之前就会被窒息而死。白霜现在几乎盖满了头盔，遮住了她的视线。她用手擦了擦——没用——还在那儿。她又擦了擦，还在。为什么擦不掉？当然了——它们是在头盔内部啊。她知道的。为什么她居然会想从头盔外面擦掉它？她到底怎么了？是寒冷。低温在让她的身体机能逐渐停止，她快要不能思考了。在擦雾之前她在干吗？头盔里面现在盖满了一层冰——她什么也看不见了。她四下转动，寻找方向。就像是一只笼中的小狗，四脚着地，在黑夜里寻找着声音的来源。

一只小狗，一个笼子，洞。对了，她正在挖洞，为了出去。她必须出去。洞口在哪儿？凯特疯狂地在身下的冰面上摸索，她在笼子里跌跌撞撞。没有，到处都只摸到铁栅。真的有洞吗？然后她的手摸到了——是的，在这里。但她挖不动了，她的手指已经失去了感觉。

她钻进洞里，双脚用力把身体向前推。她感到尖锐的网格碰到了她的背部，但她毫不在意，双脚更加用力了。铁栅现在碰到了她的腿部，她在移动。她把手肘戳到冰上，用力拉动身体，一只手肘，然后换一只，就像是个在障碍穿越课中从一根带刺铁丝下爬过的士兵。她前进了多少距离？她把一只脚拔了出来，她自由了。

她翻过身，站立起来。她头盔里的冰雾让她什么都看不见。那建筑在哪边？她起步奔跑，但双腿仿佛灌了铅。这套衣服，再加上她被冻僵了的腿——她不可能跑得到的。她现在连方向都找不到。该往哪边走？到处都是一样的——冰，还有微弱的灯光照在冰上。

她觉得地面在朝她冲上来。她倒在了地上，翻滚着。冰碰到了她的背部，让她的身体又感到一阵寒冷袭来，冲击着她的神经系统。她的背弯成了张弓，眼睛睁得大大的。她吸进一口空气，跳了起来，跪在地上沉重地喘息着。

她必须好好想想。她站起来，旋转身躯。灯光，一边的灯光比在另一边多。这个穹顶下的空间非常广阔。那些灯光——那个玻璃雪景球，它里面的萤火虫……钻头就是从那里进来的……那些灯光的所在应该和入口的方向正好相反。

凯特转过身，背对着灯光走去。她好冷，然后传来砰的一声：金属和金属碰撞摩擦的声音。在她前面，但微微偏右。凯特校正了一下自己的方向，继续前行。她又摔倒了，但她撑起身子，把双手放在一边膝盖上，把另外一条腿拖起。现在她浑身都失去了知觉。她机械地摆动着四肢，希望能休息一下。

她踩在冰上的“嘎吱嘎吱”声消失了。她的脚步现在没了声音，但周围还是很冷。她感到头晕目眩，她又迈出一步，再一步，一直走。

她身后，金属又在互相碰撞。是大门关上了？

她还是感到好冷。她蹲了下去，然后跌倒在地上，脸部着地。

CHAPTER 118

南极洲东部

伊麻里研究基地“棱镜”

多利安看着凯特摔倒，然后又爬起来，晃晃悠悠地走进了巨大的入口。悬在上面的“钟”寂然不动。他瞥了一眼倒数计时钟：00:01:32。

不到两分钟了。他本以为坠落会杀死她的，不过在墓穴里的一次核爆——那也不错啊。结果她还是死定了。

“放开我，多利安。”

多利安转过头就看到了马丁·格雷。这个头发花白的男人在挣扎着反抗两边抓住他的伊麻里保安的特工们。观看凯特的死，或者说期待看到凯特的死太让多利安着迷了，以至于他忘了这个老秃鹫还在控制室里。

多利安转向马丁，冷笑着说：“是你干的。是你跟时钟塔玩那套猜谜游戏，把他们引到了尼泊尔的设施，希望他们能救走孩子们，阻止我执行‘多巴计划’。”他想了一下，“然后你又帮他们逃走。就是你，对不对？是你和伊麻孺联系，伊麻孺的人在‘钟’爆炸之后救走了他们。你怎么知道的？你怎么找到他们的？”

“你这是在妄想，多利安。放开我，别给你自己丢脸了。”

“你真是很聪明，马丁。但下面这个你可没法为自己辩解，你刚刚在帮凯特逃走。”

“我不否认。我从没掩藏过我对她的爱，保护她是我的最优先事项。如果有必要的话，我可以为了她把这整个基地都烧成白地。”

多利安笑了：“所以你承认了：那些攻击我们的钻探队员是受了你的指使。”

马丁不屑一顾地摇摇头：“绝对没这回事。想想吧，多利安。我甚至都没有他们的联系方式，我之前从没跟他们见过面。”

“嗯，这不重要。我已经想明白了，马丁。”多利安端详着年长者，期待着他的反应，“你呢？是的，我猜你也已经明白了。那两个孩子能从‘钟’面前活下来，是因为他们被用过干细胞疗法，干细胞来自我和凯特的孩子。我们两个都是被那些管子救下来的人：凯特是在她母亲子宫里的还未出生的胎儿，我自己是个孩子，染上了亚特兰蒂斯瘟疫，或者你乐意叫它西班牙流感也行。这意味着，我也一样能通过那个入口。但我会再等几分钟。”他指着那个显示着倒数计时的巨大计算机显示屏。最后的几秒钟嘀嗒嘀嗒过去，它上面显示出：00:00:00。这串数字变成了红色，闪动着。

多利安本以为爆炸会让地面震动几下的，但一次震动都没有。那些建筑的墙一定厚得难以想象，另外那两英里厚的冰层也提供了额外的隔绝。

多利安笑了：“下面刚刚有两颗核弹头爆炸了。凯特没赶上孩子们，我可以向你保证。她只有不到两分钟追上他们，而且我认为她的状态也不适合竞走。你也看到了，她受伤很严重，马丁。她可能已经穿着那套衣服被冻死了。或者，至少，失去了她大多数的手指和脚趾——就在她被炸死之前不久。”

多利安等了一会儿，但马丁一言不发。多利安朝他的一个保安干事点点头，那人就走到柜子前，开始准备一套太空服。“我准备下去，稍微检查一下她的状况，等他们装好一套索具把我放下去。如果我们找到残骸的话，我会让你知道的，虽然我怀疑不会有什么残骸了。但在我出发之前，我希望能跟你分享些别的东西。我还解开了另一个谜团。”多利安踱到他身前，“你想要听听吗？”

“你这荒诞的表演，多利安——”

“别侮辱我。你的性命在我的掌握之中。”

“你自己的也是。任何理事会成员都不得杀害另一个——”

“我们来把这事说清楚。马洛里·克雷格几天前禁止我杀了你，但现在他站到我这一边了——他把凯特送到了我手里。这次他不会反对把你处决了。不过还是来继续我刚才的话吧——在尼泊尔的爆炸。那些孩子仅仅是接受过亚特兰蒂斯基因疗法，‘钟’的辐射没有伤害他们。但凯特和它接触的时候，它的表现完全不同——它关机了。这就是尼泊尔发生的事情。‘钟’把她识别为一个亚特兰蒂斯人——它的主人之一——然后它就关机了，导致我们的电网中出现了一次占比极大的负荷损失[①]，破坏了核反应堆和整个设施中其他所有的继电器。你想到这其中的含义了吗，马丁？”

马丁望着远方：“我肯定你会告诉我的。”

“别这么无耻好吗？你也会想听到下面的话的：这意味着我们的孩子是第一个两名亚特兰蒂斯人之间的后裔——人类一支新的血脉的第一人，人类演化的终极结果。它的基因组中的线索能让我们理解在5万年前我们发生了什么样的变化，也能让我们知道应该如何才能继续演化。”

“是本来能，多利安。你亲手——”

“我做不出来，”多利安转头不看马丁，“即使我为了凯特父亲对我的家人所做的事情这么憎恨她，我也没法让自己去杀掉我自己的孩子。它在一间实验室里，放在一根亚特兰蒂斯人的管子里，就在旧金山。这就是我想告诉你的事情，马丁。你的那些干预，结果毫无意义。我已经赢了。一支科学研究团队现在正取出胎儿，用于研究。我们很快就会有切实可用的亚特兰蒂斯疫苗了，也许就在一两周或者一两个月之内。我们会把它用在我们选中的人身上——”

一个技术员打断了多利安：“我们准备好了，先生。”

“我要走啦，马丁。”

“如果是我的话，就不会这么做。”马丁定定地看着他。

“我相信你的确——”

“我知道你为什么要下去。”

“你知道——”

“那张便条，”马丁说，“你别在那两个孩子身上的。我知道里面是什么，

---

① 译者注：电力行业用语。指电网的用电量骤然下降，会造成电网电压急剧上升，可能会破坏电网设备。

一封德文的信，一个充满希望的小男孩告诉他‘老爸’那些孩子带着炸弹，他需要尽快前往出口。你失去理性了，多利安。看看事实吧。还有三号实验室里面的那些尸体。这下头的‘钟’在我们到来的时候就处于激活状态。几周前我们在潜艇所在的冰山上找到的那个也是。它杀死了我们研究队伍中的成员，我们在它下面找到了遗骸。你父亲从没有在哪根管子里睡过，他是人类，完全是个人类，真——”

“他是个神祇。而且他没有死，我一直也没见到他的遗骸。”多利安不屑一顾地说。

“还没见到。但我们会——”

“他就在下面！”多利安坚持道。

“我很怀疑这点。就算他在吧，那他得有127岁了。”

“那我就会看到他的遗骸，或者别的什么我能找到的东西。但总之我看到的时候就会知道的。而且我也会看到其他人的遗骸，一位女性的，三十出头的女性。然后我会最终完成我在这世上的使命。我会一劳永逸地消除亚特兰蒂斯对人类的威胁。”多利安朝安保警卫们比了个手势，“要保证不得让马丁离开这里，严密监视。如果研究胎儿的那些人说不需要他了……”他转过身，盯着马丁的双眼，“那就杀了他。”

马丁表情漠然，没露出半点情绪波动的迹象。

一个技术员走了过来，把多利安请到一旁。他有些犹豫地说道：“先生，到那下面去的话，有些……我们认为您应该等等。”

“为什么？你们说过的，太空服会保护我免于放射性伤害——”

“是的，的确如此，但爆炸还会带来其他危险。火焰，可能对建筑结构造成了破坏。正如我们所知，整个地方都可能崩塌掉。我们从直布罗陀那边的建筑获得了一些数据——克雷格董事发现了一些记录视频。那边的建筑实际上是被瓦斯爆炸炸坏的，那次爆炸和我们送过去的核弹威力相当，呃，实际上那次更强。但总之现在我们知道，那些建筑物并非坚不可摧——”

“你们的建议是？”

“等几天——”

“绝不可能，我顶多再等几个小时。”

技术员微微点头。

“还有另外一件事。等我进入墓穴以后，往这个钻井里放下三颗核弹头。如果除了我和我父亲之外有任何人走出来——不管是人类还是亚特兰蒂斯人，还是别的什么——就引爆炸弹。把剩下的核弹放进其他的钻洞里，设定成让它们全部同步起爆。”

“这样的爆炸会融化冰层——”

“这样的爆炸会拯救人类这个物种。去照做。”

CHAPTER 119

大卫睁开眼睛，环顾周围。他正躺在一张皮质的小床上，一张凝胶状的床垫完美地贴合着他的身体。他倾身向前，凝胶的反弹力帮助他坐了起来。他闻到了一股味道，类似于大蒜混着甘草，实际上比那还要难闻。大卫抬起一只手遮住自己的鼻子，但那味道反而更严重了。他这才意识到这股恶臭来自他自己——来自他肩上和腿上的两团黑色膏药。天哪,真是臭死了,可是……他的伤口感觉好多了。那些膏药腐蚀掉了他的衬衫，不过看起来正在修复他的伤口。他站起来，随即又倒下了，跌回到凝胶床上——还没百分之百恢复。

“放轻松。”是那个把他放倒的男人的声音。

大卫扫视着房间，想找件武器。那把长矛不见了。

“放松点，我不打算伤害你。开始我以为是他们派你来杀我的，但我看到你身上的伤以后……我想他们要派杀手的话会派个……身体更健康些的人来。”

大卫仔细观察着这个人——他是个人类，现在大卫能确定这点了。他大约四十八九岁，或者也许五十出头。他的神情疲惫，仿佛他已经很久没吃饱没睡好了。但不止如此——这个男人神情刚毅。他是个战士,或许是个雇佣兵。

“你是谁？”大卫又吸进了一口他肩上的黑色膏药发出的臭气。他扭过头，徒劳地试图躲开这臭气，“还有，你对我做了什么？”

“坦白说，我自己也不清楚。这是某种医疗创可贴，它似乎能治愈几乎所有的伤病。我不知道它的机理，但它很管用。我弄伤了自己，卧床不起，以为我大概要死了。这时计算机打开了一块面板，里面有一个盘子，盛着这种臭烘烘的玩意儿。然后它播了段涂上这东西的视频——视频看起来非常真实。于是我照办了，然后就好起来了——速度还很快。你很快也会完全康复的。也许在一两个小时内吧。”

“真的吗？”大卫打量着自己的伤口。

“多半会更快。看起来你一时半会儿哪也去不了，现在告诉我你是谁吧。”

“大卫·威尔。”

“所属组织？”

“时钟塔，雅加达分站。”大卫不假思索地说。

那人朝大卫踏出一步，拔出了一把手枪。

大卫这才意识到自己刚才说了什么：“别。我是进行反对伊麻里的工作的，我不久前才发现时钟塔是他们的组织。”

“别对我说谎，你怎么找到我的？”

“我没有。我不是来找你的，听着，我甚至都还不知道你是谁。”

“你到这下面来干什么？你怎么到这里的？”

“通过直布罗陀地下的隧道。我在隧道里面找到了一个密室，还有那把长矛——”

“怎么找到的？”

“一本日记。”大卫晃了晃自己的脑袋，努力回忆。贴着这东西他感觉像感冒了似的，很难厘清自己的思绪，“在尼泊尔拿到的，从一个僧人手上。你知道那本日记吗？”

“我当然知道，那是我写的。”

CHAPTER 120

凯特听到她周围的空气发出嘶嘶声。她还是无法感觉到自己的身体，但能感到空气的暖意。开始只是有一点点，不过随后越来越暖和。她试着从地板上爬起来，却再次跌了下去，脸部着地。她太累了，索性任凭自己无力的身体瘫在冻硬了的衣服里。

渐渐地，整件衣服都暖和了起来，她的身上也恢复了感觉。他们——不管是谁——正让她的体温上升。头盔面部的那些冰雾化成了水珠，成股流下，于是地板的模样在她眼前一条一条地显现出来，就像是一幅被撕碎了的图画在被人重新拼好，一次拼上一小条。面前是块金属的格栅，可是……她无法透过栅孔看到对面。不，那是一整块金属地板，上面有些凹陷。

她翻过身躺在地上，望着光滑的金属天花板。雾现在已经消失了，周围感觉还是很冷，但跟外面那个寒冰殿堂比起来，这里真是很温暖惬意了。她在哪儿？一间消毒室？

凯特坐了起来。现在她的手指恢复了感觉，于是她开始摆弄起手腕上的夹扣。费了一番工夫之后，手套被脱了下来，然后她开始解下头盔。十分钟之后她脱下了整套太空服，穿着她离开直布罗陀时的那套衣服站在地上。她浏览了一下整个房间：房间里照明很好，大约有40英尺宽，长度大约是宽度的两倍。在她来的方向，她看到自己之前穿过的那扇宏伟的大门　　比另外一头的门要大得多。她走向房间深处，比较小的那扇门自动打开了。她走了进去，然后天花板上和地板上一盏盏灯光跃然而明。每一盏灯都很微弱，但加起来，它们提供的光线照亮了整个灰色的过道，甚至过于明亮了些。这让她想起了豪华房车地板上那些光芒流转的灯链。

她现在站在一个巨大的丁字路口。该往那边走？她还没打定主意，就听到有什么东西朝她过来了——有脚步声。

CHAPTER 121

大卫努力想搞清楚这个男人刚才说的话是什么意思。正在修复他肩上和腿上的伤口的纳米创可贴用它那股可怕的恶臭折磨着他的鼻子，他的脑袋被这股臭味搅成了一锅粥。

这男人声称自己是帕特里克 · 皮尔斯 / 汤姆 · 华纳——凯特的父亲，那本日记的作者。一位美国士兵，他为了换得伊麻里的一位领导人同意把女儿嫁给他，给伊麻里挖掘了这些隧道。但他不可能真是那个人——时间线对不上。不过他曾经在那些亚特兰蒂斯的休眠管里面度过一段时间……这样也许说得过去？他有没有可能在说真话？

大卫努力把自己所知的全部事情拼凑起来。

1917 年到 1918 年，帕特里克 · 皮尔斯在第一次世界大战中受伤，康复，然后挖掘出直布罗陀下面的亚特兰蒂斯建筑。他们发掘出了“钟”，释放出了一种致命的流行病，伊麻里让世人相信它是“西班牙流感”。5000 万到 1 亿人死去了，感染者多达 10 亿人，遍布每个大洲。

1918 年，皮尔斯把他的妻子——海伦娜和他未出生的孩子一起放进了一根管子里。

1918 年到 1938 年，皮尔斯为了保护他的妻子和未出生的孩子，成为了伊麻里领导层中一名心不甘情不愿的成员。他完成了在直布罗陀的发掘工作，但是他也被放进了一根管子里，在康纳德 · 凯恩出发远征的前夜。凯恩先去了尼泊尔，寻找史前遗宝，并对伊麻孺进行了大屠杀，然后前往南极洲，寻觅亚特兰蒂斯人的首都——他相信它应该在那里。凯恩再也没回去。

在 1978 年，相隔 40 年之后，马洛里 · 克雷格、帕特里克 · 皮尔斯，还有迪特尔 · 凯恩被从管子里唤醒。皮尔斯的妻子仍然是死人，但孩子被生了出来。皮尔斯给她起名凯瑟琳 · 华纳。另外三个人都起了新名字：帕特里克 · 皮尔斯变成了汤姆·华纳，马洛里·克雷格成了霍华德·基冈，而迪特尔·凯恩成了多利安·斯隆。

在 1985 年，汤姆·华纳（帕特里克·皮尔斯）失踪了——可能在某次研究试验中丧生。

这可能是真的吗？帕特里克·皮尔斯 / 汤姆·华纳可能在 1985 年之后一直在这里，在地下？

假设皮尔斯在第一次世界大战期间是 25 岁左右，就像日记里说的那样，那么在 1938 年他进入管子的时候会是 45 岁前后……这意味着到 1985 年他就是 52 岁前后，现在……80 岁左右。他面前这个男人要年轻得多，大概不会超过 50 岁。

创可贴让大卫感觉好多了。他站起来，对面的人举起了枪："待在那儿别动。你不相信我，是不是？"

"俘虏你的人有枪，你身上还有伤，这种情况下要跟他争辩很难。"大卫想。他耸了耸肩膀，做出胆怯的样子："我相信你。"

"别耍滑头，也别再对我说谎。"

"你看，我只是想把事情搞清楚。日记写于 1918 到 1936 年——"

"我知道日记上的时间：你别忘了那是我写的。现在告诉我，你究竟是怎么到这里来的。"

大卫坐回到床上："我被诱进了一个陷阱。被马洛里·克雷格，他领导着时钟——"

"我知道他领导着什么。诱饵是什么？"那人的话说得飞快。他在试图给大卫施加压力，希望他会说错话，证明自己是个骗子。

"是凯特·华纳。克雷格告诉我说，她进入了下面的坟墓里，我下来找她。他们大约一周前从她在雅加达的实验室里绑走了两个孩子。那些孩子被她试用了一种新型的自闭症疗法——"

"你这说的究竟是些什么啊？"

"我也不确定，她不愿意告诉我——"

“凯特·华纳是个6岁的女孩。她没有实验室，不管在雅加达还是什么别的地方都没有。”

大卫打量着这个男人，他真心相信自己所说的话。“凯特·华纳是个遗传学研究者，而且她现在绝对不止6岁。”

那人把枪口放低，看看地面，又看看周围。“不可能啊。”他嘟囔着。

“为什么？”

“我在这下面才待了一个月。”

CHAPTER 122

凯特几乎不敢相信自己的眼睛：阿迪和苏利耶从拐角跑了出来。他们一看到凯特，就用更快的速度朝她冲过去。凯特弯下腰想抱住他们，可两个男孩几乎没停下来。

他们抓住凯特的胳膊，催她跟着他们一起跑："快来，凯特，我们必须快走。他们要来了。"

多利安解开橙色的安全带，坠下最后的三英尺高度，落到冰上。他头盔上的灯光照亮了那个摔坏的吊篮，半埋在一堆冰块里，好像个沉在海底的蟹笼。它旁边是一大堆钢索，零乱地堆成一团。钢索落到了凯特的头顶、身边，但吊篮护住了她。可耻的失败啊！

多利安站直身子，朝那边的入口走去。他在"钟"的正下方停了一会儿，它在上面挂得高高的，在穹顶的最高处。他头盔上的灯光从它上头晃过好几次，它只是挂在那里，一动不动。他笑了。这个邪恶的装置，当年瞬间杀死了他的哥哥，又用它释放在生还者身上的瘟疫杀死了他母亲……现在只是沉默着。

入口打开了，仿佛它也承认他命中注定的时刻已经来临。他走了进去。

CHAPTER 123

大卫迅速地思考着:“听着，我也不知道该从何说起。今年是 2013 年。”

“不可能。”那人边用手枪指着大卫,边走到一个箱子边上。他把手伸进去，抽出一坨金光闪闪的东西。他把那东西扔给大卫。

那是一块表。大卫把表盘翻过来，看到上面显示着日期：1985 年 9 月 19 日。“呃……嗯……我的确也不会戴着日期不对的金表，不过……”他把手伸进口袋。

那人举起了枪。

大卫停下动作:“放松点，我也有我自己的时间胶囊。我口袋里有张照片，你把它拿出来看一眼吧。”

那人走过来，从大卫的口袋里抽出那张光面照片。他打量着那张照片上的冰山，还有戳在上面的潜艇。

“我猜伊麻里 1985 年也不会有用卫星拍摄的冰山照片吧。”

那人晃了晃自己的脑袋，朝边上望去，仿佛他正在把线索拼凑在一起:“这是凯恩的 U 艇，是不是？”

大卫点点头:“我们认为伊麻里在几周前刚找到它。听着，我跟你一样困惑不解。让我们好好谈谈吧，试着把事情搞清楚。你怎么到这里来的？”

“我当时在那间隐蔽的密室里工作。我已经搞清了怎么操作他们的机器。”

“是你让那段视频重复播放的？”

“视频？噢，对，是我。为了我没能回去，而有人找到了密室的情况，那会有用的。”他坐到床边，望着自己的脚尖，看起来在搜寻回忆，“我还把那把长矛放在了门上。我当时在试用伊麻里宝库中的那些各式各样的古代遗宝，希望有哪样能让更多机器工作起来。

“我设法把门打开，那之后就毫无进展了。在那间密室里我找不到更多的东西了。我认为在隔壁的房间里会有另一个控制中心，于是我就过去了。我把那把矛留在那里，想让门保持开着，我希望那能有用。我一直没机会从那扇门回去。这边的机器和那边有些不同，大多数都关闭了。还有几个别的疑团……我这一个月来一直没多少进展。直到你出现之前不久，情况发生了变化。看起来整个地方仿佛都苏醒了，更多的机器开始运转，之前一动不动的好些大门都打开了。我正在探索当中，就听到了门打开的声音，然后发现了你。”

“我们回头谈谈时间差异吧。我知道你不是帕特里克·皮尔斯，或者那个什么来着？汤姆·华纳。他得有大概 80 岁了。还是告诉我你是谁吧——”

“我就是帕特里克·皮尔斯。”那人俯身向前，“这里的时间流逝比较慢。一定是……在这里过一天，外面就过了一年。”

“怎么会这样？”

“我不知道。但我们认为‘钟’可能跟这种时间效应有关。它可能有两个功能。它是个警备装置，把非亚特兰蒂斯人挡在外面，但那只是它的一部分功能。当我们开始研究这个装置的时候，我们认为它可能是台时间机器。它在周围制造出一个力场，一个时间在里面发生膨胀的空泡。就像我说的，离‘钟’越近，时间就过得越慢。我们认为这可能跟引力位移有关——它周围的时空被折叠、弯曲了。我们甚至认为它可能是一台虫洞发生器。”

“一台什么？”

“忘了那个术语吧。这个概念是建立在爱因斯坦的广义相对论之上的。我相信这理论已经被改良，甚至已经被抛弃了吧。这么说就够了：在我们从直布罗陀挖出那个‘钟’之后的几年里，我们注意到它看起来会让周围的空间里的时间放慢。我们认为它这样会产生出巨大的能源。我们通过向它内部输入能源，将其引力效应最小化，成功地逆转了这个装置的运行。”

“这很有意思。但这带来了另外一个疑问：直布罗陀的‘钟’差不多一百年前就被拿走了。”

“我知道，就是我弄走的。我有个新想法，我认为当直布罗陀的飞船发生爆炸的时候，那些亚特兰蒂斯人被困在掉落的那段船身里了。我认为他们走过的那扇门其实不是通往那艘船上的另一个房间的，我认为那是通往另外一艘船的入口。我认为我们现在并不在直布罗陀。”

CHAPTER 124

在下一个转角处，凯特终于让两个男孩停了下来。

“告诉我发生什么事了。”她恳求道。

“我们必须躲起来，凯特。”阿迪说。

“是要躲着谁？”

“没时间了。”苏利耶说。

时间——这个词震动了凯特的心灵。新的恐惧攫住了她，她把孩子们的身子扳过去，找到了数字显示。

02:51:37，差不多还剩 3 个小时。马丁之前说离起爆还有不到 30 分钟的。怎么会？不过这无关紧要——那个时钟还在计时。她必须想出办法。

男孩们又在拖着她向前，这时他们身后，一扇双开门打开了。

多利安把太空服的最后一部分脱下来，打量着周围的房间——像是个消毒室。他走向那扇小些的门。他的脚步声在这间高大的金属房间里回荡。他走到近前的时候，门就打开了。他走进去，后面是一条过道，跟直布罗陀的很像，这一切都是真的。这里就是亚特兰蒂斯的另一座城市。

过道顶上和底下的灯闪烁起来。这地方看起来保持着原样，未经破坏。这里肯定没有发生过核爆炸。为什么没有？是那两个孩子走到了坟墓更深处吗？亚特兰蒂斯人抓住了他们？然后让炸弹失效了？

多利安听到前方有脚步声传来——穿着靴子的队列，整齐划一地在金属地板上踏步而来。他抽出了自己的随身手枪，挪到走道边上，躲进一根支撑梁的阴影下。

CHAPTER 125

凯特站在原地，往房间里面窥探。

房间里有足足一打巨大的玻璃管子矗立在那里，就跟帕特里克·皮尔斯——她父亲——在日记里描述的那些管子一样。跟那边的管子一样，每根管子里都装着一只猿猴，或者是个人类，或者是二者之间的某种生物。凯特冒险走进房间里，那些管子让她大为惊叹。这简直难以置信：一个被遗忘的先祖们的展览厅。人类演化中所有失落的环节，都被整整齐齐地收藏陈列在这个椭圆形的房间里，在南极洲的冰下两英里。这好像孩子们会做的事情：他们会把蝴蝶收藏在带盖的玻璃瓶里。有几个样本比凯特矮小，身高不超过4英尺；大多数跟她差不多，还有几个比她还高一些。他们的肤色各种各样：有些是黑色，有些是棕色，还有些肤色苍白。科学家们会乐意在这里度过一生的。很多科学家一辈子都在发掘化石，拼命想要找到点原始人类的残痕断片。而现在他们就漂浮在那里，完完整整的，悬浮在12个左右的玻璃管子里。

男孩们跟在她后面进入了房间，她们身后的双开门合上了。

凯特扫视着整个房间。除了那些管子之外，屋里没多少东西，只有一个齐胸高的台子，台面是玻璃的。凯特朝它走去，但随即停了下来：屋子的大门开始再度打开了。

CHAPTER 126

帕特里克·皮尔斯一面观察着那个自称是大卫·威尔的家伙，一面把手放在枪柄上。他要这个年轻人走在前面。他的故事听起来很有说服力，但帕特里克还是不信任他。“也许我仅仅是不愿意相信这个故事。”

他们走过一条长长的走廊，然后又是另外一条。帕特里克的思绪飘到了海伦娜身上，飘到了7年前那个玻璃管子嘶嘶作响地被打开的那天……

白雾散开，他伸出双手，触到了她。他感觉到她的肌肤冰冷的那一刻，他以为自己的手会化为沙尘，溃为灰烬，飞散在风中。他双膝跪倒，泪水从脸上落下。马洛里·克雷格用一只手搂住他。帕特里克立刻就把这家伙摔到地上，然后狠狠地揍了他两拳，三拳，四拳，都打在脸上，直到最后两个伊麻里安保警员把他从克雷格身上拖开。克雷格——那个魔鬼的左右手，就是这个人把自己诱入了企图置他于死地的陷阱。一个吓坏了的孩子——迪特尔·凯恩缩在墙角。克雷格爬了起来，试图擦掉脸上的血，可他脸上还在不断出血。于是他抱起迪特尔，从房间里逃了出去。

帕特里克本想把海伦娜和她的家人安葬在一起，葬在英国，但克雷格不允许这样：“我们需要改用新的名字，皮尔斯。任何和过去的联系必须被抹去。”新的名字。凯瑟琳，凯特，那个男人——威尔——是这么称呼她的。

帕特里克试着想象她这些年的感受。他是个总不在家的父亲，就算在的时候，他也顶多是个笨拙的父亲。从他把凯瑟琳抱在手臂里的那一刻起，他就把自己的全部精力都投入到了解除伊麻里的威胁和解开直布罗陀下面的谜团、解开“钟”的秘密之中——为了让这个世界对她来说是安全的。这是他能为她做到的最好的事情了，但他失败了。如果威尔说的是真的，伊麻里现在比以前更加强大了。而凯特……她已经长大了，他错过了她的这些年华，更糟糕的是——她是被一个外人抚养长大的。不仅如此，她还被卷进了伊麻里的阴谋中。这简直是场噩梦。他想要把这些想法从自己的脑海中驱逐出去，但他们每次拐个弯，就又浮现出来，仿佛在从每段走廊的地板上升起，就像是一个萦绕不去的鬼魂。

帕特里克看着在他前面蹒跚行走的那个人。威尔会知道答案吗？他说的话会是真的吗？帕特里克清了清自己的嗓子："她现在长什么样？"

"谁？噢，凯特？"大卫回过头，笑着说，"她……很迷人。聪明得不得了……而且意志力极为坚强。"

"我毫不怀疑这点。"听到这些话让帕特里克感觉亦幻亦真。但这不知怎的有助于他面对现实：在他不在的时候，他的女儿已经长大了。他觉得自己该说点什么，但不知说什么好。过了一会儿，他说："这些话感觉真奇怪，威尔。对我来说，我在西柏林对她说再见才刚过了几周。知道我自己的女儿在父亲不在的情况下长大让我很……尴尬。"

"长大的她变得非常出色，相信我。"大卫停了一下，然后继续说，"她和我曾遇到过的任何人都不同。她很美——"

"好了，这……嗯，这个话题到此为止。让我们，嗯……让我们集中精力，威尔。"帕特里克加快脚步。显然，公布真相的速度不能太快——某种类型的真相。帕特里克走到了威尔前方，开始给他带路。他比对方多一只手一条腿可用——这里说的就是字面意思——而且威尔身上没有武器，因此基本上算不上威胁。而且威尔刚才的回答让帕特里克相信了他：这个年轻人是在说真心话。

大卫努力跟上。"右边。"他说。

他们在沉默中走过一段段走廊，过了一会儿，帕特里克停下让大卫喘口气。"抱歉，"他说，"我知道那些药糊会让你身上乏力。"他扬起眉毛，"我自己在之前一个月的探索中发生了一两起事故。"

"我能跟上的。"大卫喘了口气说，说完继续喘气。

"你当然可以。记得你在跟谁说话，我在你之前100年就在这些隧道里面跋涉了。你得放松点。"

大卫抬头望着他："说起来，你现在走路很轻松啊。"

"是的。但我宁愿不要这条好腿，只要能回到过去的时光。是那根管子——1918 年我走出来的时候就好了——在管子里面的那几天，它把我治好了。我在日记里没写这件事，当时我满脑子想到的都是我身边发生的事情。海伦娜……西班牙流感……"帕特里克盯着墙壁足有一分钟，"我想那些管子还有别的功能。1978 年我出来的时候，我可以操作那些机器了。我认为那就是为什么我能通过直布罗陀那边的入口的原因。"帕特里克看了看大卫，"但我还是不明白为什么你也可以，你从没在哪根管子里待过。"

"没错。我承认，我也不明白。"

"伊麻里对你进行过什么治疗吗？"

"没有。或者说，我不认为有。不过，实际上，我接受过治疗——一个曾在管子里待过的人给我输过血——凯特。我在尼泊尔受伤了，我失血过多，然后她……救了我的命。"

帕特里克点点头，在走廊里踱步："这很有趣。"他飞快地朝大卫的肩上和腿上满是药糊的伤口瞥了一下，"伤口之前就被清理过了，不过我觉得都是枪伤。你怎么受伤的？"

"多利安 · 斯隆干的。"

"那么，他也加入了伊麻里，继续他的家族事业了。小魔鬼长大了，比小时候更邪恶了。1985 年那时候他 15 岁。"

"他从不松懈。"大卫站直身子，"多谢让我休息了一会儿。我休息好了。"

帕特里克再次开始带路，恢复了轻快的步伐，但比之前多少慢了一点。在他们前方，一扇双开门在他们靠近的时候打开了，滑到两边。之前这里的门从没在他面前打开过。"真令人激动——打开昨天还封闭着的通道。听我说，我听起来跟那些在战争期间雇用我的傻瓜真像。"

大卫晃了晃脑袋："战争？"

"怎么？"

"没什么。只是听到'战争'指的是第一次世界大战感觉怪怪的。现在这个词通常意味着在阿富汗的战争。”

帕特里克停下脚步：“我们在跟谁打仗——苏联人？”

“噢，不是。1991 年以后就没有苏联人了。实际上，苏维埃联盟已经不复存在。”

“那是谁？”

“基地组织，或者准确地说，现在是在跟塔利班，一个……一个伊斯兰极端组织。”

“美国在跟一个阿富汗的组织作战……”

“呃，这是个，嗯，很长的故事——”

走廊里的灯闪动了几下，然后熄灭了。两个男人都定在了原地。

“以前发生过这种事吗？”大卫小声问道。

“没有。”帕特里克抽出一根二极管发光棒，按下一个开关。它向走廊里和他们周围投射出灯光。他觉得自己就像是印第安纳·琼斯，举着火把照亮了一条古老的走廊。他正想开口引用这个典故，却想到大卫多半不知道印第安纳·琼斯是谁。《法柜奇兵》[①]如今应该是一部老电影了——已经有三十多年的历史了，而且年青一代多半不会再看老片子了。大卫抬起自己的好胳膊挡住光线，眯起了眼睛。

帕特里克走在前头，每一步都走得小心翼翼。走廊里的灯光又开始闪烁，仿佛是熄灭之前的回光返照。他们靠近走廊尽头的时候，那里的门没有自动打开。帕特里克把他的手伸到门边上的玻璃面板上，只有几缕雾气飘了出来，他手上的电脉冲也没之前密集。发生什么事了？

“我想是能源系统或者什么别的地方出问题了。”帕特里克说。他觉得他可以让这扇门工作起来。他在控制板上操作了几下，门慢慢滑开了。

他举起二极管发光棒，照亮了前面的开阔地带。这个房间比他之前看到

① 上映于 1981 年的经典电影，系列影片《夺宝奇兵》的第一部。印第安纳·琼斯是该系列影片的男主角。

的都要大，不管在这里或者在别处他都没见过这么大的。看起来这地方的长宽似乎都有好几英里。

一排排长长的玻璃管堆得高高的，一直堆到他目力不及之处。它们还向远处延伸出去，延伸到好几英里外的黑暗中。

这些管子跟帕特里克多年前在直布罗陀看到的那些几乎一模一样，但有两点不同：这里的管子里装满了躯体……还有，里面的白色迷雾在变化，变得澄澈起来。管子里的云雾正在散开，他们时不时能短暂地瞥见里面的人——如果他们是人的话。他们看起来更像人，而不像那个直布罗陀的人猿。这些是亚特兰蒂斯人吗？如果不是的话，又是什么人？还有，他们这是怎么了？他们是不是正在苏醒？

一个声音打破了帕特里克对这些管子的沉思，房间深处有脚步声传来。

CHAPTER 127

这房间的双开门滑开了，凯特努力掩藏起自己的惊讶：一个穿着一身纳粹军服的中年高个儿男人闯了进来。这人停住了脚步，站在那里，腰背笔挺，定若磐石。他的眼神缓缓扫过凯特，然后扫向孩子们。

凯特下意识地往前踏了一步，用自己的身子挡在这个男人和她的孩子们之间。他的嘴角微微上翘，仿佛她这个无意识的举动泄露了某些信息，告诉了他某个秘密。也许这一步的确暴露了她的信息，但他的这个笑容也一样暴露了他的：她认出了这个冰冷的笑容。于是她知道了这个男人是谁。

“你好，凯恩阁下。”凯特用德语说道，“我们找了你很长时间了。”

CHAPTER 128

黑暗中不知何处的脚步声停下了。帕特里克侧耳倾听，他和大卫都静立不动，面面相觑，等待着。

“这是什么地方？”大卫小声问道。

“我也不清楚。”

“你从没来过这里？”

“没。不过我想，也许……我有个看法。”帕特里克盯着那些管子说。房间里很暗，仅有的光源来自那些管子里。它们成串地挂在金属支架上，好像是些挂在树上的香蕉。这可能吗？伊麻里一直以来的看法难道会是对的？“我觉得这可能是个巨大的休眠舱。直布罗陀的那道门——那是个通往另一个地方的入口，可能是南极洲的建筑。而这个是……这个就跟他们所想的一样。”

“谁？”

“凯恩，伊麻里。他们猜想，直布罗陀的建筑只是一个小型的前哨站，亚特兰蒂斯人的家乡他们认为是在南极洲下面。他们相信亚特兰蒂斯人是些超级人类，他们正处于休眠中，等着醒来后重新掌控地球。”

远处的脚步声此时再度响起。

帕特里克往大卫的拐杖——那根长矛瞧了一眼。他脸上的表情暴露了他的想法：虽然不知那边是谁，但如果他们迎着那些脚步声走过去，对方会听到他们的靠近。

“我可以等在这里。”大卫说，“要不我们也可以出声喊话。”

“不。”帕特里克飞快地悄声说道，“如果伊麻里在南极洲找到了入口……这脚步声可能是……多半来者不善。或者，”他看了看那些管子，“无论如何，我们都等在这里。”

两个男人退入到最近的一串管子后面，蜷缩到阴影中。脚步声离他们越来越近，在墓穴中回响着。

CHAPTER 129

多利安看着那些纳粹士兵在光线暗淡的走廊中行进，从他身边走过。这是真的，他们中的一部分人还活着。他的父亲可能还活着。

他大步走出阴影，挺直腰杆，魄力十足地开口："我是迪特尔·凯恩。"(德语)

那两个人转过身子，把手中的轻机关枪对准他。"停步！"其中一个人叫道。

"你们怎么敢这样！"多利安怒叱道，"我是康纳德·凯恩在世的唯一的儿子。你们应当放下自己的武器，即刻带我去见他。"

康纳德·凯恩踮着脚尖走近凯特，仿佛一只大猫打量着它的猎物，算计着要不要攻击，或是算计着攻击的时机："你是谁？"

凯特飞快地考虑着。她需要一个像模像样的谎话："我是卡罗莱娜·克纳普医生，我是一支伊麻里的特殊研究团队的首席科学家。我们被派来找你，先生。"

凯恩仔细观察着她，然后审视着孩子们："不可能，我下来不到三个月。要派出另一支探险队需要花更多时间。"

凯特怀疑凯恩是不是因为她的口音起了疑心。她太久没说德语，回答越简短越好："你在这里的时间远不止几个月，先生。但我恐怕我们没时间细说了。我们必须出发了，我必须把这些孩子背上的包取下来，并且离——"

另一个纳粹士兵冲了进来，用德语飞快地说道："先生，我们发现了一些东西，还有更多人。"他喘着粗气等待着凯恩的回答。

凯恩看看那人，又看看凯特："我马上回去。"他又打量了一下凯特，"医生。"他弯腰面对孩子们，然后用英语说话，让凯特大吃一惊，"孩子们，我需要你们的帮助。请跟我来。"他一把搂住他们，在凯特还没来得及反对之前就离开了房间。

CHAPTER 130

多利安和这两个白痴争论了 15 分钟，还是毫无进展。他讲起自己的父亲的时候他们只是一个劲儿地摇头，把枪口对准他，仿佛他是个他们好不容易抓到的飞贼。最后他只能长嘘一口气，站在那里，用鞋跟刨着地，等待着。

每一秒钟好像都长得没完没了。

然后，慢慢地，沉寂被打破了。拐角那边的脚步声仿佛在多利安的胸中激起了回声，和着他心跳的节拍：他等待了一辈子的这一刻要来了。那个他几乎记不清长相的男人，那个把他的病体放进一具玻璃棺椁中的男人，那个过去拯救了他的性命，未来将拯救整个世界的男人——他的父亲——拐过弯角，步伐坚定地朝他走来。

多利安真想跑向自己的父亲，拥抱他，告诉他自己所做的一切，自己怎么救了他，就像快一百年前他救了多利安一样。他希望自己的父亲知道，他已经长成了强壮的男子汉，跟父亲一样强壮，值得他父亲付出的牺牲。但多利安还是一动不动。那两挺轻机关枪是一方面的原因，但并不是主因，他父亲的眼神冰冷刺人，这双眼睛让他动弹不得。康纳德的眼神仿佛在不停思索着，解读着各路线索。“老爹。”迪特尔轻声说。

“你好，迪特尔。”他的父亲用德语答道。语气公事公办，毫无热情。

“我有很多事情一定要告诉你。我醒来的时候是 197——”

“1978 年。时间在这里过得比较慢，迪特尔。你现在 40 了？”

“42。”迪特尔说道。他父亲已经完成了这么大跨度的思维跳跃让他大吃一惊。

“那么外面是 2013 年了。在这里，75 天。一天对一年。360 比 1 的时间比例。”

多利安飞快地转动着脑子，努力跟上父亲的思维。他想要说点有见地的话，让自己的父亲知道他也聪明得足以解开这些谜团，但他能说出口的只有：“是的。但是为什么？”

“我们找到了他们的休眠舱，正如我们所料。”他的父亲边说边转过身，朝走廊深处慢步走去，“也许是这里的‘钟’为了提供出他们休眠所需的能源，需要扭曲建筑内部的时间。也许是休眠并不完美，他们仍然会老化，即使速度非常缓慢。要不然这也可能是为了他们的机器，那些机器肯定每年都会有所磨损。无论如何，将时间放慢是有利于他们越过漫长岁月的。我们还发现了些别的东西，亚特兰蒂斯人和我们以为的大不相同，事实上比我们的想象更怪异。解释清楚很要花些时间。”

多利安朝背包指了指：“那些孩子带着……”

“带着炸弹。不错，挺巧妙的一招。我猜他们可以从‘钟’下面通过？”康纳德说。

“是的。还有一个女人也能过来：凯特·华纳，她是帕特里克·皮尔斯的女儿。我曾担心她会找到他们，但现在这没关系了，我们快没时间了。”

康纳德检查了一下背包的背面：“还剩下大约两小时。那女人的确找到了他们，但我们抓到了她。我们等会儿把他们都留在墓穴里。如果有必要的话，我们转头再回来把事情做完。”

“我们不久就该走了，从这里到入口处的大门要走30分钟。”多利安弯下腰面对孩子们，用英语说：“又见面啦。我跟你们说过凯特会到下面来的吧。这第一个游戏你们玩得愉快吗？”

两个男孩只是看着他，他们聋得跟门钉一样。多利安边想边说：“我们要再玩个新的游戏。你们高兴吗？”多利安等了一下，但男孩们什么也没说，“好吧……我就当你们说是了。这个游戏是赛跑。你们是不是跑得很快啊？”

男孩们点点头。

CHAPTER 131

大卫望着那两个纳粹士兵在墓穴深处游荡，边走边傻傻地看着那些管子。他们穿着厚厚的毛衣，没戴头盔：他们是“海战军”，纳粹海军的成员。他们应该很精于近距离的肉搏战。大卫和帕特里克要打倒他们，就首先要做到出其不意。大卫抬起一只手要打信号，但帕特里克已经对他发出了信号：等他们过去。

大卫想再蹲下去些，但他的腿疼得火烧火燎。他能蹲下来本身就是个奇迹了，那些药膏真管用。药膏——他们会不会闻到那股味道？帕特里克和他并排蹲着，躲在最靠近那两个逛过来的士兵的“香蕉串”上的两根管子之间。两秒钟过去了。

一个家伙停了下来，他闻到味道了吗？

在大卫和帕特里克潜伏的位置上方，一团白雾从管子里喷涌而出，吸引了士兵们的注意力。他们把轻机关枪从背上取下，举起了枪。另一方面，大卫和帕特里克已经站了起来，扑向他们。

大卫借着冲刺的力道把他的目标撞倒在地上，顺势用自己的掌根猛击对方的前额。那个士兵的脑袋撞在金属地板上，发出咔嚓一声，一片血泊扩散开来。

四英尺之外，帕特里克在和另一名士兵搏斗。那个年轻的士兵压在了他身上，纳粹士兵手上拿着一把匕首，正在把它捅进帕特里克的胸部。大卫跳向那人，把他从帕特里克身上推开。大卫弄掉了这家伙手上的匕首，把他按倒在地。帕特里克爬起身来，站在他们身边，把匕首压到了这人的喉咙上。纳粹士兵停止了挣扎，无声地表示投降。但大卫仍然把他的手紧压在地板上。

大卫不会说德语，不过没等他张嘴，帕特里克已经开始在用德语和这人交涉了：“有多少人？”（德语）

"4 个。"（德语）

帕特里克把匕首从那人的脖子上移到了他的左手食指上。

"12 个！"（德语）那人惨叫道。

"包括凯恩？"（德语）

士兵点点头。他已经满头大汗了，"给我个痛快。"（德语）他说。

帕特里克继续讯问他，大卫继续把他摁在地板上。

"快一点。"（德语）那人恳求道。

帕特里克用匕首在他喉咙上一抹，鲜血流了出来，死亡接踵而至。

帕特里克把匕首丢在那人身边，倒在了地板上。他自己胸口上的伤也在流血。

大卫跨过死者，从他自己腿上和肩上基本已经愈合的伤口处收集起残余的黑色药膏。他把这些药糊涂到了帕特里克的伤口上。年长者的脸一阵扭曲。

"别担心，要不了几个小时你就会焕然一新的，"大卫咧嘴一笑，"也许会更快。"

帕特里克坐了起来："要是我们还有那么多时间就好了。"他朝那两个士兵走出来的门指了指，"现在毫无疑问了，我们在南极洲。"他急速喘息了几下。

"这里有多少敌人？"

帕特里克看着死掉的士兵："12 个。现在是 10 个了，凯恩在他们中间。如果他们来到这间舱室，将会发生一次种族灭绝，然后，也许……这会是……对全人类来说非常糟糕的消息。"

大卫开始翻检那两个人的尸体，收集武器和任何其他可能有用的东西。"他们还说了什么没有？"

帕特里克有些困惑地看着他。

"他们有没有看到其他的人？"大卫充满期待地问道。

帕特里克明白了他的意思："没有，他们没看到别人。他们在这里待了差不多 3 个月了，如果他们到这里是在 1938 年，就正好对上。一年对一天，一个月就对应两个小时。他们说，他们刚发现这间舱室，还有个人回去报告了。"

大卫把一挺轻机关枪递给帕特里克，伸出一只手帮他站立起来："那我们要赶快了。"

帕特里克抓住大卫的胳膊，挣扎着站立起来。他回头看了看那个死去的士兵，他曾一度被这人压制："你看，威尔，我已经二十五年没做过士兵了——"

"我们会成功的。"大卫说。

CHAPTER 132

多利安抓住孩子们的肩膀，跟在他父亲身后。

这个世界之道就是如此：生活可以在转瞬间发生剧变。他和他的父亲，现在重新团聚了，正前去完成他们的伟业——拯救全人类。他所牺牲的一切，他所做出的所有决定……他一直是对的。

在他们前方响起了枪声。

大卫一口气击倒了站在墓穴门口的两个卫兵，两人都没来得及开枪还击。在他左边，又一名警卫转过拐角，把子弹倾泻到他身边的金属墙上，但帕特里克随即来了次三发连射，正中这个士兵的胸部，让他当即倒地身亡。

大卫扫了一眼走廊的另外一头：安全了。他转过身，小跑着追上帕特里克。对方正在一点一点往第三个士兵冒出来的拐角那头挪过去。

“我先冲过去。”大卫说。他把自己的头部探过去——然后一发子弹嗖地擦过他的脑袋。

“我掩护你。”帕特里克边说边把自己的手枪伸过拐角，开了几枪。

大卫踏进走廊，差点撞上正靠在旁边墙上的那人。大卫一连两枪打在他胸口上，几乎打在同一个地方。打死 4 个了，除了凯恩还有 5 个，胜率还是不大，而且他们已经失去了突袭的优势。一步一步来。

帕特里克走到他身边。两个男人望着前面的双开门，刚才那个士兵肯定是从里面出来的。他们分别站在门的两边，帕特里克在门边的玻璃面板上操作了一下。门向两侧分开，露出了一个里面有十二根玻璃管子的房间，管子里装着些……人猿？

大卫一时有些不知所措，帕特里克则看起来没像他那么混乱。他快步走进房间，枪口向着两侧来回转动，大卫跟着他。房间里空无一人。

然后大卫感觉到，有人在从身后靠近他们。他猛地转过身子，举起机关枪就要开火——

是凯特，她先前躲在控制台后面。

他忙把手指从扳机上松开，把枪丢到身旁。他朝凯特跑去，准备一把抱起她。就在他碰到她的前一刻，凯特的眼神对上了帕特里克的眼睛。她的目光从大卫身上移开了："爸爸？"

老人站在那里，脸上一副介于悔恨和怀疑之间的表情："凯瑟琳……"

凯特走向父亲，抱住他，眼里落下一滴泪珠。他也回抱住她，嘴里嘟哝着什么。她推开了父亲。"你还活着。"她皱起了鼻子，"还有……你受伤了，还有……这是……什么，这味道——"

"我没事，凯瑟琳。我……噢，天哪，你看起来跟她真是太像了。"他的眼里涌出了泪水，"我当时很担心，但是我知道你……对我来说……这才过了几个星期……"

凯特点点头，她看起来已经搞清楚了状况。大卫站在一边，为她的智慧惊讶赞叹，同时也有点尴尬。她伸出自己的胳膊，大卫走过去抱住她，把自己的脸贴到她的头部侧面。她还活着。这一刻对他来说，其他任何事都不重要了。她在直布罗陀离开了他，但她还活着，他感到心中某个地方的空洞又一次被填满了。

凯特松开他，然后说："你们怎么——"

"直布罗陀。"她父亲说，"我找到的那间密室里有一扇门——它其实是一个通往南极洲，通往这个更大的建筑的一个入口。这里还有其他人，我们必须——"

"是的。"凯特说，"他们抓走了孩子们。多利安让他们带着装有核炸弹的背包。"

大卫环顾四周，想了想，然后开口说道："这里有个房间里面满是管子，离这里有几英里。我打赌他们正在去那边。"他在脑海中形成了一个计划，他不会再让凯特置身危险之中了，"你待在……"

凯特摇摇头："不。"她走到那个从这房间里冲出来的死者身边，捡起他的机关枪，她瞪着大卫，"我也要去。这次我也拿枪，我这不是在请求。"

大卫倒抽了一口气。

帕特里克看看凯特，又看看大卫："我感觉这种讨论你们已经进行过多次了？"

"呃，最近的一周是……嗯，奇妙的一周。"大卫聚精会神地看着凯特，"你不要离开这里——"

"我不能留在这里。你明白的。"

大卫负隅顽抗，他的大脑寻找着反论。

帕特里克来回看着他们俩。似乎他也明白了，现在正发生着某些不可言传的事情。

"除非我们能制止将要发生的事情，我在哪里都不会安全，这个房间也一样。你们需要我的帮助。我们必须去救出那两个孩子，然后逃离这个建筑。你们俩都不认识他们。"

她是对的，大卫也明白这点。但让她出去，去赌命，去冒险，对他来说感觉是不可接受的。

"你必须让我跟你们一起走，大卫。我知道你在怕什么。"凯特的视线在他身上扫动，等待着一个回应，"我们必须这样做，过去的事情已经过去了。"

大卫慢慢地点了点头。恐惧并没有消失，但不知怎的，事情有所不同了。他知道她愿意承受风险，知道她相信他，将要与他并肩作战——这让某些东西发生了改变。

大卫走向凯特，递给她一把手枪："这把鲁格尔手枪很少卡壳，它已经上好了子弹，随时可以击发。只要瞄准，开枪就好。枪里有八颗子弹：对你来说绰绰有余。待在我们后方。"

CHAPTER 133

多利安举起一只手,示意他身后的 5 名士兵停下。他窥视了一下拐角那边,两个死去的士兵分别倒在大门两边。他们是正要出来还是正要进去？多半是在出来的时候。他再次把脑袋伸出去，另一具尸体，在通往门厅的拐角上——他死的时候正朝那两个人跑过去。他们是在出来。

“安全。”他叫道。那群人和他的父亲在门厅里分散开来，检查着死者。

多利安弯腰面对孩子们:“噢,”他把他们朝着自己搂着,让他们背对死者,“别管那些人,他们只是在装死,这是另外一个游戏。现在,赛跑时间到啦。记住,你们能跑多快就跑多快。第一个到达房间尽头的人会获得一个特大的奖励！”

他父亲在那道巨大的双开门旁的玻璃面板上操作了一会儿，门静静地滑开了，多利安猛地把孩子们推了进去。就在这时，第一轮枪声响起。他们的 5 个部下当中有两个应声倒地。多利安一个箭步扑到他父亲身上,但还是太迟了。子弹击中了康纳德的胳膊，将他击倒在地。

多利安把他父亲拖回到门背后,剩下的 3 个士兵也撤回到了门框的另一边。多利安撕开他父亲的衬衫袖子，迅速地观察了一下伤口。老人推开了他的手，“只是皮肉伤，迪特尔。别感情用事，精力要保持集中。”他抽出他的手枪，把头从门框边探出去。子弹擦过他头顶上的金属体。

多利安把他按到墙上:“老爸，从我来的路出去，我们中至少有一个要逃离这里。我会掩护你的。”

“我们一定要留——”

多利安把父亲拉起来:“我会干掉他们，然后跟上你的。”他把父亲推进门厅，用轻机关枪持续开火，直到它打空子弹，发出咔嗒咔嗒的声音。

他父亲离开了走廊。多利安救了他。

他往后跌去，靠在墙上，脸上绽放出笑容。

CHAPTER 134

大卫回头看着帕特里克："我们必须迂回过去。我们没法冲过他们的封锁——除非有更多人手，或者有炸弹。"

"这条走道肯定跟我们进入这陵墓的地方连着。那些孩子在跑，也许我们能赶上他们。"帕特里克说。

大卫四下张望，仿佛在寻找别的办法："同意。你们两个去追，我会把斯隆和他的手下们挡在这里。"

凯特把头伸到他们俩中间："大卫，不要。"

"我们这一行就是如此，凯特。"大卫的语声冰冷，毫不动摇，不容置疑。

她久久地凝视着他的眼睛，然后看向旁边："那些炸弹怎么办？"

大卫朝帕特里克点点头："你爸爸有现成的计划。"

帕特里克的脸上一点一点现出了然的神色。

凯特转向他："你真的有？"

"是的，我有。现在让我们行动起来吧。"

凯特跟着她父亲穿过墓穴的另一个入口时，正好看到那两个孩子从他们前面的一条通道穿过。

"阿迪！苏利耶！"凯特高声叫道。

疾奔的孩子们猛地急停下来，险些摔倒。她跑到他们身边，看了看背包上的时间。00:32:01。00:32:00。00:31:59。

"你要怎么把它们停——"

"相信我，凯瑟琳。"她父亲拉起她的手臂说。

凯特听到他们来的方向上有自动火器的交火声。是大卫，他和剩下的敌人在作战——孤身一人。她非常想回去，但还有孩子们，还有炸弹。她父亲又拉了拉她的手臂，然后她发现自己正把一只脚迈到另一只脚前面，她在迅速地朝着远离交火声的方向走去。

CHAPTER 135

大卫听到凯特在对孩子们呼喊，他冒险朝拐角那边瞧了一眼。那些纳粹是不是也听到了这声叫喊？门口的士兵们正在出发前往那个巨大的舱室。他不能让他们追上凯特。他边朝那边的门走去边开枪——弹匣空了。他扔下手上的枪，抓起从倒下的纳粹身上搜出的最后一挺轻机关枪，朝正在奔跑的两个人开火，把他们扫倒在地上。只剩下多利安和另外一个人了。

最后那个士兵偷偷转过拐角，却被大卫一阵连射击倒。子弹打中了他的头部。这是个陷阱：跑出去的两个人是诱饵。他们希望大卫会陷入恐慌，迅速跑进墓里去追他们——这样狙击手就可以轻松打死他。

只剩一个了——还剩多利安。大卫没听到他的脚步声。在这陵墓深处的某个地方，传来门砰然关上的声音。凯特、帕特里克和孩子们出去了。他应该撤退，跟上他们。他走到门前，却停了下来。他应该要赶快去追赶他们，但他只是站在那里。“9 · 11”袭击已经过去很久了，他现在有凯特了。而且他还要跟伊麻里战斗，还要去应对瘟疫的暴发。

斯隆会在哪里？肯定是在这陵墓深处，躲藏着，等待着，观察着入口。大卫可以再等一会儿，看他会不会出来。或者……他晃了晃自己的脑袋，仿佛要把这个念头从脑子里晃出去。

他往后倒退了两步，手中仍然握着轻机关枪，随时准备开火。见没人出现，他转身背对门口，沿着走廊全力冲刺。

头几发子弹撕开了大卫的背部，接着从他前胸穿了出去，让他猛地扑倒在墙上，然后摔到了地板上，脸部着地。更多的子弹击中了他在地板上一动不动的身体。他的双腿被扫射了一番。

脚步声。一只手，把他翻了过来。

大卫连扣了两下手枪的扳机。子弹把多利安脸上那个嘲讽的笑容撕成了两半，把他的脑浆和骨头从他的后脑轰了出去，把天花板喷成了半红半灰。

大卫的脸上露出一个痛苦而又甜蜜的笑容，呼出了最后一口气。

CHAPTER 136

康纳德·凯恩把衣服上的头盔扣好，等待着出口打开。金属的大门在隆隆巨响中分开，露出一个寒冰的宏伟殿堂。他在 3 个月之前——或者是 75 年前穿过的地方跟这里非常相似。如果这里的构造跟那边的一样，就应该也有一口“钟”悬在外面，挂在入口上方。建筑另外那头的“钟”在康纳德通过的时候是关闭的——他和他的部下们从它下头鱼贯而入的时候它甚至都没动静。但他们在里面的时候把那边的“钟”给打开了——他现在知道这点了。

这里的建筑内部的控制系统太复杂了。他和他的部下们试着登入一个控制系统，他们以为那是控制冬眠装置的。最后结果表明，那是一颗气象卫星的控制系统。凯恩最后实际上是把这颗卫星给弄得掉了下来，落在了美国的某个地方：他觉得很可能是在新墨西哥州。无论如何，他的某个行为启动了一个反闯入程序。它把他们锁在了系统外头，并且激活了那边的“钟”，杀死了在他潜艇上的那些人。

之后这里的所有系统都再也没有运行过。直到今天。

他有些好奇，他们是不是已经把外面的“钟”给移走了，或者是控制系统的重新启动意味着它已被关闭。还有一种可能性：也许“钟”只会攻击试图进入的人，而不管要出来的人。

如果它还在启动状态，他就必须迅速移动，逃出它的作用范围。

凯恩试探着从净化室里往外踏出一步。他的眼睛渐渐适应了外面的光线，现在他能看到一片柔和的灯光，仿佛许许多多的小星星，在一个雪堆中闪烁。它们上面是一个完全坏掉了的金属笼子。

那儿还有别的东西：一个金属的吊篮，挂在一根粗缆绳上。是的，就是这个了——他的逃生通道，即便“钟”被激活了，他也可以由此逃走。

凯恩迈出了第二步，离开了入口处的大门。在他头顶上，一个响亮的嗡鸣声在空中回荡，在他的衣服里回响，甚至可能也在他的骨头里回响。

这里有一口钟，而且它正在轰鸣着活动起来。

CHAPTER 137

凯特跟阿迪背上的包搏斗了半天，终于把它拿了下来。00:01:53。她转向苏利耶。那些黑色药膏已经把他背包上的带子给腐蚀得差不多了。他们就快解脱了。她父亲把孩子从带子上拉开，把他推向凯特。他指了指六个门中的第二个："去吧，凯瑟琳。这边我会处理的。"

"不要。告诉我，你要怎么处理？"她搜视着他的脸，纳闷他要怎么让那些炸弹失效。

他叹了口气，朝那道门扬了扬头："那些亚特兰蒂斯人离开直布罗陀那边的建筑的时候，他们把这门设定成了通往南极洲这里的建筑的单向逃生通道。但这里的建筑被关闭了，这就是为什么我无法回去。不过如果我没搞错的话，这里的系统激活以后，亚特兰蒂斯人就可以通过这道门回去。你身上有纯正的亚特兰蒂斯DNA。你是在那些管子里孕育成人的，它会为你开启。下面要说的是重点——你从那一边出去以后，你就会到达直布罗陀的一间控制室里。什么都别碰。你一定要让门继续开着，这样我才能跟着你过去。我必须把这道门关上……永远关上。不能让这些炸弹在南极洲这边爆炸。"

凯特盯着他，努力理解他的意思。

"等你到了那边以后，你一定要往地面上逃，然后能逃多远就逃多远。你会有大约360分钟——6小时。这里的1分钟在那边是360分钟。你懂了吗？"她父亲的语气坚定。

一滴泪水从凯特的脸上落下，她终于明白了。她拥抱着他，抱了三秒钟，每一秒仿佛都那么漫长。但当她想要抽身离去的时候，却发现她父亲正紧紧拥抱着她。她用双臂环绕着他。

"我做了那么多的错事，凯瑟琳。我一直想保护你和你母亲……"他已泣不成声。

凯特仰起身子，望着他的眼睛：“我读过那本日记了，爸爸。我知道你为什么做了那些事情，做了那一切。我懂的。还有，我爱你。”

“我也爱你，非常爱。”

CHAPTER 138

头顶上的“钟”发出的嗡鸣声越来越响亮。康纳德感到自己的前额上冒出了一滴汗珠。

头盔上的玻璃上出现了一幅图像，好像玻璃里钻进了一个微缩版的小人。这个头发花白的男人正坐在一间办公室里，面前是一张硕大的原木桌子，背后挂着一面伊麻里的旗帜。墙上还有一幅世界地图，但它上头有些地方不太对头，不，是完全不对头。这人的长相……康纳德认识他。

“马洛里！”康纳德大声叫道，“救我——”

“当然啦，康纳德。在吊篮里有一支注射器，给你自己打进去。”

康纳德连蹦带跳地冲向前方，竭力想要尽快到达吊篮旁。他摔倒了两次，然后又一次。他判断自己没法穿着这身衣服快跑，于是开始笨拙地摇摆着身子，尽可能快地前行。与此同时，“钟”的嗡鸣声每秒钟都在变得越发响亮。

“注射器里是什么？”

“一些我们正在研究的东西。你得赶快啊，康纳德。”

康纳德走到了吊篮旁，拿起那个大号注射器盒子：“把我拉上去，马洛里。忘了这个科学试验吧。”

“我们不能冒这个险。给你自己注射吧，康纳德。这是你唯一的机会。”

康纳德掀开金属盖子，瞧了一下里面的注射器。“钟”的声音更响了。他脸上有别的东西在流下来。他看到头盔的玻璃上倒映出红色的反光。他还有多久？康纳德抓起注射器，拉掉针头上的塑料盖子，让针头穿过自己的衣服，刺进自己的手臂。盒子一定是带有加温装置的，但液体流进他的血管的时候还是冷得要命。

“我打完了，现在把我升上去吧。”

“我恐怕不能那么做，康纳德。”

康纳德感到自己的胳膊上湿漉漉的，那不是汗水。“钟”的轰鸣声更响了。他感觉很奇怪，身体里面很不舒服。“你对我做了什么？”

马洛里往椅背上一靠，露出一副心满意足的表情：“你还记得你带我去参观集中营的事情吗？那时候你在测试那口‘钟’。那是20世纪30年代早期吧，我不记得确切时间了，但我还记得你的演说——你对那些工人讲话，好说服他们去做出那些恐怖的事情。我之前曾好奇你要怎么才能办成这事。你说，‘这是件令人厌恶的工作。但这些人献出他们的生命，是为了让我们能理解“钟”，为了让我们能拯救和净化全人类。他们的牺牲是必要的，他们的牺牲将会被铭记。少数人死去，是为了多数人的生存。’”马洛里晃了晃他的脑袋，“那一刻我被你深深打动了，我完全被你迷住了。一直到你把我放进了一根管子，让我在里面待了40年。你夺去了我生活的全部。我一直忠心耿耿，那么多年里我一直甘当副手，然后你就是这样回报我的。我不会再给你机会了。”

“你不能杀我。我即伊麻里，他们绝不会容忍你这样做的。”康纳德跪倒在地上。他能感觉到“钟”，它在他的心脏里搏动，在把他从里到外撕成碎片。

“你不是伊麻里，康纳德。你是科学研究的试验品，你是个牺牲品。”马洛里翻动着手上的几张纸，然后对屏幕外面的某个人说了些什么。他听了会儿对方的回答。“好消息，康纳德。我们正在从那套衣服里获取数据，它会把我们需要的所有数据都发过来的。我们手上有个胎儿，它身上的亚特兰蒂斯基因处于持续激活状态——实际上它是帕特里克的女儿和迪特尔的孩子。说起来还真讽刺啊。不管怎么说，麻烦在于，我们还需要另外一份基因组，要来自同一个遗传品系，但尚未激活亚特兰蒂斯基因的。要是来自父母的，那就最好了。我们还需要追踪和测试这个基因组在被‘钟’攻击时的表现，好确切地了解那些基因和表观遗传学因素与这个过程相关。你应该还记得，要把一口‘钟’拆下来非常麻烦，而且之后供应能源也是大麻烦。”马洛里漠然地在空中摆了摆手，“所以，我们认定，最好是让这里的‘钟’保持在工作状态，准备好一支装有基因示踪药剂的注射器，然后等着你走出来。我从来都不怎么擅长演说，不像你那么擅长，但我善于揣度人们会做什么。而且你非常容易预测，康纳德。”

康纳德跌倒在地上，脸朝着冰面，口吐鲜血。

“我想这就是永别了吧，老朋友。就像刚刚说过的，你的牺牲将会被铭记的。”马洛里刚说完，一个男人跑进了办公室。马洛里听完他的汇报，脸上露出了迷惑不解的表情：“直布罗陀？什么时候的事？”

CHAPTER 139

大门打开了，凯特屏住了呼吸。对面就跟她父亲说的一样，是个控制室，里面有许许多多玻璃的控制台。但那里还有人：一个警卫，将一把高脚椅翘起，坐在上头读一本杂志。

看到凯特和两个男孩，他稍微愣了一下，然后慌忙让椅子四腿着地，站起身来。一本封面上印着个裸体女人的杂志掉到了地板上。警卫抓起之前靠在墙边上的自动步枪，对准凯特：“不许动，华纳医生。”他的表情冷酷。他耸起肩膀，把嘴靠过去说道：“这里是七号室，我是米尔斯。我抓到他们了，凯特和两个男孩都在。请求支援。”

不到10秒钟，就又有两个警卫赶到了这个房间里。他们迅速地对凯特和男孩们进行了一次全身拍摸检查。领头的士兵笑着把凯特的手枪放进自己的口袋。“跟我们走。”他说。

CHAPTER 140

马洛里在自己的办公室里来回踱步，等待着新消息。一个伊麻里办事员走进来，他抬头望去。

“我们从凯恩的衣服里拿到了生物计量数据。常医生正在分析数据，但他说他需要尸体。”

“好的，把尸体给他。直布罗陀那边我们的进展如何了？”

“他们抓到了华纳和那两个孩子。”

“是哪个华纳？”马洛里厉声问道。

“女的那个。”

马洛里啊，你漏掉了什么？

“你希望我们……”

“还有别人出来吗？”

“没有。”

马洛里在桌边坐下，开始飞快地写写画画。完成之后，他站起身来，把写好的信塞进一个信封里，然后在信封外面匆匆写下一个地址。

“我要你把这封信寄出去。”

“我们怎么处置华纳医生？”

马洛里望着窗户外面琢磨着。凯特的父亲和威尔都死在下面的墓穴里了吗？“把那女人就地关押，我们需要对她进行审讯，把那个房间周围的警卫增加两倍。告诉他们我这就动身去那边。”

CHAPTER 141

凯特把两个男孩紧紧搂在自己身边，跟着那些人走过一条条过道。他们身后一个熟悉的声音喊道："站住。"

凯特和警卫们转向那人，他身边也有两个警卫陪同。他们穿着的制服上有一面凯特从没见过的旗子。在旗子下面是两个大写的字母 I，并排印在一个方格子里。

"我要把她从这里带走。"马丁 · 格雷说。

"绝对不行，先生。依照克雷格主席的命令。"抓住她的这帮人里带头的那个往前踏出几步，正对着马丁和他的部下。

凯特看清马丁的模样的时候，几乎要倒抽一口凉气。他的头发乱蓬蓬的，邋里邋遢。他多久没修面了……几个月？他没洗澡的时间一定也这么久了。他长发蓬须，眼神疲惫不堪，精疲力竭。可他说话的声音却清晰而柔和，和这幅外貌形成鲜明对比："我明白，你们收到了给你们的命令。我不知道你们把他们带走之前，能不能让我看看孩子们。这是研究需要，我们的紧急需求。"那男人还没来得及回答，马丁已经迈步向前，跪在孩子们面前。他用自己的手臂把他们聚拢，紧紧抱住他们，挡住了他们的眼睛和耳朵。与此同时，枪口喷出的火舌和开枪的声音充满了狭小的走道。

看守凯特的 3 名警卫都倒在了地上。马丁把孩子们从地上抱起来，迅速离开这条走道。

凯特跟在他后面：马丁，我们必须迅速离开这里。"

他们穿过一个个门厅，周围越来越暗。马丁的卫兵们一路殿后。

"这说法可真够轻描淡写的啊，凯特。"然后马丁停住了脚步，"等等，你的意思是？"

"很快在那个房间里就要有核弹爆炸了，还有不到两个小时了。"凯特说。

马丁望了望他的士兵们："到潜水器那边去。"

士兵们领着他们穿过好几条走道，最后来到一个圆形的房间。这个房间的墙壁也是金属制成的，但这里的金属跟亚特兰蒂斯人的建筑里的金属不同：这一片建筑是新修的，而且是人类建造的。在房间正中央，有一个硕大的圆形管道，管道口竖立着一架钢梯。这让凯特想起了下水道的检修孔。

"这是怎么了，马丁？你身上发生了什么事？"

"我一直等在这里，躲藏了快两个月，一直期待着你和你父亲的出现。我们到潜水器里再谈，进去吧。克雷格现在多半已经在半路上了。"

CHAPTER 142

帕特里克迈步穿过大门，进入了那间控制室，房间里至少有一打警卫。在房间对面，所有的警卫身后，有一张熟悉的面孔。帕特里克平生头一次居然很高兴看到这个男人——一个在将近一百年前带着他参观那些隧道的男人，一个改变了他的命运的男人，一个本可以在 1978 年他醒来时让伊麻里就此永眠，却反而选择重建了这个残忍可怖的组织的男人。

马洛里·克雷格许多年前说的那些话在帕特里克的脑海中闪过：那通电话，那次诱骗，那个陷阱："帕特里克，发生了一起事故……"

克雷格朝一个穿着白大褂、拿着注射器的人点点头："去采样吧。"

帕特里克举起手枪，对准那个白大褂，让他停住了脚步。

帕特里克的脸上露出了一个微笑："马洛里，我觉得那话是真的了。温和谦让的人当承受土地[①]。"

克雷格的脸色变了："我可绝不像你以为的那么温和谦——"

"你能受得住一次核弹爆炸吗？要是可以的话，两次呢？"

---

① 《新约·马太福音》第五节第五句"温和谦让的人有福了，因为他们必承受土地"的变形。

CHAPTER 143

凯特、马丁、两个孩子，还有马丁的部下们，一群人一个接一个地从梯子上爬进潜艇里。30分钟之后，潜艇从直布罗陀湾的海水中升起。这是艘小船，里面没有隔间。等它浮出水面之后，马丁对士兵们说："朝大西洋开，注意速度。他们正在海峡上来回巡逻。"他示意凯特跟着他爬上另一把通往潜艇顶上的椭圆形瞭望甲板的钢质梯子。

凯特走到实心的钢质护墙边，靠在马丁身边的栏杆上。风现在是清凉的，比昨天直布罗陀的风凉快得多。她在墓穴里待了多久了？还有些别的不同：直布罗陀，那边一片漆黑。

"为什么直布罗陀一点灯光都没有？"凯特问道。

马丁转过身。他没刮胡子，头发蓬乱的模样还是让她略有些不安："人都撤走了。"

"为什么？"

"那里现在是伊麻里的保护领。"

"保护领？"

"你有两个月都不在外边了，凯特。世界变了，而且不是往好的方向。"

凯特继续在海岸线上搜索着。直布罗陀一片漆黑，北非也是。她曾在阳台上看到那些闪烁的灯光，在那个夜里。在那个夜里，大卫接住了她……

好一阵子凯特都站在那里，一言不发。直到她确定自己看到了些灯光，在岸边移动："北非的那些灯……"

"北非没有灯。"

凯特指着那些闪烁的微光："它们就在——"

"那是艘瘟疫船。"

"瘟疫？"

“亚特兰蒂斯瘟疫。”马丁说。他叹了口气，看起来忽然之间更加疲惫了，“那些我们都回头再谈吧。”他靠在栏杆上，远眺直布罗陀，“我一直希望能再见到你父亲。但这……这是一个他会喜欢的结局吧。”凯特还没来得及说什么，他就继续说，“你父亲是个悔恨不已的男人。他责怪他自己，为了你母亲的死，也为了把伊麻里带进了亚特兰蒂斯人的城市。为了拯救你的生命，为了拯救亚特兰蒂斯人，也为了阻止伊麻里进入他发现的入口——把他们挡在南极洲的那些建筑之外，如此一死……很适合他。他应该也愿意死在直布罗陀，你母亲就死在直布罗陀。”

仿佛要给他的话加个注脚似的，一根光和水的柱子升入空中，一声巨大的轰鸣划破了天空，震荡着她的胸口。

马丁用他的胳膊搂住凯特：“我们得下去了。浪头很快就会打过来，我们必须潜入水下。”

凯特最后朝那边望了一眼。借着爆炸产生的光亮，她看到直布罗陀巨岩正在崩塌——但并未全部崩塌。还有最后一小片坚持住了，在水线上面露出一个头。

CHAPTER 144

实验室技术员走进了常医生的办公室："先生，我们从直布罗陀获取不到任何数据。"

"是因为爆炸的干扰？"

"不。数据传输根本就没开始过。他们没能从帕特里克·皮尔斯身上取得样本，但我们取得了另一个突破。克雷格留下了一封信。他不让皮尔斯埋葬海伦娜·巴尔顿的尸体是有目的的——实际上，克雷格把尸体保存下来了，以备万一哪天用得上。它被保存在一个保险柜里，放在旧——"

"你们拿到样本了吗？"

技术员点点头："我们正在把这份样本上取得的数据和从那个胎儿以及凯恩身上取得的数据进行模拟比对。我们还不确定这样能不能行得通，因为——"

常医生把手中的平板电脑扔到了自己桌上："我们再过多久才能知道？"

"也许——"技术员的电话嗡嗡响起，"实际上，结果已经出来了。"他激动地抬起头。

"我们找到亚特兰蒂斯基因了。"

尾声

大卫睁开了眼睛。他看到的景象是扭曲的：首先看到的是一层白雾，然后是玻璃的弧线。他在一根管子里。他的眼睛渐渐适应过来，仿佛他正从一次深度睡眠中醒来。他现在能看清自己的身体了。他光着身子，身上的皮肤十分光滑——太光滑了。肩膀上和腿上的伤口都消失了。他胸口和手臂上的疤痕也不见了。很久以前，崩塌的大楼上那些灼热的瓦砾和金属块就是落在了他身上的这几个位置。

白雾此时渐渐散去，他朝管子外面望去。在他左边有道光照进了这个大房间，是走道上的灯光……他撤退时经过的走道，多利安就是在那里击中了他。杀死了他。大卫使劲瞪大眼睛望去，他在那里。他了无生气的身体就在那里，躺在血泊中。他身上还横着另一具尸体。

大卫望向别的方向，试图掌握现状。在他右边，他的目力所及之处，上面下面，左边右边，全是管子。里面的人全部处于沉眠中。

只有他例外。

不，还有另一个例外。

远处，另一双眼睛正在扫视远方。那人刚好侧面对着大卫。大卫希望能靠近些看看那双眼睛，但他动弹不得，只有等着。又一团雾气飘过，他看到了那根管子里的眼睛，还有那张脸。

那是多利安·斯隆。

作者的话

你好。谢谢你读完了这本书。《亚特兰蒂斯：基因战争》是我的第一部小说，我真心希望你能喜欢它。写这部小说很大程度上是出于兴趣，而且也是个学习写作的过程。我花了两年才写好它，如果要讲述它怎么变成您手上这本书的经过，那得再写本一样厚的书。

对我来说，整个过程中我最重要的收获是知道了你们，读者们，对我有多重要。在此之前，已经有许多的读者给我提出反馈意见，这些意见给予了我很大的帮助。因此我在此鼓励大家：如果您有任何想法，请直接写信给我，发到 ag@agriddle.com。许许多多读者慷慨地和我分享了他们的智慧，发来了大量溢美之词，这些彻底改变了我的写作生涯。

我坐在桌边写下这些话的时候，《亚特兰蒂斯：基因战争》已经出版了十个月，这本书在亚马逊上已经收到了将近六千条评论。这些评论让我崭露头角。我是个籍籍无名的新作者，而且是个独立作者。如果没有那些评论，您可能永远也发现不了我的作品。我不是要请您也去为《亚特兰蒂斯：基因战争》写条评论。它的评论大概已经够多了。我的请求是：下次您读到一个不知名作者的书，看见它下面没几条评论的时候，如果可能的话，就请写一条吧。那条评论也许能改变某个人的生活。

那么，接下来凯特·华纳、大卫·威尔和多利安·斯隆之间会发生什么样的故事呢？

请看《亚特兰蒂斯 2：末日病毒》——现已完本！

在 AtlantisGene.com/Next 上您可以找到更多相关内容。

再次谢谢您的阅读。

盖里

附录

真实 VS 虚构

下面将会列举些事实

来看看《亚特兰蒂斯·基因战争》背后的科学和历史

进化

据我所知，书中所有关于进化史的事件都是真的。

具体而言：

- 现代人类（我们这一亚种——现代智人）大约在 20000 年前出现在非洲。
- 历史上出现的所有人类人种，其中 12% 一直存续到了今天。
- 这颗行星上的每个人类都是一个大约 60000 年前生活在非洲的男性的直接后裔。遗传学家们管这个人叫作 Y 染色体亚当（更新：2013 年 3 月发表的一个新研究结果将这个时间点推前到了 237000 年前到 581000 年前之间，准确度 95%。这个问题仍处于争论中。）
- 非洲之外的所有人都来自一个小小的人类部落，他们大约在 50000 年前走出非洲。
- 人类的进化树并非一条直线——它分出了许多分支，其中很多已经灭绝了（参见后文）
- 50000 年前，人类至少有四个亚种：
    - o 我们（主要生活在非洲；少量在欧洲和亚洲）
    - o 尼安德特人（生活在欧洲和中东）
    - o 丹尼索瓦人（生活在亚洲）

- 弗洛勒斯人（生活在南亚）

然后……下面是他们现在的状况：

- 我们——仍生存，充满活力，统治着这颗行星，给自己取名（以及笔名）
- 尼安德特人——灭绝

  已知最后生存的地区：哥勒姆洞穴（位于直布罗陀巨岩底部），时间23000年到33000年前
- 丹尼索瓦人——灭绝

  已知最后生存的地区：西伯利亚地区阿尔泰山中的洞穴，时间大约41000年前
- 弗洛勒斯人——灭绝

  已知最后生存的地区：印度尼西亚的弗洛勒斯岛（离爪哇岛不远），时间大约13000年前

• 以下人类亚种据信可能和我们这个亚种之间有过杂交混血。有证据显示他们的确这样做过：

  - 欧洲人和亚洲人体内包含有最多达4%的尼安德特人基因
  - 美拉尼西亚人和澳大利亚土著体内包含有最多达6%的丹尼索瓦人基因

亚特兰蒂斯基因

真的有“亚特兰蒂斯基因”这种东西吗？

可能有。

科学家相信，人类脑部神经的连接方式在大约50000年发生了变化，这个变化导致了……嗯，之后的一切。

寻找和了解这个“亚特兰蒂斯基因”将会具有重大意义。

多巴大灾难

全部属实。

关于它导致的人口瓶颈尚有争议，但地质记录证明了火山爆发和之后的火山冬天的存在。

大跃进

这是在科学界有争议的一个话题。

我们相信，现代智人（我们的直接祖先）的大脑神经连接方式大约在50000年前发生了变化，导致我们现代的各种行为成为可能——语言，制造复杂的工具……还有真人秀。我们并不太清楚这究竟是如何发生的。现在对于这一变化是突变还是渐变也仍有相当大的争议。

采用突变模式，或者说大跃进模式，会产生出更有趣的故事。所以……

荷兰东印度公司

我确实对荷兰东印度公司在印度尼西亚的历史做了一些自由发挥。我发誓，我这样是为了情节需要，具体来说是为了在第一章里加强伊麻里雅加达公司的神秘色彩，增强凯特在雅加达西区警察局中那段故事的戏剧张力。

大洪水

不可思议的是，这是真的。

大约 12500 年前，最近一次冰期结束了（所谓冰期、冰河期是指一段数千年的时间，其特征是气温低，冰川扩张）。当时，欧洲和北美的许多地方都被覆盖在厚达一英里的冰层下。

随着这些冰层的融化，海平面上升了——急剧上升。

科学家们相信，在 19000 年前到 6000 年前，全球海平面上升了大约 120 米——接近 400 英尺。冰层的融化是逐渐发生的（一个世纪大约一米），但有证据显示至少在两个时段，海平面出现了快速上升：第一次是在 15000 到 13000 年前，第二次是在 11000 年前到 9000 年前。在这些时期，海平面上升的速度可能是平时的 2~3 倍，引发了大面积的洪水，史前世界一片混沌。

尼安德特人

嘿，实际上这些尼安德特哥们儿并不那么坏，也不那么笨……在那个时候而言。

书中关于他们的描写大部分是准确的。

尼安德特人很可能灭绝于 13000 年前。不过，“嘿，那些亚特兰蒂斯人必须得在直布罗陀从一次牺牲祭祀中救出一个原始人”——所以尼安德特人中签，主要是因为他们老早就住在那里了。此外那些很不错的石头火塘也是个加分项。

我们知道（或者以为我们知道）的尼安德特人：

- 最早在 600000 到 350000 年前就出现在欧洲了(他们比我们早进化出来许多年，最多可能达 400000 年);这个时间仍然存在争议。
- 喉部的形状和我们不同，可能致使他们之间的交流受限。
- 大脑很大，和我们的差不多甚至更大。有研究显示，尼安德特人和现代人类的大脑在出生时尺寸是相同的，但到成年时，尼安德特人的大脑比现代人类的大脑更大。
- 很强壮，尤其是上半身。
- 会埋葬死者。
- 可能已经有了原始宗教。

遗传学

全部是真实的(在我的知识水平上)。

自闭症

我努力想要在小说中描绘出自闭症的真实面目，尽我所能让所涉及的所有事实都是准确的。具体来说:

- 自闭症很大程度上是遗传的。
- 自闭症包括一系列功能失调。
- 自闭症诊断率正在节节攀升，发达国家中该现象尤为明显(因为诊断手段更先进，可能还有其他未知因素)。
- 科学家们相信，自闭症的原因在于脑神经连接方式的变化，特别是在那些控制交流的脑部区域。

伊麻里和时钟塔

虚构的。

请那位戴着滑雪头套和大砍刀来到我家里的伙计看看：这样说可以吗？要我再修改的话很容易的。还有，我收到了你寄来的那一撮头发。请别再这样了。另外要联系我最好用电子邮件，那些语音留言杂音太大，根本听不清楚。谢了。

“钟”Die Glocke[①]

由来已久的“二战”传说。

“钟”是传说中纳粹的一个尖端武器/科技项目。它到底是否存在无从得知，但关于它人们做出了大量猜测。

南极洲的纳粹

纳粹的确

- 于1938年朝南极洲（还有西藏）派出了探险队；

① 译者注：原文标题Die Glocke是德文中的“The Bell”。

• 并宣称南极洲的一部分成为德国的一个省（新士瓦本省）

除此以外相关部分都是虚构的。

矿工／坑道战

真实的。不过我略微改动了一下时间。美国参加第一次世界大战的时间实际上比书中略晚些。还有，直布罗陀的确有过一家大型野战医院，但那是在第二次世界大战期间，而不是“一战”的时候。

西班牙流感

千真万确。

而且它可能会再度发生……请看续集。

致谢

我该从哪里开始呢？

我想，还是先说家人吧。谢谢你安娜，谢谢你为我所做的一切。特别是为你阅读了我的初稿，给出了价值无法估量的意见。更要为你过去两年里一直陪在我身边，尽管我这段时间经常好奇自己是不是用开塞钻打开了口枯井，纳闷为什么百富酒①的瓶子总是空的（事实证明瓶子上面一丝一毫裂缝都没有）。我爱你，安娜。

我想每个写小说的年轻人都该对自己的母亲大声说句“谢谢您”。但对我来说，仅仅这样还不够。我很幸运，有总在支持我的父母。更幸运的是有一位在北卡来罗纳州谢尔比市顶冠中学教了20年八年级英语课（嗯哼，现在是语言艺术课了）的母亲。谢谢你妈妈，为你阅读我的手稿，为你那些出色的编辑工作，为你对你的孩子们的信任，无论在课堂内外。

后面我希望致谢的名单太长了，难免挂一漏万。我不想冒这个风险。所以在此，我要对其他所有参与了我的第一本小说的写作，并帮助我一路走到今天的人说，谢谢你们。

① 译者注：苏格兰著名威士忌品牌。